THE ALCHEMIST'S SECRET

SCOTT MARIANI

鍊金術士之秘

IMMORTALITY AWAITS...

IF YOU DON"T DIE FIRST...

史考特・馬利安尼——著

王茵茵——譯

Spring Publishing

春天出版

致謝

歸功於許多人的參與，這本書才能從最初的一個小點子發展成現在如此完整的樣貌。諸多人名不及備載，但是我誠心感謝你們。

尤其感謝瑪克辛・希區考克、葛西妮・奈度，以及亞文出版社裡超級有活力的團隊。

「尋覓，我的兄弟，但不要喪志；任務艱鉅，我知曉，然而未涉險而征服乃是沒有榮耀的勝利。」

——鍊金術師，傅爾坎奈利

獻給 馬可、蜜莉安與路卡

1

二〇〇一年十月，法國

畢斯卡．坎布瑞爾神父緊拉著帽子，並且豎起外套衣領抵禦豪雨。暴風雨吹開了雞舍的門，雞隻驚慌地四處亂竄。六十四歲的老神父一邊用拐杖將牠們趕回雞舍，一邊點數數量。這真是個累人的夜晚！

閃電照亮了四周的庭院與整個古老石砌村落。鄉居花園圍牆後方是興建於西元十世紀的聖讓教堂，以及墓碑殘破、爬滿常春藤的簡單墓園。劃破天空的閃電使一棟棟房子屋頂與遠處高低起伏的景色短暫可見，然後隨著緊接而來的轟隆雷響，一切再度陷入黑暗。雨水自畢斯卡神父身上不斷滴淌；他重新推上雞舍的門閂，將咯咯尖鳴的家禽安全地鎖在內部。

當神父急忙奔回小屋時，天空打下另一道明亮的閃電，而某個東西吸引了他的目光，讓他倒抽一口氣地愣在原地。

他看見一個高瘦、衣衫襤褸的人影站在矮牆另一頭看著他，但是轉瞬間就不見了。

畢斯卡神父用濕漉的雙掌揉揉眼睛。是他眼花了嗎？閃電再次落下，在瞬間的白光裡，他看見這名陌生男子跑越村子的邊緣，衝進森林裡。

神父長年作為社區的牧者，他的本能反應是對任何身處危難的靈魂伸出援手。「等等！」他在風裡大喊，然後用不良於行的腿微微一瘸一拐地跑出大門，穿過建築物間的窄巷，朝男子消失的樹林陰暗處靠近。

畢斯卡神父很快地找到了陌生男子；他趴倒在森林邊緣的黑莓叢與落葉間，渾身劇烈顫抖，雙手在瘦骨嶙峋的身體兩側緊握著。在一片潮濕的黑暗之中，神父可以看出男子的衣物破爛不堪。「喔，主啊！」他同情地呻吟了一聲，隨即脫下外套裹著陌生人。「親愛的朋友，你還好嗎？發生什麼事了？讓我幫你，好嗎？」

陌生男子以微弱的聲音自言自語；含糊不清的咕噥混雜著啜泣，他的肩膀也隨之起伏。畢斯卡神父將外套披在男子的背上，感覺自己的襯衫立刻被傾盆大雨淋濕。「我們得回到屋內。」他輕聲說道，「我有爐火、食物和床。我會打電話給巴舍拉醫生。你能走路嗎？」神父試著輕輕地將男子翻過身，想握著他的雙手協助他站立。

然而在一記閃電中，眼前所見的景象讓他為之退縮。男子殘破的襯衫沾滿了血，瘦骨如柴的身軀上有許多又長又深的切口——一道又一道，而且癒合的傷重新被劃開。

畢斯卡目瞪口呆，無法相信眼睛所看到的東西。這些並非隨意的劃傷，而是泛著血水的圖案，是某種形狀或符號。

「是誰做的，孩子？」神父端詳著陌生男子的臉。他的臉乾癟憔悴得幾乎讓人覺得毛骨悚然。他這個樣子在外頭遊走了多久呢？

男子用粗啞的聲音咕噥道：「Ominis qui bibit hanc aquam……」

畢斯卡神父驚訝地意識到男子正用拉丁文與他說話。「你說什麼？你想喝水嗎？」

男子瞠眼看著他，緊抓著他的袖子，繼續含糊地咕噥著。「……si fidem addict，salvus erit。」

畢斯卡皺起眉頭。某種跟信心、救贖有關的東西？他在胡言亂語，神父心想。這個可憐的靈魂精神錯亂了。一道閃電幾乎打在他們頭頂，然後在接續響起的雷聲中，他吃驚地看見男子染血的手指緊扣在一把匕首的刀柄上。

他從未看過這樣子的刀——十字形匕首，華麗的黃金刀柄上鑲有閃閃發光的寶石。然而又長又細的刀身正滴著血。

直至此時，神父才意會到這名陌生人對自己做了什麼事；在他身上刻下這些傷痕的人正是他自己。

「你做了什麼？」畢斯卡神父的內心滿是恐懼。陌生男子看著他，徐徐起身；閃電頓時照亮了他滿是泥汙與血痕的臉。他的雙眼空洞、迷茫，彷彿靈魂出竅。男子用手指觸摸著那把裝飾華美的武器。

有那麼一會兒，畢斯卡．坎布瑞爾十分確信這名男子會殺了他。那麼，時候到了吧？死亡。然後呢？他相信人死後會有某種延續性的存在，雖然他並不清楚那種存在真正的本質是什麼。

他時常納悶當自己即將離世的那一刻，他會如何面對死亡。他希望深厚的宗教信心能讓他沉著且平靜地迎接上帝所為他預備的一切。不過此時，想到那冰冷的金屬將沒進自己的身體，他的雙腿仍不禁癱軟。

在他毫無懷疑地深信自己即將死亡的時候，他思索著後人將如何紀念他。他是否是個好人呢？他是否不枉此生了？

主啊，請賜我力量。

瘋狂男子癡迷地盯著手中的匕首，然後再看著無助的神父，接著他開始發出低沉的咯咯笑聲；然而笑聲逐漸變成歇斯底里的尖叫。「Igne natura renovatur integra!」他反覆高喊這句話，然後畢斯卡．坎布瑞爾驚恐地看著男子開始瘋狂地用刀子劃開自己的頸子。

2

西班牙南方，鄰近加的斯港的某處
二〇〇七年九月

班．霍普從牆上一躍而下，雙腳無聲地落在中庭。他蹲在黑暗中一段時間，只聽見蟋蟀刺耳的唧唧聲，和某種夜行鳥類因他穿越樹林、受到驚動而發出鳴叫，以及自身按捺的心跳聲。他拉起戰鬥夾克貼身的黑色袖子，察看時間。凌晨四點三十四分。

他拉開九毫米白朗寧手槍的滑套做最後的檢查，確認槍膛內已有子彈，並且隨時可擊發。他無聲地按下保險，然後將武器放回槍套，接著從口袋拿出黑色滑雪面罩套在頭上。

半棄置的屋子一片漆黑。班依據消息提供者所給予的建築平面圖，繞著外牆行走，並且沒遇上原先預期會突然閃過的保全偵察燈光。他來到後門；所有情況一如先前被告知的那樣。不牢靠的門鎖不具太大的抵禦作用，所以幾秒鐘後，他便悄悄進到屋內。

他沿著幽暗的走廊陸續穿過兩個房間，戰鬥用槍枝LED手電筒細窄的光束照出發霉的牆面與腐朽的地板……以及地上的一堆垃圾。他來到裝有掛鎖與鎖扣的門前，但是歹徒的保全手法粗糙而不純熟。他將燈光對著活動式鎖頭；鎖扣僅用螺釘拴在被蟲蛀食的木頭上。不消一分鐘，他輕易地從門上無聲卸下掛鎖，然後緩慢又謹慎地進到房間內，避免驚醒熟睡的小男孩。

當班在臨時床鋪旁彎下腰，十一歲的朱利安．桑切斯微微翻動身子並且呻吟了一下。「別出聲，我是朋友，我不會傷害你。」他以西班牙語在男孩的耳邊低聲說道。他用手槍上的光線照了照朱利安的雙眼。幾乎沒有瞳孔反射──他被下了藥。

房間裡又髒又臭。一隻老鼠──已經爬上床腳旁的小桌子，吃完鐵盤裡剩下的簡陋餐點──跳到地板上，匆匆跑走。班輕輕地將躺在汙穢床單上的小男孩翻過身。一圈塑膠紮線帶綁住他的雙手，並且深深咬進肉裡。

班小心翼翼地用小刀割斷紮線帶，為男孩鬆綁。男孩的左手纏著一條滿是髒汙與乾涸血漬的破布。班希望他只被切掉一根手指。他曾見過更淒慘的情況。

歹徒要求兩百萬歐元舊鈔的贖金，並且在信中附上一隻斷指表示他們的誠意。電話另一頭的聲音說，只要他們做出任何愚蠢的舉動，例如報警，下個包裹裡將裝有更多東西──也許是另一根指頭，也許是他的睪丸，也許是他的頭。

艾米利歐與馬莉亞．桑切斯以正確的方式看待這個威脅──當真。募集兩百萬元對這對富有的馬拉加夫妻而言並非難事，但是他們十分明瞭，即使交付贖金也不能保證他們的兒子回家時不會變成裝在屍袋裡的屍體。桑切斯的綁架保險規定，與歹徒的協商過程必須全程透過官方管道進行；這意味警方必然得介入，但是如此一來也等同簽署了朱利安的死刑執行令。他們需要另一種可行的方式來提高朱利安平安歸來的機率。

這時就輪到班．霍普出馬了──如果你知道門路的話。

班從睡鋪上抱起全身無力的孩子，用左肩扛著他軟綿綿的身體。房子後方的狗開始吠叫。他聽見某處一陣騷動以及開門的聲音。他舉著裝有滅音器的手槍作為照明，揹著朱利安沿原路穿過陰暗的走廊。

他的消息提供者告訴他，這裡共有三名男子。其中一人已經喝醉而昏睡，但是他必須當心另外兩人。班信任他的消息來源，如同他通常相信拿槍抵著他頭的人所說的話。

有人打開前方的門，並且在黑暗中大喊。班的燈光停留在一個男人的身影上；那人門面未修，肚子挺著一圈圈的肥油，身穿短褲與破爛的圓領衫。男子因為明亮的光線直射眼睛而皺起了臉，他的手中握著截短型霰彈槍，粗大的雙槍口低垂著瞄準班的腹部。

白朗寧手槍隨即從長長的滅音器發出兩聲悶響，男子斃命倒地，細小的LED光束隨著倒落的屍體在黑暗中畫出一道弧線。男子一動也不動地躺在地上，圓領衫中央有著兩個工整的小洞，他的身下迅速流出一灘血泊。班受過訓練，因此可以不假思索地處理這些情況；他以上臨下地朝男子的頭部補上預防的一槍，結束這項工作。

聲音驚動了第二名男子；他跑下階梯平臺，手電筒在面前來回晃動。班朝光源處開槍。男子先是發出一聲短促的叫喊，然後一頭栽下階梯，絲毫沒有機會擊發他的左輪手槍，而他的武器也隨即喀啦地掉在地上。班邁步來到屍體旁，確認他不可能再起身。然後他在原地停頓了三十秒，側耳細聽有無其他聲響。

第三名男子不曾現身。他一直沉睡未醒；而他也將永遠不會醒來。

班扛著失去意識的朱利安穿過房子，來到骯髒的廚房。槍上的燈光照到一隻急促爬竄的蟑螂。班沿著牠跑過的路徑移動光線，掃了掃房間；最後光線落在接有一大桶瓦斯鋼瓶的舊爐具上。他輕輕地將朱利安放在椅子上，然後摸黑蹲在爐具旁，用刀子割斷瓦斯爐後方的橡膠管，再用一只舊啤酒箱將管線尾端壓靠在冰冷的鋼瓶側邊。他將鋼瓶上方的輪閥轉開四分之一，擦亮打火機，嘶嘶洩漏的瓦斯隨即點燃成黃色的小火苗。接著他完全轉開輪閥，搖曳的火光頓時變成熊熊的藍色烈焰，火舌貪婪地吞捲並且燻黑了瓦斯鋼瓶。

白朗寧手槍無聲地擊發三顆子彈，卸下大門上已經變形的掛鎖。班帶著小男孩離開房子，往樹林移動，同時在心裡數算著時間。

當他們來到森林邊緣時，整棟建築起火燃燒。班轉頭看著綁架者的藏身處被炸得粉碎，突然的火光與瞬間開展的橘色巨大火球照亮了樹林與他的臉。爆炸後，燃燒的塊塊殘骸掉落四處，一道粗厚的炙紅色煙柱直衝星光點點的夜空。

車子藏在樹林另一頭。「你要回家了。」他對朱利安說道。

3

四天後，愛爾蘭西海岸

班赫然驚醒。他迷惘而困惑地躺在床上，過了一會兒才慢慢回過神。床頭櫃上的電話正發出刺耳的響鈴聲。他伸出手臂想提起話筒，然而四肢因長時間睡眠而變得笨拙，摸索話筒的手因此弄翻了電話旁的空杯與威士忌酒瓶。玻璃杯在木質地板上摔得粉碎，酒瓶也重重地掉落，然後滾到旁邊一堆髒衣物裡。

他咒罵著自凌亂的床鋪坐起身。他的頭陣陣作痛，喉嚨乾澀，嘴裡仍留有威士忌混濁的味道。

班接起電話。「喂？」他試著出聲說話，但是粗啞的聲音一出，他隨即咳嗽起來。他閉起雙眼，感受那令人不悅又熟悉的宿醉感；他覺得暈頭轉向，而且胃部翻攪，像是旋轉著被吸進一條又長又黑的通道。

「抱歉，打擾了。」電話另一頭的聲音說。是個男人的聲音，而且是發音清脆的英國腔。「我不知道這個號碼是否正確，但是我想找班哲明．霍普先生。」男子的聲音裡帶著一絲非難，班雖然頭昏腦脹，但也立即感到惱火。

他又咳了咳，然後用手背抹了抹臉，試圖睜開眼睛。「班乃迪克，」他喃喃地說，接著清清喉嚨，更清楚地重申，「是班乃迪克．霍普。我就是你要找的人……現在才幾點啊，你怎麼這時候打電話來？」他暴躁地補上一句。

對方的聲音聽起來甚至更加不悅，彷彿證實了對班的印象正是如此差勁。「這個嘛，其實已經十點半了。」

班用單掌撐著頭，看了看手錶。陽光從窗簾間的細縫照射進來。他開始集中精神。「喔，抱歉。我昨天忙到很晚。」

「可想而知啊。」

「有什麼事我可以為你效勞嗎？」班嚴厲地說道。

「霍普先生，我叫做亞歷山大．維利耶；我謹代表我的雇主賽巴斯欽．菲爾福克斯先生致電給你。我經指示告知你，菲爾福克斯先生想雇請你。」他頓了頓，「顯然，你是私家偵探中的翹楚之一。」

「那麼你們的消息有誤。我不是私家偵探；我專門尋找失蹤人士。」

電話裡的聲音繼續說道：「菲爾福克斯先生想與你見面。我們能安排個時間嗎？當然，我們將負責接送，並且支付你車馬費。」

班靠著床頭板坐直身子，伸手拿取香菸與打火機。他將菸盒夾在雙膝間，抽出一根菸，然後轉動打火機的火輪將其點燃。「抱歉，我沒有空。我剛剛才完成一件案子，現在正在休息。」

「我理解。不過菲爾福克斯先生也指示我告知你，他願意支付可觀的金額作為酬勞。」

「問題不在錢。」

「那麼或許我應該告訴你，這件事攸關生死。有人跟我們說，你可能是我們唯一的機會。是否你至少能來與菲爾福克斯先生見個面呢？在你聽了他想說的話之後，你可能會改變主意。」

班猶豫思量著。

「感謝你的同意。」在片刻停頓後，維利耶說道，「兩個鐘頭後，我們將派人去接你。再見。」

「等等，地點呢？」

「我們知道你的所在地，霍普先生。」

班沿著海灘做每天例行的慢跑；海邊空無一人，與他為伴的只有海水與一兩隻盤旋、尖聲鳴叫的海鳥。海潮的低聲呢喃十分平靜，陽光隨著秋天將至而不再如此炙熱。

他在平坦的沙地上跑了約一英里後，宿醉終於減輕；殘餘的不適宛如微弱的回音。然後他取道一條通往岩石海灣的路；這個小海灣是他最喜歡的地方。除了他，沒有人會來這裡。雖然他的工作是找人，讓人們與失去的親友團圓，但是他是個喜歡孤獨的男人。遠離工作時，偶爾他喜歡到這兒來。在此處，在這難能可貴的短暫時間裡，他可以忘卻一切，將整個世界以及所有的紛擾拋諸腦後。在這裡甚至連自己的住宅也看不見，因為陡峭的土坡、巨岩堤與草叢阻隔了視線。其實他不甚在意那棟六間房的屋子。那棟房子對他與溫妮——他年長的管家——兩人而言實在太大。當初他會將它買下，只是為了附加的這段四分之一英里長的私人海灘。這片海灘是他的避難所。

他按照慣例坐在同一塊大而平坦、爬滿藤壺的岩石上；潮水拍打他身邊的小石子，然後嘶地退去，他則悠閒地將一把小卵石逐一丟進海裡。陽光下，他瞇起藍色的眼睛，看著石頭映襯著天空劃出拋物線，然後落入水中，同時激起小小的白色水花，最後消失在一波波接踵而來的浪濤中。幹得好，霍普，他在心中對自己說，那顆石子花了一千年的時間才抵達岸邊，現在你又把它丟回去了。他點起菸，眺望海面，帶著鹽分的海風徐徐吹拂他的金髮。

一會兒後，他不情願地起身，跳下岩石，舉步走回住宅。他發現溫妮正在寬敞的廚房慢條斯理地為他準備午餐。「兩個鐘頭後我就要出門了，溫姨。別特別為我做什麼菜。」

溫妮轉頭看著他。「但是你昨天才回來啊。這次你要去哪裡？」

「我不知道。」

「要出門多久？」

「我也不知道。」

「那你最好吃點東西。」她堅持地說道。

「總是這樣東跑西跑，從沒在任何地方待到足以喘口氣的時間。」她搖頭嘆息。

溫妮是霍普家族多年忠實的朋友。長久以來，班是家族裡最後一位成員；父親過世後，他售出祖屋，帶著溫妮搬家到愛爾蘭西岸。對他而言，溫妮不只是個管家，感覺更像是名母親——一個焦急、時常惱火，但總是充滿耐心與愛心的母親。

她撇下已經開始為他烹煮的午餐，轉而迅速地準備了一疊火腿三明治。班坐在餐桌前一個接一個、津津有味地吃著，同時沉浸在自己的思緒裡。

溫妮留他一人在廚房，繼續處理屋子裡其他家務。其實沒有太多事情需要做，班幾乎不在這兒；而當他真的在家時，她也幾乎無法察覺他的存在。班絕口不提自己的工作，但是她知道他所做的事情其實相當危險；對此，她感到十分憂心。溫妮也擔心班酗酒的情況。廂型車送來一箱箱威士忌的頻率有點太高了。她從未開誠佈公地與他談論這件事，可是她害怕這個年輕人遲早有一天會讓自己提早踏進墳墓。威士忌與子彈，只有仁慈的上天才知道哪一個會先奪走他的性命。她最大的恐懼是，她認為班對這兩者都不在乎。

如果他能找到某件他喜歡的事情就好了，溫妮心想著，或是某個他喜歡的人。他將私生活當成警衛森嚴的秘密，但是她知道少數幾次有女人試圖親近他、想讓他愛上自己時，班卻表現得相當疏離，然後讓對方溜走。他不曾帶女人回家，也不太接聽電話；最後，她們便停止來電。他害怕愛上別人，彷彿他扼殺了那部分的自己，掏空自身的情感，讓內心變得空洞。

溫妮依然記得，班曾經是個像陽光般樂觀而且充滿夢想的年輕人；他曾經相信某個讓他充滿力量的東西，而且是酒瓶、酒精所不能給予的。那是好久、好久以前的事了，在「那件事情」發生之前。回想起那段可怕的記憶，她不禁嘆了一口氣。那件事是否真的落幕了呢？不為人知的東西驅動著他；而除了班自身，她是唯一一個知道那是什麼的人，也是唯一一個了解他內心痛苦的人。

4

私人飛機載他飛越愛爾蘭海，往南邊的薩克斯海岸飛行。他們降落在一座小型機場，迎接他們的是輛豪華的黑色賓利長禮車。當天下午，兩名穿著灰色西裝的不知名男子來到班的家將他接走，與他一同搭上飛機。落地後，這兩位表情嚴肅而且沉默寡言的男子引導他坐進轎車後座，他們則坐上一輛黑色的 Jaguar Sovereign。Jagua 的引擎低聲轟隆運轉，在柏油飛機跑道上等待賓利長禮車開動。

班雖然置身在賓利轎車豪華的米色皮革內裝中，但他無視車上的雞尾酒櫃，逕自拿出自己陳舊的隨身酒瓶，喝下一口威士忌。當他將酒瓶塞回口袋裡時，注意到穿著制服的司機正從後照鏡裡看著他。

他們駕車行駛了約四十分鐘，Jagua 車全程跟在後方。班留意路標，在心中記下路徑，好確定自己的方位。賓利轎車在雙線道公路上行駛了幾英里後，開始往國界前進。他們在空蕩的鄉間道路上颯颯急行，飛掠而逝過某個鄉鎮後，車子終於轉進某條安靜的鄉村小巷，並且在一面高聳石牆中的拱道前停住，後方的 Jagua 車亦然。飾有金漆的黑色大門自動開啟，讓車輛通過。賓利轎車沿著彎曲的私人車道行駛，經過莊園小屋的露臺。班轉頭看著幾匹駿馬在白色柵欄圍起的小馬場裡奔馳。當他從後車窗望出車外時，發現 Jagua 車已不見蹤影。

車道繼續延伸，兩旁是佈局工整、修剪整齊的花園。宅第自莊嚴的檜木林道盡頭浮現在他們眼前；那是一棟喬治王時期風格的豪宅，石階與古典廊柱在屋子前方綿延開展。

班納悶這個可能成為客戶的人從事什麼職業。這棟房子看起來一定至少價值七、八百萬。這可能又是一宗綁架勒贖的差事——如同絕大多數的人委託他處理的案件一樣。綁架勒贖已經成為現今世界上擴展最迅速的「行業」之一。在某些國家，綁架勒贖工業的蓬勃甚至凌駕在海洛因之上。

賓利車經過一座巨型景觀噴泉，然後停在階梯底層。班沒有等司機為他開門，而自行下了車。一名男子自階梯走下迎接他。「我是菲爾福克斯先生的私人助理，亞歷山大・維利耶。我們通過電話。」

班僅僅點了點頭，並且端詳著維利耶。他看起來年約四十五，鬢角的頭髮光滑而灰白，身穿嶄新的深藍色休閒西裝外套；領帶上繡有看起來像學院或公立學校的徽章。

「很高興你來了。菲爾福克斯先生在樓上等你。」

他引領班穿過鋪有大理石地磚、寬敞得足以容納一架中型飛機的入口大廳，然後登上寬闊的雕花樓梯，來到裝有木鑲板的走廊；走廊兩側陳列著一幅幅畫作以及玻璃展示櫃。維利耶不發一語地帶著班沿著長廊來到一扇門前。他敲敲門，一個宏亮的聲音自裡邊喊道：「請進。」

兩人推門進入；門後是間書房，耀眼的陽光自裝有鉛框的弓形窗戶照射進來，厚重的絲絨窗簾垂在窗子兩側。空氣中飄蕩著皮革與傢俱亮光劑的味道。

當班進入房間時，坐在寬大書桌後方的男子隨即起身。男子穿著深色西裝，身材高挑，長而濃密的白髮自高高的額頭向後梳整。雖然他看起來健康挺拔，不過班認為他的年紀已經約莫七十五歲。

「老爺，霍普先生到了。」維利耶通報完便離去，並且關上身後那扇沉重的門。高挺的男子從書桌後方舉步走向班；他灰色的眼眸敏捷而銳利。他伸出手，友善地說：「霍普先生，我是賽巴斯欽．菲爾福克斯。非常感謝你在如此臨時的情況下同意專程來此。」

他們握了握手。「請坐。你需要喝點什麼嗎？」菲爾福克斯走到左手邊的櫥櫃，拿起一只水晶酒瓶。班伸手從夾克口袋掏出自己的舊隨身酒瓶，並且旋開瓶蓋。「看來你已經自備飲料了。」菲爾福克斯說，「真是足智多謀啊。」

班喝了一口酒，發現菲爾福克斯正敏銳地看著他。他曉得老人心裡在想什麼。「這不影響我的工作。」他一邊旋緊蓋子，一邊說道。

「我相信不會。」菲爾福克斯在書桌後方坐下，「那麼，我們就開門見山地談吧。」

「好啊。」

菲爾福克斯靠在椅背上，噘著嘴。「你專門尋人。」

「我盡力而為。」班回答道。

菲爾福克斯繼續噘了噘嘴唇說：「我要你幫我找一個人。這個任務唯有專業人士才能勝任，而你的背景相當令人印象深刻。」

「然後呢？」

「我要找一個名叫傅爾坎奈利❶的人。這是件格外重要的事，所以我需要像你這樣具有專業技巧的人來找尋他的下落。」

「傅爾坎奈利……這是姓氏吧？那他的名字呢？」班問道。

「傅爾坎奈利是化名。沒有人知道他的真實身分。」

「喔，這還真有幫助啊。所以我想這個人不是你特別親近的朋友或是失蹤的親人之類的囉？」班冷酷地笑著，「我的委託人通常認識他們要我尋找的對象。」

「沒錯，他不是我的親友。」

「那麼你們有什麼關係嗎？你為什麼要找他呢？他偷了你什麼東西嗎？那是警察的事情，你不應該來找我。」

「不，不是這樣的。」菲爾福克斯以輕蔑的姿態說道，「我對傅爾坎奈利沒有惡意；相反地，他對我相當重要。」

「好吧。你能告訴我這個人最後被目擊的時間與地點嗎？」

「就我所能追溯的資料得知，最後一次有人看見傅爾坎奈利是在巴黎，至於『何時』嘛……」他頓了頓，「已經有一段時間了。」

「這樣事情絕對會變得比較棘手。所以是怎麼樣呢，超過兩年嗎？」

「比那再久一點。」

「五年？十年？」

❶ 十九世紀後期的一名法國鍊金術師兼作家，此為他的化名，而他的真實身分至今仍是個迷，甚至傳說他因鍊金術而長生不老。

「霍普先生，傅爾坎奈利最後已知的目擊時間是在一九二六年。」

班盯著他，心裡迅速地計算了一下。「那是八十多年前啊。我們現在談的是孩童綁架案件嗎？」

「他不是嬰孩。」菲爾福克斯以平靜的微笑陳述著，「傅爾坎奈利突然消失無蹤的時候已經八十幾歲了。」

班瞇起雙眼。「你在開我玩笑嗎？我大老遠跑來，而且老實說——」

「我向你保證我絕對是認真的。」菲爾福克斯回答道，「我不是一個幽默的人。我重申一次，我希望你為我找尋傅爾坎奈利。」

「我專門尋找活人。我對搜尋死者靈魂沒興趣。如果你有需要，你應該聯絡超心理學學會，他們會派一支捉鬼大隊給你。」

菲爾福克斯微笑地說：「我欣賞你的懷疑態度。我會相信傅爾坎奈利還活著是有理由的，但是或許我們現在需要集中焦點。我主要關注的不是這個人本身，而是他所擁有——或是曾經擁有——的某種知識，一些至關重要的資訊；但我的部下和我至今都無法查出來。」

「哪種性質的資訊？」

「這些訊息記載在一份文件裡；更精確地說，是份珍貴的手稿。我希望你為我找到傅爾坎奈利的手稿，並且帶回來給我。」

班撇了撇嘴。「這當中是不是有些誤會啊？你的手下維利耶跟我說，這件事攸關生死。」

「的確如此。」

「我不懂。你所謂的資訊，究竟指的是什麼？」

菲爾福克斯露出悲傷的微笑。「容我為你說明，霍普先生。我有一個外孫女，叫做露絲。」

班希望自己沒有將聽到這個名字時的反應顯露在臉上。

「露絲今年九歲，霍普先生。」菲爾福克斯接續說道，「我擔心她無法度過十歲的生日。她罹患了一種罕見的癌症，她的母親——也就是我的女兒——對於她康復的可能性感到絕望。頂尖的私人醫學專家也不抱任何希望；儘管我砸下重金，他們仍舊無法阻止病情的惡化。」菲爾福克斯的桌上有一只金色相框；他伸出纖細的手，將照片轉過去面對班。照片中的金髮小女孩跨坐在小馬上，笑容滿面而且幸福洋溢。

「不用我說，你也猜得到；這張照片是很久以前拍的，早在她發病之前。現在她已經變了個樣，他們送她回家等死。」

「得知這件事，我很遺憾。」班說，「但是我不懂這跟——」

「跟傅爾坎奈利的手稿有什麼關係嗎？關係可大了。我相信傅爾坎奈利的手稿裡有著極其重要的資訊、一些古老知識。那些訊息能救活我心愛的露絲，讓她回到我們身邊，使她恢復健康，回到照片裡的那個模樣。」

「古老知識？什麼樣的古老知識？」

菲爾福克斯露齒而笑。「霍普先生，傅爾坎奈利生前是鍊金術師——而我相信他至今仍是。」

接著是一陣氣氛凝重的靜默。菲爾福克斯聚精會神地觀察班的臉色。

班垂眼盯著雙手一會兒，然後嘆了口氣。「你的意思是說，這份手稿能讓你知道如何製作某種……某種救命的藥水嗎？」

「一種萬靈丹。而傅爾坎奈利知道其中的秘密。」

「聽著，菲爾福克斯先生，我理解你的處境有多麼痛苦。」班措辭謹慎地說，「我可以體諒你的心情。人們容易盲目地相信某種神秘藥物能行奇蹟之事。但是像你這般才智非凡的人……你不覺得這是在自欺欺人嗎？我是說……鍊金術？尋求更專業的醫學意見應該比較好吧？例如某些新型治療方式，或是某種現代科技之類的？」

菲爾福克斯搖搖頭。「我說過，現代科技所能做的我們都已經試過了。我嘗試了一切可能。相信我，我對這個領域做了非常深入的研究，所以對於這件事，我絕對不是隨便說說而已。比起今日所謂的『專家』，科學本身反而更值得我們相信。」他頓了頓，「霍普先生，我是一個自豪的人。我擁有非常成功的人生，也具有相當可觀的影響力。然而現在在你眼前的，只是個可憐的老爺爺。如果我覺得這樣做能夠說服你的話，我真的願意跪下來求你幫助我——幫助露絲。你或許認為我的要求太愚蠢，但是看在仁慈的上帝還有那個親愛的乖孩子的份上，難道你無法遷就我這個老人，接受我的委託嗎？你有什麼好損失的呢？如果露絲沒能活下來，失去最多的會是我們。」

班遲疑了一會兒。

「我知道你沒有家人或孩子，霍普先生。」菲爾福克斯接續說道，「或許唯有身為人父，或是作為一名祖父，才能真的體會看著心愛的子孫受苦或死去是什麼感覺。沒有任何父母應該承受這樣的折磨。」他堅定地看著班。「請找到傅爾坎奈利的手稿，霍普先生。我相信你會成功的。我願意付一百萬英鎊作為酬勞，並且預先支付你四分之一的金額；手稿安然送達後，我會再付清尾款。」他拉開書桌抽屜，拿出一張支票，然後將其滑過光亮的木製桌面。班拿起支票，受款人寫著他的名字，金額為二十五萬英鎊。

「只要我簽名，」菲爾福克斯靜靜地說，「這筆錢就是你的了。」

班站起身，手中依然握著那張支票。菲爾福克斯目不轉睛地看著他走到窗前，望著廣闊莊園上搖曳的樹。班沉默了一會兒，然後重重地發出一聲鼻息。他緩緩轉身面對菲爾福克斯。「這不是我的工作；我只查明失蹤人士的下落。」

「我這是在請你救救一個孩子的性命。用什麼方式達成，真的這麼重要嗎？」

「你這是在要我白費力氣尋找『你相信』能夠救她一命的東西。」他將支票丟回菲爾福克斯的桌上，「但是我不認為這樣可行。很抱歉，菲爾福克斯先生。謝謝你的提議，但是我沒有興趣。現在，我想請你的司機載我回機場。」

5

寬廣的田野上野花盛開，茂盛的綠草隨風搖曳；少年與小女孩手牽著手，奔跑、嬉笑著。陽光照得他們的金髮閃閃發亮。男孩鬆開牽著女孩的手，跪在地上摘下一朵花。她咯咯笑地跑在前頭，長著雀斑的雙頰紅潤，淘氣地回頭朝他皺皺鼻子。男孩遞出手中的花給她，而她頓時站在遠處，身旁有條通道，通往一座圍牆高聳的迷宮。

「露絲！」他呼喚著她，「回來！」小女孩將雙手圍在嘴邊喊道：「來找我啊！」然後露齒而笑地穿過通道，消失了身影。

少年追上去，但是事有蹊蹺。迷宮與他之間的距離越拉越遠。他大喊：「別走，露絲，別丟下我！」他跑啊跑，然而此刻腳下所踩的不再是草地，而是沙子，又軟又深的沙子；他的雙足陷入其中，腳步踉蹌。

然後，一名穿著飄逸白袍的高大男子擋住了他的去路。男孩的頭只達男子的腰，讓他覺得渺小而無助。當他繞過男子來到迷宮入口時，看見露絲的身影自遠處倏然掠過。她不再嬉笑，而是恐懼地哭泣著消失在轉角處。他們四目相接了最後一次，從此她便沒了蹤影。

然後出現數名身穿白袍、蓄著黑鬍的高挑男子。他們以上臨下地圍著他，阻擋他的路與視線，用一種他聽不懂的語言急促而含糊地對他說話。男子們咧著嘴，露出參差不齊的牙齒，逐漸向他圍攏；他們的眼睛又白又圓，臉是赤褐色的。接著他們用強而有力的手抓住男孩的臂膀，箝制他。他又叫又喊地，拚命掙扎，但是他們的人數越來越多，而他被定在原地動彈不得……

班緊緊握著手中的玻璃杯，感覺威士忌燒灼自己的舌頭。起伏的灰色浪濤拍打著海灣的岩石，曙光令遠方的地平線緩緩明亮起來。

當他聽見身後的開門聲時，他轉身離開窗戶。「早安，溫姨。」他試著擠出一絲笑容，「妳怎麼這麼早就起床了？」

溫妮擔憂地看著班，眼睛瞥見他手中的酒杯，與放在他身後桌子上的空酒瓶。「我以為我聽見有人在說話。一切都還好嗎，班？」

「我沒辦法重新入睡。」

「又作噩夢了？」她會意地問。

他點點頭。溫妮嘆了一口氣，拾起擺在威士忌酒瓶旁的泛黃舊照片；先前班已經凝視著這張照片良久。「她真漂亮，不是嗎？」老婦人搖搖頭，咬著下唇低聲說道。

「我好想她，溫妮。都過這麼多年了。」

「你以為我不知道你的感受嗎？」她抬眼看著班，「我想念他們每一個人。」她小心翼翼地將照片放回桌上。

他再次舉起玻璃杯，將杯中物一仰而盡。

溫妮皺起眉頭。「班，喝酒——」

「別對我說教，溫姨。」

「以前我從沒嘮叨過你，」溫妮的態度堅決，「但是你越喝越兇。怎麼了，班？自從你見了那個男人之後就一直焦躁不安，也不吃東西。這三天晚上你幾乎沒睡。我很擔心你。你看看你——臉色蒼白得不像話。而且我知道這瓶酒是你昨晚新開的。」

班微微一笑，俯身親吻她的額頭。「對不起，我剛剛說話太衝了。我不是故意要讓妳擔心的，溫姨。我知道跟我一起生活不是件容易的事。」

「那個男的到底要你做什麼呢？」

「菲爾福克斯嗎？」班轉身面向窗戶，重新眺望著海面，看著朝陽為雲層下方著上金黃的色彩。「他要我……他要我救露絲的命。」他喃喃地說，並且希望握在手中的不是空杯。

班等到將近九點鐘才拾起電話。

「你有好好考慮我的提議嗎？」菲爾福克斯說。

「你還沒找到其他人吧？」

「沒有。」

「既然如此，那這份工作我接下了。」

6

牛津

班提早抵達位在牛津辯論學會的會面地點。如同多數的大學校友，他是學會的終身會員。令人景仰的牛津辯論學會距離穀市街不遠；數個世紀以來，這個會員制的俱樂部一直是個聚會地點與辯論廳。如同學生時期，他避開大廳堂，從穀市街麥當勞餐廳旁的窄巷進入後門。他朝櫃檯人員亮了亮破舊的會員證，然後走下一條條神聖的走廊——這是他近二十年來，第一次重新置身此處。

回到這裡似乎是件很奇怪的事情。他曾經對自己的生命有所規劃，但是命運卻推翻了一切……由於這些黑暗的記憶，所以他從沒想過自己會再度踏進這個地方，甚或這個城市。

班進入學會的舊圖書館時，羅斯教授尚未抵達。一切都沒變。他環顧周圍的深色木頭鑲板、閱覽桌椅以及數個擺放皮革裝訂書籍的高聳陳列架。圖書館上方，小型玫瑰花窗與畫有價值連城的亞瑟王傳奇壁畫的天花板俯視著這個宏偉的房間。

「班乃迪克！」聲音自他身後傳來。他轉身看見強納森．羅斯開心地在光亮的地板上邁著大步，上前來與他握手。羅斯變得比以前更胖、頭髮更灰白而且稀疏，但是班一眼就認出來對方是多年前認識的歷史教授。「近來可好，教授？好久不見。」

他們在一組圖書館老舊的皮革扶手椅上坐下，並且寒暄閒聊了幾分鐘。教授沒什麼改變——牛津的學術生活數十年如一日。「過了這些年，我有一點驚訝竟然會接到你的電話呢，班乃迪克。你怎麼會突然想到要找我呢？」

班說明了要求與他會面的來意。「然後我想起來，我認識一個全國頂尖的古歷史研究學者。」

「只要別像多數學生叫我『古代史學者』[2]就好。」羅斯笑著說，「那麼，你對鍊金術有興趣啊？」他挑起雙眉，透過一雙鏡片盯著班，「我不認為那種東西合你的胃口，希望你還沒投身在新世紀[3]那一套啊。」

班笑了出聲。「我現在是名作家，只是想做一些研究而已。」

「作家？很好，很好。你說這個傢伙的名字叫什麼來著——法蘭坎希尼？」

「傅爾坎奈利。」

羅斯搖搖頭。「我不敢說我有聽過這個人啊。我不是真的能幫得上忙；這有一點脫離我們這些學院老古板的研究範疇了——即使在這個『後哈利．波特時代』呀。」

班頓時感到灰心受挫。他本來就沒有抱持太大的期待，不認為強納森．羅斯可能提供他許多有關傅爾坎奈利的資料，更別說傅爾坎奈利的手稿了；但是從這樣毫無進展的情況看來，他已經喪失了任何可能的可靠資料來源。這點實在太可惜了。「你能大體上告訴我任何關於鍊金術的事情嗎？」

「我說過了，這不是我的研究領域。」羅斯回答道，「跟多數人一樣，我完全不相信這種把戲。」他笑著說，「雖然不可諱言的是，很少有秘傳的宗教能像鍊金術這樣持續存在了數百年。早從古埃及到中國，經過了歐洲的黑暗時代和中世紀，一直到文藝復興時期——鍊金術在歷史進程中都是個不斷浮上水面的非主流信仰。」教授一邊說，一邊靠在陳舊皮革沙發上伸展四肢，擺出已成了第二本能的老師姿態，「只有老天曉得他們究竟在搞什麼——把鉛變成金、調製神奇藥水和長生不老藥，還有其他一堆有的沒有的。」

「聽起來你不相信鍊金術能製造出可以治療疾病的萬靈丹，是吧？」

羅斯皺起眉頭，注意到班面無表情，心裡納悶他問這個問題的目的。「我認為如果他們研發出一種藥物可以治療瘟疫、天花、霍亂、斑疹傷寒，還有其他歷史上曾經大肆摧殘人類的疾病，我們絕對會知道的。」他聳聳肩，「問題是，這一切只是臆測。沒有人真的知道鍊金術師可能發現了什麼東西。鍊金術以高深莫測聞名——那些神秘的東西、秘密同業、謎語和密碼，還有那些所謂的隱密知識。我個人認為這一切都是虛構的。」

「他們為什麼要這麼隱晦、神秘呢？」班想起這幾天所閱讀過的資料；他用網路查詢如「遠

---

❷ 此處的幽默在於斷句不同所造成的意涵差異。「古代史-學者」指的是研究古代史的學者，但若斷句為「古代-史學者」則帶有貶義。

❸ 新世紀，意指新世紀運動，延伸於十九世紀的超越主義；信仰泛神論以及神秘學，提倡靈修並且主張個人可透過自身潛能開發尋找宇宙的真諦。

古知識」與「鍊金術的秘密」之類的辭彙，瀏覽一個又一個關於神秘學的網站，並且發現了各種有關鍊金術的著作，從十四世紀到現今都有。這些著作的內容全都是令人費解而浮誇的語言，也充滿了秘密的黑暗氣息。他尚且無法決定這當中有多少東西屬實，又有多少比例只是故弄玄虛——畢竟數個世紀以來，他們已經吸引了眾多輕信之徒。

「如果我悲觀一點，我會說他們搞神秘是因為他們其實『沒有』發現什麼值得向世人揭露的事情。」羅斯露齒而笑，「但是你也必須記得，鍊金術師有十分強大的敵人，所以或許他們對於秘密的執著，有些時候其實是一種自我防衛的方式。」

「防衛什麼呢？」

「這個嘛……騙子跟投機者都對他們虎視眈眈。偶爾，有些太過張揚的鍊金術師會不幸地被綁架，逼問點石成金的方法。但是當他們無法讓對方如願以償的時候，就會落得被吊死在樹上的下場。」教授頓了頓，再接續說道，「但是他們真正的敵人是教廷。尤其在歐洲，鍊金術師永遠被當成異端，會跟女巫一樣被燒死。看看中世紀的時候，教宗英諾森三世直接下令天主教宗教法庭對法國的卡塔爾教派❹所做的事情。他們說殺了所有的人是為了執行上帝的事工；但是現今，我們說那是集體屠殺。」

「我聽過卡塔爾教派。」班說，「你可以為我多做說明嗎？」

羅斯摘下眼鏡，用領帶尾端將鏡片擦拭乾淨。「那是個悲慘的故事。卡塔爾教派是中世紀相當盛行的宗教運動，主要根據地在法國南部、今日稱為朗格多克的地方。他們取名自希臘文

Catharos，意指『潔淨』；在宗教信念上有一點極端，認為上帝是一種愛的宇宙準則。他們並不看重耶穌基督，而且甚至也許不相信他的存在，認為耶穌即使真有其人，也絕對不是上帝之子。他們覺得所有事物的本質都是殘酷而腐敗的，包括人類也是。對於他們而言，宗教崇拜只是為了使『低賤物質』提升、精進與轉化，進而與神聖結合。」

班微微笑著。「我可以理解這種論調為什麼會惹毛了正統天主教。」

「當然囉。卡塔爾教派從根本創造了一種教廷無法控制的自由狀態。更糟糕的是，他們公開傳講可能嚴重詆毀天主教可信度與權威的想法。」

「卡塔爾教徒是鍊金術師嗎？」班問，「轉化低賤物質……這聽起來跟鍊金術的概念很像。」

「我覺得沒有人能確切地知道那一點。身為歷史學家，我不會對此說些什麼，以免給自己招惹不必要麻煩。但是你說得很對，鍊金術中關於淨化低劣物質、將其變得更完美而不會腐敗的概念，確實與卡塔爾教派的信念相當一致。不過我們永遠無法確認兩者的關係，因為卡塔爾教派存在的時間不夠長，沒有任何故事流傳下來。」

❹ 又稱為潔淨教派或阿爾比教派，十一世紀時發源於法國南部的天主教異端，相信善惡二元對立觀。十三世紀時，教宗英諾森三世下令十字軍征討卡塔爾教派，十字軍攻至貝西亞城時詢問西妥修道院院長阿馬希克該如何分辨卡塔爾教徒與天主教徒，院長則說：「盡屠之，上帝自會分辨他的子民。」於是貝西亞城內的居民全部遭殺害，但是當中只有兩百多名是卡塔爾教徒。

「他們怎麼了？」

「簡而言之——大滅絕。」羅斯說，「一一九八年，教宗英諾森三世登基後，被稱為異端邪說的卡塔爾教派給了他擴張、強化教會力量的完美理由。十年後，他組織了一支令人畏懼的騎士軍團；在當時的歐洲，從未出現過如此龐大的騎士團。他們是強硬的軍人，當中有許多人曾經參與過耶路撒冷的聖戰。在前十字軍戰士、同時也是萊斯特伯爵的西蒙．蒙福特的率領下，這支強大的軍隊入侵朗格多克，屠殺每個堡壘、城鎮與村莊裡的人，連和卡塔爾教派關係最疏遠的地方也不放過。蒙福特因此得到了『glaive di l'eglise』的封號。」

「教會之劍。」班將那句法語稱號翻譯出來。

羅斯點點頭。「而且他是玩真的。當時的紀錄寫著，光是貝西亞城就有十萬男女老幼被殺害。接下來的幾年，教宗的軍隊席捲整個地區，沿途破壞一切，沒有死在刀下的人也被綁上火柱。一二一一年在拉沃爾，他們將四百名卡塔爾異教徒丟進火堆裡。」

「幹得好啊。」班諷刺地說。

「那真的是個十分惡劣的行為。」羅斯繼續說道，「就在那個時期，天主教教會成立了宗教法庭；那是個教廷官僚的新羽翼，為軍隊所實施的殘暴行為增添更多權力。他們負責監督審問、刑求與處決，只對教宗本人負責，而且擁有無限的權力。一二四二年的某一天，由於異端裁判所的審判官們太過嗜殺，一支厭惡如此作為的騎士分遣隊脫離駐地，在一個叫做亞維儂的地方大肆殺害了一大票審判官。不過當然，反叛騎士很快地被鎮壓。然後在一二四三年，當卡塔爾教派的抵抗時間超乎所有人的預期時，教宗終於決定是時候將他們一舉殲滅。八千名騎士圍攻卡塔爾教派最後的要塞——山頂上的蒙塞古城堡。連續整整十個月，他們用投石器朝城牆擊發無數岩塊，直到卡塔爾教派被自己人出賣而被迫投降。審判官將兩百個可憐的靈魂帶下山，然後活活燒死。一切到此差不多落幕；自古以來，最駭人聽聞的大屠殺之一就此結束。」

「我可以理解，以前投入鍊金術的研究可能會是件相當冒險的事情。」

「就某種程度上而言，至今依然如此啊。」羅斯打趣地說。

班大吃一驚。「什麼？」

教授仰頭一笑。「我不是指他們仍然在公共廣場處死異教徒。我指的是像我這樣的人——學者或科學家——所要面對的危險。沒有人願意觸碰這個主題，因為你會因此被冠上『瘋子』的稱號。時常有人偷嚐了這個禁果，結果人頭落地。不久之前，某個可憐的傢伙就因為這個理由而被解雇。」

「發生了什麼事嗎？」

「某個在巴黎一所大學任教的美國生物學講師，因為進行某種未經准許的研究而讓自己陷入困境……」

「研究鍊金術嗎？」

「之類的。在報章媒體上寫了一些文章，惹毛了一些人。」

「這個美國人叫什麼名字？」班問道。

「我正試著回想他的名字。」羅斯說，「是一名博士……羅普博士，不，是萊德。對，沒錯。這件事在學術圈引起一陣大騷動，《法國中世紀社會學報》甚至也提到這件事。萊德向大學法庭提出不合理解雇的控訴，不過沒什麼用。就像我說的，一旦他們為你貼上瘋子的標籤，你就真的會被迫害。」

「巴黎的萊德博士。」班重複唸著，記在心裡。

「《美國科學月刊》上有篇文章，應該在大學交誼廳的過期刊物裡。等會兒我回去幫你找找，然後再給你電話。裡面可能會有萊德的聯絡方式。」

「謝謝，我去聯絡看看也無妨。」

「喔……」羅斯頓時想起某件事，「我剛剛想到。如果你到了巴黎，有另一個人你可能會想聯繫一下，那傢伙，莫里斯．洛里歐，一個很大的書籍出版商。他對各種神秘學主題很有興趣，出版了很多那一類的書。他是我的好朋友，這是他的名片。如果你見到他，幫我跟他問個好。」

班接過名片。「我會的。如果你找到萊德博士的電話，也請務必告訴我。我真的很想跟他碰面。」

他們開心地握手告別。「祝你研究順利，班乃迪克。」羅斯教授說，「盡量別又隔個二十年才聯絡我啊。」

在遠處，兩個聲音透過電話交談著。

「他的名字叫霍普。」其中一人重述道，「班乃迪克・霍普。」這名男子是英國人；他急切地偷偷低語著。他聲音有一點壓抑，彷彿正用手遮著話筒，以防他人聽見似的。

「別擔心。」另一個帶著義大利腔調的聲音說；他聽起來相當自信而且鎮定，「我們會對付他，就像我們先前處理其他人一樣。」

「問題就在這兒。」第一個聲音不滿地說，「這個傢伙跟其他人不一樣。我覺得他會給我們造成很多麻煩。」

電話另一頭頓了頓。「隨時告知我最新情況。我們會妥善處理。」

7

義大利，羅馬

高大的男子翻著過期的《美國科學月刊》，找到做了記號的那一頁。他要找的那篇標題為〈中世紀量子科學〉的文章，撰寫人是一名在巴黎做研究的美國生物學家，蘿貝塔·萊德博士。他讀過這篇文章，但是由於前幾天他接獲報告，所以現在他以完全不同的角度重新閱讀這篇文章。

初次讀到萊德的文章時，他對於雜誌編輯群抨擊她作品的方式感到十分高興。他們將她批得體無完膚，用了一整篇社論拆穿、奚落她所說的一切；他們甚至用封面讓她出盡洋相。如此公開地對她殺一儆百算是毫不掩飾的詆毀，但是當一名曾經受人尊崇、得獎無數的年輕科學家突然對鍊金術這種東西做出瘋狂而毫無根據的言論時，你還能怎麼做呢？她主張鍊金術研究應該受到重視、給予適當資金，宣稱大眾不應該認為鍊金術只是江湖騙術，甚至是種陰謀——有一天會令物理學與生物學徹底改革。對於這種激進份子，科學機構是不會、也無法容忍的。

自那時起，他便密切注意她的動向，也樂於看到她的事業一落千丈。萊德的名聲全然敗壞；科學界背棄了她，幾乎將她驅逐。她甚至丟了大學教職。當他聽到這個消息的當下，感覺樂不可支。

但是現今他一點也開心不起來。事實上，他感到憤怒而且焦慮。

這個該死的女人一直陰魂不散。她在逆境中展現了令人吃驚的剛毅與決心。儘管大學嘲弄她，儘管瀕臨破產，她依然堅持地做私人研究。現在他的消息來源顯示她有了新進展。當然不是什麼大斬獲，但是已經足以令他擔憂。

這個叫萊德的女人很聰明，危險地聰明。她在小額資本的經費裡所得到的結果，勝過他那設備齊全、高薪聘請的團隊。他絕不容許這樣的情況繼續下去。要是她發現太多東西怎麼辦？一定得制止她。

8

巴黎

銀行保險庫的警衛森嚴，而如果一個人選擇特意放進保險庫的物品代表了他們對事物優先順序的看法，那麼班．霍普的人生觀一定相當淡然。

他在法國巴黎銀行租了保管箱；實際上，裡面所放的東西與他在倫敦、米蘭、馬德里、柏林以及布拉格的保管箱一樣——只有兩樣東西。第一件物品唯一的不同之處在於各國所使用的幣別；但是總金額永遠是一樣的，而且足以讓他在當地停留時間不明的情況下自由活動。住宿、交通與情報是他最大的開銷。很難說得準這份工作會將他綁在巴黎多久。保全人員站在私人檢閱室外頭，他將半數一疊疊捆紮整齊的歐元放入老舊的軍用帆布背包。

班深鎖在歐洲六間主要銀行裡的第二項東西自始至終都一樣——白朗寧Hi-Power GP35。他將保險箱夾層連同剩下的現金一同抬起放在桌上，然後伸手拿出箱底的手槍。

白朗寧Hi-Power GP35自動九毫米手槍是個舊款槍枝，多數已被塑膠質感的新型SIG、HK與Glock戰鬥手槍取代。但是長久以來的事實證明，九毫米白朗寧十分可靠、簡單而耐用，火力與穿透度足以抵禦任何攻擊者。彈匣可裝十三發子彈，外加槍膛上的一顆，足夠迅速解決多數棘手的情況。班認識這種武器已經幾近半輩子，而它就像一只舊手套那般合手。

問題是，他應該把槍留在銀行或是帶在身上呢？各有利弊。優點是，他的工作上有件可以預期的事情，那就是一切都無法預期。白朗寧手槍讓他內心平靜，而光這一點就非常值得。缺點是，在外帶著未登記的槍枝總是有些風險。身藏武器意味著當你在做任何事情時都必須格外小心。只要一名過度熱心的警察決定盤查你的隨身物品，而你也不夠謹慎因此讓他們找到了槍枝，那麼你可能會陷入大麻煩。眼尖的市民可能因為瞥見你夾克下的腰掛槍套而歇斯底里，並且立即讓你變成亡命之徒。除此之外，他幾乎肯定處理這個案件時並不需要帶槍；這次的任務看來終究會白費力氣。

不過管他的，這個風險值得承擔。他將手槍、長管滅音器、備用彈匣、彈藥箱以及槍套連同鈔票放進背包裡，然後呼喚警衛進來將保險箱放回保險庫。

班離開銀行，走過一條條巴黎街道。他在這個城市待了很長的時間；巴黎讓他有回家的感覺，而且他說法語只有一絲英國口音。

他搭乘地鐵回到公寓。班曾為一名極富有的客戶救回孩子，所以對方送了他這個地方當謝禮。雖然公寓位在巴黎市中心，但是隱匿在小巷以及數棟逐漸崩塌的老舊建築後方，因此不易為人所見。公寓唯一入口在建築下方的停車場；你必須從地下停車場爬上昏暗的樓梯，然後穿過厚重的不鏽鋼保全門。他將這間隱蔽的公寓視為安全藏身處。屋內舒適但簡樸——實用的廚房、簡單的臥室，客廳放有單人沙發、桌子、電視與筆記型電腦。而這些東西便是班進出歐洲門路所需的一切。

在午後陽光的照射下，聖母院大教堂隱約浮現在巴黎的天際線上。班逐漸走向那棟聳立的建築時，導遊正為一群揹著相機的美國遊客做解說。「這棟壯麗而珍貴的石砌教堂起建於一一六三年，費時一百七十年建造完成；法國大革命時近乎被摧毀，之後於十九世紀中期整修並恢復往日風采……」

班從西側入口進入教堂。距離他上次踏進教堂已經是多年前的事情了；或者說，他甚至沒有留意過。重回舊地的感覺很奇怪。他不確定自己是否真的喜歡這樣的感受。但是即使如此，他不得不承認這個地方的壯觀宏偉。

眼前教堂中殿華美的設計由下延伸至拱形天花板，美得令人目眩。陽光自建築物西門燦爛的彩色玻璃玫瑰窗照射進來，使大教堂的拱頂與廊柱沐浴在夕陽的餘光中。

班花了許久的時間上下穿梭其中，凝視各種各樣的塑像與雕刻，腳步聲迴盪在石磚上。他的腋下夾著一本二手書《大教堂之謎》，作者即是他應該尋找的人——難以捉摸的鍊金術大師傅爾坎奈利。他手中的是譯本，原文書乃是在一九二二年問世。班在巴黎一間舊書店的「神秘類別」書區中無意間發現這本書，當時他心裡一陣雀躍，以為能從中找到什麼有用的東西。他原本希望書裡有這名男子的照片、一些透露他真名的字句或家族細述——因為那是最有用的線索——以及任何關於手稿的事。

但是以上皆無。書裡談的全是隱匿的鍊金術符號與密碼；傅爾坎奈利宣稱這些不為人知的東西就刻在班現在所凝視的教堂牆面裝飾上。

雄偉的審判之門是一座佈滿繁複石刻的哥德式拱門。在一排排聖人像下方刻著一連串不同圖案與符號。根據傅爾坎奈利的著作，這些刻紋應該具有某種隱含的意義——一種唯有智者才能讀懂的密碼。但是班能解出當中任何一個密碼才怪。我絕對不是智者，他心想著，根本不需要傅爾坎奈利來告訴我這一點。

在魁偉的正門中央、距離耶穌像一碼之處，有個女子坐在寶座上的圓形圖案。她手握著兩本書，一本打開，另一本則是闔起的。傅爾坎奈利宣稱這象徵了開放知識與隱密知識。班瀏覽審判之門上的其他圖案。握著墨丘利之杖❺——單蛇纏繞棍棒的古老醫治符號——的女子、火蜥蜴、手持寶劍與獅子紋飾盾牌的騎士，還有一個渡鴉的圓形徽章。顯然所有東西都隱藏著一些訊息。藉著傅爾坎奈利著作的引導，他在稱為「處女之門」的北門找到一只放在飛簷中段的石棺；石棺上刻著耶穌的生平故事。書上描述石棺周邊的裝飾象徵著鍊金術中的黃金、水銀、鉛以及其他物質。

但是真是如此嗎？對於班而言，它們看起來只是普通的花卉圖案。何以證明中世紀的雕刻家有意識地將深奧的訊息添加在作品裡呢？他能欣賞這些雕塑的美與藝術性。但是這些工藝品能教他什麼嗎？對於幫助一名垂死的孩子，它們究竟有什麼用呢？他思忖著，這種象徵學的問題在於觀者幾乎可以依自己的意識來解讀任何圖像。渡鴉可能只是渡鴉；可是即使當中根本不存在任何隱意，有心之人依然可以輕易地發現弦外之音。將主觀意義、信念或一廂情願的想法投射在數百

❺ 希臘神話中的眾神信使赫米斯的節杖，具有催眠能力。文中提及的單蛇纏杖指的應是羅馬神話醫療之神亞希彼斯的手杖。兩種符號現今均作為醫療標誌。

年歷史的石刻上——而且創作者早已不在人世，無法做出反駁——這實在是件太過容易的事，而陰謀論與邪教的本質就是圍繞「隱密知識」這個概念而產生的。太多人迫切地尋求另一種版本的歷史，彷彿時間進程中所發生的真實事件不足以滿足他們或讓他們覺得有趣。或許這麼做是為了補償人類存在的乏味事實，並且為他們無趣而且毫不刺激的生活增添一點陰謀色彩。整個次文化圍繞著這些迷思成長，將過去的事如同電影劇本般改寫了。從他對鍊金術的研究看來，這似乎只是另一個無謂追求刺激的替代性次文化。

班開始喜新厭舊了。這不是他第一次後悔接下這份工作。要不是為了菲爾福克斯放在他銀行戶頭裡的那二十五萬英鎊，他一定發誓這是有人在開他玩笑。他應該即刻離開這裡，搭乘飛往英國的第一班飛機，將他的錢還給那名老糊塗。

不，他不是老糊塗。他是一個絕望的男人，而且他的外孫女生命垂危。露絲……儘管內心交戰，但是班知道自己依然站在此處的原因。

他坐在教堂長椅上，花了幾分鐘看著來此祈禱的稀落人影並且整理思緒。接著他再次翻開傅爾坎奈利的書，深呼吸一口氣，在腦中回想截至目前從中所蒐集到的資訊。

《大教堂之謎》的序言是由傅爾坎奈利的追隨者所執筆並且之後才加進書裡的。序言中描述傅爾坎奈利於一九二二年時如何將某些材料——似乎沒有人確切地知道是哪些東西——交託給一名來自巴黎的弟子，然後立即憑空消失。根據筆者的說法，從那之後許多人便試圖尋找這名鍊金術大師——顯然，當中也包括一個跨國情報機構。

喔，是啊。這些與他從網路上所搜尋到的資料相差無幾。傅爾坎奈利的故事另有幾種不同的說法，全看你所造訪的網站有多麼不尋常。有人說傅爾坎奈利根本不存在；有人說他是集合了數名不同的人所產生的「合成人物」，藉此掩護致力探索神秘學的秘密社群或同志會；也有人宣稱他真有其人。

根據其中一條資料來源，在這名鍊金術師神秘地消失數十年後，曾有人於紐約見過他；那時他的年齡一定早已超過一百歲。

班一點也不相信網站上所寫的事情，因為它們毫無根據。如果這名鍊金術師沒有留下任何為人所知的照片，目擊報導又怎麼可信呢？真是一團混亂。這些所謂的資料來源之間只有一個共同點，那就是他絲毫沒有找到關於傅爾坎奈利手稿的敘述。

班沒有因為參觀聖母院而發現任何特別有啟發性的東西；不過進入教堂不久後，他倒是留意到一件事——那名跟蹤他的男子。

這傢伙的功力不是很到位。他太鬼祟，太小心刻意地避開班。他一會兒站在遠處的角落，轉頭瞥望；一會兒又坐在長椅上，試圖用祈禱本遮掩自己肥碩的身軀。如果他面帶微笑地向班問路，反而比較不會引人注目。

班的眼睛盯著教堂內的裝飾，表現出放鬆的樣子，讓自己的行為舉止與一般遊客無異。但是從看到跟蹤者的那一刻起，他便暗中仔細地研究那名男子。他是誰？他想做什麼？

遇到這類情況，班喜歡開門見山地搞清楚情況。如果他想知道某人為何跟蹤他，他會直接詢問他們的身分以及他們想做什麼。首先，他必須先做兩件事。第一，將這名男子引到安靜的地方，切斷所有對方可能逃脫的退路。至於他會多麼禮貌地處理這種情況，全看這傢伙在被斷了退路與面對質問時做何反應而定。像他這樣的外行人很可能只消最溫和的一點壓力便會馬上雙腿發軟。

班朝大教堂深處的角落移動，來到祭壇附近，然後舉步開始登上通往高塔的螺旋梯。就在他離開對方的視線時，他瞥見跟蹤者緊張地改變了身體姿勢。班不疾不徐地繼續爬著樓梯，直至二樓露臺。他步出露臺，來到沐浴在陽光下、可以俯視巴黎市內無數屋頂的窄小石砌走道。許多造型可怕的滴水獸、怪獸石像與精靈圍繞在他身邊；中世紀石匠將它們設置在此以嚇阻邪靈。

走道從上橫跨教堂大玫瑰窗的正面，連接兩座高塔。他與垂直距離兩百英尺的地面之間只有低於腰際的格子狀石砌護欄。班隱身，等待跟蹤他的人出現。

一、兩分鐘後，男子來到護牆邊尋找班的蹤影。班等到他遠離樓梯的門才從一尊面目猙獰的惡魔雕像後方站了出來。「喂！」他一邊喊，一邊向對方逼近。男子滿臉驚恐，眼神左右飄忽不定。班將他逼至角落，用身體阻擋了他的逃脫路線。「你跟著我想做什麼？」

班見過許多人面對壓力時的反應，而且他知道每個人的反應皆有所不同。有的人腿軟，有的人逃跑，也有的人會反抗。

這個傢伙則立即訴諸致命的暴力行為。班看見他的右手抽搐了一下，旋即從外套中抽出一把刀。匕首為軍用武器的樣式，有著黑色的雙刃——班曾看過這種格鬥刀，而此人手中握的只是廉價的仿冒品。

班閃過對方的戳刺，捉住他握著匕首的手腕，用膝蓋重擊他的手臂。刀子喀啦掉落在走道上。班繼續緊握男子的手腕，並且扭轉成腕鎖❻；根據過往的經驗，他知道這會非常的痛。「你為什麼要跟蹤我？」班靜靜地重複問道，「我不想真的傷害你。」

接下來所發生的事出乎班的意料之外。

這可不是逃脫腕鎖的好方式——除非刻意讓手腕被扭斷。正常人不會願意這樣，但是這名男子確實這麼做了——他竟然反向擰轉手腕。起初班以為他只是想試圖逃脫，所以收緊擒著對方的手。但是接著他感覺男子的骨頭因轉動而斷裂。軟綿綿的手沒有了反抗的力量，班頓時不再緊握男子的手臂。跟蹤者扭動身子，脫離班的挾制；他的手如同抹布般無力地垂在袖子外，他的雙眼凸出，額頭冒汗，並且因痛苦而抽咽。班還沒能來得及阻止，他便已轉身跑向建築邊緣，自矮牆翻身墜入空中。

男子尚在半空中翻轉的時候，班已經迅速跑下螺旋石梯。當屍體怵目驚心地側身插在遊客旁的鐵欄杆尖柱上時，班早已退至大教堂的陰暗一角。在第一名遊客尖叫，人群蜂擁而出地想一探究竟時，班悄悄溜出建築物，混入七嘴八舌、指指點點的人群裡。

當第一名憲兵抵達案發現場時，他早已遠走高飛。

❻ 格鬥技巧的一種，抓住對方手腕，扭腕鎖肘，讓對方無法動彈。

9

路克．西蒙遲到了。他在警局換上筆挺的西裝，一邊繫著領帶，一邊奔向車子。警員們則在旁納悶探長穿得這麼正式要趕去哪兒。

他急速穿梭在巴黎的車陣中，並且看了一下手錶。他在紀．沙伐[7]餐廳預約了八點鐘的位子，但是當他抵達時已經八點半了。服務生領他穿過廳堂，餐廳裡滿是食客與喊喊喳喳的交談聲，柔和的爵士樂在背景中播放著。他可以看見愛蓮坐在餐廳角落的雙人桌前。她正緊張地翻閱著雜誌，烏黑發亮的頭髮模糊了她的臉部線條。西蒙請服務生立即送上香檳，然後上前與她同坐。

「讓我猜猜。」當他入座在小圓桌的對面時，愛蓮嘆著氣說道，「你沒辦法脫身？」

「我已經盡快趕來了。出了一點狀況。」

「一如往常啊。即使在結婚紀念日，依然是工作優先，對吧？」

「這個嘛，重點來了。殺人瘋子通常不太尊重其他人的個人行程。」他喃喃地說，並且感覺到熟悉的緊張氣氛迅速在兩人之間築起一道牆——這也是十分一如往常的事。「啊，香檳來了。」他盡力露出微笑地說道。

他們無聲地對坐，等待服務生啵地打開軟木塞，為他們斟上香檳，然後將酒瓶放置在銀色冰桶內。路克一直等到他離去才開口說：「嗯……週年紀念快樂。」他輕碰了一下妻子的酒杯。

愛蓮不發一語地看著西蒙。情況看來不太妙。「來。」他摸索口袋，拿出一只小盒子，然後將東西放在桌上。

「我給妳準備了禮物。來，打開看看。」

愛蓮先是遲疑了一會兒，然後才用修長的手指解開禮物的包裝。她掀開珠寶盒，看著盒子裡的東西。「歐米茄腕錶？」

「我知道妳一直想買這種錶。」他盯著妻子的臉，試圖尋找一絲回應。

她將手錶塞回盒中，然後丟在桌子中央。「東西很漂亮，但是這東西不是給我的。」

「妳說這話是什麼意思？這當然是送給妳的啊。」

她哀傷地搖搖頭。「送給下一個女人吧。」

西蒙的臉色一沉。「妳在說什麼，愛蓮？」

她垂眼看著雙手，避開了他的視線。「我想離婚，路克。我受夠了。」

他愣了好一會兒。他們的香檳一口未動，氣泡已經散了。「我知道我最近忙瘋了。」他試著維持平穩的語氣說道，「但是情況會有所好轉的，愛蓮，我保證。」

「已經四年了，路克。情況根本不會好轉。」

「但是……我愛妳啊。難道這一點毫不足取嗎？」

❼ 法國老牌主廚，獲得米奇林三星的評價。

「我有新對象了。」

「妳可真是挑了一個好時機跟我說這件事啊。」

「對不起，我努力嘗試過，但是我永遠見不到你的人。我們還得先約好才能像這樣坐下來談事情。」

他感覺自己的臉正在抽搐。「所以妳有新對象了，很好，這該死的傢伙是誰？」

她沒有回答。

「我─問─妳─這─該─死─的─傢─伙─是─誰？」他勃然大怒，咬牙切齒地用拳頭粗暴捶著桌子。他的玻璃杯傾倒、滾落桌緣，然後砸碎在地。所有人轉頭側目，餐廳為之安靜了幾秒鐘。

「你又來了，當眾大吵大鬧。」

服務生一臉困窘地上前來。西蒙轉頭瞪著他。

「先生，麻煩你尊重──」

「離這張桌子遠一點。」西蒙靜靜地從齒間擠出話語，「否則我會把你扔出那扇該死的窗戶。」服務生快步離去，與蹙著眉頭的經理談了一下。

「你看？你的反應總是這樣。」

「這麼說，或許妳想趁我在外頭忙得焦頭爛額、屁滾尿流的時候告訴我妳跟誰上床囉？」他知道說這種話只會讓兩個人之間的氣氛惡化。冷靜，冷靜下來。

「你不認識他。你只認識警察、妓女、殺人犯跟死人。」

「這是我的工作，愛蓮。」

淚水自她的眼角滑落，他看著淚珠滑過妻子完美的臉頰。「是啊，那是你的工作，那是你的生活。」她抽抽鼻子，「你就只會想到這些。」

「我們剛認識的時候，妳已經知道我是做什麼的了。我是個警察，我做所有警察要做的事。什麼都沒有改變啊？」西蒙感覺內心的怒火再次點燃，因此竭力抑制說話的語氣。

「是我變了。我以為自己可以適應，我以為自己可以習慣等待，習慣擔心不知哪天我的丈夫會躺在棺木裡被送回家。但是我做不到，路克。我無法呼吸，我需要重新覺得自己還活著。」

「那個男人讓妳覺得自己重新活過來了嗎？」

「至少他不會讓我覺得我的內心逐漸死亡。」愛蓮突然說道，「我只是想要過正常的生活。」

他伸手撫摸她的雙手。「如果我放棄這一切呢？如果我只是一個普通人……如果我遞辭呈，找別的工作呢？」

「什麼樣的工作？」

他頓了頓，意識到除了當警察，他想不到自己在世界上還能從事什麼職業。「我也不知道。」他承認道。

愛蓮搖搖頭，從他的掌中抽回雙手。「你天生就是做警察的料，路克，你討厭做其他的事。而且你會因為我逼你放棄自己最愛的職業而恨我。」

他悶不作聲地思忖了一會兒。在內心深處，他知道愛蓮說的是事實。他忽略了她，而現在他得為此付出代價。「那如果我休假一段時間呢，例如一個月？我們可以一起出去玩，去任何妳想去的地方。維也納如何？妳總是說想去維也納走走。妳覺得呢？妳知道的，聽聽歌劇啊、搭運河小船啊……諸如此類的。」

「搭運河小船是在威尼斯。」她一本正經地說。

「那我們也可以去威尼斯。」

「我想我們現在談這些已經有點太晚了，路克。即使我答應你，然後呢？一個月後，所有問題依舊重演，跟以前一樣。」

「妳可以給我一次機會嗎？」他靜靜地問，「我會試著改變。我知道我有能力改變的。」

「太遲了。」她啜泣道，垂眼盯著酒杯，「今晚我不會跟你回家了，路克。」

10

這個地方與班預期的樣子完全不同。對他而言，「實驗室」這個詞會讓人聯想到現代化、寬敞、具特定用途而且設備齊全的大樓。當他依照電話裡的男子所提供的指示來到巴黎市中心的一棟舊公寓時，他霎時倍感錯愕。這裡沒有電梯，所以他踩著咯吱作響的曲折樓梯、扶著破舊的鍛鐵扶欄爬了三層樓，來到窄小的樓梯平臺；平臺兩側各有一扇門。他可以嗅到潮濕的霉味與氨水味。

爬樓梯的時候，班一直思索著在聖母院所發生的事。這件事在他心頭縈繞。來此的路上他十分謹慎，不時停下來探看商店櫥窗的倒影，留意身旁的人。然而此時此地，若有人跟蹤班，心不在焉的他也不會發現對方。

班確認了門牌號碼後按響門鈴。幾分鐘後，一名身材纖瘦、頂著一頭深色捲髮而且膚色蠟黃的年輕人前來開門然後領他入內。結果這裡只是一間狹小的公寓而已。

他敲了敲掛有「實驗室」牌子的門，等了一下才走進去。

實驗室其實只是閣樓改建成的套房。一張張工作桌因著十多臺電腦的重量而彎陷。四處成堆的書籍與資料夾隨時有倒塌的危險。實驗室的一頭是洗手槽以及一整套破舊的科學設備、放置在網架上的試管和一只顯微鏡。所剩無幾的空間裡勉強放置了一張書桌；身穿白色實驗袍、年約三十初頭的年輕女子坐在桌前。深紅色的頭髮盤成圓髻，賦予她嚴肅的神態。她天生麗質，不需化妝也十分動人，身上唯一的飾品是一對樣式簡單的珍珠耳環。

當班走進實驗室，她微笑地抬起頭。

「打擾一下，我要找萊德博士。」他以法語說道。

「你已經找到她啦。」女子用英語回答道。是美國腔調。她站起身。「請叫我蘿貝塔。」他們相互握了握手。

萊德留意對方的反應，等待那無可避免的挑眉與「喔，是個女人啊！」或者「我的天啊，這個年頭的科學家越來越漂亮了！」這類假裝驚訝的評論。幾乎她所遇到的男人都曾說了類似的話，這讓她感到極為惱火。而觀察對方初次見面時的反應幾近成為她評判男人的例行測試。當她告訴男人自己是空手道黑帶時，所得到的仍然是同樣令人生氣、不經大腦的回應：「喔，那我得小心點囉。」渾蛋。

但是當她邀請班坐下時，她發覺他的臉上沒有露出任何表情。真有趣。他不是那種她所知的典型英國男人；他沒有粉紅的面頰、啤酒肚、糟糕的衣著品味或是地中海型禿頭。這位坐在她對面的男子身材較高，將近六呎（一八三公分）；牛仔褲、薄夾克，修長而健壯的骨架上穿的是黑色高領套頭……這樣的裝扮讓他顯得瀟灑自如。他的年紀也許大自己五、六歲。他擁有彷彿在熱帶國家待了一段時間後的黝黑膚色，濃密的金髮也因日曬而褪了色。他是那種她會主動追求的男人，但是他的下巴給人一種冷漠的距離感，那雙藍色眼睛也流露出冷酷與疏離。

「謝謝妳同意見我。」男子說。

「我的助理米歇爾說你是《週日泰晤士報》的記者。」

「沒錯。我正在為雜誌副刊撰寫一篇特別報導。」

「喔？那麼有什麼我可以為你效勞的嗎，霍普先生？」

「叫我班就好。」

「好吧，有什麼我可以為你效勞的，班？喔，對了，這位是米歇爾・薩狄，我的朋友兼助手。」她朝米歇爾揮揮手；後者正巧走進實驗室尋找檔案。「嗯……我正打算煮咖啡。你要嗎？」蘿貝塔問道。

「好的，請給我一杯咖啡。黑咖啡，不加糖。我得打個簡短的電話，妳介意嗎？」

「我不介意，你請便。」說完，她轉頭詢問米歇爾，「你要喝咖啡嗎？」她的法語無懈可擊。

「不，謝了。我等會兒要出去給路登買魚。」米歇爾也用法語回答道。

她笑著說：「你那隻該死的貓吃得比我還好呢。」

米歇爾咧嘴而笑，然後轉身離去。蘿貝塔煮咖啡的時候，班拿出電話，撥打洛里歐——羅斯提過的那名出版商——的號碼，但無人接聽。班留下訊息與自己的電話號碼。

「就一個英國記者而言，你的法語說得相當好呢。」蘿貝塔說。

「我周遊列國。妳的法文也很不錯啊。妳住在這裡多久了？」

「到現在快六年了。」她啜了一口熱騰騰的咖啡，「好了，咱們言歸正傳吧，班。你想跟我談談鍊金術？你怎麼會找上我呢？」

「我從牛津大學的強納森・羅斯教授那兒得知的。他聽說過妳的研究，認為妳或許可以幫得上我的忙。當然，文章中所採用的任何資料都將歸功於妳。」他說謊道。

「你大可不用放上我的名字。」蘿貝塔咧嘴說道，「或許最好完全別提到我。現在我已經正式變成科學界的賤民了。不過如果有什麼幫得上忙的地方，我會盡量提供協助。你想知道些什麼呢？」

班在椅子上向前倚身。「我想多了解一些鍊金術師所做的事情，例如……傅爾坎奈利。」他刻意讓語氣聽起來很隨意，「他們是誰，做了些什麼事，他們可能發現了什麼，諸如此類的。」

「傅爾坎奈利啊……」她頓了頓，平視著他，「你對鍊金術的認識有多少，班？」

「非常少。」他如實說道。

蘿貝塔點點頭。「好。嗯，首先，我要講清楚一件事。鍊金術不只是為了把原料變成黃金，懂嗎？」

「妳介意我現在開始做筆記嗎？」他從口袋抽出小便條本。

「請便。我的意思是，理論上，創造黃金不是不可能的事。化學元素間的不同只在於如何操縱微小的能量粒子——這邊減一顆電子，那邊添一顆電子；理論上你可以這樣將一種份子改變成另一種。但是我認為這並非鍊金術真正的目的；我將點石成金這件事看為一種比喻。」

「怎麼樣的比喻呢？」

「你想想看，班。黃金是最穩定、不易被侵蝕的金屬。金永遠不會被腐蝕、永遠不會失去光澤。純金製作的物品過了幾千年依然保持完好；相較之下，其他金屬，例如鐵，一下子就生鏽、化成烏有。現在請想像一下，如果你能找到一種技術用來穩定會腐壞的物質、防止惡化……」

「防止什麼東西惡化？」

「原則上，任何東西啊。宇宙間所有東西基本上都是由同一種物質構成的。我認為，鍊金術師最終想尋找的是自然界裡的一個通用元素，然後藉由萃取、控制利用這個元素，維持或恢復物質的完好——我指的是任何物質，而不單只是金屬。」

「我懂了。」他在便條本上做下記錄。

「懂了喔？好，現在如果你能找到這種技術，而且成功地執行，那麼這個技術將有無窮的潛力。這就像逆轉一顆定時炸彈——用大自然的力量來創造，而非毀滅。作為生物學家，我感興趣的是這種技術對於活生物體——尤其人類——的可能影響。要是我們能減緩活組織的衰敗，甚至讓生病的組織恢復健康功能呢？」

他無須多加思考，「那麼你便掌握了終極的醫學技術。」

她點點頭。「想必如此。結果也將令人難以置信。」

「妳真的覺得這樣是對的嗎？我的意思是，鍊金術師們真的有可能發展出這種技術嗎？」

蘿貝塔微微一笑。「我知道你在想什麼。的確，多數的鍊金術師也許只是瘋癲而且氣數將盡的老頭，滿腦子裝著關於魔法的瘋狂想法；或許甚至當中有些人將鍊金術視為一種巫術，就像從幾世紀前瞬間移動到現代的古人會認為網路——甚或電話——是黑暗法術那樣。但是也有些鍊金術師是認真、嚴肅的科學家。」

「例如有誰？」

「艾薩克・牛頓。這位古典力學之父私底下也是名鍊金術師——有些現今科學家仍然採用的重大發現可能就是以他的鍊金術研究作為基礎。」

「這我倒是沒聽說過。」

「當然囉。另一個你耳熟能詳而且積極投入鍊金術的人，是達文西。」

「那個藝術家？」

「他同時也是個絕頂聰明的工程師、設計師以及發明家。還有一位數學家，喬丹諾．布魯諾——一六〇〇年，天主教宗教法庭將他綁在木樁上燒死。」她扮了個鬼臉，「讓我感興趣的是這些鍊金術師。他們為能夠改變一切的全新現代科學打下基礎；這是我所相信的，我的工作基本上也與這個有關。」她頓了頓，「不如這樣吧，與其我只是動動嘴跟你說這些，倒不如我給你看樣東西？你討厭蟲子嗎？」

「蟲子？」

「昆蟲。有些人一看到牠們就抓狂。」

「不，我不會。」

蘿貝塔打開一扇雙開門。門後的空間本來應該是作為大壁櫥或衣櫥之用，如今已經改造成擺放玻璃箱的層層木架。玻璃箱裡裝的不是魚，而是蒼蠅。數以萬計的蒼蠅，黑壓壓地分批成群停在玻璃上，看了令人毛骨悚然。

「喔，天啊。」班退縮地低聲說道。

「很噁心吧？」蘿貝塔爽朗地說，「歡迎來到我的實驗小天地。」

兩只玻璃箱分別標上了A與B。「B箱是對照組。」她解說道，「也就是說，那些只是一般的蒼蠅——照顧得宜但是沒有得到任何特殊處理或治療。A箱則是實驗組蒼蠅。」

「好……那牠們呢？」他謹慎地問。

「我讓牠們服用一種配方。」

「是怎麼樣的配方？」

「我還沒為它取名。這個配方是我發明的——或者應該說，是我仿效數個古老的鍊金術著作而製成的。其實真的只是經過特殊處理的水而已。」

「什麼樣的處理？」

她微笑地說：「特殊處理啊。」

「服用這種水的蒼蠅產生了怎麼樣的變化嗎？」

「哈，有趣的地方來了。一隻成熟、營養充足的家蠅，壽命通常為六週；B箱蒼蠅的壽命差不多是這個長度。但是從食物中攝取少量配方的A箱蒼蠅，生命期限變成了八週——全部延長了百分之三十至三十五。」

班瞇起雙眼。「妳確定嗎？」

她點點頭說：「我們已經繁衍到第三代了，實驗結果維持不變。」

「所以說，這只是最近的突破囉？」

「是的，其實我們尚在實驗的第一階段。我依然不清楚配方有效的原因，以及如何解釋這種效果。我知道我可以有更好的實驗結果，而且我會的……到時候，我將會在科學界的屁股上點燃一顆嗆紅辣椒。」

班正想有所回應時，他的手機響起。「媽的，不好意思。」他忘記在訪問前將手機關機。

「怎麼了？你不打算接電話嗎？」蘿貝塔揚起單邊眉毛。

他從口袋拿出手機，按下接聽鍵。「喂？」

「我是洛里歐。我聽到你的留言了。」

「謝謝你回電，洛里歐先生。」班帶著歉意的眼神看了蘿貝塔一眼，同時比出一根指頭，彷彿示意著「一下下就好」。她聳聳肩，啜了一口咖啡，然後從桌上抽起一張紙，開始閱讀。

「我有興趣跟你碰個面。你願意今晚到寒舍小酌一杯、聊聊嗎？」

「當然願意。你住在哪裡呢，洛里歐先生？」

蘿貝塔將紙張丟回桌面，嘆了口氣，並且以誇張的動作看了看手錶。

「我住在瑪歌別墅，靠近布里涅南庫爾村，蓬圖瓦斯的另一邊。離巴黎不遠。」

班記下所有細節。「布里涅南庫爾。」他迅速地重複道，並且試著在不冒犯洛里歐的前提下結束對話。這個人或許是重要的門路，但如果你要假扮成記者，至少該他媽的試著擺出一點專業的樣子吧；班一邊想著，一邊生自己的悶氣。

「我會派我的車去接你。」洛里歐說。

「好的。」班在便條本上寫著，「今晚八點四十五分……好的……我很期盼與你會面……那麼，再次謝謝你回電……再見。」他將電話關機後放回口袋。「很抱歉。我現在關機了。」

「喔，沒關係。」她刻意讓對方聽出語氣裡的一絲諷刺，「我又沒什麼真正的工作要做，是吧？」

他清清喉嚨。「所以說，這個配方是妳的……」

「是啊。」

「妳有嘗試使用在其他物種上嗎？比如說，人類？」

她搖搖頭。「還沒。那應該會滿轟動的，不是嗎？如果人體實驗結果跟蒼蠅的實驗一樣，一個健康人體的預期壽命將能從……嗯，八十歲增加到大約一百八十歲。而且我甚至覺得我們可以得到更好的效果。」

「如果有隻蒼蠅生病或即將死亡，這個東西有辦法治好牠的任何毛病，讓牠繼續活下去嗎？」他試探地問。

「你是說，這個配方是否具有藥物特性嗎？」她重複問題，然後彈了彈舌頭，嘆了口氣，「我希望我能說有啊。我們嘗試讓B箱垂死的蒼蠅服用配方，想看看會有什麼結果，但是牠們還是死了。目前看來似乎只有預防的功效。」她聳聳肩，「不過誰曉得呢？一切才剛起步；隨著時間推移，我們也許可以研發出某種不只能延長健康樣本的壽命，也可治療生病者的東西，或者甚至讓生物體永遠不死。如果我們能將這種效果運用在人體上，最終……」

「聽起來妳可能已經發現某種長生不老藥了？」

「這個嘛，我們先別高興得太早。」她輕聲笑著說，「但是沒錯，我想我掌握了某些重要訊息。問題是我缺乏資金。如果想要真正放手去做並且證實配方的效果，我們便需要認真做些臨床實驗。這將耗費多年的時間。」

「妳為什麼不向藥廠申請資金贊助呢？」

她笑著說：「喔，老天啊，你真的好天真。我們現在講的可是鍊金術呢。大家都認為這是巫術、巫毒，是胡扯淡。不然你以為我為什麼要在空臥室做這項實驗呢？從我寫了關於鍊金術的文章到現在，沒有人認真看待過我。」

「我聽說妳因此惹上了一些麻煩。」

「麻煩？」她哼地一聲說，「是啊，你可以這樣說。先是《美國科學月刊》用封面對我大肆報導；某個自以為風趣的編輯在我頭上加了一頂巫婆帽，而且在我的脖子上加了一個『美國不科學』的標誌。再來，大學裡的那些渾蛋解雇我，不提供我任何支援；他們對我的事業一點幫助也沒有，甚至把老米歇爾從實驗室技術員的位子上開除，說他浪費大學的時間跟金錢在我這個騙人的計畫上。他是唯一陪我走過這一切的人。我在能力範圍內付他薪水，但是這對我們兩人來說都很艱難。」她搖頭嘆息，「一群渾蛋。但是我會證明給他們看的。」

「妳手邊還有配方嗎？」他問，「我很想看看。」

「不，沒有。」她堅定地說，「我用完了，需要再製作一些。」

他直視蘿貝塔的眼睛，尋找她是否說謊的跡象，但是很難判斷。他停頓不語了一會兒。「那麼妳覺得有可能讓我拿一份妳的研究筆記副本嗎？」他希望這個要求不會顯得太過大膽唐突。他曾想過付錢給她，但是這會立即讓她產生懷疑。

她搖搖手指。「哈，想得美，老兄。你以為我會笨到把配方的作法記下來嗎？」她輕輕敲了敲自己的頭，「東西全在這裡。這是我的寶貝，沒有人可以染指它。」

他懊悔地露齒而笑。「好吧，當我沒說過。」

隨後兩人無語相對了幾秒鐘。蘿貝塔先是以期待的眼神看著他，然後將雙手平放在膝上，彷彿示意採訪終了。「還有什麼我幫得上忙的嗎，班？」

「我不會再佔用妳的時間了。」他擔心若是要求看她的筆記，便會把事情搞砸，「但是如果妳有什麼重大突破，可以請妳打個電話給我嗎？」他將名片遞給她。

蘿貝塔伸手接過，並且微笑著說：「如果你希望的話，沒問題。不過別高興得太早，這需要很長的時間。我看啊……三年後再打電話問我情況吧。」

「就這麼說定了。」

11

將深紅色的波浪捲髮披散在肩後，並且把實驗袍換成牛仔夾克，蘿貝塔．萊德頓時看起來不再像個嚴峻的科學家。「米歇爾，我要出門去。今天剩下的時間你就休息吧，好嗎？」她從臥室拿了運動用的大手提袋，抓起車鑰匙，出發前往市中心另一邊的蒙帕納斯，到武術中心上每週的課程。

開車時，她想著與記者班．霍普的面談情形。面對外界，她總是必須表現得像個大膽、堅強、叛逆而且特立獨行的科學家，而且還得擺出一副「有一天要所有人好看」的樣子——這是她一直堅守的形象。沒有人了解她內心的脆弱。他們不知道她心中的恐懼，以及讓她在夜裡無法成眠的憂慮。被大學開除的那天，她大可輕鬆地收拾行李，跳上最近一班飛機飛回美國。但是她沒有這麼做；她留下來堅持到底。現在她不禁懷疑這樣的決定究竟是否明智。她所做的一切犧牲是否值得？她是否只是在追逐一個不可能實現的夢想？是否在自欺欺人，以為她所堅持的立場真的可以改變什麼？她的積蓄快要用盡，她必須試著從其他地方尋找補助性收入——也許去當學童的私人科學家教。即使這樣，收入也不足以讓她勉強餬口、支付米歇爾微薄的薪水，以及作為研究資金。之後的兩、三個月將見真章；到時候她將知道自己是否可以繼續，或者必須全盤放棄。

蘿貝塔回到公寓時約五點半。她舉著沉重的雙腿登爬螺旋梯，樓梯間迴盪著她的腳步聲。當天的課程相當累人，而尖峰時刻的交通更是令她渾身躁熱。

當蘿貝塔來到所屬樓層的樓梯平臺並且拿出鑰匙時，她發現門並未上鎖。是米歇爾回來拿東西嗎？除了門房，他是唯一另一個擁有鑰匙的人。但是看起來不像他打開後忘記關門。

她走進公寓，從微微開啟的門朝實驗室探望。「米歇爾？你在嗎？」無人回應，沒有人在的跡象。她推門進入實驗室。

「喔，老天啊。」

公寓遭竊。檔案散落滿地，抽屜倒置，所有東西被翻遍。但是真正讓她站在原地倒抽一口氣的是那名朝她衝來、戴著黑色兜帽的高大男子。

男子戴著手套的手突然伸向她的喉嚨。她不加思索地向前舉起雙手，架開他的手臂，阻擋了對方的攻勢。錯愕的攻擊者猶豫了半秒鐘，這段時間足以讓她採取下一步——重踢他的膝蓋。若是這腳成功落在對方身上，這場打鬥當下便可結束；但是男子即時往後跳開，而她的腳僅僅掠過他的皮膚。他一邊痛苦地咕噥，一邊踉蹌地向後退，然後重重跌倒在地。

她轉身逃跑，但是男子伸出粗壯的手臂將她絆倒，令她大字形地摔在地上。她的頭啪地重重撞到牆，霎時眼冒金星。當她重新站起身時，他已近在兩公尺之處而且手握刀子。男子高舉匕首朝她撲來，準備落刀刺殺她。

蘿貝塔對於攻擊與防身術這類事情略有了解。訓練精良的用刀者會將武器貼近自己的身體，然後向外戳刺，並且藉由旋轉背部肌肉增強力道，做出最致命的重擊。這種攻擊動作幾乎無法擋禦，也難以從攻擊者手中奪刀。但是以低手方式握刀並且向下戳刺則是另一回事。理論上，她知道自己可以阻止這個攻勢……理論上可以。在跆拳道館，他們只用橡膠假刀練習過這個防禦動作，而且教練從來不是全速衝刺。

貨真價實的刀子又重又急地落下，不過蘿貝塔的速度更快。她捉住對方的手腕，往側邊向下一拉，另一隻手則以反方向全力擰扭對方的手肘。同時，她抬起膝蓋，狠狠地重踢他的鼠蹊。

這個動作奏效。蘿貝塔感覺到一陣嚇人的斷裂，男子的手臂隨之折斷。他的慘叫聲刺進她的耳膜，面罩後的臉因痛苦而扭曲。他手中的匕首掉落，扭曲的身體跟著癱落。他蜷曲著身子墜地，接著又是一聲慘叫。

她直挺挺地站在男子身邊，驚恐地看著他擺扭身軀仰躺在地，而且刀子深深插在他的胃部。他跌在匕首上，自身的體重與跌落時的衝力使刀鋒沒入他的體內。他拚命握著刀柄，試圖拔出刀子。幾秒鐘後，他的動作緩慢下來，抽搐的身體逐漸鬆弛，最後不再動彈。鮮血慢慢向外流淌，在地磚上形成一條細細的血流。

她緊閉雙眼，雙膝不停顫抖。也許當她重新張開眼睛時，躺在血泊裡的死屍就會不見。不過這只是異想天開。他依然在原處，半張著嘴、眼神空洞地盯著她，猶如砧板上的魚。

蘿貝塔身體裡的每條神經都在尖聲喊著「快跑」，但是她壓抑住這股衝動。她提心吊膽地緩緩在屍體旁蹲下，顫抖的手伸進已死男子的黑色夾克前口袋。她從裡面找到一本被血半浸濕的小日記本。她翻閱滴著血液的內頁，企圖尋找任何名字、電話或一絲線索，同時因手指上沾染的鮮血而厭惡地發顫。

日記本幾乎是空白的。然後她終於在最後一頁發現兩個用鉛筆草草寫下的地址。一個是她的，另一個則是米歇爾的。

他們已經找上他了嗎？她掏出手機，急切地向下捲移手機電話簿，直找到「M．Z．」，然後按下播號鍵。「快啊，快啊。」她一邊等待，一邊喃喃地唸道。

無人接聽，電話轉進米歇爾的答錄機。

蘿貝塔不知道是否應該報警。她想了想，決定現在沒有時間做這件事了。天曉得何年何月才能接通警局總機，而她必須立刻趕去米歇爾的住處。她跨過屍體，將前門拉開一條細縫。

危機解除。她鎖上身後的門，連走帶跑地下樓。

汽車以瘋狂的角度停在米歇爾的公寓外，輪胎發出尖銳刺耳的摩擦聲。蘿貝塔衝向公寓大門。她按了幾次對講機上標有米歇爾名字的門鈴，緊張的情緒隨著久候而逐漸升高。

兩、三分鐘後，一對談笑風生的情侶從公寓出來，她藉機溜了進去。經過大樓管理員室，進入中庭後，蘿貝塔發現自己置身在通往階梯的昏暗石砌走廊上。米歇爾的公寓位在一樓。她砰然敲響他的門，但無人回應。她穿過門廳，回到中庭。米歇爾的臥室窗戶微微開啟。她七手八腳地爬上窗臺。窗戶的縫隙不大，但是她的身材夠纖細，可以勉強擠過去。

她一進入公寓，便躡手躡腳地走過每個房間。屋裡沒有人，但是桌上擺著一杯幾乎見底的咖啡，旁邊則是吃剩的餐點；食物摸起來微溫，而且米歇爾書桌上的筆記型電腦依然開機著。他一定才剛剛離開，她想。如果是這樣，代表他安然無事。她放鬆緊繃的肌肉，覺得鬆了一口氣。也許他很快就會回來。

電話突然響起，嚇了她一大跳。鈴響兩聲後，電話答錄機自動接聽。喇叭傳出米歇爾熟悉而含糊的錄音，接著是一聲嗶響，然後是來電者的留言。

她聽見一個低沉粗啞的聲音以法語說道：「我是索爾。我們收到你的報告了。計畫已進行，今晚我們將解決BH。」

這是怎麼一回事？什麼報告？米歇爾寄了什麼東西給什麼人嗎？這個人──她的朋友兼助理──這個她所信任的人，與這整件事有關嗎？「計畫已進行」……她為之一顫。這句話的意思是否就如她所想的那樣？

蘿貝塔走到書桌前，掀開米歇爾的電腦螢幕，待機中的機器迅速呼呼地重新啟動。她雙點擊電腦桌面上的電子郵件圖示。當她向下捲動「寄件夾備份」時，她的頭發暈。無需多久，她便找出一整欄標有「報告」兩字的已傳送信件。所有訊息皆按序編號，發送日期從幾個月前持續至今。她所看到清單上的信件，發送時間固定約為兩週一次。

她點選近期的一封信，標號十四。內容自螢幕上閃現，她仔細地閱讀後，心跳加速。她坐在米歇爾的椅子上，更緩慢地再讀一遍，幾乎無法相信自己所看見的東西。

那是針對她最新的科學發現所寫的報告，內容有關A組蒼蠅壽命的突破。所有資料鉅細靡遺地記在上面。她的心跳加速。

蘿貝塔打開最新的一封郵件，寄送日期是今天，時間約莫在一個鐘頭前。她先閱讀內文：今日，九月二十日，與記者班．霍普會面。她不解地搖著頭，一邊點選了信件角落的迴紋針圖示。附加檔案開啟後，她看見檔案包含了一連串的圖檔──是數位照片。隨著她逐一點選圖檔，眉頭越鎖越緊。

這些是她與班・霍普在實驗室裡的照片，是今天早晨才拍攝的——只有一個人可能做這件事。米歇爾假裝進實驗室拿取檔案的時候，用手機拍下了他們的照片。

答錄機上的留言說：「今晚我們將解決BH。」而現在她知道「BH」指的是誰了——班・霍普。

此時，她聽到一些聲響。她趕緊從螢幕前抬起頭，全身緊繃。有人正逐漸靠近前門。她認出米歇爾在實驗室時常吹口哨自娛的那個熟悉旋律。鑰匙在門鎖上噹啷作響，然後門軋軋開啟。走廊傳來腳步聲，蘿貝塔趕緊低頭蹲伏地躲在長沙發後面，大氣不敢喘一下。

米歇爾手中提著購物袋進到房裡。他一邊拿出食品雜貨，一邊吹著口哨，然後伸手播放語音留言。蘿貝塔從沙發上方探出頭，看著他聽取索爾留言時的臉。米歇爾面無表情，僅僅點了點頭。

她的思緒奔騰，感到暈頭轉向，不敢相信眼前這名男子與她所認識的米歇爾竟是同一人。她應該當面質問他，就在這裡把一切說明白。但是很顯然地，她不如自己所以為地那般了解米歇爾。要是他身懷武器怎麼辦？也許對質不是個好主意。

米歇爾刪除留言，然後自言自語道：「老天啊，這裡還真熱。」他打開房間另一頭的窗戶，從購物袋中拿出巧克力棒與啤酒，接著一屁股坐在椅子上，用遙控器切換電視頻道。他一邊對卡通橋段咯咯發笑，一邊打開啤酒。

這是個好機會。蘿貝塔再次蹲下，開始從沙發後方低著身子徐徐爬出。她打算趁他的注意力被電視機分散的時候，緩慢爬過房間，來到開啟的窗戶前。

就在她從沙發探出半個身體的時候，米歇爾突然大聲叫嚷。「嘿！你怎麼會在那裡？」

他從椅子上站起身。

蘿貝塔不敢抬頭。媽的，被發現了。

「你趕快從那邊下來。」他的語氣變得較為溫和。她既驚恐又害怕地抬起頭。

米歇爾站在房間另一端、書桌的旁邊。「過來，我的寶貝，你不可以這樣。」一隻毛茸茸的白貓跳上桌子，正舔著他稍早用餐後留在那兒的盤子。他將貓兒抱在臂彎，疼愛地撫摸著牠。牠抗議地喵喵叫，然後扭動掙脫主人的懷抱，跳到地板上，跑出房間。他追了出去，同時吸吮著被抓傷的手指。「路登！回來！」轉眼他不見了人影，蘿貝塔則聽見他對小貓喊著。「路登，從下面出來，你這個王八蛋！」

眼見機不可失，她一躍起身，衝過短短的走廊來到前門，然後悄悄拉開門閂，溜出公寓。

12

那名米歇爾·薩狄只知道名為「索爾」的男子在幾個月前聯絡上他。米歇爾並不知道找上自己的是什麼人，或者他們真正的目的為何。他只曉得，他們要求他觀察蘿貝塔·萊德的工作，並且回報她的研究進展。

米歇爾不是笨蛋。他從一開始便參與蘿貝塔的研究計畫，所以相當了解要是她能說服任何人認真看待這個研究，當中的潛在價值會有多大。現在看來確實有人注意到了……雖然情況並非蘿貝塔所希冀的那樣。米歇爾夠聰明，不會過問太多。他們要他做的事情相當簡單，而且酬勞也很好。

好得讓他開始思考，或許自己下半輩子並不想當個四處乞討的廉價技術員。尤其現在蘿貝塔被迫將實驗室搬遷至自己的公寓裡，可見山窮水盡是遲早的事。實驗走到了死胡同，他們兩人心知肚明。米歇爾也很了解蘿貝塔，知道她永遠不會接受現實。她頑固的自尊心是支持她走下去的動力，但是這也會拖累他們兩人。

許久以來，米歇爾一直有離職、另謀高就的念頭。就在他即將開口告訴蘿貝塔自己受夠了之時，不知從哪兒冒出了個索爾。頓時，一切改觀。他依然前途可期，可能得到更穩定、更有趣的差事，並且為索爾與他的人馬——不論他們是何方神聖——效力。雖然他曾經視這名美國科學家為朋友，但是這個機會讓他更容易對蘿貝塔硬起心腸。大約每隔兩週，他向索爾回報消息；到了月底，裝有現金的信封便會出現在信箱。生活真是愜意。

整個社會是一座權力金字塔，下寬上窄。底層由眾多如米歇爾・薩狄這種無知、微不足道的人所構成；這些無足輕重之人毫無忠誠度可言，可以被廉價地收買。金字塔頂端只為一人以及他所挑選的親信所據。這個組織十分謹慎地避開外界窺探的眼睛，而且唯有金字塔頂端的他們才曉得組織的真正本質、目地與面目。

兩名屬於這座金字塔頂層的男子此時正坐在房間裡交談。這裡並非一般的房間。它位在一座圓頂高塔上，而這座高塔坐落在羅馬城外、一棟文藝復興時期風格的雅緻別墅中央。

那名站在窗戶旁、身材高大的權威男子名叫馬西米里亞諾・烏斯勃提。法布里奇歐・塞維里尼是烏斯勃提的私人秘書，也是他唯一全然信任並且能坦然直言的人。

「親愛的朋友，五年內，我們的力量將逐漸發展得比現在更為強大。」烏斯勃提開口說道。

塞維里尼自水晶玻璃杯啜飲著葡萄酒。「我們已經壯大了。」他以一種謹慎的語氣說，「如果勢力持續擴張，你覺得我們該如何隱藏行動，而不被周遭的人發現呢？」

「當我的計畫全部就緒，我們將不再需要擔憂這種事。目前的職位與保守秘密的必要都只是暫時的；情況不會永遠如此。」

法布里奇歐・塞維里尼是所有人裡與馬西米里亞諾・烏斯勃提最親近的。他們彼此認識了許多年，現在兩人均年近六十歲。他們初次見面時仍是年輕人，當時馬西米里亞諾只不過是名神父，不過他異常地拚命，同時擁有貴族家庭的巨大財力支持他實踐自己的野心。烏斯勃提時常約略提及一些計畫，但是即便是塞維里尼，也不全然知道他的終極目標或最終目的是什麼。塞維里尼不會追問或太過坦率地詢問。他們逐漸發展出友誼的同時，烏斯勃提也變得更具勢力、更加自信，也更——他不喜歡用這個字，但是這是唯一貼切的形容——狂熱。塞維里尼知道他的朋友——事實上，如今已慢慢變成了他的主人——是個極為無情的人，任何事情都無法阻擋他。他害怕烏斯勃提，而且他知道後者暗暗地對此感到享受。

烏斯勃提離開窗戶，與他的秘書一同坐在堂皇的圓頂下。在裝飾華麗的十七世紀漆金木桌上放著一臺筆記型電腦，螢幕上正播放著一連串的照片；照片上的一對男女正在交談，其中一人的臉孔是他們所熟悉的。蘿貝塔·萊德博士，即將變成「前」博士的蘿貝塔·萊德了。

照片裡的男人是烏斯勃提希望永遠不會見到的。他已經從線民那邊得知關於這名英國男子的所有事情。線民告訴他，有名專業的私家偵探會開始四處探查，並且提醒他班乃迪克·霍普擁有的特殊背景，同時也是個具備相當才能的人。這點似乎已經得到印證，因為受雇追殺他的殺手一去不回，也沒有回報組織任何消息。殺手下落不明，然後另一位巴黎的線民打電話通報說，新聞報導了一名男子撲身摔落聖母院的胸牆。這名死者正是他們的人。

烏斯勃提沒料到霍普會這麼厲害，但是他並不擔心，因為霍普將不會繼續厲害多久了。

「大主教……」塞維里尼緊張地擰著雙手。

「什麼事，我的朋友？」

「上帝會原諒我們的所作所為嗎？」

烏斯勃提抬起眼，嚴厲地看著他。「當然會。我們這麼做是為了捍衛祂的國度啊。」

塞維里尼離去後，大主教走到書桌前，桌上放著一本陳舊的金邊《聖經》。

隨後我看見天開了，見有一匹白馬；騎馬的那位，稱為「忠信和真實者」，他憑正義去審判，去作戰。

他身披一件染過血的衣服，他的名字叫做「天主的聖言」。天上的軍隊也乘著白馬，穿著潔白的細麻衣跟隨著他。

從他口中射出一把利劍，用來打敗異民；他要用鐵杖統治他們，並踐踏那充滿全能天主忿怒的榨酒池。在衣服上，即在蓋他大腿的衣服上寫著「萬王之王，萬主之主」的名號。❽

烏斯勃提闔上書本，若有所思地望著前方一會兒，臉上帶著猙獰的表情。接著，他嚴肅地對自己點點頭後，拿起了話筒。

❽《聖經》〈若望默示錄〉十九章十一節、十三節至十六節經文。鑑於故事中的人物背景設定，此處採用天主教之經文翻譯；〈若望默示錄〉即一般熟知的〈啟示錄〉。

13

蘿貝塔成功跑回她的 Citr oën 2CV 小車旁。她原以為米歇爾・薩狄會從前門衝出來追趕她，因此一路上不時回頭探望。她的手劇烈地顫抖，幾乎無法將車鑰匙對準鎖孔。

開車回公寓的路上，她撥打十七號專線❾，接通至警局的緊急服務中心。「我想報案，有人殺人未遂。我的公寓裡有具屍體。」她用單手操控方向盤，火速驅車穿梭在車陣中，同時上氣不接下氣地告知警方相關細節。

十分鐘後，她抵達自家公寓，救護車與兩輛警車也同時抵達。一名生氣勃勃、年約三十五歲的便衣探長帶著兩名制服員警走上前來。他濃密的黑髮自額頭向後梳整，雙眼是不尋常的鮮綠色。「我是路克・西蒙探長。」他專注地看著蘿貝塔，「報警的人是妳嗎？」

蘿貝塔點點頭。

「所以妳是……蘿貝塔・萊德？美國公民。妳有身分證明文件嗎？」

「你現在要看？好吧。」她掏找包包，拿出護照與工作簽證。西蒙看了證件一眼，然後將其遞還。

「妳的頭銜是『Dr.』。妳是醫生嗎？」

❾ 在法國，報警或緊急求助電話號碼為十七，相當於臺灣的一一〇。

「我是生物學家。」

「好，我知道了。帶我們去看看犯罪現場吧。」

他們登爬曲折的樓梯前往蘿貝塔的公寓，無線電對講機的喀啦聲迴盪在樓梯間。西蒙下顎緊咬、腳步迅速地走在前頭。蘿貝塔小跑步地與他並行，一名提著手提箱的法醫帶領六名制服員警與一支急救小組跟在後方。

她看著西蒙熱切的綠色眼眸，說明事發經過。「……然後他倒了下去，不偏不倚就跌在刀子上。」她比手畫腳地說道，「他的個頭又高又壯，所以重重地壓在上面。」

「我們馬上會為妳做完整的筆錄。現在誰在上頭？」

「沒人，只有那個人。」

「那個人？」

「就是那具屍體。」蘿貝塔以煩躁的語氣說道，「那個死人。」

「屍體無人看管？」西蒙揚起眉毛，「那妳剛剛去哪裡了？」

「去拜訪朋友。」蘿貝塔聽到自己說這句話時的粗魯語氣也不禁為之皺眉蹙額。

「這樣啊……好吧，我們待會再談這件事。」西蒙不耐煩地說，「我們先來看看屍體吧。」

一行人來到房間外，她為警方打開門。「你介意我在外頭等嗎？」

「屍體在哪裡？」

「門推開就看得到，在走廊上。」

西蒙領著員警與醫務人員進到室內。一名警察陪同蘿貝塔留在樓梯平臺。她閉起雙眼，頹然地倚靠著牆面。

幾秒鐘後，西蒙一臉嚴厲而疲憊地步出房間，回到樓梯平臺。「妳確定這是妳的房間嗎？」

「是啊。怎麼了嗎？」

「妳服用過任何藥物嗎？妳有記憶喪失、癲癇或任何其他精神疾病嗎？妳是否嗑藥或酗酒？」

「你在說什麼啊？我當然沒有！」

「那請解釋一下這是怎麼一回事？」西蒙抓住她的手臂，強勢地將她推進門，指著某樣東西，並且用質疑的眼神看著她。蘿貝塔倒抽一口氣。探長正指著她的走廊地板。

但是地板上空無一物。屍體不見了。

「妳做何解釋？」

「也許他爬走了。」她喃喃地說。什麼啊，然後順手自己清理了血跡嗎？她揉揉眼睛，覺得頭昏腦脹。

西蒙轉身冷酷地看著她。「浪費警察時間是嚴重罪行，我可以立即將妳逮捕，妳知道嗎？」

「但是我說真的，這裡先前真的有具屍體！這不是我憑空想像出來的，屍體就在這裡！」

「嗯。」西蒙轉頭對部屬命令道，「給我一杯咖啡。」然後以嘲諷的表情看著蘿貝塔，「那現在屍體到哪兒去了？在浴室裡嗎？也許我們會發現他正坐在馬桶上閱讀《世界報》呢。」

「我怎麼知道？」她無助地回答說，「但是他先前真的躺在那裡……這不是我的幻覺。」

「搜索這個地方。」西蒙吩咐員警們，「問問左右鄰居，看是否有人聽到任何聲響。」所有人員分頭徹底搜查公寓房間，當中一、兩人煩躁地瞥了蘿貝塔一眼。西蒙再次轉頭看著她，「妳說他是名高大、魁梧的男子？他手持刀子攻擊妳？」

「是的。」

「但是妳沒有受傷？」

她惱怒地咂嘴說：「沒有。」

「妳覺得我怎麼可能相信，一個身材如妳的女子——身高大約一百六十五公分吧——可以赤手空拳地殺死手持武器的攻擊者，而且毫髮無傷呢？」

「等等！我沒說我殺了他，是他自己跌在刀子上的。」

「他來這裡有何目的？」

「罪犯出現在別人的公寓裡通常會做什麼？他闖空門、偷東西啊，把我的實驗室翻得亂七八糟。」

「妳的實驗室？」

「是啊，整個地方被翻遍了。你去看看就知道。」

她指指實驗室，西蒙推開門。她越過探長的肩頭朝裡邊一瞧，吃驚地發現房間被收拾過——所有物品整齊地擺放在應有的位置上，井然有序；所有抽屜也關得好好的。是她神經錯亂了嗎？

「好一個喜歡整潔的小偷啊。」西蒙諷刺地評論道，「希望他們全都有這種好習慣啊。」

其中一名警探從門口探頭進來說：「報告長官，樓梯平臺另一邊的鄰居今天下午都在家，他們說什麼都沒聽到。」

「哼。」他看看實驗室，從書桌上唰地拿起一張紙。「這是什麼？〈鍊金術中的生物科學〉？」他從紙張上抬起眼，生厭地看著蘿貝塔。

「我告訴過你，我……我是科學家。」她結結巴巴地說。

「鍊金術現在也算是科學了？妳可以把鉛塊變成黃金嗎？」

「你得了吧你。」

「或許妳發明了某種方法，可以把東西……變不見？」他兩手一畫，做出變魔術的手勢。接著他將紙張丟回桌上，大步邁過房間，走向某個東西。「這裡面又是什麼？」

在蘿貝塔來得及出聲阻止前，西蒙打開了櫥櫃的門，一罐罐蒼蠅出現在他的面前。「該死的！」他以法語咒罵著，「真是噁心死了。」

「那是我部分的實驗。」

「妳嚴重危害到健康與安全，女士。這些東西帶有病菌。」蘿貝塔身後，站在門口的法醫翻了翻白眼，點頭表示同意；其他搜索完這間小公寓的警察們則個個搖著頭。她可以感覺到不友善的眼神從四方射來。

「長官，你的咖啡。」

「啊，感謝老天。」西蒙抓著紙杯，大大地喝了一口。唯有咖啡才能抑制壓力所造成的頭痛。他需要多休息一下；昨晚他徹夜未眠。

「我知道這一切看起來很詭異。」蘿貝塔抗議道。為了自我辯護，她說話時做了太多強調的手勢。她也不喜歡自己說話的語調越來越高。「但是我跟你說——」

「因為他離開妳，所以妳的情緒低落，」西蒙臆測地說，「也許這種壓力……」真諷刺，他回想起昨晚自己在愛蓮面前的表現，心裡如此想著。

「喔，所以你以為我精神崩潰？小女人沒有男人就不行了？」

他聳聳肩。

「這些是什麼該死的問題啊？你的長官是誰？」

「注意妳的態度，女士。請記得妳已經犯了重罪。」

「拜託，聽我說。我認為他們打算殺害另一個人，一名英國人。」

「喔，真的嗎？誰有這個打算啊？」

「我不知道他們是誰，跟想殺我的應該是同一批人。」

「那我會說，我們這位英國朋友應該不會有什麼危險。」西蒙凝視著她，輕蔑的表情一清二楚地寫在臉上，「那麼，請問妳知道這位英國男士是誰嗎？是不是那個妳幻想中的屍體躺在公寓裡的時候，妳想找他一同喝茶的朋友？」

「我的天啊，」她無力地驚呼道，而且幾乎挫敗地苦笑起來，「別跟我說你真的這麼笨。」

「萊德博士，如果妳不立刻閉上嘴，我將逮捕妳。我會拘留妳，同時用封鎖線把這個地方圍起來，讓鑑識小組好好仔細搜查每個角落。」他將空紙杯隨手一丟，板著漲紅的臉，一步步逼近她；蘿貝塔向後退卻。「法醫會……」他繼續說道，「檢查妳的每一吋身體，更別提精神科醫師也會做全面的心理評估。我還會請國際刑警組織調查妳的銀行帳戶。我會把妳該死的生活一片片拆解開來……這些事情將會發生在妳身上！」

蘿貝塔的背抵著牆；西蒙的鼻子幾乎觸碰到她的鼻頭，綠色的眼瞳閃著火光。「這就是妳想要的嗎？」

員警們全都盯著西蒙看。法醫走上前，將一隻手輕輕放在他的肩膀上，化解緊張的情緒，他這才退開。

「來啊！」她對他怒吼道，「逮捕我啊！我有證據——我知道有誰涉入這件事。」

他怒視著她。「要我逮捕妳，好讓妳在自導自演的電影裡變成主角嗎？妳喜歡來這套，對吧？但是我不打算讓妳稱心如意。這裡的情況，我該知道的已經知道了——消失的屍體、滿是蒼蠅的罐子、鍊金術、謀殺……抱歉，萊德博士，警察服務不包括滿足怪胎們想引起他人注意的需要。」他比出食指，威脅地說，「妳最好想想我的警告，不准再有下次，懂了嗎？」

西蒙向其他人做了個手勢，然後帶頭離去。他們與蘿貝塔擦身而過，留她一人獨自站在玄關。

震驚與詫異令她無法動彈。她在原地呆站了一會兒，直愣愣地盯著門扇，聽著門外警察下樓時迴盪的沉重腳步聲。她感到難以置信。現在她該怎麼辦呢？

「今晚我們將解決BH……」班．霍普。不管他究竟怎麼會與這整件事扯上關係，她都得趕快警告他。她幾乎不認識這個人，但是如果警方不願認真看待這個情況，那麼提醒霍普對任何即將發生的事情提高警覺就是她的職責。

先前由於壓根沒有致電給霍普的打算，所以蘿貝塔將他的名片丟進了廢紙簍。此刻她心想，感謝老天，幸好她沒把名片丟進碎紙機裡。她將垃圾桶裡的東西全倒在實驗室地板上，紙團、橘子皮與壓扁的氣泡式飲料罐散落一地。名片被壓在下方，沾染著可樂漬。她一把抓起電話，戳按數字鍵，然後將耳朵貼緊話筒，等待電話鈴響。

一個聲音接起了電話。「喂？班？」她急切地開口說道，但是隨後她才意會到自己所聽到的是什麼。

「橘子電信，您好。很抱歉，您要找的人目前暫時無法接聽……」

14

巴黎市中心，歌劇院區

班為當晚所挑選的會面地點是位在歌劇院區邊緣的瑪德琳教堂。他的習慣是，永遠不要選擇下榻處附近作為聯絡或接送地點。菲爾福克斯的部屬知悉並且直接前往他在愛爾蘭的住處接他……他並不喜歡這種做法。

他於八點二十分離開公寓，以輕快的腳步步行到德魯奧地鐵站。他只需搭乘兩站搖晃、轟隆的地鐵便可抵達目的地。他穿過人山人海的地下道，在瑪德琳廣場回到地面街道。他在高聳的教堂前點起菸，然後倚靠著教堂哥林多式圓柱，觀看過往的車輛。

班無須多做等待；當約定的時間一到，一輛賓士長禮車脫離車流，緩緩停在路邊。接著，穿著制服的司機步下車來。

「霍普先生？」司機以法語問道。班點點頭。

司機打開後車門讓班坐進後座。他看著巴黎街景自窗外流逝；車子離開市郊時，天色正逐漸變暗。長禮車安靜地沿著越來越窄小、沒有燈光的鄉村小路朝郊外前進，車頭燈一閃而過地照亮灌木叢、樹林；一路上，偶有黑暗無光的建築坐落在田野上。

司機沉默寡言，班則陷入沉思。從洛里歐派來接送的交通工具看來，他顯然是名相當成功的出版商。雖然他出版神秘學或鍊金術相關主題的書籍，但是看來這似乎並非是造就他事業成功的主因。班搜尋了洛里歐出版社的網站，僅僅找到屈指可數的幾本與神秘學有關的書，而且內容似乎與他真正要找的東西毫不相干。不過無論如何，這類書籍在圖書市場上也算不得是個十分具有商機的區塊。但是羅斯說洛里歐真的熱衷此道，所以這可能只是他的嗜好，某種作為事業副線的私人興趣，並且藉此迎合志同道合的鍊金術迷。或許洛里歐可以為他指引正確的方向。有錢的收藏家可能私下擁有一些稀有的書籍、文件或手稿，甚至可能……不，他期望太多了。還是必須看看今晚的會面能讓他有些什麼收穫再說吧。班看了一眼夜光的錶面……應該快到了。他的思緒繼續迴旋。

班感覺賓士轎車速度漸緩。他們抵達了嗎？他的視線越過司機，望向窗外漆黑的道路。他們所在之處不是任何村子，而且附近似乎也沒有住宅。這時他看見被車燈照亮的大型路標。

危險
平交道

木製護欄升起，讓車輛得以從下方通過。長禮車緩緩向前移動，然後停在鐵道上。司機伸手按下身旁控制面板上的某個按鈕，中控鎖隨即喀地啟動，接著一片厚玻璃隔板嗡嗡作響地升起，阻隔了他與司機。

「喂！」班拍打著玻璃喊道。他的聲音在隔音車廂裡聽起來格外空洞。「怎麼回事？」司機不予理會。雖然已經知道車門上了鎖，但是他依然試著拉了拉門把。「為什麼要停下來？喂，我在跟你說話！」

司機絲毫不看他一眼，也不回以隻字片語，逕自將車子熄火，車頭燈因此熄滅。他推開沉重的車門，車內燈亮起。班注意到兩人間的隔板加有鋼柱以及格子狀的硬鐵網。

司機下車後用力甩上門，車內燈也隨之熄滅。男子踏上空蕩蕩的街道離去；他打開手電筒探照前方，慘白的光線不停晃動。手電筒的光線左右來回掃掠，彷彿尋找著前方的某個東西。抖動的光束停留在路邊的一輛黑色 Audi 上；車子停在距離平交道五十碼以外的地方。當賓士轎車的司機走近時，那輛車的尾燈亮起，車門也隨即打開。然後，他上了車。

班用力捶打玻璃隔板以及染色車窗。在一片黑暗中，Audi 的尾燈是他唯一能看見的東西。大約一分鐘後，那輛車駛離路邊，消失在街道上。

班在賓士車後座摸索出路。雖然他心裡知道這麼做毫無意義，但是為了與逐漸高漲的焦慮搏鬥，他再次試著拉動兩側的車把。一定會有出路的，每件事物都有解套的方式。他曾遇過比這更糟糕的狀況。

此時，他聽見外頭傳來叮噹作響的鈴聲，接著是機械的吵雜聲，然後木頭護欄降了下來。即使他在黑暗中什麼也看不見，也能清楚地想像現在的畫面——賓士轎車橫跨在鐵軌上，停在兩頭的柵欄間；而現在，一輛火車將至。

「全都處理好了嗎，高達？」賓士長禮車的司機爬進Audi的後座時，駕駛座上的肥胖男子柏格問道。

高達脫下司機帽，露齒而笑。「沒問題了。」

柏格發動車子。「我們去喝啤酒吧。」

「我們是不是應該再等一下？」第三名男子出聲問道，同時緊張地看了一眼手錶。他不安地看著在他們後方五十碼處的賓士車黑影。

「呿！他媽的有必要嗎？」柏格一邊咯咯發笑，一邊為車子上檔，然後加速駛離，「再幾分鐘火車就來了。那個該死的英國佬哪兒也逃不了。」

現在班的雙眼終於完全適應了黑暗。他從後座車窗看見星空下的鐵軌朝天空延伸成兩條陡峭的黑線，在地平線上切出一個幽暗的深V形。在此同時，鐵軌間一個微弱的光點亮度不斷變強，然後變成兩道清楚的光束。雖然火車距離賓士車仍有一段距離，但是隨著火車頭的逐漸逼近，光束令人心驚地越變越粗。班的腦袋鬧哄哄的，並且依稀能聽出鋼輪行駛在鐵軌上的聲音。

班更加用力地捶打車窗。保持冷靜，他對自己說。他從槍套裡拿出白朗寧手槍，把槍托當作槌子重擊窗戶數次，但是玻璃文風不動。他輕拋槍枝，讓其在掌中轉個方向，然後朝玻璃內部開槍。火車的轟隆行駛聲頓時消失，取而代之的是槍聲所造成的尖銳耳鳴。窗玻璃上出現裂痕，猶如野生蜘蛛所結的蜘蛛網，但是卻沒有碎落——防彈玻璃。他放下槍，思量脫身的方法。他無法擊破車窗，但是試著卸下門鎖也是毫無意義的；因為若想用火力薄弱的九毫米手槍射穿堅固的鋼鐵鈑金，他需要的子彈量遠比十二顆更多。

他猶豫了一下，然後再度擊發手槍。遠處的光點越來越大，也越來越亮；鐵軌間的低凹地面滿是白色光暈，宛如河水氾濫的河谷。

不過這時，窗戶突然遭受外力撞擊，令班錯愕地退了退身子。接著又是一記衝撞；這次滿是裂紋的窗玻璃向車內凹陷。

車外傳來一個聲音，不太清楚但是很耳熟。「你在裡面嗎，班？」是個女人的聲音，美國口音——是蘿貝塔・萊德！

蘿貝塔從Citr oën的緊急事故工具包中拿出鐵撬，揮打賓士車車窗。強化玻璃雖然被擊毀，但是依然沒有從框架上掉落，而火車正急速靠進。

她隔著破裂的玻璃大喊：「班，坐穩了。等一下會有點顛簸！」

火車的怒吼越趨震耳，令班幾乎聽不見蘿貝塔猛然甩上車門的聲音，以及小車引擎高速運轉的尖銳聲響。2CV突然向前衝，撞斷護欄，以自身微薄的重量撲向賓士車厚重的金屬車尾。木製護欄打壞了蘿貝塔的擋風玻璃，然後兩輛車摩擦發出刺耳的金屬聲。她抓住排檔，粗魯地嘎吱打進倒車檔，腳掌鬆開離合器，然後車子向後滑動，準備做另一次衝撞。

長禮車被往前撞移了一公尺，鎖死的輪子在泥土上留下車痕。她再次撞擊賓士車，並且讓這輛笨重的大車車頭移動至對面護欄下方。但是這樣仍然不夠。

班緊縮身子，蹲伏在黑色長禮車後座；又一次的撞擊力道讓他大字形地倒在車廂裡。賓士車被推過第二條鐵軌，護欄喀啦一聲劃過車頂。

火車快要撞上他們了，距離只剩兩百五十公尺，而且正迅速逼近。

蘿貝塔再一次狠狠地將油門踩到底。這是最後的機會。引擎蓋嚴重凸起變形的2CV猛力嘎扎地撞上賓士車車尾。當長禮車終於被推出鐵路線時，她大大地鬆了一口氣。

火車駕駛員已經看到鐵軌上的兩輛汽車。置身在音牆裡的蘿貝塔能聽見火車尖銳刺耳的煞車聲，但是任何事物都無法即時阻擋火車的靠近。在那恐怖的一刻，2CV卡在賓士車後方，恰恰停在火車的路徑上；兩個毀壞的車身相互緊咬，而她的車輪不斷反向旋轉。

然後，已形如殘骸的車子終於鬆脫，2CV顛簸地安然退離鐵軌；下一秒，火車便颳起一陣風，呼嘯而過。長長的列車飛馳了十秒鐘，駛進黑夜；車尾的警示小紅燈漸行漸遠，最後消失不見。

他們無聲地坐在各自的車裡一會兒，等待呼吸與心跳平復。班將手槍收回槍套，然後扣好。

蘿貝塔爬出2CV，看了看自己的車子，不禁呻吟了一下。她的車前大燈被撞得慘不忍睹，搖搖欲墜地掛在扭曲毀損的引擎蓋與車前翼間的燈架上。

她雙膝顫抖地跨過鐵軌，來到長禮車旁。「班，你還好嗎？出個聲吧！」

「妳有辦法把我弄出來嗎？」車裡傳出他悶滯的聲音。

她嘗試打開駕駛座的車門。「呿，妳還真聰明啊。」萊德喃喃自語道，「根本就沒鎖。」至少鑰匙沒插在點火裝置上，不然撞毀自己的車真的會是個愚蠢至極的行為。她上了車，重重捶了一下隔在她與班之間的玻璃隔板；隔板的另一邊隱約浮現他的臉。她看看四周。車內一定有控制玻璃隔板的操作鈕。如果她能降下隔板，班便能爬出來。她找到一個看似按鈕的東西，並且將其按下——沒有反應。也許需要發動引擎才行。媽的，她在心裡暗罵。接著她發現另一個按鈕，而且按下後隨即出現令人滿意的咚響。後座中控鎖裝置終於解除。

班跌跌撞撞地下了車，一邊唉哼，一邊揉著發疼的身體。他闔起外套，謹慎地遮掩槍套。

「老天啊，剛剛真的好險。」蘿貝塔大呼一口氣，「你還好嗎？」

「我沒事。」他指了指撞毀的2CV，「妳的車還能動嗎？」

「『謝謝妳，蘿貝塔。』」她用挖苦的語氣說道，「『還好妳及時出現。謝謝妳救了我的小命。』」

他不發一語。她瞥了班一眼，然後重新看著自己殘破的車子。「要知道啊，我真的很喜歡這部車。現在已經停產了。」

「我會賠妳一部。」他無力地靠在車上。

「這該死的是一定要的。而且我認為你也欠我一個解釋。」

轉動幾次鑰匙後，2CV喀喀地再次發動，並且發出垂死的噹啷雜聲。蘿貝塔將車子掉頭，驅車離開。車輪摩擦著變形的車翼；當速度稍微增加後，輪胎與金屬間的摩擦變成了備受煎熬的高聲嗥叫，晚風也嗖嗖吹進破損的擋風玻璃。嚴重受損的引擎開始過熱，從引擎蓋下飄出大量刺鼻的濃煙。

「這個樣子我沒辦法走太遠。」她在陣陣風中大喊道，並且費力地透過破碎的玻璃窗盯著外頭的黑暗。

「想辦法開上路就是了。」他高聲回應道，「我好像在前面看到過一間酒吧。」

15

Citr oën成功將他們送達安靜的路邊酒吧後，終於因為散熱器破洞而壽終正寢。他們將車子留在停車場的陰暗角落。蘿貝塔哀傷地看了車子最後一眼，然後他們經過幾輛摩托車與汽車，穿過門口閃爍的紅色霓虹燈，走進酒吧。

酒吧裡幾乎空蕩無人。幾位長髮的機車騎士正在店的深處打撞球，不時粗聲大笑，並且以口就瓶地喝著啤酒。

他們幾乎沒有說話，只是遠離播放著刺耳重金屬音樂的自動點唱機，選擇了一張位在角落的桌子坐下。班走向吧檯，一分鐘後帶著廉價紅酒與兩只酒杯回來。他為彼此各倒一杯酒，然後將她的玻璃杯推過髒汙的桌面。

「天啊，真是刺激的一天。說說你那是怎麼一回事吧。」

他聳聳肩。「我只是在等火車罷了。」

「而且你差一點就『搭』上了。」

「好了，我知道啦。謝謝妳出手相助。」

「別謝我，只要告訴我到底發生什麼事，還有為什麼我們突然間變得這麼受人歡迎。」

「我們？」

「是啊，『我們』。」她用手指點著桌面，激動地說道，「自從我今天稍早有榮幸首次跟你會面之後，有人闖進我家，試圖置我於死地；我原以為是朋友的人竟然是敵人；屍體在我的公寓裡憑空消失，而一群渾蛋警察認為我是瘋子。」

她娓娓道來過去幾個小時裡所發生的一切，班細細聽著，並且逐漸感到不安。「更糟糕的是，」最後她作結道，「為了救你的小命，我差點被火車輾爛了。」她頓了頓，「我想你大概沒聽到我的留言。」她忿忿地補上一句。

「什麼留言？」

「也許你應該把手機開機。」

班露出一絲苦笑，想起早先他在採訪時將手機關了機。他從口袋拿出電話，並且啟動。「一封新留言。」他看見手機螢幕上跳出一個小小的信封圖示時，哀怨地喃喃說道。

「幹得好啊，大偵探。你沒回電，所以我決定親自來提醒你。不過現在我開始納悶自己這是何苦呢。」

他皺起眉頭說：「妳怎麼曉得上哪兒找我呢？」

「你還記得嗎？你接到那個人的電話時，我就在旁邊。」

「洛里歐。」

「隨便啦，不管他是你什麼人。總之，我記得你提到今晚要去布里涅南庫爾，所以我想如果不會太遲，也許我可以在那邊趕上你。」她認真地看著班，「那麼，你要告訴我究竟怎麼一回事嗎，班？《週日泰晤士報》的記者，生活總是這麼刺激嗎？」

「聽起來妳今天過得比我刺激多了。」

「廢話少說。你跟這些事情有所關聯，對吧？」

他默不吭聲。

「怎麼樣？難道不是嗎？你少唬我。你出現詢問我關於研究的事，結果同一天裡，我們被偷拍，還有人涉嫌殺害我們兩人……難道我應該認為這些只是巧合嗎？我不相信你是記者。說真的，你到底是誰？」

班為彼此的玻璃杯倒滿酒。他的菸抽完了，所以將菸蒂拋出窗外，然後伸手拿出打火機，點燃另一根菸。

煙飄向桌子另一端，蘿貝塔不禁咳嗽起來。「你一定得這樣嗎？」

「對。」

「這裡禁止吸菸。」

「我他媽的不在乎。」

「嗯，你要跟我說實話，還是要我直接報警？」

「妳以為他們這次就會相信妳嗎？」

火車司機驚魂未定地沿著鐵軌繼續行駛。當火車大燈照到停在路徑上的那兩輛車時，採取任何措施都已經為時已晚。他深呼吸。老天啊。他從沒在鐵軌上碰到鹿以外的東西。他不願去想如果那兩輛車沒有及時離開鐵軌會發生什麼事。

怎麼會有白癡在火車即將靠近的時候開車穿越平交道呢？大概是小孩子吧，拿偷來的車胡鬧。司機長長地嘆了一口氣，心跳逐漸恢復正常，然後他伸手拿取無線電話筒。

「喔，該死。」

「早就跟你說我們應該留下來的吧。」

三名坐在Audi車裡的男子眺望著稍早將賓士車留在其上的鐵路線。奴東挖苦地瞥了兩個同事一眼，然後靠在椅背上。當柏格與高達咯咯發笑地坐在酒吧裡時，他一直聽著廣播。如果發生任何火車事故，廣播一定會有報導。然而什麼消息都沒有；所以他喋喋不休地向其他人說這個情形，直到他們為了讓他閉嘴而終於大發慈悲，同意前往察看。

而事實證明他是對的。沒有殘骸，沒有出軌的火車，沒有慘死的英國人。空無一人的賓士車停在距離鐵軌幾公尺之處，而且無疑地看起來不像被高速行駛中的火車撞擊過。

更糟糕的是，現場不只有一部車。兩輛暗色車停在賓士車兩側，並且閃爍著旋轉的藍光——是警用巡邏車。

「這真是他媽的糟糕透了。」柏格抓著方向盤，低聲說道。

「我以為你說警察絕對不會這樣蹦出來，」高達說，「這是該死的當初選這個地點的主要原因，不是嗎？」

「就跟你們說嘛……」坐在後座的奴東一再說著。

「怎麼會——」

「哼，各位，老大一定會很不高興。」

「最好打電話給他。」

「我才不要打呢。你打。」

警察徹底搜查現場，手電筒的燈光如探照燈一般左右擺動，無線電的啪吱響聲此起彼落。「欸，尚保羅，」一名員警舉起從地上找到的破裂Citr oën護欄車徽，「這裡滿地都是車頭燈的碎片。」

「火車駕駛員沒提到有一輛Citr oën 2CV啊。」另一人出聲說。

「那輛車去哪兒了？」

「它走不遠，這是可以確定的。水箱的冷卻劑流了一地。」

另外兩名警察的手電筒燈光在長禮車裡晃動。其中一人在後座擱腳處發現一個閃亮的小物體。他從口袋拿出原子筆，挑起空彈殼。「瞧瞧我發現什麼了？九毫米手槍的彈殼。」他嗅了嗅，聞到火藥味，「不久前擊發的。」

「把它裝袋。」

另一名員警也發現了東西；就著手電筒燈光，他瞇起眼看著從座位上找到的名片。「一個外國人的名字。」

「你覺得這裡發什麼事？」

「天曉得。」

二十分鐘後，警用拖吊車抵達現場。在藍色與橘色交融的旋轉燈光中，殘破的賓士車被拖走；一部警車在前開道，另一部殿後，將火車鐵道留在寂靜的黑暗裡。

16

羅馬

當晚前來住處找朱塞佩·費雷羅並且將他載送出城的兩名男子，此時正護送他登爬通往這棟文藝復興別墅穹頂的大階梯。一路上他們幾乎沒有跟他說話，而且他們也無須這麼做。費雷羅知道這是為了什麼，以及為何大主教請他來。他們開門讓他來到穹頂之下，然後關起房門。他的雙腿微微發軟。碩大的房間裡沒有點燈，只有街燈與月光從四周的窗戶照射進來。

馬西米里亞諾·烏斯勃提站在房間遠端的書桌前。他緩緩轉身面向費雷羅。

「大主教，請聽我解釋。」自傍晚接到從巴黎打來的電話後，他便一直試著構思說詞。他預期烏斯勃提會召見他，只是沒料到會這麼快。他開始脫口說出自己的藉口：他雇請了讓人失望的笨蛋；英國人逃脫是他的錯；他很抱歉，非常抱歉，而且下不為例。

烏斯勃提穿越房間，來到他面前。他舉起手示意費雷羅停止連珠炮似的道歉與推託。「朱塞佩啊，朱塞佩……你不必解釋什麼。」他微笑地說，一隻手臂攬在年輕男子的肩頭，「我們是人，我們都會犯錯。上帝會寬恕我們。」

費雷羅大感吃驚。這不是他預料中的反應。大主教領他走到一扇月光照耀的窗前。「多麼燦爛的夜晚。」大主教喃喃說道，「你不覺得嗎，親愛的朋友？」

「……是的，大主教，很美的夜色。」

「這讓人覺得活著真好，不是嗎？」

「的確是，大主教。」

「活在上帝的土地上是種特權。」

他們站在窗前觀看墨色的夜空。萬點繁星高掛，月光皎潔如水晶；銀河從羅馬的群丘上彎彎劃過，閃爍著珍珠般的光芒。

幾分鐘後，費雷羅開口問：「大主教，請問你是否容許我先行離開呢？」

烏斯勃提拍拍他的肩膀。「當然可以。但是在你走之前，我想介紹我的一位好友給你認識。」

「這是我的榮幸，大主教。」

「我找你來，是讓你見見他。他的名字叫做法蘭柯．波薩。」

聽到這個名字，費雷羅差點震驚得暈厥。「波薩！判官波薩？」頓時，他的心臟撲通撲通地猛跳；他覺得口乾舌燥、一陣噁心。

「看來你已經聽過我這位朋友的名號了。現在，他會好好照顧你的。」

「什麼？但是大主教，我……」費雷羅跪倒在地，「我懇求你……」

「他在樓下等你。」烏斯勃提回答道，並且嗡嗡地按響書桌上的一個按鈕。稍早的那兩名男子將放聲大哭的費雷羅拖出房間時，大主教在胸前劃了個十字，並且低聲以拉丁文為男子的靈魂祈禱。「奉聖父、聖子、聖靈之名，我赦免你……」

17

「現在我們要去哪兒？」計程車來到酒吧接他們時，蘿貝塔問。

「嗯，妳先回家一趟。」班說。

「你在開玩笑嗎？我才不要回去呢。」

「妳的助理住在哪裡？」

「為什麼要問？你想做什麼？」她坐進計程車。

「我要問他一些問題。」

「而你覺得我不會想一道去嗎？我也有一些問題想問問這個王八蛋。」

「妳最好別涉入這件事。」班拿出皮夾，數了數鈔票。

「你在幹嘛？」

他將鈔票遞給她。「這些錢足夠讓妳在像樣一點的旅館住一晚，然後明天一大早買機票飛回美國。收下吧。」

她垂眼看看這些錢，然後搖搖頭，推還給班。「聽著，伙伴，這件事我涉入的程度跟你一樣深。我要查清楚這該死的是怎麼一回事，所以你別想甩開我。」在他得以做出任何回應前，她探身到前座，告知司機一個位在巴黎第十區的地址。司機輕聲嘀咕了一下，然後驅車離去。

他們抵達米歇爾的住處後，發現閃爍的藍色警示燈照亮了街道。公寓外停放著救護車與幾輛警車，人群在公寓入口處徘徊打轉。班請計程車司機在原地等候，然後與蘿貝塔下車、穿過人群。

人行道上聚集著一群群從附近酒吧跑來圍觀的人；他們探頭探腦、指指點點，有人則吃驚地摀著嘴。一組醫護人員不慌不忙地推著擔架從米歇爾的公寓大門走出來。擔架上的屍體從頭到腳蓋著白布，覆蓋在臉上的布料暈染了一大塊血漬。他們將擔架抬上救護車後車廂，關上車門。

「這裡發生了什麼事？」班詢問一名警察。

「自殺。」警員簡潔地回答，「鄰居聽到槍聲。」

「死者是不是一個叫米歇爾．薩狄的年輕人？」蘿貝塔問。不知怎麼地，她就是知道。

「妳認識他？」警察面無表情地說，「過去吧，小姐。探長可能會想跟妳談談。」

蘿貝塔正準備朝門口走去，班即時捉住她的手腕。「我們走吧，」他提醒著說，「妳什麼忙也幫不上。」

她一把收回手臂說：「我要知道怎麼一回事。」然後逕自繼續往前走，穿過封鎖線，進入公寓，班則咒罵著跟在後方。一群警察擋住了他的去路。「真是一團糟。」一名員警對另一人說道，「連這傢伙的母親都認不得他了。整張臉被轟爛。」

便衣警官中，一名又矮又胖的小隊長正在發號施令。當蘿貝塔走近時，他抬起眼。「妳是記者？滾開，這裡沒什麼好看的。」

「你是這裡的負責警官嗎？我是蘿貝塔・萊德博士，米歇爾是我的——」她想了想自己說的話，「他生前是我的助理。他們剛剛抬出來的屍體是他，對吧？」

「我們只是路過。」班趕到她身邊，插話道。他用英語在她耳邊低聲說，「速戰速決，行嗎？」

「而你又是誰呢，先生？」便衣警官將陰沉的雙眼轉至他身上。

班猶豫了一下。如果他謊報姓名，蘿貝塔的反應會洩了他的底。

「他叫班・霍普。」她代為回答，讓班在心裡皺眉蹙額。「聽著，」她直視小隊長的雙眼，態度堅決地大聲說：「米歇爾不是自殺。他是被人謀殺的。」

「這位女士覺得無處不是謀殺案啊。」有人在他們身後說道。蘿貝塔轉過身，看見來者，心也為之一沉。她認出眼前走進房間裡的男人正是今天稍早的那名年輕警探。

「我是路克・西蒙探長。」他邁步朝他們走來，綠色雙眼直盯著蘿貝塔。「我已經警告過妳，別再浪費我們的時間。這只是一起自殺案件。我們找到字條……不過，妳在這裡幹嘛？」

「什麼字條？」她懷疑地問。

西蒙拿起透明的小塑膠袋；袋子裡有一小張捲起的筆記本紙，上面手寫著幾行字。西蒙看著袋子裡的東西。「他說一切都不值得了。壓力、抑鬱、負債，種種常見的問題——這些我們看多了。」

「是啊。」小隊長像哲學家一般搖著頭，用法語附和道，「人生啊，真是他媽的爛透了。」

「閉嘴，里戈。」西蒙對部下咆哮一聲，「女士，請回答我剛剛的問題。妳在這裡做什麼？這是今天的第二次了。先前我為了一通假兇殺警報出外勤，就已經看過妳在現場。」

「讓我看一下那張狗屁紙條。」蘿貝塔厲聲說道，「米歇爾絕對不會寫這種東西。」

「很抱歉。」班猛拉著她的手臂，並且趕在她說太多前，先行插話，「我的未婚妻心情不好。我們現在就離開。」然後將蘿貝塔拉走。探長站在原地，部下在四周小步奔走，而他則用銳利的目光看著他們離去。

「你的未婚妻？」她對班低聲怒吼，「那是什麼意思？還有，放開我的手，你弄痛我了。」

「閉嘴。妳不會想在接下來的十個鐘頭裡被警察拷問，而我也不想。」

「他不是自殺死的。」她斷然主張道。

「我知道。聽我說，我們只有幾秒鐘的時間，馬上就得閃人。這裡有任何跟平常不一樣的地方嗎？有東西被移動或改變嗎？」

「有人搜查過這個地方。」她示意地朝米歇爾的書桌撇撇頭，並且試著避開不看垂直潰濺在牆面與天花板上的大片血跡。桌面是空的，米歇爾的電腦不見了。

「里戈，把這兩個人趕出去！快一點，走啦！」西蒙指著他們，從房間另一端大喊道。

「好了，看夠了。該離開了。」班領著蘿貝塔走到門邊，但是西蒙攔住他們。「我希望妳沒打算出城去，萊德博士。我可能會想再跟妳談談。」

西蒙蹙眉看著他們離開公寓。里戈會意地看了他一眼，然後伸出一根指頭輕點頭部。「瘋狂的美國人。他們看太多好萊塢電影了。」

西蒙若有所思地點點頭。「或許吧。」

18

法國南部，蒙彼利埃

「馬克，把螺絲起子遞給我。馬克……馬克？你在哪裡，你這個懶惰的小渾蛋？」電工師傅放手讓鬆脫的電線垂掛在空中，爬下梯子，環顧四周。「那個小兔崽子永遠什麼也學不會。這會兒他又消失到哪裡去了哩？」他自言自語道。

這小子是個累贅，他真希望當初沒雇用他。他的嫂子娜塔莉過度溺愛自己的兒子，不希望這孩子跟他父親一樣是個失敗者。

「李察叔叔，你看。」自窄小的水泥走廊傳來學徒興奮的聲音。年紀較長的男子放下手中的工具，在工作褲上抹了抹手，循著聲音來到陰暗的走廊盡頭。在盡頭處的黑暗凹室有一扇敞開的鐵門；門後的石階通往下方幽暗的空間。李察往下探了探頭。「你他媽的在那裡幹嘛？」

「你得來看看這個。」孩子的聲音從下方迴盪地傳出，「好奇怪喔。」

李察嘆了一口氣，步下石階。他發現自己置身在一個空蕩蕩的大地窖中，數根石柱支撐著上方的地面。「就不過是個該死的地窖罷了。趕快出來，你本來就不應該跑進去。別再浪費時間了。」

「我知道，但是你看。」馬克將手電筒照向某處，李察隨即看見在黑暗中閃爍的鐵欄杆——

牢籠。牆上拴有圓環，還有幾張鐵桌。

「走啦，走啦。」

「那究竟是什麼啊？」

「我不知道。狗舍之類的吧，誰鳥它啊！」

「不會有人把狗養在地窖裡……」馬克的鼻孔抽搐了一下，嗅到濃濃的消毒藥水味。他用手電筒掃射四周，尋找氣味的來源，然後看見一個嵌在地上的水泥洩水閘；洩水道的一頭是寬大的人孔蓋。

「快走，小子。」李察抱怨道，「我要來不及去做下一個工程了，你這是在拖延我的時間。」

「等一下。」馬克看到黑暗中有個閃閃發亮的東西；他跨步將其自地上拾起，放在手掌上仔細端詳，好奇這樣東西有什麼意義。

李察邁步走到小夥子身旁，捉住他的手臂，將他拖往階梯。「聽著，早在你出生前，我就已經在幹這一行了。我學會一件事：如果你想保住飯碗，就閉上嘴巴、不要多管閒事。懂嗎？」

「好吧。」男孩咕噥道，「可是——」

「沒有可是。現在趕快來幫我弄這盞該死的燈。」

19

巴黎

四年來，班一直單獨行動；他喜歡這種工作方式所賦予的自由。他可以在所欲之處入睡，可以不在乎路途遠近、輕裝便行並且擁有高度機動性，也可以不引人注目地獨自進出各地。最重要的是，獨自工作意味著他只須對自己負責。

但是現在這個女人增添了他的麻煩，而且他打破了自己所有的規矩。

他以迂迴的路徑回到藏身處。他領著蘿貝塔走進鋪著鵝卵石的小巷，穿過地下停車場，回到地面，然後爬防火梯來到隱密公寓的防盜門前。一路上，他們越走，蘿貝塔的神情便越發困惑。

「你住在這裡？」

「家，甜蜜的家。」兩人入內後，班鎖上門，並且輸入保全系統的密碼。他打開燈，她環顧公寓內部。「這是什麼啊，新斯巴達極簡主義嗎？」

「妳要咖啡或是一點吃的東西嗎？」

「咖啡就好。」

班走進小廚房，點燃小型濾式咖啡壺下方的煤氣爐；幾分鐘後，壺子發出噗噗的沸騰聲，他從平底鍋倒出熱牛奶，連同咖啡端給蘿貝塔。接著他打開豆子燉肉罐頭加熱，將加了香腸與火腿的熱騰騰燉肉倒入兩只盤子。他還有六瓶佐餐酒，所以隨意拿了一瓶，並且拔開軟木塞。

「妳應該吃點東西。」班看她沒有動盤子裡的食物，因此出言建議。

「我不餓。」

「好吧。」他吃完盤子裡的菜，然後伸手拿取鍋裡剩下的燉肉，一邊大口啜飲紅酒，一邊狼吞虎嚥地吃完食物。這時他看見蘿貝塔將頭埋在雙掌裡，身體不停顫抖，所以起身為她披上毯子。蘿貝塔默默不語地坐著；幾分鐘後，她低聲說：「我一直想到米歇爾。」

「他不是妳的朋友。」班提醒她。

「嗯，我知道，但是我還是……」她啜泣地說，然後擦擦眼，露出虛弱的微笑，「真是愚蠢啊。」

「不，這不是愚蠢。妳很有同情心。」

「你說得好像這是很少見的事情似的。」

「的確很少見啊。」

「那你有嗎？」

「不。」班將最後一點紅酒倒進自己的杯子，「我沒有。」他看看手錶，「時候不早了。我明天早上還有事情要辦。」他飲盡杯裡的酒，從椅子上一躍起身，抓起一疊毯子與靠墊，將這些東西隨意地扔在地上。

「你在幹嘛？」

「幫妳鋪床。」

「這樣算得上床嗎？」

「嗯，如果妳想的話，妳可以去住麗緻酒店啊。我跟妳提議過，記得嗎？」他看著蘿貝塔臉上的表情，補上一句，「這間公寓只有一個臥房。」

「所以你都讓客人打地鋪嗎？」

「如果這麼說妳會好過一點的話……妳是第一個我帶進這間屋子的客人。現在呢，麻煩妳把包包給我。」

「你說什麼？」

「給我妳的包包。」班重複方才的話，然後一把抓過她的手提包，開始東翻西找。

「你該死的在做什麼啊？」蘿貝塔試圖奪回包包，但是班擋開了她的手。「這個我拿走了。」他將羅貝塔的手機收入口袋，「剩下的東西妳可以留著。」

「你為什麼要沒收我的手機？」

「妳覺得呢？我可不想妳背著我打任何電話。」

「天啊，你真的很難信任人呢。」

當晚蘿貝塔睡得並不安穩，白天所發生的事情在她的腦袋裡打轉。剛開始看似一如往常的一天，結果完全顛覆了她的世界。她原本可以拿了錢，一早搭機回國，但是她竟然選擇留下來。也許她真的瘋了。

至於這位班．霍普先生呢？自己竟然跟這個今天第一次見面，而且幾乎不認識的男子關在隱閉的公寓裡。他是何方神聖？班有著迷人的笑容，是個滿有吸引力的人，但是同時也帶著一種冷酷；而他以那雙灰藍色的眼睛觀看她的方式，令蘿貝塔無法猜透他的心思。

還有另一件事一直縈繞在蘿貝塔心裡——有人對她的研究感興趣。真的非常感興趣，甚至足以為此大開殺戒。這意味著幾件事。她的研究發現對某人造成威脅，但是也真的具有價值。她的方向是對的，而即使現在的處境危險，她仍不禁感到一陣興奮。她必須知道更多這整件事的來龍去脈。

蘿貝塔撇開思緒，從靠墊抬起頭，緊張地側耳聽著……有說話聲。她努力在黑暗而陌生的房間裡尋找方向感；幾秒鐘後，她熟悉了新環境，並且意識到聲音是從臥室門後傳來的。是班的聲音，但是她聽不清楚他在說什麼。他在講電話嗎？蘿貝塔離開臨時鋪成的床，就著昏暗的月光，躡手躡腳地來到班的門前。她小心地避免發出任何聲響，輕輕地側耳靠在門上聽著。

他不是在房間裡說話，他是在呻吟——而聲音聽起來十分痛苦，充滿煎熬。他喃喃說了一些她聽不清楚的話，然後大聲地呼喊。在蘿貝塔正準備開門的時候，她意識到原來班在作夢。不，不是一般的夢；是噩夢。

「露絲！別走！不！不！不要離開我！」他的高聲叫喊逐漸變成低沉的呻吟，然後她站在黑暗中，聽著他像孩子一般啜泣良久。

20

法蘭柯．波薩生長在充滿鄉村風情的薩丁尼亞。自窮困的幼年起，他便十分熱愛製造痛苦。他最早的受害對象是昆蟲與小蟲；還是小男孩的他，會心滿意足地耗費數個鐘頭研究如何以越複雜、越緩慢的方式解剖牠們，然後看著牠們痛苦地扭動、死去。七歲多時，法蘭柯進一步以小鳥與小動物來練習技巧。鳥巢裡剛學會飛行的幼鳥最先受害，接著地方上的小狗開始接連失蹤。法蘭柯進入青少年時期後，他逐漸成為技藝高超的拷打者與施加痛苦的專家。他樂此不疲；這種事最能讓他覺得活力充沛。

他十三歲離開學校時，對天主教產生同等濃厚的興趣。他著迷於基督教傳統中較為殘酷的景象——荊棘冠冕、基督淌血的聖痕、釘子將祂的手腳釘在十字架上的樣子。法蘭柯加強精進從學校學得的基本識字能力，以便閱讀既美妙又令人毛骨悚然的教廷歷史。有一天，他偶然找到一本古籍；書裡記載了中世紀宗教法庭對異教徒的迫害。他讀到，當西元一二一〇年教會征服某個卡塔爾教派的要塞時，教會軍團的指揮官下令割下一百名卡塔爾異教徒的耳鼻與嘴唇，並且挖出他們的眼睛，然後將屍首展示在其他異教徒的堡壘外殺雞儆猴。小男孩深深被如此嚇人的好主意所激勵，甚至在夜裡不成眠地躺在床上，由衷希望自己能參與其中。

法蘭柯愛上了宗教藝術，並且願意走數英里的路到附近城鎮裡的圖書館，癡迷地看著一幅幅描繪宗教迫害恐怖景象的歷史畫作。他最喜歡的作品是荷蘭畫家希羅尼穆斯．波希於一四八〇年左右繪的《乾草車》；畫中描繪了人在惡魔手中遭受各種駭人的折磨，並且有被矛劍刺穿的身軀，以及——最讓他感到興奮的——一名裸女。引發他如窒息般強烈慾望的並非女子的赤身裸體。她的雙手被反綁，一隻黑蟾蜍遮掩下體，除此之外她一絲不掛。她是即將被處以火刑的女巫；就是這一點勾起了法藍柯內心如此強烈而近乎瘋狂的興奮之情。

法蘭柯進一步研究波希畫作的歷史背景。十五世紀時，教宗英諾森八世頒布反巫令，天主教教會開始對女性產生強烈的反感。這份詔書讓梵蒂岡批准刑求與燒死涉嫌暗中與魔鬼勾結的婦女——不論她們嫌疑有多麼薄弱。法蘭柯以此為出發點延伸閱讀，發現一本名為《女巫之槌》⑩的書。有些人藉由全身沾滿異教徒的鮮血來服侍上帝，而這本宗教法庭印製的官方書籍便是他們的拷問與虐待手冊。中世紀基督教信仰瀰漫了對女性的強烈憎惡，而《女巫之槌》將同樣的厭惡心理深植在年輕的法蘭柯心中。沉溺、享受性愛，並且做愛時不會只躺在床上的女人，一定是魔鬼的新娘。也就是說，這樣的女人一定得死，而且死法要慘不忍睹。這是他最喜歡的部分。

法蘭柯逐漸成為天主教宗教法庭與教廷血腥歷史的行家。當其他人在梵蒂岡西斯汀大教堂裡欣賞著波提切利與米開朗基羅美麗的藝術品時，法蘭柯則沉湎於另一種事實：教廷委託藝術家創作這些藝術品的同時，歐洲各地有二十五萬名婦女在教宗的祝福下被綁上火刑柱。他知道的越多便越能領會：對天主教教義與傳統表示贊同的方式就是——不論默論或明言——擁護支持教會數個世紀以來有系統且無限制的大屠殺、戰爭、迫害、刑求以及腐敗。他找到了自己靈命的呼召，

⑩ 由兩位經驗豐富的宗教法庭訊問官亨利・克拉馬與詹姆斯・斯普格蘭合著，書中記載了他們多年審理巫術案件的心得。

而且他為之欣喜。

一九七七年，終於到了他迎娶未婚妻的時候。對方是當地槍砲匠的女兒。為了取悅雙親，他不情願地答應了與瑪麗亞的婚事。

在新婚之夜，他發現自己完全性無能。當時他一點也不擔心。他從不在意自己依然是處子之身，因為他早已知道，握著刀子製造痛苦是唯一能讓他興奮的時候。殘虐的事令他著迷，並且讓他感覺強而有力；女性肉體對他毫無誘惑力。

但是週復一週、月復一月，他持續未對瑪麗亞表現出絲毫「性趣」，於是她開始奚落法蘭柯。有一晚，她欺人太甚。「我要去找一個真正有種的男人。然後所有人就會知道我的丈夫是個一無用處的閹割歌手。」

二十歲的法蘭柯已經相當健壯而且孔武有力。盛怒之下，他一把抓起妻子的頭髮，將她拖至臥室，並且粗魯地丟在床上。他把瑪麗亞打到半死不活後，再捅了她一刀。

那天晚上，法蘭柯發現了一件改變了自己一生的事情——原來女人的身體終究還是可以令他興奮的。他沒有觸碰瑪麗亞，唯有鋼鐵接觸到她。他將遍體鱗傷、永遠毀容的瑪麗亞捆綁在床上，趁夜半時分逃離村子。瑪麗亞的父親與兄長在後追趕，誓言報仇。

法蘭柯不曾離開村子到兩英里之外的地方，所以他很快地迷失在薩丁尼亞的鄉間，而且身無分文、飢腸轆轆。有一晚，當他在靠近卡拉里的酒吧外乞食時，瑪麗亞的哥哥薩瓦托發現了他的下落。薩瓦托悄悄地從毫無防備的法蘭柯身後發動攻擊，用刀朝他的喉嚨劃了一刀。

較軟弱的人可能馬上倒地死亡，讓自己任人宰割。鮮血從喉嚨上的傷口湧出，將許久沒有飽食的法蘭柯染得全身猩紅；但是痛楚與血腥味給了他新的力量，一種原始的能量。他像頭受傷的野獸般站在原地，沒有逃跑，而且還以顏色。如果那天晚上薩瓦托身上帶著槍，情況便會有所不同。但是法蘭柯從對方手中奪下刀子，將他制伏，並且慢慢挖出他的肺。

這是法蘭柯首次殺人，但絕不是最後一次。他洗劫薩瓦托身上的錢財，逃到沿海，然後搭船到義大利本土。喉嚨上的割傷癒合了，可是下半輩子他都必須以低沉沙啞的聲音說話。

由於接二連三的仇殺，法蘭柯永遠被逐出薩丁尼亞。他遊走南義大利，不停地換工作，但是心中那股渴望施加痛苦的欲望不曾消失。二十四歲前，黑手黨善加利用了他的天賦；他們雇用法蘭柯拷問囚禁的敵人，以取得情報。法蘭柯．波薩是個天生的刑求者，而令人生畏的名聲迅速在黑社會傳開；外界都說他是個極為麻木不仁的冷血刑求者。說到讓人產生無限恐懼並且求生不能、求死不得，他無疑地是大師。

當波薩——或者是現在他以此自稱的「判官」——沒有在不幸的罪犯身上施展藝術才能的時候，他會出沒在夜晚的街道上獵捕妓女，以低沉的聲音引誘她們踏入死亡陷阱。她們令人同情的遺體開始出現在南義大利各處的骯髒旅館房間內。謠言四起，說出現了一個「怪物」，一個以痛苦與死亡為食的瘋子，如同吸血鬼以血維生一般。不過判官總是會掩蓋自己的行蹤與行動；在警方的資料庫裡，他純潔得一如他的處子之身。

一九七七年的某一天，法蘭柯．波薩接到一通出人意表的電話——來電者不是平時的黑社會要角或是黑手黨老大，而是名梵蒂岡主教。

正是由於籠罩黑社會的這層陰影，馬西米里亞諾．烏斯勃提聽聞了判官之名。這名男子惡名昭彰的宗教狂熱、對上帝的完全獻身，以及他對懲罰邪惡的堅定意志，這些都是烏斯勃提想為新組織尋找的特質。當波薩聽到自己所要扮演的角色時，他立即抓住了這個機會。這對他而言真是太完美了。

這個組織名叫 Gladius Domini——上帝之劍。

而法蘭柯．波薩則成為這把劍的劍刃。

21

巴黎

「喂？請接洛里歐先生，謝謝。」

「先生，他目前出差，不在公司。」秘書回答道，「要到十二月才會回來。」

「可是我昨天有接到他的電話啊？」

「恐怕這是不可能的事情。」秘書語露不耐，「他已經去美國一個月了。」

「很抱歉，打擾了。」班說，「顯然我的訊息有誤。請問妳方便告訴我，洛里歐先生依然住在布里涅南庫爾的瑪歌別墅嗎？」

「布里涅南庫爾？不，洛里歐先生就住在巴黎啊。我想你一定打錯電話了。祝你有美好的一天，再見。」然後對方喀地掛斷電話。

現在真相大白了，洛里歐根本沒有打電話給他。如同他想的一樣，火車撞擊事件的始作俑者另有他人，因為發生整件事實在太不可能了。

班坐在椅子上抽菸，思索著這件事。證據指向一個新方向。他在蘿貝塔的公寓打電話給洛里歐，米歇爾．薩狄也在房裡聽著，並且記下了他的電話。之後他直接出門去為貓買魚。是啊，順便將剛剛聽到的號碼告知他的狐群狗黨。所以他們佯裝成洛里歐回電給班。這麼做是有風險的——要是洛里歐本人也打了電話呢？也許他們事先確認過他不在城裡。

這並非是個天衣無縫的計畫，但已經夠周全了。班讓自己像顆從樹上掉落的蘋果，如此輕易地讓人載走。因為蘿貝塔偶然的介入救了他，才使他不至於在鐵軌上被一百公尺長的火車輾過。若不是她，這時警方一定還在鐵路的枕木裂縫中舀取他爛泥般的屍體。

是班自己有所失誤嗎？可不能再有下一次。

這也意味著，追索蘿貝塔的同一批人也在追查他；他們是認真的。姑且不論喜歡與否，這件事將他與蘿貝塔牽在一起。

他在黎明時分便醒了，並且納悶了整個早上，思索該拿蘿貝塔怎麼辦。昨天他認為自己得甩開她，用錢打發她，逼她回到美國。不過也許他錯了。她或許可以幫得上忙。她想弄清楚發生了什麼事，班亦然。而他感覺得出來蘿貝塔想繼續對他表示支持——部分出於恐懼，部分出於強烈的好奇。但如果他一直將她蒙在鼓裡、不讓她參與、不信任她，那麼這個情形將不會持續下去。

班坐在床上思量著，直到聽見她在隔壁房裡有所動靜。他站起身，推開門。頭髮蓬亂的蘿貝塔正伸著懶腰，毯子凌亂地堆在腳邊的地板上。

「我要煮咖啡，然後離開這裡。門沒關，妳隨時可以離開。」

她看著班，不發一語。

「是該做決定的時候了。妳要留下來，還是離開？」

「如果我留下，我必須跟你一起行動。」

班點點頭說：「我們有很多事情需要釐清，而且要用我的方式來處理。」

「所以現在我們彼此互信囉？」

「我想是的。」

「那麼我留下。」

班走在一整排的二手車旁，一輛輛看著。他要找個速度快而實用，不要太招搖、太特殊的交通工具。「這個如何？」他指著其中一輛車問道。

技師將手往工作服上抹了抹，藍色的布料上留下了一條條油漬。「它的車齡一年，狀況極佳。你打算怎麼付款？」

班拍拍口袋。「現金可以嗎？」

十分鐘後，班在格拉韋勒大道上踩下銀色運動版 **Peugeot 206** 的油門，朝巴黎主要環城道路而去。

「嗯，以一名記者而言，你似乎滿會花錢的，班。」坐在旁邊的蘿貝塔說。

「好吧，該跟妳說實話了。我不是記者。」班承認道，同時由於接近環城公路的壅塞車陣而減慢車速。

「哈，我就知道。」蘿貝塔雙掌一拍，「那我可以知道你究竟從事什麼行業嗎，班乃迪克·霍普先生？還有，這是你的真名嗎？」

「是我的真名。」

「這是個好名字。」

「好得不適合像我這樣的人嗎？」

她微微一笑。「我可沒這麼說喔。」

「至於我的職業嘛，我想妳可以說我是個探尋者。」他依照交通號誌轉彎，等待車陣裡的缺口，然後運動版小車加速，圓潤的引擎聲上揚到令人滿意的音高，慣性將他們向後壓靠在座椅上。

「什麼東西的探尋者？麻煩嗎？」

「嗯，是的，有時候我會自找麻煩。」他乾笑著，「但是我沒料到這次會有這麼多問題。」

「那你到底要找什麼？為什麼會找上我？」

「妳真的想知道？」

「我真的想知道。」

「我正試著尋找一名鍊金術師，傅爾坎奈利。」

她挑起單邊眉毛。「是喔……這樣啊。然後呢？」

「嗯，我真正要找的是一份他應該擁有過，或是撰寫過的手稿。我對此沒有太多的了解。」

「傅爾坎奈利手稿——那個古老的神話？」

「妳聽過這個東西？」

「當然囉，我是聽過啊。但是在這個圈子裡，你很容易聽到很多事情。」

「妳覺得手稿不存在？」

她聳聳肩。「誰曉得呢？這就像鍊金術裡的聖杯。有的人說真有其物，有的人則說不是；沒有人知道手稿是什麼、裡面寫了什麼，甚至它是否真的存在。不過你拿這份手稿要做什麼？我覺得你不是那種會喜歡這類東西的人。」

「何以見得？」

她哼了一聲。「你可知鍊金術最大的問題之一是什麼嗎？就是它所吸引到的人。這些人裡，我還沒看過任何不是『水果蛋糕』[11]的。」

「這是妳給我的第一個恭維。」

「我不是針對你，別放在心上。總之，你還沒回答我的問題。」

他頓了頓。「我尋找手稿，不是為了自己。這是客戶的委託。」

「而這名客戶相信手稿可以治療某種疾病，對吧？這就是為什麼你對我的研究這麼有興趣的原因。你在幫人尋找某種解藥。你的客戶生病了？」

「這麼說吧，他迫切地希望找到手稿。」

「天啊，他一定很急。」

「我在想，妳的蒼蠅靈藥不知道對他有沒有幫助？」

「我告訴過你，研究還沒完成。而且我甚至不會拿人體做實驗，這樣太不道德了，更甭說無照用藥了。我現在顯然已經有夠多麻煩了。」

他聳聳肩。

[11] 意指「瘋子、怪人」。

「那麼，班，你要不要告訴我，我們開著你這部漂亮的新車是要上哪兒啊？」

「妳對賈克．克萊蒙這名字有什麼印象嗎？」

蘿貝塔點點頭。「二〇年代時，他是傅爾坎奈利的徒弟。」她對班投以疑問的眼神，「為什麼要問我這個問題？」

「傳說傅爾坎奈利消失前傳給克萊蒙一些文件。」班略做解釋。蘿貝塔露出一臉期待聽到更多的樣子，所以他繼續說道：「不管怎麼說，那都已經是一九二六年的事情了，克萊蒙老早就死了。但是我還是想知道傅爾坎奈利究竟留給他的是什麼東西。」

「你打算從何查起？」

「三天前我抵達巴黎時，最先做的事情之一就是調查他是否有任何遺族。我想他們或許會有所幫助。」

「然後呢？」

「我追查到他的兒子，安德瑞，是一名退休的有錢銀行家。不過他不太樂意幫忙。事實上，當我一提到傅爾坎奈利，他的妻子就要我滾蛋。」

「當你跟任何人談到鍊金術的時候就會發生這種事。現在你可以體會我的處境啦。」

「總之，我原以為自己不會再有他們的消息。」但是今早，妳還在睡覺的時候，我接到一通電話。」

「他們打來的？」

「是他們的兒子，皮耶。我們做了一次很有趣的交談，而我藉此得知遺族裡有一對兄弟，安德瑞跟賈斯東。安德瑞是成功人士，而賈斯東則是家裡的敗類。賈斯東想延續父親的研究工作，但是安德瑞十分厭惡鍊金術，認為那是巫術。」

「可想而知。」

「簡單來說，他們跟賈斯東斷絕關係，視他為家族之恥，不願再跟他有任何關聯。」

「賈斯東還活著嗎？」

「看來是的。他住在兩公里遠的一處舊農場裡。」

蘿貝塔往椅背上一靠。「而那就是我們現在要去的地方？」

「先別太興奮。他有可能是個怪胎……妳是怎麼稱呼他們的？」

「『水果蛋糕』⓬，這是個技術用語。」她打趣地說。

「我會特別記下來的。」

「那麼，你認為那些文件——先不論傅爾坎奈利留了什麼東西給他父親——依然在賈斯東．克萊蒙手上？」

「試試總無妨。」

「總之，我確信這趟拜訪一定會非常有趣。但是我以為我們要先查清楚怎麼一回事，以及為什麼有人想殺我們。」

班看了她一眼。「我還沒說完呢。今天早上，皮耶．克萊蒙還跟我說了另一件事。我不是最

⓬ 參註釋⓫。

後一個聯絡他父親、詢問關於傅爾坎奈利事情的人。他說兩天前，三名男子前來問了同樣的問題，也問起了我。不知怎麼，所有東西都串聯起來了——妳、我、米歇爾、追殺我們的人還有手稿。」

「但是怎麼個串聯法呢？」

「我還不清楚。」

問題是，他在內心想著，這三名男子知道賈斯東．克萊蒙的事情了嗎？如果答案是肯定的，那麼他們可能正踏入另一個陷阱裡。

又過了約莫一個鐘頭，班與蘿貝塔抵達一處偏遠的農場；根據皮耶．克萊蒙的說法，他的叔叔就居住在此。他們沿著路繼續往前行駛兩百公尺後，將車子停在樹木濃密的路肩。「到了。」班看看根據指示所畫下的粗略地圖。

他們徒步走向農場，天空烏雲密佈，風雨欲來。來到鋪著大鵝卵石的院子後，班不著痕跡、安靜地剝開槍套束帶上的按釦，然後將一隻手擱在胸口附近。院子兩側是廢棄、朽壞的農場建築物。破損的牛舍後方是間破舊不堪的木造高穀倉，破損的窗戶外釘著木板條。一縷青煙自燻黑的金屬煙囪緩緩飄出。

班謹慎地看看四周，準備好面對隨時會出現的麻煩。不過附近並無他人。

穀倉裡似乎沒有人。內部的空氣混濁而且煙霧瀰漫，充滿刺鼻的泥土味與奇怪物質悶燒的氣味。這棟建築物是個昏暗的大空間，乳白色的陽光自木板條間的縫隙以及積滿灰塵的窗櫺照射進來。啁啾的鳥兒從山牆頂端的洞口飛進飛出。倉舍的一側有個用粗糙木柱架高的平臺，其上放著破爛的扶手椅、擺有舊電視機的桌子與堆著髒毯子的床鋪。另一邊則是煤煙滿佈的火爐，微微開啟的黑色鐵爐門飄散出黑煙與刺鼻的氣味。火爐周圍數張臨時用的桌子上放有許多書籍、紙張、金屬以及連接著橡膠管或有機玻璃管的玻璃容器。不知名的液體在瓦斯本生燈上慢慢加熱，並且散發出汙濁的煙霧。每個陰暗角落堆放著廢棄物、舊木箱、破掉的容器與一排排空瓶子。

「真是個豬窩啊。」蘿貝塔大呼一口氣。

「至少這裡沒有檔案四散。」班調侃她。

「哈，哈，非常好笑。」她假笑道，然後低聲補上一句，「渾蛋。」

班走到桌子前，桌上有件東西吸引了他的注意。那是一份褪色的陳年文件，紙張四邊由白水晶壓著。他將其拾起，紙張隨即彈捲起來，揚起一陣灰塵；從木板間隙射入的光線照亮了一顆顆飄揚的塵粒。他將文件拿至一束陽光下，輕輕地展開，然後閱讀紙上密密麻麻的字跡。

如果人蔘能延年益壽
這種長生不老藥想必值得服用吧？
黃金的本質不會腐朽或毀壞
也是所有東西裡最為珍貴的。
如果鍊金術師能製作出這種靈藥
他將長生不死

滿頭白髮將變回黑髮
掉落的牙齒能重新長出
老耄再度成為精力充沛的年輕人
老太婆回春成少女
外貌已改變的鍊金術師逃過了生命中的種種危險。

「你找到什麼嗎？」蘿貝塔從班身後探頭。

「我也不知道。可能是個有趣的東西。」

「讓我瞧瞧。」她瀏覽著卷軸上的文字，班則在桌上尋找其他類似的文件；但是在成堆的紙卷與一疊疊翹了角的髒汙紙張裡，他只找到難懂的圖表與符號表。他嘆了一口氣，「妳看得懂這些東西嗎？」

「嗯，班？」

他吹去一本舊書上的灰塵，心不在焉地咕噥道。「什麼事？」

她用手肘輕推了他一下。「有人來了。」

22

班的手悄悄放在槍上。但是當他轉過身，看見朝他們走來的男子後，便垂下手臂。

老人披散的長灰髮與雜草般的鬍鬚融為一體，並且自散亂的長髮後方露出瘋狂的眼神。他拄著拐杖，靴子在水泥地上拖行，一瘸一拐地朝他們急急走來。

「把東西放下！」他伸出嶙峋的手指指著蘿貝塔，厲聲大喊道，「不准碰！」

她小心翼翼地將卷軸放回桌上，紙張緊緊地彈捲回去。老人一把抓過紙捲，狂怒地將它握在胸前。他身上穿著髒汙而破爛的老式長大衣。他氣喘吁吁，吃力地呼吸著。「你們是誰？」他露出泛黑的牙齒盤問道，「你們在我家裡幹嘛？」

蘿貝塔直盯著老人瞧。他看起來彷彿在巴黎市裡的橋梁下刻苦地居住了三十多年。老天啊，她心想，這些就是我一直試圖說服世人認真看待的人嗎？

「我們想找賈斯東・克萊蒙先生。」班說，「很抱歉，門沒關，所以我們就擅自進來了。」

「我們不是警察，我們只是想請教你幾個問題。」

「我就是賈斯東・克萊蒙。有何貴幹？」老人氣喘吁吁地問。話才說完，他似乎旋即雙腿一軟，卷軸與拐杖因他的踉蹌繼而掉落在地。班攙扶老人坐上椅子，然後蹲在旁邊，而老人用手帕摀著嘴，一陣咳嗽。

「我叫班乃迪克・霍普。我在尋找某樣東西——一份傅爾坎奈利撰寫的手稿……嗯，需要我幫你找醫生來嗎？你看起來不是很舒服。」

克萊蒙止住咳嗽，抹了抹嘴，坐在椅子上喘息一會兒。他患了關節炎的雙手瘦骨如柴，蒼白得幾乎透明的皮膚下冒著青筋。「我沒事。」他用低啞的聲音說道。然後緩緩地轉頭看著班，「你剛剛說傳爾坎奈利？」

「他是你父親的老師，對吧？」

「沒錯，他傳授了偉大的知識給我父親。」克萊蒙喃喃地說完，往椅背一靠，彷彿陷入沉思；有那麼一會兒，他停止說話，漫無邊際地咕噥著什麼，思緒似乎困惑而恍惚。

班從地上拿起手杖，立放在老人的椅子旁。然後他展開方才掉落的卷軸。「我想，這該不會是……」

克萊蒙似乎看見班手中的紙卷後便回過神，迅速伸出枯瘦的手臂，唰地將文件奪走。「把東西還給我！」

「那是什麼？」

「不干你的事。這是《周易參同契》⓭，西元二世紀的中文著作，是無價之寶。」這時克萊蒙的眼神變得更加清明，並且直直地盯著班。他搖搖晃晃地站起身，手指著他。「你想幹嘛？」他的手與聲音都在顫抖，「該死的外國人又想來偷東西嗎？」說完，便拿起拐杖作勢揮打。

「不，先生，我們不是小偷。」班向他保證，「我們只是想詢問一些資訊。」

克萊蒙啐了一啐。「資訊？卑鄙的克勞斯．萊茵菲爾就是這樣跟我說的——資訊！」他將手杖啪地打在桌面上，紙張頓時飛散。「那個小德國人是個下流的小偷！」老人轉身面對他們咆哮道，「你們給我滾出去。」他的嘴角泛著口沫。他伸手從儀器架上拿起一支裝滿綠色液體的試管，威脅地朝他們揮舞；管子裡的液體還冒著煙。但是他的雙腿再次癱軟無力，讓他身子一癱。試管摔在地上，應聲碎裂，綠色液體四濺。

他們扶起老克萊蒙，攙著他登上平臺的階梯，來到作為起居室的區塊。他坐在床緣，一臉虛弱的病容。蘿貝塔為他端來一杯水。一會兒後，他冷靜下來，看起來變得比較有意願與他們說話。

「你可以相信我。」班真摯地握著克萊蒙的手，「我不會偷你的東西。如果你願意幫助我，我會付你錢作為報酬。你同意嗎？」

克萊蒙啜飲著水，點點頭。

「很好。那麼，仔細聽著。一九二六年，傅爾坎奈利消失蹤跡前，給了你父親賈克．克萊蒙某份文件。我必須知道，你父親是否擁有過某個從他老師那邊得來的鍊金術手稿。」

老人搖搖頭說：「我父親有很多文件，但是在他臨終前已經銷毀了大半。」然後他的表情因憤怒而扭曲，「至於他所留下的檔案，多數被偷了。」

「是你剛剛提到了那個人——萊茵菲爾——下的手？」班問，「他是誰？」

克萊蒙滿是皺紋的臉變得面紅耳赤。「克勞斯．萊茵菲爾，」他的語氣裡充滿憤恨，「我的助理。他到我這兒學習鍊金術的秘密。那個悲慘的排骨精除了身上的臭襯衫之外，什麼也沒有

⓭ 中國首部鍊金術書籍，作者為東漢時代的魏伯陽，此人亦為《抱朴子》作者葛洪的師祖。

地就這麼出現在我這兒。我幫他、教他，供他吃住！」怒火令鍊金術師上氣不接下氣，「我信任他，但是他卻出賣我。我已經十年沒見到他了。」

「你的意思是說，克勞斯・萊茵菲爾偷了你父親的檔案？」

「還有黃金十字架。」

「黃金十字架？」

「是的，一個非常古老而且漂亮的十字架。是傅爾坎奈利多年前發現的。」克萊蒙打住話，唾沫噴濺地咳嗽，然後繼續說道，「那是一把打開偉大智慧的鑰匙。傅爾坎奈利在消失前把十字架交給了我父親。」

「為什麼傅爾坎奈利要消失？」

克萊蒙沉下臉，看著班。「他跟我一樣，被人出賣。」

「是誰出賣了他？」

「某個他信任的人。」克萊蒙乾皺的雙唇扭曲出一抹謎樣的笑容。他伸手到床下，虔誠而謹慎地抱出一本陳舊的書籍；書的藍色皮革嚴重磨損，看起來猶如被老鼠啃咬了數十年。「全都在這裡面。」

「那是什麼？」班盯著書問。

「我父親的師父把他的故事全寫在這本書裡。這是他的私人日記，也是唯一一樣沒被萊茵菲爾偷走的東西。」

班與蘿貝塔交換了眼神。「可以讓我看看嗎？」他詢問克萊蒙。

鍊金術師猶豫地為班翻開封面，然後把書拿近給他，不願讓他人觸碰日記。班瞥見上面的老式手寫字跡。「你確定這是傅爾坎奈利的親筆筆跡嗎？」

「當然囉。」老人喃喃地說，並且讓他看了看封面內頁的簽名。

「先生，我想跟你買下這本書。」

克萊蒙哼聲說：「這是非賣品。」

班思考了一會兒。「克勞斯．萊茵菲爾呢？你曉得他現在的下落嗎？」

老人握緊了拳頭。「他在他該去的地獄裡受業火焚燒……希望如此。」

「你是說，他死了？」

克萊蒙沒有回答，喃喃嘀咕的毛病再度發作。

「他死了嗎？」班重複問道。

煉金術師的眼神恍惚，班在他面前揮了揮手。

「我想你沒辦法從他那邊得到更多資訊。」蘿貝塔說。

班點點頭。他將一隻手擱在老人的肩頭，輕輕地搖晃，喚回他的意識。「克萊蒙先生，仔細聽我說，而且請記住，你必須離開這裡一段時間。」

老人的眼睛緩緩重新對焦。「為什麼？」他用低沉沙啞的聲音問道。

「因為可能會有人到這裡來找你。他們不是好人，你不會想遇上他們的，你懂嗎？他們已經到你兄弟家裡打聽過了，所以他們可能知道要上哪兒找你。所以我要你收下這些。」班拿出一疊厚厚的鈔票。

克萊蒙瞪眼看著如此龐大的金額。「你這是做什麼？」他的聲音顫抖。

「這筆錢是支付請你離開這裡一段時間的報酬。給自己買些新衣服。如果需要，去看個醫生。坐火車離開這裡越遠越好，然後幫自己租個一、兩個月的房子。」他伸手從口袋掏出另一捆鈔票，「而且，如果你同意把那本書賣我，這些錢也是你的。」

23

「有趣嗎？」

「非常有趣。」班從書桌前抬起頭，心不在焉地回答。蘿貝塔正坐在椅子望著窗外；她啜飲手中的咖啡，一臉無聊。他將目光重新放回日記上，小心地翻動泛黃的書頁，瀏覽著傅爾坎奈利以流暢而優雅的字跡所寫下的部分日記篇章。

「三千塊花得值得嗎？」

班沒有回答。他付給克萊蒙的錢也許算值得，也或許不值得。許多書頁似乎不見了，留下來的不是遭汙損，就是無法判讀。他原本希望日記裡會有些關於傳說中靈藥的線索，甚至或許有製作方法、配方之類的。但是隨著一頁頁地翻閱，他逐漸意識到這可能只是自己一廂情願的天真期待。這本書似乎跟一般的日記無異，只是一名男子每日生活的紀錄。班的目光落在一篇冗長的日記內文，然後開始往下閱讀。

一九二四年，二月九日

爬山既費時又危險。我的年紀已大，實在不適合從事這種事。有好幾次，當我發現自己移動毫無知覺的雙腿緩緩爬上近乎垂直的岩塊，並且飄落的雪花變成大風雪的時候，我覺得自己快斷氣了。最後，我終於拖著身體爬上山頂——我氣喘如牛，肌肉也因體力消耗而顫抖——然後我讓疲憊的身軀休息片刻。我撫去眼皮上的雪花，抬眼看著面前已成廢墟的城堡。

這裡曾是令人驕傲的阿莫里．萊維碉堡，然而幾世紀的時間並未對它施以慈悲。無數戰爭與瘟疫來來去去，屬於戰士們的朝代興起又衰亡；這塊土地在代代統治者手中傳讓。超過五個世紀前，這座城堡遭受圍攻與轟炸，最後在被人遺忘的久遠世仇鬥爭中成為斷垣殘壁；那時，此處早已古老而殘破。現在，堅固的圓塔泰半化為瓦礫，苔蘚與地衣披覆在因戰爭而滿目瘡痍的牆上。大火一定曾經吞噬過碉堡的內部，屋頂因此坍塌。時間、風吹、雨打與日曬則進一步造就了建築物現在的模樣。

廢墟大部分長滿了金雀花懸鉤子，使我得在大門的哥德式拱道上清出一條路徑。木製大門已經腐化殆盡，只在碎裂石的拱門上留下變黑了的鐵鉸鍊掛在生鏽鉚釘旁。當我進入大門，墓地般的死寂籠罩著空蕩蕩、只剩骨架的灰色城堡。我已不抱任何希望；我不認為自己會在此找到一直想尋找的東西。

我徘徊在白雪覆蓋的庭院，環顧四周的石牆與壁壘遺跡。在一座蜿蜒而下的階梯底層，我發現通往老舊儲藏室的門。我在儲藏室裡生起一小堆火取暖，躲避寒風。

暴風雪將我在城堡廢墟裡困了兩天。我帶了少量的麵包與乳酪作為口糧，這些食物足以供我果腹；我還帶有毯子與一只可將雪融化飲用的小平底鍋。我花時間探索廢墟，強烈地希望我能證實先前研究所顯示出的結果。

我知道我不會在地面上的壁壘遺跡或高塔中尋得我的獎賞——如果真有的話；我所要找的東西應該在碉堡下方交織如網的地道與岩石鑿出的房間裡的某處。隨著時間的推移，許多地道已經崩塌，但是剩餘的隧道完好無損。我在碉堡下層發現潮濕的土牢；不幸的囚犯們，他們骨骸早已化為塵土。漫步在濕淋淋的漆黑走廊與曲折的階梯上，我在油燈的光線中一邊尋找，一邊祈禱。

經過數個鐘頭殘酷的打擊後，我失望地爬過一條位在地底深處、半崩塌的隧道，然後發現自己來到一個方正的房間。我舉起提燈，認出這間房裡的拱形天花板與破碎的盾徽；我曾在巴黎找到一幅腐壞了的木版畫，上面畫著同樣的拱頂與盾徽。此時，我知道我終於找到所探求的東西，我的心也為之雀躍。

我繞行房間，直至來到這個定點。我撥開厚厚的蜘蛛網，吹去如雲的積塵，然後岩塊上因時間流逝而平滑了的刻記浮現在眼前。如我所料地，這些記號引領我找到地板上某塊特定的石板。我挖開邊緣的潮濕泥土，將手指塞進石板下方，接著我使盡力氣抬起板子。當我看見隱藏其下的石砌凹處，我終於曉得自己花了一輩子的時間尋找，最後找到了什麼東西。我跪了下來，如釋重負並且無聲地喜極而泣。

我從洞裡拉出那個沉重的物件，心臟恐懼地劇烈跳動。我擦去泥土與包裹在外層、已腐化成屑的羊皮；鋼鐵的小箱子保存良好。當我用刀子撬開箱子時，內部的氣體嘶地漏出來。我以顫抖的手伸入箱內，在提燈搖曳的光線下，陶醉在眼前這難以置信的發現裡。

將近七百年來，沒有人看過這些珍貴的東西。多麼令人感到興奮啊！

我相信這些手工製品乃是出自我的卡塔爾教徒祖先之手。這些精湛的工藝被隱藏了很長的時間，甚至數個世代。這些工藝品集合在一起，可能握有打開偉大秘密的鑰匙，同時也是達成我們一切目標的關鍵。

這是個如此驚人、偉大的奇蹟，令我不禁恐懼思忖其中所蘊含的力量……

班翻了幾頁，熱切地想讀取更多內容。

一九二四年，十一月三日

一切正如我所料。事實證明，古卷遠比我起先預期的更難解讀。幾個月來，我努力翻譯卷軸上的古老語言、狡猾地編成密碼的訊息，以及眾多蓄意的欺瞞。不過今天，我跟克萊蒙長久以來的辛苦終於有了回報。

數種鍛燒成鹽狀物的物質經過特別的調配與蒸餾後，溶融在火爐上的坩堝裡。鎔金堝先是發出令人吃驚的嘶嘶聲，然後實驗室充滿了蒸汽。新鮮的泥土氣息與花朵的馨香令我與克萊蒙為之驚嘆。水變成金黃色後，我們加入一定分量的水銀，然後將溶液靜置冷卻。當我們打開坩堝時……

剩下的頁面因潮氣以及老鼠的啃咬而毀損殆盡。「該死的。」班低聲咒罵。也許缺頁裡其實沒什麼有用的訊息也說不定。他仔細地盯著褪色的字跡，繼續往下閱讀。有些地方幾乎完全被潮漬掩蓋。

一九二四年，十二月八日

該如何實驗延年益壽的靈藥呢？我們準備了依據我祖先的詳盡作法所製作的混合物。克萊蒙這個可愛的傢伙不敢喝，所以現在我已經喝下約莫三十德拉克馬⑭的甜液體。我沒發現什麼有害的影響。唯有時間能證明此藥是否具有延年益壽的功效……

好吧，時間會證明，班心想著。他挫敗地跳過幾頁文字，然後看見一九二六年五月份的某篇日記完好無損。

今天早晨，當我從每日例行的散步回到樂畢克路，我的實驗室散發出最噁心的腐臭味。即便我趕緊下樓到地下室，心裡對於發生什麼事已經有數；而且如我所料地，打開實驗室的門後，我發現我的年輕徒弟尼可拉斯．達坎站在一團煙霧之中，而四周盡是愚蠢實驗的殘骸。

我將火撲滅。因濃煙而咳嗽不止的我轉身看著尼可拉斯。「我警告過你不可以做這種事，尼可拉斯。」

「對不起。」尼可拉斯帶著違抗的表情回答道，「但是師父，我幾乎快成功了。」

「做實驗是很危險的，尼可拉斯。你無法掌控元素；維持各種元素的平衡需要非常高超的才能。」

⑭ 希臘貨幣兼重量單位；一德拉克馬約等於一點七七公克。

他看著我說：「可是師父，你曾經說過我很有這方面的天賦。」

「你的確有，但是光有直覺是不夠的。你的天資還有欠磨練，我親愛的朋友。你必須學習如何控制年輕人方剛的血氣。」

「這會耗費太多時間。我想知道更多；我想知道所有的事情。」

我這名二十歲的鍊金術初學者有時相當固執而傲慢；但是話說回來，他也有著我無法否定的天賦。我不曾遇過如此熱切的年輕學生。「你不能期望我將三千年來的哲學和我畢生的努力壓縮成區區幾堂課。」我耐心地告訴尼可拉斯，「大自然最神聖的秘密是必須慢慢、一步步學習的。鍊金術就是這樣。」

「但是師父，我滿腹疑問啊。」尼可拉斯抗議道，並且用黝黑的眼睛專注地看著我，「你曉得那麼多知識。我討厭自己這麼無知的感覺。」

我點點頭。「你會學得這些知識的。但是你必須先學會克制自己固執剛愎的個性，年輕的尼可拉斯。還不會走路就想試圖奔跑是不明智的。現階段，你應該先專注在理論研究上。」

年輕人重重地坐在椅子上，一副焦慮、躁動的樣子。「我厭倦了讀書，師父。學習跟研究相關的理論好倒是好，但是我需要更實用的東西，一些我看得見、摸得到的東西。我得相信我們正在做的事情是有意義的。」

我告訴他我理解他的感受。當我看著尼可拉斯的時候，我憂心學習過多的理論到頭來可能會使這名極富天資的學生產生反感。我自身太清楚枯燥而一事無成、沒有真實突破，也沒有實質獎勵的研究生活是什麼感覺。

我想到自己從過程中所獲得的寶貴知識。或許我可以與尼可拉斯分享一點那無與倫比的智慧。這應該能滿足他熱切的好奇心吧？

「好吧。」沉默許久之後，我說，「我會讓你接觸更多、看一些書本裡沒有寫的東西。」年輕人一躍起身，眼裡閃爍著興奮之情。「什麼時候，師父？現在嗎？」

「不，不是現在。不要這麼沒耐性，我的小徒弟。快了，就快了。」話說至此，我比出手指，告誡他，「但是要記得，尼可拉斯，沒有學生在你這個年紀就得以這麼深入或這麼快地接觸鍊金術的學問。這對你而言會是一項重大的責任，而你必須準備好接受這樣的知識。一旦我與你分享這些最偉大的秘密，你永遠不得洩漏給任何人。絕對不可以，你懂嗎？我要你發誓保證。」

他以驕傲的姿態揚起下巴宣告道：「我現在就發誓。」。

「你先好好想想，尼可拉斯，不要貿然下決定。這扇門一旦開啟，就無法關上了。」

在我們說話的同時，賈克．克萊蒙進到實驗室，並且安靜地著手清理爆炸後的殘局。尼可拉斯離開時，克萊蒙帶著憂慮的表情來到我身旁。「恕我直言，師父。」他躊躇地說，「你知道我一向不會質疑你所做的決定……」

「你想說什麼，賈克？」

賈克小心翼翼地開口。「我知道你很看重年輕的尼可拉斯。他既聰明又積極，這是無庸置疑的。但是他魯莽的性格……他對學問的渴望，就如同人對財富的貪婪慾念一般。」

「他還年輕，如此而已。我們自己也曾年輕過。你想說的是什麼，賈克？直說無妨，老朋友。」

他猶豫了一下。「你確定嗎，師父？你認為年輕的尼可拉斯準備好接受這份知識了嗎？這對他而言是很大的一步，他有辦法承受嗎？」

「我想他可以的。我相信他。」

班闔上日記本，思忖了一會兒。不管這個偉大的知識究竟為何，傅爾坎奈利無疑地是從城堡裡找到的古代手工製品中獲得這些學問；而這些手工製品現在顯然是在克勞斯・萊茵菲爾的手裡。至少，他終於有了個適當的方向。

在一旁的桌上，他的筆記型電腦默默地嗡嗡運轉著。班伸手開始敲擊鍵盤。電腦發出熟悉而刺耳的嘎嘎網路連線聲，接著跳出Google搜尋引擎的首頁。他在搜尋欄打上「克勞斯・萊茵菲爾」，然後按下搜尋鍵。

「你在找什麼？」蘿貝塔拉出他身旁的椅子坐下。

網路搜尋結果的頁面跳了出來，令他感到十分驚訝；竟然有兩百七十一個符合「克勞斯・萊茵菲爾」字串的結果。「老天啊。」他低聲地說，然後開始往下拉動螢幕上長長的清單。「嗯，這個看起來很有希望。」

克勞斯・萊茵菲爾執導電影《放逐者》，本片由布萊德・彼特與瑞絲・薇絲朋主演……

「『一部引人入勝的驚悚片……萊茵菲爾是下一位昆汀·塔倫提諾⓯。』」她讀道。

班咕噥了一聲，然後繼續往下捲動螢幕。網路搜尋清單上幾乎全是新電影《放逐者》的影評特別報導，或是對三十二歲、來自加州的導演所做的採訪。然後有一個名叫克勞斯·萊茵菲爾出口貿易公司的葡萄酒商。

「還有這個，『人馬交』的克勞斯·萊茵菲爾。」她指出。

在瀏覽數頁搜尋結果清單後，他們找到一個地方新聞的條項。那是利穆市——位在法國南部朗格多克地區的一個城鎮——一家小報所做的報導。原文標題為：

Le Fou De Saint-Jean

「『聖讓的瘋狂男子。』」他翻譯道，「報導時間為二〇〇一年十月……好，妳聽聽這個……」

一名受傷男子被人發現半裸地徘徊在朗多克聖讓村外的森林裡。發現他的是當地村裡的神職人員，畢斯卡·坎布瑞爾神父。他指出，男子當時含糊不清地說著奇怪的語言，並且似乎嚴重癡

⓯ 美國著名導演、編劇兼演員，被譽為「電影鬼才」。他的電影多具黑色幽默與獨特的暴力美學。作品包括《黑色追緝令》、《追殺比爾》與《惡棍特工》等。

呆。警方依男子身上的證件得知他名叫克勞斯・萊茵菲爾，為前巴黎居民；他們相信萊茵菲爾用刀在自身造成多處嚴重刀傷。一名救護車醫護人員向本報記者表示：「我從沒遇過這種事。他全身都是奇怪的記號、三角形、十字，諸如此類的。這太噁心了。怎麼會有人對自己做出這種事呢？」謠言說，這些奇怪的傷口與邪教儀式有關，但是地方當局嚴詞否認這種說法。萊茵菲爾被送往聖母醫院救治……

「上頭沒說之後他們把他安置在哪裡。該死，他可能在任何地方。」

「不過至少他還活著。」蘿貝塔說。

「或者是六年前還活著。而且前提是如果這個克勞斯・萊茵菲爾就是我們要找的人的話。」

「我跟你打賭就是這個傢伙。邪教符號？我看是鍊金術符號吧。」

「他為什麼要這樣在身上胡鬧呢？」

她聳聳肩。「也許他真的瘋了。」

「好吧……我們找到一個渾身刀傷的瘋狂法國人；他身上或許有、也或許沒有與傅爾坎奈利有關的重大秘密，而且他可能在世界上任何一個角落。這還真的縮小了範圍呢。」班嘆了口氣，清除頁面，然後開啟新的搜尋，「既然我們上網了，那也來查查這個吧。」他打上米歇爾・薩狄網路信箱伺服器的名字，等待網頁載入，然後輸入信箱帳號。現在他只需要網路信箱的密碼，便可讀取米歇爾的信件了。而他知道多數人會用個人生活相關的字串作為密碼。「妳對米歇爾的私生活有什麼了解？有沒有女朋友之類的。」

「我不是很清楚。不過就我所知，他沒有穩定交往的女友。」

「母親的名字呢？」

「唔……等等喔……我想她的名字應該叫克萊兒。」

班在密碼欄打上克萊兒。

克萊兒

密碼錯誤

「最喜歡的足球隊呢？」

「我不知道。我想他不是那種會喜歡運動比賽的人。」

「車子、自行車的牌子？」

「他搭地鐵。」

「寵物呢？」

「他養了一隻貓。」

「對喔。他說過要去買魚。」班突然想起來。

「那個渾蛋跟他的魚……我怎麼可能會忘記呢？總之，貓的名字叫路登。路─登─」

路登

「答對了。」他們往下捲動螢幕上米歇爾的網路信件；多數是推銷威而鋼與陰莖增長套的垃圾郵件。沒有任何來自神秘聯絡人的訊息。蘿貝塔倚身向前，點選「寄件備份匣」；所有夾帶米歇爾的報告寄給「索爾」的信件跳了出來，並且依日期排成長長的一列。

「瞧瞧這些。」蘿貝塔向上滑動游標，「這是最新的一封，附件就是我跟你說過的東西。」這次她點擊迴紋針的圖示，讓班看附件中的圖檔。他瀏覽之後關閉方框，然後點選「撰寫新郵件」。一個空白視窗跳了出來。

「你要做什麼？」

「讓我們的朋友米歇爾．薩狄死而復生。」他比照其他信件，將新郵件填上索爾的網路信箱地址。蘿貝塔瞠眼而視，看著班打上訊息。

猜猜我是誰？沒錯，你殺錯人啦。你們這些渾蛋殺了我朋友。你要萊德那婆娘？她在我手上。照我說的去做，我就會把她交給你。

「雖然比不上莎士比亞的文筆，但是一樣會有效果。」

「你到底在寫什麼啊？」她跳起身，一臉驚恐地看著他。

班抓住蘿貝塔的手腕，後者隨即掙扎。他鬆開手，溫柔地領她坐回椅子上。「妳想查清楚這些人是誰，對吧？」班可以看見淚水在她的眼眶裡打轉。他嘆了一口氣，將一串鑰匙丟在桌面上。「拿去吧，就像我之前跟妳說的，妳想離開，隨時都可以走。但是妳若要留下，就得照我的規矩走，記得吧？」

她不發一語。

「相信我。」班靜靜地說

她嘆了嘆氣。「好吧，我相信你。」

他轉頭回到螢幕前，完成信件內文，然後按下傳送鍵。「看招！」

24

賈斯東．克萊蒙想聽取班的建議時，為時已晚。他數算剛獲得的錢財，並且倒了一杯廉價葡萄酒，為這名陌生的外國訪客乾杯。

當另外三名不速之客找上門時，克萊蒙正窩在破爛的扶手椅裡打盹兒，身旁放著半空的酒瓶。高達、柏格與奴東將苦苦哀求的老人拖下平臺，硬生生丟在水泥地上，然後將他按在椅子上。一記重拳揮向克萊蒙的臉，打斷了他的鼻梁；鮮血從鼻腔噴湧而出，沾濕了老人灰色的鬍子。

「這些錢是誰給你的？」一個聲音在他的耳邊吼道，「說話啊！」冰冷的槍管頂著他的太陽穴，「誰來過？他叫什麼名字？」

克萊蒙想破了腦袋，怎麼也回想不起來，所以他們加重下手的力道。他們不斷對老人拳打腳踢，直到他的眼睛腫得睜不開，地上四處是鮮血與嘔吐物，而他的鬍子與頭髮也因染血而濕滑。

「他是個英國人！」克萊蒙回憶起來，口齒不清地以法文放聲大喊道。

「他說什麼？」

「那個英國人來過了。」

克萊蒙的臉被重重摔在冰冷的地板上，一隻靴子踩在他的頸間，要脅欲將其踩斷。他呻吟了一陣然後昏死過去。

「適可而止啊，老弟們。」柏格低頭看著地上失去意識的可憐形體，「我們奉命要活捉他的。」

當Audi轎車載著被塞在行李廂的克萊蒙加速駛離破敗的農場時，穀倉的窗戶已經透出火光，滾滾黑煙直衝天際。

莫妮克．巴奈正帶著五歲的女兒蘇菲走路穿過蒙索公園。蒙索是個宜人的小公園，氣氛安詳，鳥兒在樹上鳴囀，天鵝在如畫般的小型湖泊裡划水。莫妮克結束兼職的秘書工作後，喜歡放鬆一下心情，然後到幼稚園接蘇菲下課。莫妮克用法文爽朗而禮貌地對一位優雅的老紳士問候，「日安，先生。」這名老者時常在這個時間坐在同一張長椅上讀報。

小女孩一如往昔地十分留心公園裡的所有景物與聲響，明亮的雙眼閃爍著雀躍的心情。當她們走下蜿蜒於公園草皮間的小徑時，蘇菲興奮地大叫，「媽媽，妳看！一隻小狗來看我們了！」她的母親微笑地回應道，「是啊，牠很漂亮吧？」

這條狗是一隻可愛的長耳獵犬——查爾斯王小獵犬——白毛帶著褐色斑點，脖子上戴著紅色的頸圈。莫妮克看看四周。牠的主人一定就在附近。下午時分，許多巴黎人會來此遛狗。

「我可以跟她玩嗎，媽媽？」看見小獵犬快步跑向她們，蘇菲欣喜若狂。「你好啊，小狗狗。」小女孩朝牠呼喚道，「你叫什麼呢？媽媽，牠的嘴裡咬著什麼東西？」

小狗來到她們面前，在蘇菲的腳跟前放下嘴裡叼著的物體。牠搖著尾巴，抬頭用期望的眼神看著小女孩。她的母親還來不及阻止，女孩便已經彎腰拿起那個東西，並且好奇地檢視。她皺著眉頭，轉身看向莫妮克，然後朝母親舉起手中的物體。

莫妮克．巴奈放聲尖叫。她的小女兒正握著一隻人手。

25

法國，蒙彼利埃

電工師傅的徒弟無法不去想那個地下室；他一直思考著所見到的奇怪事物。裡面發生什麼事呢？那兒不是倉庫，也絕對不是養狗的地方。地窖裡有如同牢籠的柵欄，牆上則釘有圓環。他想起曾經從書上讀到關於舊時城堡的描述。雖然玻璃帷幕的現代大樓不是一般的城堡，但是他認為地窖看起來像某種奇怪的土牢。

馬克已於六點半下班，從此刻起到星期一他都是空閒的。感謝老天。雖然李察叔叔是個不錯的人——至少多數時候——但是這份工作真的好無趣。他母親總是說他想像力太豐富。想成為作家沒什麼不好，但是靠想像力永遠不可能賺錢。選擇一個好職業——例如當個電工——才是明智之舉。他不想落得跟他父親一樣的下場，不是嗎？難道他想當一個總是破產的賭鬼，變成三天兩頭進出監獄的下等人，而且因為毫無擔當而拋家棄子嗎？向李察叔叔看齊——安居樂業而且體面，每幾年換輛新車，背負房屋貸款，成為當地高爾夫球俱樂部的會員，擁有一位稱職的妻子以及兩個孩子——是他母親在心裡所為他設想的，而且上述條件缺一不可。

但是馬克並不確定自己想變得跟父叔中任何一人一樣。他自有想法。如果他無法成為作家，也許他可以當警探。他著迷於神秘、難解的謎團，而且他十分肯定自己現在就遇到一個。

馬克一再地拉開床頭櫃的抽屜；他將自地窖裡發現的東西藏在裡面。他沒有告訴任何人這件事。這個東西看起來可能是黃金。這樣他算是小偷嗎，跟他父親一樣？不，東西是他發現的，所以是他的。但是這東西有什麼意思呢？那個地方以前究竟是做什麼的？

馬克用完晚餐，盡職地將盤子與餐具放進洗碗機後，朝大門走去。他一把拿起安全帽，撩起玄關架子上的鎖匙。他將手電筒丟進背包並且用單肩勾著，最後像事後想起似地把一條能量巧克力棒也放進背包裡。

「馬克，你要去哪裡？」母親在他身後呼喚道。

「我出去一下。」

「你上哪兒去？」

「就出去一下。」

「唔，好吧，別太晚回家。」

那個地方離他住的地方約十五公里，算是在輕鬆可達的距離範圍內。幾經歧途與錯誤的轉彎後，馬克終於在夜幕即將低垂之時發現自己來到設有圍牆的大樓入口，而高聳的黑色鐵欄柵門緊閉著。他從欄杆間向內探，可以看見大樓矗立在遠處的黑暗裡，自颯颯搖曳的樹林中透出燈光。他關閉呼呼作響的輕型機車，在路的另一邊適當的樹叢，將輕巧的機車藏匿其下。

石砌圍牆在路邊形成一道大弧形。馬克爬上土壟，踩踏過長長的雜草，沿著土堤行走直至看到一棵樹枝懸垂於牆頭的老橡樹。他將背包甩上肩膀，攀上樹幹，踩著較粗的枝幹小心翼翼地移動，然後雙腳逐一踏上圍牆頂端。他將雙腿掛在牆的另一側，接著輕輕落在中庭的樹叢裡。

他在幾棵樹下呆站了一會兒，一邊津津有味地吃著巧克力棒，一邊望著前方的建築。一樓的窗戶透出燈光。他吃完巧克力棒，抹抹嘴，然後藉著陰影的掩護偷偷摸摸地穿越草坪。他來到大樓前，但是一樓的窗臺太高，令他看不到屋內的情況。旁邊有段階梯，看起來會通往位於二樓的前門。如果他爬上階梯的中段，便能朝透出光線的窗戶一探究竟。

正當馬克舉步登上階梯時，車輛大燈的光束出現在車道上。鐵柵門自動開啟，兩輛黑色大車轟隆地往大樓駛來，然後轉了個彎，光線從馬克身旁掠過。他繼續藏身在陰暗處，並且跟了上去。他看見車輛開下一條斜坡，地下空間的回音效果頓時擴大了引擎聲。他躡手躡腳地來到轉角探頭窺視。他能聽見砰然的關車門與迴盪的談話聲。他偷偷踮著腳走下斜坡，然後蹲下身子，看見幾名男子下車朝電梯前進。

但是事情不太對勁。其中一個人似乎不願跟其他人一起行動；事實上，他非常地不情願。他被人拽著手臂，害怕得又叫又喊。令馬克錯愕的是，另一名男子掏出手槍。馬克以為他要對那個受到驚嚇的人開槍，不過他卻用槍往對方的頭部敲了一記。馬克看見鮮血噴灑在水泥地上。那名男子呈現半昏迷狀態，不再掙扎；俘虜他的人將他拖走，他的雙腳則在地上拖曳。

馬克再也看不下去，轉身就跑。

但是他直直地撞上一名身穿黑衣的高大男子；後者的手將他緊捉不放。

26

巴黎市中心

福蘭・歐布萊恩酒吧是個充滿愛爾蘭音樂與健力士啤酒的綠洲；它位在羅浮宮博物館旁的街角，距離塞納河不遠。當天晚上十一點二十七分，四名男子——接到出乎意料、依然生龍活虎的米歇爾・薩狄的來信——依照電子郵件裡的指示來到酒吧。他們環顧四周後走至擠滿了人的吧檯。酒吧裡充斥喧鬧的笑聲、玻璃杯噹啷的碰撞聲以及小提琴與五弦琴的樂聲。

四名男子中的帶頭者身材健壯結實，頂著光頭，身穿黑色皮夾克。他倚著吧檯，對蓄了鬍子、身形壯碩的酒保說了幾句話。酒保點點頭，伸手從吧檯下方拿出一支手機。他將手機遞給光頭男子，後者對另外三名朋友做了做手勢，然後領他們離開酒吧，回到街上。

在十一點三十分整的時候，手機響起。光頭男子接起電話。

「不要講話。」電話另一頭的聲音說，「仔細聽我說，而且完全照著信裡頭的指示做。我會一直盯著你們。」

光頭男子在街上左右張望。「不用找我。」人聲透過聽筒傳進他耳裡，「聽著就是了。只要你們做錯一件事，交易就取消。你們要是得不到這個美國人，就會受罰。」

「好，我在聽。」光頭男子回覆說。

電話的另一頭，離巴黎半英里之處，班坐在Peugeot 206的駕駛座上。「用這支手機叫計程車。單獨前往，我再說一次，單獨前往，否則我就放了這個女的。等你坐上計程車，撥打『薩狄』的號碼，我會告訴你要去哪裡。」

光頭男子坐上賓士計程車，非洲裔司機載著他沿著塞納河畔的碼頭區行駛。遠離燈火通明的遊船以及充滿酒徒與遊客的派對後，車子拐入漆黑的窄路。他們來到幽暗的河岸，光頭男子下了車，手中依然握著手機。然後計程車離去。

光頭男子逐漸靠近對方所告知的會面地點，腳步聲在黑暗的天橋下迴盪著。抵達後，他環顧四周。

「班，對於這件事，我有不好的預感。」蘿貝塔在黑暗中耳語道，「你確定這是個好主意嗎？」

月光下的塞納河波光瀲灩，在他們身旁汩汩流動。街道路面下方，城市的隆隆聲響顯得微弱而遙遠。遠處，金光閃爍的聖母院聳立在河面上。班看看手錶說：「別緊張。」

他們頭上的街道先是傳來車門砰然關上的聲音，接著車輛駛離，然後是腳步聲。她轉頭看見一個人影接近。「班，有——」

「聽好了，」班在她耳邊輕聲說，「相信我就好。沒事的。」當光頭男子走近時，他抓住蘿貝塔的手臂，帶著她步出橋下的陰影。男子臉上露出一抹扭曲的笑容。「薩狄？」石砌拱橋下迴盪著他的聲音。

「我就是。」班以法語問道，「你把錢帶來了嗎？」

「錢在這裡面。」光頭男子提起一只手提箱，同樣以法語應答。

「把東西放在地上。」班命令道。男子緩緩放下箱子，他的目光自班身上短暫移開。轉瞬間，班放開蘿貝塔的手臂，迅速朝男子移動。班一把捉住光頭男子的手腕，反扣他的手臂，然後用白朗寧手槍冰冷的消音器抵住他起皺的脖子。「跪下。」

蘿貝塔驚恐地看著班手中的槍枝。她想逃跑，但是雙腿不聽使喚，只能站在原地呆若木雞。她目瞪口呆地看著班用槍頂了頂男子的後腦，開始搜他的身。班瞥見蘿貝塔的表情，隨即知道她在想什麼。他看著她，彷彿說著：讓我處理就好。

光頭男子有備而來。他的皮夾克裡藏有一把格洛克19手槍。班把槍丟在地上，然後用腳一踢，手槍輕輕地撲通一聲滑落河岸。

「你會因此丟掉小命的，薩狄。」光頭男子低聲嘀咕。

「你是索爾嗎？」

光頭男子沒有吭聲。班用扳機護環與槍托重重敲了一下他的頭。「你—是—索—爾—嗎？」

他不慌不忙地再問一次。男子悶哼了一聲，光亮的頭顱流下一道鮮血。

蘿貝塔撇開了眼。

「不是，」光頭男子說，「我不是索爾。」

「那麼索爾是誰，我要上哪裡找他？」

男子頓了頓，班再度敲了他一記。他撲跌在地然後翻了個身，慌張地仰臉看著班，不過他並沒有顯得十分恐懼。班可以看得出這個傢伙對於輕微的懲罰習以為常。「好吧，你對我已經沒有用處了。」他打開保險，槍口瞄準了男子的臉。

一定是班的眼神讓男子相信他不是在唬人，所以趕緊開口。「我不知道他是誰！」男子的語氣著實像個害怕失去一切的人，「我都是透過電話接獲命令的！」

班放下槍，手指自扳機護環上移開，然後關上保險。「誰打給誰？你打給他嗎？他的電話號碼是多少？」

光頭男子熟記索爾的號碼，所以直接低聲地道出。

班看著光頭男子，思量著該如何處置他。男子的夾克攤開在側，露出下方的開襟襯衫，一條金項鍊掛在多毛的胸前。班看到別的東西。他依然用槍指著對方的臉，然後伸手扯開男子的襯衫。微波盪漾的河水反射著月光，頭上的街道也灑下昏暗的光線；班在微光中得以看見男子身上的刺青。

那是一把中世紀樣式的劍，有著直型刀鋒與扁的十字形護手，外型看似十字架。纏繞著刀身的標幟寫著Gladius Domini。

「這是什麼？」班用槍指了指。光頭男子低頭看看自己的胸膛。「沒什麼。」

「Gladius Domini，上帝之劍。」班喃喃唸道。他一腳踩上光頭男子的睪丸，後者隨即發出慘叫。

「喔，拜託……」蘿貝塔懇求道。

「我想你會願意告訴我的。」班沒有理會蘿貝塔，繼續對男子靜靜地施壓。

「我說，我說。拜託你把腳拿開。」光頭男子氣喘吁吁地，扭曲的臉流下冷汗。班收回腳，槍口依然堅定地指著他的前額。男子如釋重負地呼了口氣，躺回石板地。「我是『上帝之劍』的士兵。」

「『上帝之劍』是什麼？」

「一個組織，我為他們效力……我不知道……」他的聲音越說越小聲，茫然地睜著眼。恍惚、空洞的眼神讓班回想到在大教堂自殺的那個陌生男子。有人操控著這些人的腦袋。

「上帝的士兵，是嗎？那麼當你殺害無辜的人的時候，也是為了祂嗎？」他舉起槍，向後退，手指滑進扳機護環。「現在你可以親自見到祂了。」

蘿貝塔從暗處朝他們跑過來。「你在做什麼！別殺他！放他走吧，拜託，求你放過他！」班看見她眼中真摯的懇求。他的手指離開扳機，放下了槍管。這麼做違背了他所有的本能。

「你走吧。」班對光頭男子說。男子緩緩地撐起身體，搖搖晃晃地站起來，痛苦地摀著鼠蹊部。他的襯衫被血染濕；月光下，他臉上的汗珠微微閃爍。

蘿貝塔看著班。她繃著一張臉，憤怒地推了他一把。班沒有還手。她猛捶他的胸膛。「你該死的究竟是什麼人？」

在班看見一個紅色的亮點劃過蘿貝塔的額頭後不到一秒的時間裡，他抓起她的領子，粗暴地將其朝側邊扳扭。

然後，電光石火間，塞納河對岸的雷射瞄準步槍將石牆打下了數塊碎片。三槍，全自動擊發。其中一顆子彈射穿了光頭男子的頭顱。他的頭隨之爆開，濺了蘿貝塔一身猩紅。男子的屍體倒在蘿貝塔身上，兩者一同摔落在地。她驚慌失措地尖叫，雙腿在屍體下方胡亂踢舞。

班早已看見五十公尺外狙擊手望遠鏡的閃光，並且開火還擊。白朗寧手槍在手裡發出閃光並且振動。狙擊手一聲悶哼，從高處嘩啦地跌進河裡，武器喀啦摔在地上。

又出現兩名男子跑上河岸，他們手裡握著槍，並且對其展開攻擊。一顆子彈劃過班的耳際，另一顆則砰地打進他身旁的牆裡。

班舉起手槍。冷靜，瞄準目標中心，摒除思緒地扣下扳機。兩次迅速的連續射擊在約莫一秒鐘內打中了兩名攻擊者。他們頹然倒下，在地上一動也不動，月光映照出黑色的身影。

班將死屍從蘿貝塔身上拉開，然後踢至一旁。光禿的頭顱不見了一半。她的衣服與頭髮沾滿了血。「妳有沒有受傷？」他急切地問。

蘿貝塔蹣跚地站起來，一臉慘白，緊接著在牆邊翻腸倒肚地嘔吐。班聽見遠處傳來警笛聲；急速接近中的數輛警車，刺耳的尖嘯此起彼落。「快走。」

她毫無反應。沒有時間勸說她了，所以班將手臂繞至她的腰間，半扛半拖地帶她離開碼頭，走向通往上方街道的階梯平臺。

爬至階梯頂層後，她似乎恢復了神志。她掙脫班的攙扶，轉身快步跑離。班呼喊著她的名字，但是她瘋狂似地直朝著反方向的警笛聲奔跑而去。警方隨時會包圍他們。「離我遠一點！」她對他喊道。班追上前，捉住蘿貝塔的手臂，與她講理。「別碰我！」她踉蹌地想拉開兩人的距離。

閃動的藍色燈光正出現在車輛稀少的街道另一端。班別無選擇，只能放手。至少她在警方手裡會是安全的，而且不到一個鐘頭他便會離開這座城市、遠走高飛。班看了她最後一眼，轉身拔腿奔向Peugeot跑車。

精神恍惚的蘿貝塔搖搖晃晃地走到路中央，幾輛車按響喇叭並且緊急轉向閃避。班在遠處看見警車滑行然後停在蘿貝塔身旁。三名警察步出車外，看了一眼飽受驚嚇、渾身是血的她，隨即將她與槍擊案聯想在一起。遠處傳來更多警笛聲——另外三或四輛警車飛奔至現場。

他們將她安置在後座，這時警車旁邊多了一輛黑色Mitrubishi轎車。

在一百公尺外的班看見黑色轎車車門突然打開，兩名帶著短管霰彈槍的男子步出車外。他們對警察開槍掃射，兩名員警毫無拔槍反擊的機會。當歹徒拉開霰彈槍滑套並且繞到警車側邊時，蘿貝塔正要爬出後座。

說時遲、那時快，Peugeot將最靠近跑車的歹徒撞飛，後者摔在地上之後一動也不動。班從開啟的車窗朝另一名男子開槍，但歹徒屈身躲在警車後面並且逃脫。班旋即打開車門，將蘿貝塔拉上車，然後滑下橋的另一端，急速離去；他們在警笛聲尖嘯的車隊抵達現場前，及時急轉彎進入最近的小街道，輪胎因此發出刺耳的煞車聲。

27

兩個鐘頭後

納粹佔領巴黎期間，雜亂、如蜂巢般的陰暗房間與漆黑迴廊被當作蓋世太保的監獄以及審問中心。現今，警察總部下方龐大的地下室除了作為其他用途，鑑識實驗室與停屍間亦位在此處；彷彿這個地方怎麼樣也無法擺脫陰森的過往。

路克．西蒙與鑑識病理學家——一頭白髮的喬治．魯道爾——站在開著氖氣螢光燈的勘驗室裡。他們眼前的檯面上擺著一具蓋有白布的屍體，只有蒼白而冰冷的雙腳從白布下方突出在外，而一隻腳趾上掛有吊牌。西蒙並非是個容易受到驚嚇的男人，但是當魯道爾稀鬆平常地揭開白布，露出屍體的頭、頸與胸部的時候，他還是努力克制住內心想撇過頭去的欲望。

米歇爾已不同於上次西蒙看見時的模樣。法醫已清洗過遺體，但是他的死狀依然慘不忍睹。子彈從下顎下方射入，經過臉部後方，自頭頂穿出，造成大部分的臉毀損，只留下一隻眼睛完好。留在眼窩裡的眼球像顆有著瞳孔的硬水煮蛋，似乎正直直地盯著他們。

「你查出什麼了嗎？」西蒙向魯道爾問道。

病理學家指指米歇爾淒慘的臉。「死者的傷口與從天花板找到的子彈相符。」他機械式地說著，彷彿只是在口述報告而已，「射入傷口在這裡。兇器抵著上胸部，口鼻與下顎並未緊密咬合。燃燒氣體燒傷射入傷口的邊緣，黑色物質是煤煙灰。武器是史密斯．韋森左輪手槍，三吋槍管，四毫米雷明頓．麥格農子彈。強大的火力導致這樣的骨頭與組織破壞。」

西蒙不耐煩地輕踏著腳。他希望知道一些有用的東西。

「一般而言，比起半自動手槍的九毫米子彈，這樣的口徑會使用燃燒速度緩慢許多的火藥。」魯道爾就事論事地繼續說道，「也就是說，會有大量的未燃火藥，尤其是短槍管的槍枝，因為火藥不會燃燒得這麼乾淨。」他指了指屍體，「你可以很清楚地看到火藥留在這裡的皮膚上，還有在下面的脖子上。」

西蒙點點頭。「好，所以你的意思是？」

魯道爾轉頭以昏花的眼睛看著他。「槍托與扳機上有死者的指紋，所以我們知道他擊發武器的時候沒有戴手套。」

「他被發現的時候，手裡還握著槍，而且沒有戴手套。這些我們已經知道了。你要不要在我們這裡出人命之前直接講重點？」

魯道爾沒將西蒙的酸言酸語放在心上。「嗯，這是讓我覺得百思不得其解的地方。槍枝擊發時，正常情況下化學物質會向後噴發；因此我在這裡找到一堆未燃火藥。而我原以為開槍的那隻手上也會如此，但是這名男子的雙手都沒有火藥殘留。」

「你確定？」

「十分肯定。只要做個簡單的火藥殘留檢測就知道了。」魯道爾從白布下拉出一隻慘白、毫無生氣的手臂。「要是不信，你自己看啊。」

「你的意思是，開槍的不是他？」

魯道爾聳聳肩，鬆手讓冰冷的手臂啪地垂掛在死屍身側。「除了常見的汗水跟油脂，這個男子的雙手上只有一些油魚的微量物——確切而言，是沙丁魚。」

西蒙聽了突然覺得一陣荒謬，笑著說道：「你檢測到沙丁魚的微量跡證？」

魯道爾冷冷地看著他。「不，在死者的餐廳桌上有一個半開了的沙丁魚罐頭，就擺在貓的飼料碗旁邊。好了，我要說的是，誰會餵貓餵一半，把自己的腦袋轟掉呢？」

他們將半昏迷的男孩拖下硬床鋪。馬克聽見身旁出現說話聲、金屬門的噹啷聲，以及鑰匙的叮噹撞擊聲。各種聲音迴盪在空蕩的空間裡。然後一道光線刺得他睜不開眼睛；意識模糊中，他覺得光線正如漩渦般轉動。這時，手臂突然感覺一陣刺痛，他不禁為之縮了縮身子。

也許過了幾分鐘，又或者是數個鐘頭——一切是如此朦朧而不真切。他依稀意識到自己無法自由活動，兩條手臂被固定在身後。他被綁在一張椅子上，白熾的燈光照得他腦袋發燙，他不禁眨著眼睛，撇過頭去。

牢房裡還有別人。兩名男子正看著他。

「解決他好嗎？」

「不，先留他活口。他對我們或許有用處。」

28

熱水從蘿貝塔的頭流淌下來，滴滴答答地落在浴缸邊緣。她將頭垂在浴缸裡，班小心翼翼地為她洗去頭髮上的血汙，流進排水孔的肥皂泡沫染著一點紅色。

「噢。」

「對不起。妳這裡有一些乾掉的血漬。」

「班，我並不想知道。」

他將蓮蓬頭掛回牆上，擠了更多洗髮精在手心，然後塗抹在她的頭髮上。

此時蘿貝塔的情緒已經穩定下來——不再感到噁心，雙手也不再顫抖。班的觸摸令她感到放鬆，並且在心裡想著他的動作是如此的輕柔。當班為自己沖去頭上與頸間的泡沫時，她能夠感覺到對方的體溫從背後向上推來。

「我想已經洗乾淨了。」

「謝謝。」她喃喃地說，一邊將毛巾圍在頭上。

班拿了一件沒有在穿的襯衫讓蘿貝塔換上，然後留下她一個人獨自繼續梳洗。在她淋浴的同時，班很快地拆卸手槍做清理，然後重新組裝好；他的動作流暢，這些步驟如同綁鞋帶或刷牙一般深植在他的腦中。他一邊出神地想著事情，一邊本能般地整理槍枝。

一會兒後，蘿貝塔從浴室出來，過大的襯衫在腰間打了個結，依然濕漉的深紅色長髮泛著水光。他為她斟上一杯紅酒。「妳還好嗎？」

「嗯，我沒事。」

「蘿貝塔……先前有些事情我沒跟妳說，但是現在我認為妳應該要知道。」

「跟這把槍有關嗎？」

他點點頭。「還有其他事情。」

她坐下來，低垂的雙眼盯著地板，一邊啜著酒，一邊聽他娓娓道來。班告訴蘿貝塔關於菲爾福克斯、他的請求以及那名病已垂危的小女孩的事。「事情大致上就是這樣，現在妳知道一切的始末了。」他看著她，等待對方的回應。

她靜默了一會兒，表情平靜地沉思著。「所以這就是你的工作？援救孩童？」她輕輕地問。

他看看手錶說：「時候不早了，妳該去睡一下。」

那晚，班將床鋪讓給蘿貝塔，自己則睡在另一個房間的地板上。黎明時，他四處走動的聲音將蘿貝塔吵醒。她睡眼惺忪地走出臥室，看見班正在打包他的綠色帆布背包。「發生了什麼事嗎？」

「我要離開巴黎。」

「你要離開巴黎？那我呢？」

「經過昨晚的事，妳還想繼續跟著我行動嗎？」

「是啊。我們接下來要去哪裡？」

「往南走。」他邊將傅爾坎奈利的日記謹慎地塞進背包，暗自懊悔沒有更多時間好好閱讀。然後他打開書桌抽屜，拿出收在裡面的護照。這是他在倫敦時請人製作的假證件，而它與真的護照幾乎無異。假護照上的照片是他的，但是名字寫的是「保羅．哈里斯」。他將證件放入夾克的內袋。

「不過班，我想起來還有另一件事。我得先回我的公寓一趟。」

他搖搖頭。「抱歉，門兒都沒有。」

「我一定得回去。」

「回去做什麼？如果妳需要衣服跟一些東西，沒關係，妳需要什麼，我們再買就是了。」

「不，是為了別的事。這些追殺我們的人——如果他們又回到我的公寓，他們可能會找到我的通訊簿。本子裡所有的東西——我的朋友、我在美國的親戚家人……要是他們為了找到我而傷害我家人怎麼辦？」

當路克．西蒙回到辦公室，他發現整個警局因碼頭槍擊案的新聞而陷入一片譁然。暴力犯罪事件在巴黎是家常便飯，但是發生像這樣的血洗屠殺——除了兩名員警中彈身亡，塞納河畔另有五具屍體，槍枝與彈殼散落四處——警方便會集體出擊。

西蒙看見辦公桌上有一只褐色信封，裡面裝著字跡比對分析報告。報告指出，薩狄遺書上的手寫字跡不符合他們自公寓裡找到的其他樣本——購物清單、備忘錄與一封他寫給母親、尚未完成的信。遺書上的字跡與真跡相當近似，但是無疑地是贗造的。而假遺書只意味著一件事，尤其當你已經知道開槍的人不是死者的時候。

所以這終究是件謀殺案，而他這次真的失職了；他不夠關注那個名叫萊德的女人。西蒙的腦袋一團混亂，也許他與愛蓮的問題是所有事情中最令自己憂慮的。他試圖挽救載浮載沉的婚姻，同時也得阻止整個巴黎相互殘殺——這兩者實在無法並行。

不過，他搞砸了。事實就是如此；他難辭其咎。蘿貝塔・萊德不是什麼怪人，她確實涉及了一些事情，而他必須查清楚究竟是什麼，以及她在當中所扮演的角色為何。

但是目前全是疑點，毫無答案。薩狄遇害當晚，與她一同出現的那個傢伙是什麼人？他們的互動有些奇怪，那個男子彷彿企圖阻止她說太多。他不是說蘿貝塔是他的未婚妻嗎？可是他們看起來並沒有那麼親近。而且就在幾個小時前，蘿貝塔・萊德不是才告訴自己她單身嗎？

不知為什麼，那個男子應該是個關鍵人物。他叫什麼名字來著？如果西蒙記得沒錯，他似乎不是很樂意報上姓名，看起來也不是很高興萊德講出自己的名字。他翻開桌上的檔案。班・霍普，就是他，英國人——儘管他的法語近乎完美。他得查查這個人的底細，然後搜索萊德那女人的公寓。以目前情況看來，他要取得搜索票並非難事。

西蒙遇見他的同事波那爾警探，兩人並肩步行在人來人往的走廊上。波那爾一臉嚴肅、陰鬱而憔悴。「我剛剛得知多屍命案跟殺警事件的最新消息。」

「情況如何？」

「我們找到一名目擊者。一個摩托車騎士說，差不多就在事件發生的時候，他看到兩個人逃離事故現場；一對白人男女。年輕女子，年約三十出頭，我們認為可能是紅髮。男的也許年紀稍大一點，身高較高，金髮。看起來女的在掙扎，試著逃跑。目擊者供稱她全身是血。」

「金髮男子跟紅髮女子？」西蒙重複說道，「女的有受傷嗎？」

「看起來沒有。我們認為，那兩個警員遇害前所找到的就是這名女子。她在警車後座留下一些血跡，但是那些血屬於我們在橋下找到的數具屍體中的其中一人——頭被步槍子彈轟掉的那個傢伙。他在牆上留下挺漂亮的圖呢。」

「那她人呢？」

波那爾做了一個無力的姿勢。「我們也不知道。看起來她就這樣憑空消失了。如果她不是自己逃離現場，就是有人該死的趕在我們的人抵達前把她帶走了。」

「太好了。」西蒙反諷地說，「我們還有什麼線索嗎？」

波那爾搖搖頭。「現場一片混亂。我們找到一把步槍——軍用武器，無法追蹤來源，上面沒有任何指紋；現場尋獲的手槍也是同樣情況。其中幾個我們已經知道身分的死者，擁有多次持槍搶劫等等的前科。有重大嫌疑的人就那幾個，我們不會漏掉的。不過我們不是很清楚整件事情是怎麼一回事。也許跟毒品有關吧。」

「我不這麼認為。」

「唯一可以肯定的是，現場至少還有一名槍手。其中三具屍體上找到九毫米子彈，看起來都是同一把槍所擊發的；鑑識科的傢伙們從膛線紋路判定是白朗寧式的槍枝。那是我們唯一一把尚未尋獲的槍。」

「好，我了解了。」西蒙一邊用力地思考，一邊點頭說道。

「還有一件事。」波那爾接續說著，「根據我們目前的了解，這名神秘的九毫米槍手並非一般的小混混。不管他是誰，他能在黑暗中擊中二十五公尺外、大小十吋的高速移動目標。你做得到嗎？我很肯定自己做不到……我們要面對的真的是一名高手。」

29

「妳確定東西放在床頭櫃上？」班將被撞凹的**Peugeot**停在蘿貝塔的公寓附近，與建築物保持一段距離，以免被人目擊。

蘿貝塔頭上戴著今早班在超市為她買的鴨舌帽，頭髮塞進帽子裡。這樣的裝扮與帽舌的陰影讓她不易被人認出來。「對，床頭櫃上的紅色小本子。」

「妳在這裡等著。我把鑰匙留在車上。如果妳看苗頭不對就離開。慢慢開，不要慌張。一有機會就打電話給我，我會想辦法跟妳碰頭。」

她點點頭。班下了車，然後戴起太陽眼鏡。她不安地看著他快步走上街道，消失在公寓的大門後。

路克．西蒙受夠了在蘿貝塔．萊德的住處閒晃；他與兩名警探已經在這裡等待鑑識團隊等了半個鐘頭。不耐煩的怒火再度引發了他那要人命的頭疼。一如往常，鑑識人員又讓他枯等；真是一群沒有紀律的渾蛋。等他們到了，他要給他們好看。

他原本想派其中一名便衣刑警去買咖啡。媽的，還是自己來吧；天曉得他們會買什麼難喝的鬼東西回來。對面有一間酒吧，藍貓；店名很蠢，但是咖啡也許不會太糟。

他沉思地踏著轟隆腳步走下螺旋式階梯，小跑步穿過寒冷的門廳，步入室外的陽光。他太過沉浸在自己的思緒裡，而沒有注意到那名身材高挑、戴著太陽眼鏡、身穿黑夾克的金髮男子從對向走來。男子沒有放慢腳步，但是在第一時間便認出迎面走來的警探，因此知道樓上還有其他警察。

「動作真快。」留在蘿貝塔公寓裡的兩名警察聽見門鈴響時，不約而同地想著。他們以為是西蒙回來了，所以不疑有他地打開門。如果他們運氣好，探長會順道為他們帶咖啡和點心——不過這幾乎可說是癡心妄想，因為探長最近的心情甚至比往常來得更糟。

不過出現在門口的是名高挑的金髮陌生男子。他似乎一點也不驚訝看到兩名警察在公寓裡。他隨意地倚著門框，對他們露出微笑。「你們好。」他摘下太陽眼鏡，「不知道你們能不能幫我一個忙……」

西蒙啜著紙杯裝著的滾燙濃縮咖啡，走回萊德的公寓。感謝老天，咖啡因已經開始驅散頭痛。他快步爬樓梯回到三樓，砰砰敲了敲房門，等人為他開門。三分鐘後，他更用力捶響門扇，並且大聲呼喚。那兩個笨蛋他媽的在裡面幹嘛啊？又過了一分鐘依然沒有人來應門，西蒙察覺事態不對勁。

「我是警察。」他對隔壁鄰居亮出警察證。嬌小的老人伸長滿是皺紋、像烏龜般的頸子，困惑地探頭看看證件，然後看著西蒙，接著又看看西蒙手裡的那杯咖啡。

「我是警察。」西蒙拉高音量再說一次，「我需要使用你的公寓。」老人拉開門，並且站至一旁，西蒙側身擠進屋內。「請幫我拿著。」他將空紙杯遞給老人，「陽臺在哪裡？」

「這邊。」鄰居拖著腳領他穿過房間，經過牆上掛滿整排水彩畫的小走廊，然後來到整潔的客廳；客廳裡擺有直立式鋼琴與仿古扶手椅，電視的聲音震耳欲聾。西蒙看見他所要找的東西——一扇雙層大窗戶通向窄淺的陽臺。

老人家與萊德家的陽臺之間只有約一公尺半的間隙。西蒙不斷提醒自己不要往三層樓下方的庭院看，然後爬過鐵欄杆，從這邊的陽臺跳至另一邊。

萊德的陽臺窗戶並未上鎖。他掏出腰間的手槍，姆指扣下擊槌，無聲地慢慢走進公寓。他可以聽見從某處隱約有捶打聲，似乎是從萊德的臨時實驗室傳來的。他將保險已開、隨時待發的點三八左輪手槍握在前方，小心翼翼地朝聲音處移動。

來到實驗室後，他再度聽見聲響。萊德將噁心的蒼蠅養在櫃子裡，而聲音正是從櫃子的門後傳出的。砰——砰——

西蒙拉開門，最先映入眼簾的是玻璃箱裡令人毛骨悚然的成群黑色昆蟲；厚實的箱壁阻隔了牠們飽受驚嚇而飛動所發出的嗡嗡聲。接著西蒙覺得腳邊有東西在動。他低頭一看。

兩名手下被塞在玻璃箱下方的空間裡，同時不斷掙扎著；有人用膠帶捆綁他們，並且封住他們的嘴。他們的自動手槍並置在桌上——彈匣被卸下，槍身被拆解，槍管不翼而飛。

不久後，警察小隊在兩個蒼蠅飼養箱裡分別找到了失蹤的兩支槍管。

班將紅色小本子丟在蘿貝塔的腿上。「一有機會就銷毀，懂了嗎？」他一邊說，一邊坐進車裡。

她點點頭，結結巴巴地答應。「嗯……好。」

一名彎腰駝背地佇足在附近建築門口的男子轉身看著Peugeot加速消失在街角。他不是警察，但是自前一夜，他便開始監視萊德的住所。他逕自點點頭，然後掏出手機。電話響了數聲被接起後，他說：「前翼凹損的銀色206雙門小轎車剛剛從羅馬路離開，往南行駛。車上有一男一女。你可以在巴汀諾勒趕上他們，但是你最好動作快一點。」

30

六個月前，法國南部，鄰近蒙塞古

安娜．馬基尼對於讓自己陷入這等景況感到十分不悅。誰會想得到，一個著有兩本頗受好評的中世紀歷史書籍的作者，同時也是名受人敬重的佛羅倫斯大學講師，竟會做出如此衝動而白癡的浪漫舉動呢？放棄待遇優渥的職位，離鄉背井，在法國南部租下一間租金非常昂貴的別墅，並且從零開始地發展全新的小說創作事業……安娜在大學同事與學生間是出了名的謹慎與理性，因此這件事出乎所有人的意料。

更糟糕的是，她刻意選擇了一棟僻靜的房子——位於朗格多克崎嶇起伏的山巒與河谷深處——希冀不受攪擾的孤獨能激起她的想像力。

然而事與願違。她遷居此處已經兩個多月了，寫下的東西卻不超過一個句子。一開始她全然獨處，不與任何人碰面。不過最近她開始欣然接受當地知識份子與學者的注意；他們發現《被歷史遺忘的聖戰》與《上帝的異教徒：探索真正的卡塔爾教派》兩本書的作者就住在幾公里外的鄉間，因此不時前來拜訪。經過幾個月的無聊與寂寞生活後，她偶然間結識一名當地的活潑藝術家安潔莉卡．蒙特；這令她感到鬆了一口氣。安潔莉卡介紹安娜認識了一群有趣的新朋友，而她決定在別墅舉辦晚宴。

安娜在等待賓客抵達的時候，她想起兩天前安潔莉卡在電話裡所說的話。「妳知道我是怎麼想的嗎，安娜？我認為妳遇到寫作瓶頸是因為妳缺少男人。所以呢，我會帶個好朋友一起去參加妳的晚宴。他叫做愛德華・勒岡醫生；他聰明、多金，而且單身。」

「如果他這麼完美，」安娜笑著說，「為什麼妳這麼急著想把他讓給我啊？」

「喔，妳這個小淘氣。他是我的表哥啦。」安潔莉卡咯咯笑著，「他不久前才離婚。沒有女人的陪伴讓他失魂落魄。他四十八歲，比妳大六歲，但是有著運動員的體格。他身材高挑、黑髮、性感、談吐得體……」

「把他帶來吧。」她對安潔莉卡說，「我很期待認識他。」但是現階段我的生命裡最不需要的就是男人，安娜在內心如此想著。

共有八個人參加晚宴。安潔莉卡有技巧地設法將勒岡醫生的位子安排在主座旁邊。而安潔莉卡所言不假——他確實很英俊；剪裁合宜的西裝與灰白的鬢角更凸顯了他的魅力。多數賓客參觀過一場在尼斯舉辦的現代藝術展，因此談話圍繞著這個主題好一會兒。此刻，他們都急切地想知道更多關於安娜撰寫新書的計畫。

「拜託，我真的不想談這件事。一想到就令人沮喪。我遇到瓶頸，好像怎麼樣就是沒辦法提筆。可能是因為這是我第一次寫小說類型的書吧。」

賓客們個個感到驚訝而好奇。「小說？什麼樣的小說呢？」

安娜嘆了一口氣。「一個關於卡塔爾教派的懸疑故事。問題是，我非常難想像、塑造故事裡的角色。」

「啊，妳放心。我有適當的人選可以幫妳。」安潔莉卡見機不可失，「勒岡醫師是個有名的心理醫生。有任何精神問題都可以找他。」

勒岡笑著說：「安娜並沒有心理問題。許多極具天賦的人有時都會為暫時的靈感缺乏而苦。即便是偉大的作曲家拉赫曼尼諾夫也曾遇上創意障礙，而必須透過催眠來創作出最偉大的作品。」

「謝謝你，勒岡醫生。」安娜微笑地說，「但是你太抬舉我了，我無法跟拉赫曼尼諾夫相提並論。」

「請叫我愛德華就好。不過我相信妳非常有天賦。」他頓了頓，「然而，如果妳想找有點神秘又恐怖的有趣角色，我可能幫得上忙喔。」

「勒岡醫生是勒岡醫學中心的主任。」在坎城擔任音樂老師的夏布洛夫人說。

「勒岡醫學中心？」安娜不解地問。

「那是間精神療養院。」安潔莉卡補充道。

「只是一個小小的私人機構罷了。」勒岡說，「離這兒不遠，在利穆市郊。」

「愛德華，你該不會是在講那個你跟我提過的怪人吧？」安潔莉卡問。

他點點頭。「他是我們遇到最奇怪而又有趣的病人之一。他在我們的醫院裡至今已經待了大概五年了，名字叫做萊茵菲爾，克勞斯·萊茵菲爾。」

「他的名字聽起來像吸血鬼德古拉故事裡的蘭菲爾。」安娜打趣地說。

「妳這麼形容還滿貼切的，不過我還沒觀察到他有吃檔案的行為。」勒岡的回答引起大家哄堂大笑，「可以肯定的是，他是個有趣的案例。他是名宗教狂熱份子，一名神父在離這兒不遠的村子裡發現他。他有自殘傾向，身上傷疤滿佈。他會瘋狂地講著關於天堂與地獄的事，深信自己正身處地獄——或者有時候在天堂。他不斷背誦拉丁文詞句，而且沉迷在一連串毫無意義的數字跟字母裡。他在牢……房間的牆上到處塗塗寫寫。」

「為什麼你們會給他筆呢，勒岡醫生？」夏布洛夫人問，「那樣不是很危險嗎？」

「我們不允許病患擁有文具。但是他用自己的血、尿液跟排泄物寫字。」

除了安娜，桌上的每個人都一臉錯愕而厭惡的表情。「聽起來他非常不快樂。」安娜說。

勒岡點點頭。「是的，我想他或許如此。」

「但是怎麼會有人想……自殘呢，愛德華？」安潔莉卡皺著鼻子問，「這真的太可怕了。」

「萊茵菲爾有某種固執行為。」勒岡回答道，「也就是說，他患有我們所謂的強迫症。強迫症可能是由長期不斷的壓力與挫折所導致；以他來說，我們認為他的精神疾病是因為長年追尋某個東西未果而造成的。」

「那麼他在尋求什麼呢？」安娜問。

勒岡聳聳肩。「我們也不是很清楚。他似乎相信自己在尋找某種被埋葬的寶藏或是失落的秘密，諸如此類的東西。這是精神病患裡常見的狂熱性格。」他微微一笑，「這些年來，我們的看護中心可有不少勇敢的寶藏獵人，也有部分病人自認為耶穌基督、拿破崙．波拿巴或是阿道夫．希特勒。恐怕他們不是很有創意，總是選這幾個人物作為幻想的角色。」

「失落的寶藏……」安娜喃喃自語地說，「你說他被發現的地方離這裡不遠……」她的聲音隨著沉思而越漸小聲。

「他已經無法可救了嗎，愛德華？」安潔莉卡問。

勒岡搖搖頭說：「我們什麼方法都試過了。他剛開始就醫的時候接受過心理分析和職能治療；頭幾個月顯然有效果。我們給了他一個筆記本，要他記錄夢境。但是之後我們發現本子裡寫滿了胡言亂語。一段時間後，他的精神狀況惡化，而且再度開始自殘。我們被迫收走他的書寫工具，並且增加他的藥量。我只能說，從此之後他就越趨瘋狂了。」

「真是太令人惋惜了。」安娜輕輕地說。

勒岡轉頭看著她，臉上露出迷人的笑容。「無論如何，我都很歡迎妳到我們的小中心來參觀參觀。而且如果這樣能幫妳尋獲寫書的靈感，我可以安排妳親自跟萊茵菲爾見面——當然，會有人從旁監督。從來沒有人探訪過他。訪客或許對他會有所益處也說不定。」

31

巴黎

路克・西蒙終於一一拼湊出事情的輪廓。兩名極為尷尬的警官對於將他們捆綁並且塞進蘿貝塔・萊德櫥櫃的男子，他們的描述完全符合班・霍普的外貌。

然後，在最近發生的鐵路意外中，那輛賓士大轎車本身就是個燙手山芋。沒有登記車主、假造車牌、引擎與底盤的序號均已磨除。車子的內部上鎖系統已經啟動，就像綁架作案用的車輛。而這輛車的用途似乎確實是如此，因為顯然有人受困其中，並且試圖用九毫米手槍破車逃脫。

不管車裡的人是誰，根據自後座發現的九毫米彈殼分析報告指出，此人就是出現在河岸槍殺事件現場的神秘槍手。然而，他到底是何許人也？他們無法查出他的身分，但是鐵路事故現場的警察曾在賓士轎車裡尋獲一張名片。名片上的名字正是班・霍普。

不只如此。在附近的酒吧餐廳停車場裡，他們發現那輛在鐵路意外中受損嚴重的Citr oën 2CV。不見了的護欄車徽、賓士車的烤漆痕跡，甚或是車輪上的泥土，全都與鐵路現場吻合。而2CV則登記在蘿貝塔・萊德博士名下。

更棒的是，當鑑識小組仔細檢視萊德的公寓後，他們發現了一件事。就在她所說攻擊者倒地死亡的地方有極少量的血跡——毀屍滅跡的人顯然有所遺漏。西蒙威脅恐嚇地要鑑識人員用前所未有的速度進行DNA比對，對血跡與自萊德的梳子以及其他私人物品上所採集的樣本做分析。結果出爐，血不是她的；不過卻與蒙索公園的恐怖發現扯上關係——萊德公寓裡的血跡，其DNA與公園發現的人類斷掌吻合。

斷掌的主人古斯塔夫．勒普是個前科累累的罪犯——性侵、嚴重強暴[16]、持致命武器攻擊、竊盜，以及涉嫌兩起謀殺案。最終看起來萊德所言屬實。但是勒普為什麼會出現在她的公寓裡呢？只是為了闖空門嗎？不可能。事件的背後應該蘊藏著更大的陰謀。一定有人雇請勒普殺害萊德，或是竊取她的某些東西——又或許兩者皆是。西蒙非常自責當時竟然沒把她當一回事。

還有更多的疑點。是誰湮滅了勒普的死亡證據，將他從萊德的公寓裡移走然後分屍，並且——相當不成功地——試圖棄屍呢？這與實驗室助理薩狄有何關聯呢？而薩狄的死亡是否屬同一人所為？班．霍普在這當中又扮演了什麼樣的角色？蘿貝塔．萊德曾說有一名英國人有危險，是否指的就是他？如果鐵路意外目的是為了滅霍普的口，那麼當天下午西蒙遇見他的時候，他看起來相當冷靜，不像一個剛從死裡逃生的人。霍普與萊德現在人在何處？霍普是獵人抑或獵物？這件事全然是個迷。

西蒙所等待的資料從英國傳真過來時，他正與里戈坐在狹窄的辦公室裡喝咖啡。西蒙將傳真紙從機器上撕下。「『班乃迪克．霍普。』」他喃喃地唸出，「『三十七歲，畢業於牛津大學，父母雙亡……』沒有前科，連一張違規停車的罰單都沒有。這渾蛋純潔無瑕得跟聖人一樣。」他窸

[16] 受害者年紀高於六十五歲或未達法定年齡之強暴行為。

窣地喝了口咖啡。

傳真機開始喀吋打印第二張資料的時候，西蒙將手上的紙張遞給里戈，然後伸手接取新進資料。他看了看，不禁瞪大了雙眼。傳真上印的是英國國防部的表頭，下方有許多內文，四處都有官方戳印與大大地標著「機密」兩個字的粗體印記。第三頁傳真的情形大同小異，第四頁亦然。

西蒙驚嘆地吹了吹口哨。

「怎麼了嗎？那是什麼東西？」里戈抬起眼問道。

西蒙將傳真拿給他看。「這是霍普在軍中的檔案。」

里戈閱讀了之後，雙眉高高揚起。「他媽的。」他驚呼道，「這可不是開玩笑的。」他抬頭看著西蒙。

「霍普就是我們的神秘槍手，絕對錯不了。」

「他做了什麼嗎？到底發生什麼事？」

「我不知道。」西蒙說，「但是我要把他逮到警局問清楚。我現在要對他發布警報。」他拿起話筒。

里戈搖搖頭，用指頭點了點傳真。「你得動員半數的法國警察才能捉得到這個渾蛋。」

32

從巴黎南下的高速公路路程既漫長又炎熱。班與蘿貝塔在納韋爾離開高速公路，改走國道一段時間，然後於克萊蒙費朗重新回到七十五號高速公路，朝勒皮前進。他們還要繼續往南行很長一段路才會抵達班的目的地；他希望能在朗格多克地區找到克勞斯．萊茵菲爾的下落，並且讓他的尋索任務有所進展。

他只讀了一半的傅爾坎奈利日記，所以能作為參考的資料不多，他甚至至今依然不知道自己要找的是什麼。他所能做的只有盡量循著微薄的線索而行，並且希冀在過程中事情會逐漸露出曙光。

坐在班身旁的蘿貝塔已經搖頭晃腦地睡了大約一個鐘頭。而就在一個鐘頭前，班十分肯定他們被跟蹤了。他現在微微斜眼透過後視鏡看著那臺自他們離開巴黎後不久，便一路尾隨在後的藍色寶馬轎車。

班在途中的加油站裡第一次注意到這輛跟蹤他們的車。他的 Peugeot 排在等待加油的隊伍前方，而寶馬轎車裡的四名男子神色舉止相當慌張。他可以看出那些人並不希望失去他的蹤影。

班重新開車上路後，試探了一下。每當他超越前方速度較慢的車輛時，寶馬轎車也跟著超車。當他將車速放慢至一定會惹惱其他用路人的速度時，寶馬照做，而且任憑後方憤怒的駕駛不斷按著刺耳的喇叭，直到班催下油門，他們才跟著加速。所以寶馬轎車無疑地是在跟蹤他們。

「你開車一向這麼怪異、忽快忽慢的嗎？」蘿貝塔用帶著睡意的聲音抱怨道。

「我想只是因為我的個性怪異吧。」他稍稍打趣地回答，「其實呢，我很不願意告訴妳，但是我們被盯上了。」她頓時清醒，自座位上轉頭向後張望，「就是後面那臺藍色寶馬。」他補上一句道。

「你覺得又是同一批人嗎？」

他點點頭。「如果不是，那就是他們想跟我們問路。」

「有辦法擺脫他們嗎？」

他聳聳肩。「那就要看他們有多纏人了。如果沒辦法甩開他們，他們會一直跟著我們，然後在安靜的路段嘗試做一些舉動。」

「什麼舉動？算了，別回答。你看看能不能擺脫他們就是了。」

「好。妳坐穩囉。」班將排檔向下打了兩個檔次，並且用力加速。Peugeot向前猛衝，蛇行地超越一輛卡車。後方響起陣陣喇叭聲，車子迴盪著引擎轟隆的運轉聲。班瞥了一眼後照鏡，看見寶馬穿梭在車道間，追了上來。「你想來硬的，那就來吧。」他低聲說，然後更用力地踩下油門。

前方一輛貨車正駛離車道。Peugeot從左側超車，衝向前卡位；劇烈搖晃的貨車迅速在鏡子裡縮小、遠去，它的汽車喇叭憤怒地噴鳴。

「你想找死嗎？」她在引擎聲中大喊。

「只有當我清醒的時候才會。」

「那你現在是清醒的嗎？」她做了個鬼臉，「算了，這個問題你也別回答了。」

班看見前方沒有了車，便將油門踩到底，速表指針跟著拉升超過時速一百六十公里的刻度；蘿貝塔隨之抓緊了座椅側邊。寶馬轎車再度從他們一路造成的混亂交通中出現，在後方窮追不捨。

班高速駕駛著Peugeot 206在喇叭聲四起的車陣中穿梭；他的車種遠比笨重的寶馬來得靈活，因此當他們抵達一處出口時，他們的追捕者還落後了一百公尺的距離。Peugeot在蜿蜒曲折的鄉間小路上飛馳；班隨意轉了兩個彎——先左，再右。不過寶馬雖然不夠敏捷，卻擁有絕加的速度感，如今再加上一名意志堅決的駕駛，便令人難以擺脫。

班看見一個村落的指標飛逝而過，隨即轉彎。前方的路又直又長，大車漸漸從後方追趕上來。他看著速表，放膽急行。後方的寶馬車上，一名乘客將手臂伸出窗外，開了幾槍，打碎了班的後車窗。

他們駛入村莊，飛速穿過中央廣場，雙雙為了閃避噴泉而打滑，並且造成數名坐在露天咖啡座的飲客一陣惶恐。他們才剛剛揮舞拳頭、揚聲大吼，便隨即二度俯身閃躲呼嘯而過的寶馬轎車；後者甚至將桌椅撞翻在人行道上。

前方突然出現一個交叉路口，班趕緊向左轉，打滑的輪胎發出刺耳的摩擦聲。一輛卡車趕緊轉向，驚險地閃過他們，撞上停在路旁的一輛Fiat。Fiat翻了幾圈，橫在路中央。追趕而來的寶馬一個急轉彎，從車身將Fiat砰然推撞至對街的牆。寶馬轎車——車翼凹陷變形，引擎蓋勉強扣在車體上——的司機冷靜下來，重新加速追趕。

他們離開村子，馳騁在一條曲折的道路上；兩旁的樹木飛逝。右邊樹叢出現一個缺口，班將方向盤一轉，車子頓時偏離道路。但是當輪胎觸及產業小徑鬆軟的泥土路面時，輪胎隨即打滑。班左晃右擺地穩住車子，繼續向前行駛；然後地上深深的車轍重擊懸吊系統，令車子的行進突然一頓；他們因慣性而前俯後仰，內臟彷彿要從嘴裡翻出來似的。

寶馬頑強不懈地跟在後方。蘿貝塔轉頭，透過輪胎捲起的陣陣泥沙中看見寶馬變形的車頭俯衝進產業道路，消失在飛揚的塵土中。

Peugeot以高速做了個急轉彎，前方卻突然出現一輛牽引機佔據了道路。車子在鬆土路面上大角度地側滑，班設法駕馭車子衝過一扇單薄的農場柵門。柵門像模型木片般應聲碎裂，車子闖入田裡，顛簸地越過田中一道道植栽脊線，衝下陡坡。車子的前半部突然騰空，然後墜落，撞上橫在山坡上的深渠對堤。Peugeot晃動了一下，然後一動也不動地熄火了。

他們爬出車外，寶馬搖搖晃晃地追趕下來。寶馬的司機看見Peugeot撞毀時揚起的灰塵時緊急煞車；然而煞車過猛，車子橫向打滑、旋轉，接著撞上車轍。寶馬先是兩輪側傾，然後車體整個翻轉，最後四輪朝天地停在一團塵土中。

車上的四名乘客跌了出來。一名自太陽穴流下鮮血的肥胖男子對班的車開槍，打碎了乘客座的玻璃；碎玻璃如陣雨般灑落在屈身躲避的蘿貝塔身上。

「蘿貝塔！」班掏出白朗寧手槍還擊；槍在他的手中彈動，子彈從距離胖男子頭部四英寸的地方射進寶馬的車身。蘿貝塔趕緊躲在他身旁。

三名追捕者彎腰躲在寶馬後方，手握短截短型霰彈槍的第四人則匆忙以一塊岩石作為掩護，朝他們開火。這一槍將Peugeot的車頂轟出了破洞，蘿貝塔隨之尖叫。班再度舉槍擊發四顆子彈。匍匐在岩石後方的槍手四周揚起一陣塵土，班的第四槍擊中了他的上臂。他一邊翻身滾離岩石的掩護，一邊猛烈射擊。班朝他還擊，接連不斷地扣下扳機，直至對方中彈死亡，而白朗寧的子彈也因此用盡。他退出空彈匣，伸手進口袋欲拿取備用彈藥。

然而口袋裡卻空空如也。他赫然間想起所有的彈盒與子彈都在背包裡；而包包還在車上。

另一個人從四輪朝天的寶馬後方跑出來，手裡拿著黑色、長方形的英格倫機關槍，槍上裝有又短又粗的滅音器與握把式彈匣。他噠噠地掃射，在Peugeot的車身上打出無數彈孔，迫使正試圖回到車內的班趕緊尋找掩護。另外兩名槍手也走了出來，手持武器，小心翼翼地前進。持機關槍的男子再度掃射，在班的左側激起一道飛砂走石。情況不妙。

這時，英格倫機關槍突然彈藥用盡，持槍男子費勁地更換彈匣。班見機不可失，將手伸進車內拉過背包，慌忙而笨拙地解開背包扣帶，找到所需的東西。拿著機關槍的男子走近時，他即時換上新彈匣，然後將手臂舉過車頂，朝對方的胸膛開了兩槍。班看見歹徒的雙腿在空中踢舞地向後栽去。最靠近寶馬車的槍手趕緊躲回車子後方，同時朝背後胡亂射擊。而他的另一名同夥意識到自己離車子太遠，索性跪下單膝，不斷對班開槍。

班低下身子躲避咻咻飛來的子彈。

但是一發子彈擊中了班的右側，槍擊力道讓他的身體猛然向後一撇。他趕緊重新站好，展開還擊。男子雙臂張開地倒下，武器摔落在地。

班的腳步虛浮，到處是血。他的視線模糊，然後突然間，他發現自己仰視著一圈樹梢與灰色的天空。

蘿貝塔看見他倒下，高喊一聲：「不！！！」並且接住落下的手槍。她不曾開過槍，但是白朗寧的操作簡單——只要瞄準、扣扳機就行了。最後一名槍手再度從寶馬車後現身，並且向她展開攻勢；子彈從四周高速飛過，她聽見空氣被劃破的聲響。蘿貝塔雙手握著武器，開槍反擊，讓對方在一陣散落的碎玻璃中急忙尋找掩護。她乘機一把抓起車裡的單肩包。

「你能跑嗎？」她對班大喊道。班低聲呻吟著翻過身，搖搖晃晃地站起來，但是他的雙腿發軟。對方又是一次射擊，而她猛烈地還以顏色，並且打中槍手的大腿；他大喊一聲，鮮血噴濺地倒回車子後方。此刻，白朗寧的子彈已經再度用盡而無法繼續使用。受傷男子帶著雙管霰彈槍爬出來，開槍打爆了Peugeot的側後視鏡。

「來吧！」蘿貝塔抓著班的手臂，一起跑下陡峭的斜坡。山坡下方有道高低不平的土堤清楚地通向曲折的鄉間小路。一輛載著乾草的農場貨車正緩緩經過。他們連跑帶跳地追趕，然後蘿貝塔拉著班從貨車正上方十呎的地方縱身一躍。在驚恐地騰空一秒鐘後，貨車的後車斗即時加速，他們筆直地落在扎人的乾草堆裡——雖然感到一陣混亂與困惑，但至少四肢健全地被接住。

帶著霰彈槍的男子一跛一跛地繞過三名已死的同伴，咒罵著追下山坡。然後憤怒地吼叫，看載著蘿貝塔與班的卡車消失在逐漸黯淡的暮色中。

33

巴黎

從羅馬開車至此的路程漫長而炎熱。此刻的法蘭柯．波薩一點也沒有心情在意壅塞的交通這等小事。他開著黑色的保時捷911 turbo穿過市區的車流，朝克雷泰伊的城郊前進。他很快地在破敗的工業區外圍找到他的目的地。廢棄的包裝工廠離街道有一點距離，生鏽的鐵柵門鎖著鎖鍊，前庭的雜草蔓生。波薩未將車子熄火，下車走到柵門前，門上的新鎖頭閃閃發亮。他自口袋拿出鑰匙開了鎖，看看左右，確定四下無人後推開右側門扇；生鏽的鉸鍊隨之咿呀出聲。他將保時捷開進門內，然後回頭將柵門鎖上。儘管街道上空無一人，波薩依然將車子停在不為人所見、棄置的建築後方，然後從後門進入；他知道門已經為自己開啟。

三名男子看管著已無意識的賈斯東．克萊蒙；當一個穿著黑色長風衣、默不出聲的高大魁梧人影出現時，他們不禁感到一股寒意。奴東、高達與柏格都知道判官的聲譽，而且盡可能地對他避而遠之。當波薩打開帶來的黑色包包，將各式各樣閃亮的工具一一擺在小推車上時，他們甚至不敢看他。有些工具顯然是手術器具，例如手術刀與骨鋸；至於破壞剪、拔釘錘與噴燈……他們只能暗暗推測這些東西恐怖的用途。

在中央寬廣的空間裡，在縱梁上垂下一條鎖鍊，赤身露體的老鍊金術師了無生氣地被倒掛著。最後波薩從包包裡拿出厚重的塑膠連身工作服，小心地從頭套進去，然後整平全身的衣料。然後他以戴著手套的手指撫過整排工具，思考著該從何下手。他面無表情、不帶一絲情感地拿起一根又長又尖的探針，在兩根手指間轉了轉，然後他對自己點點頭。

接著，低聲的問訊開始，尖叫聲也隨之迴盪。

一個鐘頭多一點的時間過後，老人的叫喊已變成微聲且含糊的咕噥不休與嗚咽。他的下方有一灘血，而波薩的塑膠連身工作服與小推車上的工具也沾滿了鮮紅。

但是這一切只是浪費時間。老者早已抱病而且虛弱，波薩亦可從他臉上的瘀青與結了痂的傷口看出俘虜他的人早在自己抵達前就已將他打成了廢人。此時，飽受折磨的老人已經完全陷入休克，因此拷打者知道從對方口裡問不出任何東西，拖長他的痛苦毫無意義。波薩走至小推車前，拉開一只小提袋的拉鍊，袋子裡的注射器裝著高劑量、獸醫用來將狗安樂死的藥物。他回到吊掛著的克萊蒙面前，將針筒扎進他的脖子。

事成之後，波薩轉身冷冷地看著三名男子。他的出現對他們所造成的焦慮已經不復存在，此時他們正站在工廠遠處的角落抽菸、聊天，嘻笑地說著什麼。

波薩微微一笑。再過不久，他們就笑不出來了。他們所不知道的是，烏斯勃提派他來此不只是為了從克萊蒙身上取得資訊；他的命令——「收拾善後」——有另一層含意。這三個門外漢一而再、再而三地把工作搞砸。「上帝之劍」雇用小混混做骯髒工作的日子將要結束。

波薩示意他們過來。高達、奴東與柏格踩熄菸蒂，相互投以嚴肅的眼神，然後舉步上前。他們愉快的心情頓時消散，即刻再度回復到緊張的情緒。奴東無力地露齒一笑，欲言又止。

當他們走到距離波薩十公尺之處時，後者若無其事地掏出一把裝了滅音器的點三八貝瑞塔手槍，不發一語地迅速一一射殺他們。三人無聲地癱倒在地，彈殼匡噹啷地滾落水泥地面。他冷漠地垂眼看著死屍，一邊旋下消音器並且將小巧的武器收回槍套。

有四具屍體要處理，而且這次將不留絲毫痕跡。

34

廂型車在一陣塵土與柴油煙霧中揚長而去。快遞司機感到十分開心，因為一千塊歐元的鈔票正在他鼓脹的口袋裡唱著歌。那兩個搭便車的人——脾氣暴躁的美國女人跟她安靜、臉色慘白而且一臉病容的男朋友——雖然古怪，但是付了一大筆錢請他多跑幾公里的路程，送他們到聖讓這個小村落。他很好奇究竟發生了什麼事……不過話說回來，他管那麼多幹嘛？今晚的酒他請客啦！

在穀倉度過不舒適的一晚後，蘿貝塔到現在都還得清理卡在頭髮上的稻草。昨天他們跳上一輛貨車，但開車的農夫絲毫沒有察覺後車斗上的乘客。他們搖搖晃晃地在鄉間小路上行駛了好一會兒後，農夫將小貨車倒退進穀倉，然後不見人影。蘿貝塔偷偷摸摸地爬下車斗，四處翻找並找到一條粗糙的舊毯子，蓋在全身發抖而且極為痛苦的班身上。

整晚多數時間裡，蘿貝塔擔憂地看著班，思考是否應該將他送醫。兩隻農場裡的貓發現不速之客，跳上厚厚的草堆，依偎在她身邊。凌晨三點左右，她終於累得睡著了；當公雞在破曉前啼叫並吵醒他們時，時間感覺似乎只過了幾分鐘而已。他們趕在農夫出現前，輕手輕腳地離開了農場，然後搭上快遞的便車。

他們花了數個鐘頭才抵達聖讓村；午後的太陽正開始逐漸西下。這個村莊看起來空無一人。

「這個地方好像幾個世紀都沒改變過。」蘿貝塔環顧四周說。

班靠著乾燥的石牆頹然坐下，頭無力地低垂。他看起來情況很不好，她焦急地在心裡想著。「你在這裡等著。我去看看能不能找到人幫忙。」

他虛弱地點點頭。蘿貝塔摸摸他的額頭……是滾燙的，但是他的雙手卻很冰冷。身體側邊傳來的痛楚令他呼吸困難。她撫摸著他的臉說：「也許村子裡有醫生。」

「不要找醫生。」他喃喃地說，「去找神父，去找畢斯卡·坎布瑞爾神父。」

蘿貝塔走下空蕩蕩的街道時，她發現自己生平第一次對上蒼祈禱。黃土路面因缺乏雨水的滋潤而龜裂；古老的房子髒得一點也不像法國南部會有的建築風景，而且似乎相互傾倚支撐。「上帝啊，如果你真的存在，」她自言自語道，「請保佑我找到畢斯卡神父。」她一想到神父可能已經過世或是不在此處，便為之打了個寒顫，也不禁加快腳步。

教堂位在村子另一頭。教堂旁邊是座小墓園，墓園後方則有間石砌小屋；外屋的棚簷下傳來母雞的咯咯叫聲，令她感到相當溫馨。教堂外停著一輛滿是塵土、看起來經常使用的雷諾14。

一名男子從兩棟住宅間的側巷走出來。他看起來像是工人，臉上深深的皺紋猶如經年累月曝曬在豔陽下的皮革。當他看見蘿貝塔時，頓了頓步伐。

「先生，打擾一下。」她呼喚男子。他好奇地盯著她，並且加快腳步，閃進其中一間房子，然後砰然甩上門。蘿貝塔先是一陣錯愕，不過她隨即意識到：一個蓬頭垢面的外國女子，身上還穿著染血的襯衫與破損的牛仔褲……這在這個地方可不是常見的景象。她趕緊繼續往前走，同時心裡掛念著班。

「小姐，請問妳需要幫忙嗎？」一個聲音用法語問。蘿貝塔轉身看見穿著一襲黑衣、披著圍巾的老婦人；她滿是皺紋的脖子上掛有十字架項鍊。

「是的，謝謝，請妳幫幫我。」蘿貝塔亦用法語回答道，「我想找村裡的神父。」

老婦人挑起雙眉。「喔，他在啊。」

「請問畢斯卡．坎布瑞爾依然是這裡的神父嗎？」

「是的，他還是啊。」她露出大大的齒縫笑著說，「我叫瑪莉克萊爾。我替他整理房子。」

「妳可以帶我去找他嗎，拜託？我們有很重要的事情需要他幫忙。」

瑪莉克萊爾領她來到教堂旁的石砌小屋。「神父，」她們進屋後，老婦人呼喚道，「你有訪客。」

小屋是個簡樸的住所；傢俱雖少，卻散發出無限的溫暖與安全感。夜晚生火所需的木柴已經準備好，木塊與小樹堆疊在壁爐裡。樸素的松木桌配有兩張簡單的木椅，房間另一頭擺有鋪了毯子的舊沙發。大大的黑檀木十字架掛在刷白的牆上，基督受難像旁則放著教宗的照片。

樓梯嘰嘎作響，傳來輕重不一的腳步聲，神父隨之現身。現年七十歲的畢斯卡．坎布瑞爾重重地拄著枴杖，行走有些困難。「我可以為妳做些什麼事嗎，孩子？」他好奇地打量蘿貝塔不尋常的外觀問道，「妳受傷了嗎？發生了什麼意外嗎？」

「我沒事，但是我的朋友情況很不好。你是畢斯卡．坎布瑞爾神父，對吧？」

「沒錯，就是我。」

她闔上雙眼，心裡默想，感謝老天。

「神父，我們特別來找你，但是我的朋友在途中受了傷，傷勢嚴重。」

「那可怎麼得了？」畢斯卡蹙起了眉頭。

「我知道你接下來會說我們應該送他去醫院。我現在沒辦法跟你解釋清楚，但是他並不想看醫生。你願意幫幫我們嗎？」

「喔，好吧，反正村裡也沒有醫生了。」他們一邊開著雷諾小車顛簸地上路，他一邊告訴蘿貝塔，「巴舍拉醫生兩年前過世了，但是沒有人接替他的職位。年輕人都不願意到聖讓村來。很遺憾，這個地方日益凋零。」

當他們到達村子外圍時，班已經呈現半昏迷狀態。「老天啊，他病得不輕呢。」畢斯卡一瘸一拐地來到癱軟的班身旁，執起他的手。「孩子，你聽得到我的聲音嗎？小姐，妳得幫我扶他上車。」

蘿貝塔、畢斯卡與瑪莉克萊爾三人小心翼翼地攙扶班爬上小屋的階梯，來到神父的客房。畢斯卡為躺在床上的班解開染血的襯衫，看見肋骨上的傷勢時不禁嚇了一跳。他什麼都沒說，但是他知道那是槍傷；許多年前他看過這種傷口。他用手指摸了摸。子彈直接穿過肌肉，從另一側射出。

「瑪莉克萊爾，可以麻煩妳拿些熱水、繃帶跟消毒藥水來嗎？另外，還有那種清瘡用的草藥。」

瑪莉克萊爾輕手輕腳地離開，盡職地去執行神父囑咐的工作。

畢斯卡量量班的脈搏。「他的心跳很快。」

「他會沒事的吧？」蘿貝塔一臉慘白，垂掛在身側的手緊握成拳。

「我們會需要一些艾拉貝爾的藥。」

「艾拉貝爾？她是當地的醫生嗎？」

「艾拉貝爾是我們養的羊。我們有一些抗生素，是牠以前羊蹄發炎時留下來的。恐怕我的醫學才能只能做到這樣了。」畢斯卡自嘲地笑著說，「不過瑪莉克萊爾懂得很多草藥療法。她常常幫我，還有這個小社區裡的其他居民治病。我相信妳的朋友在這裡會得到很好的照顧。」

「神父，我真的很感激你伸出援手。」

「為有需要的人服務是我的責任，也是我的榮幸。這個房間已經好一段時間沒有作為照顧病人之用了。我相信上一個受傷的靈魂跑來我們的村子一定已經是五年，甚至六年前的事情了。」

「那個人叫做克勞斯．萊茵菲爾，對吧？」

畢斯卡頓時停下手上正在進行的動作，轉頭以銳利的眼神看著蘿貝塔。

「他睡著了。」畢斯卡下樓時低聲地說，「我們就先別去打擾他吧。」

泡過澡的蘿貝塔神清氣爽，並且換上了瑪莉克萊爾給她的衣物。「再次謝謝你的幫忙。我不知道我們做了什麼……」

畢斯卡微笑著說：「不用謝。妳一定餓了，蘿貝塔，我們吃飯吧。」

瑪莉克萊爾做了簡單的晚餐；有一點湯、麵包，以及用畢斯卡小果園裡的葡萄私釀而成的葡萄酒。他們不發一語地用餐，唯有屋外傳來蟋蟀刺耳的唧鳴與遠處的狗吠。神父則偶爾會伸手從籃子拿起一塊木柴丟進爐火裡。

用餐結束，瑪莉克萊爾清理完桌面並且向他們道了晚安後，返回位在對街的自家小屋。畢斯卡點燃一根長長的木製菸斗，然後移動到壁爐旁的搖椅上。他關掉屋裡的主燈，讓兩人沐浴在爐火搖曳的橘色火光中，並且請蘿貝塔與自己面對面坐下。「我想我們有事情要好好聊聊，對吧？」

「說來話長，而且事情很詭異，神父。我甚至不是很清楚全盤情況，但是我會盡可能向你解釋。」她告訴畢斯卡自己對於班此份委託案件的了解、這個任務為他帶來的危險、發生在她身上的種種以及自己內心的恐懼。她的陳述毫無章法，而且她感到極度疲憊、全身痠痛。

「現在我終於理解為什麼你們不願意找醫生了。你們害怕醫院會通報警方，誣告你們為這些犯罪事件的元兇。」他看看牆上的鐘，「孩子，時候不早了。妳累壞了，應該好好睡一覺。妳就睡在沙發上吧；那張椅子其實滿舒服的。我已經幫妳從樓上拿了枕頭跟被子下來。」

「謝謝，神父。我的確很累，但是如果你不介意，我想我應該守著班。」

他拍拍她的肩。「妳真是一名忠心的同伴，這麼關心他。」

蘿貝塔沉默不語。畢斯卡的話讓她感到震驚。

「妳就好好休息吧，我會陪著他的。雖然我今天有餵雞、幫艾拉貝爾擠奶——感謝主保佑這隻羊，還有聽兩個非常固定前來的教友告解，但是除此之外我幾乎什麼事情都沒做。」畢斯卡微微一笑。

神父徹夜坐在燭光下閱讀聖經，陪伴翻來覆去的班。約莫凌晨四點鐘的時候，後者曾醒來問道：「我在哪裡？」

「你跟朋友們在一起，班乃迪克。」神父回答說。他摸摸班濕冷的額頭，安撫他重新入睡，「睡吧，你現在很安全。我會為你禱告的。」

35

班試圖將雙腿挪到床邊。他在床上已經躺得夠久了。然而這並非易事。一次他只能移動一吋，而且受傷的肌肉一經牽動便令他痛苦難耐。他咬著牙，輕輕地將腳踩在地板上，然後緩緩起身。他的襯衫已經洗乾淨，放在床邊的椅子上。他費了很長的時間著衣。

班透過窗戶看見村子裡家家戶戶的屋頂，以及遠處矗立在萬里晴空下的丘陵山岳。他暗罵自己竟然讓這種事情發生。他從一開始就低估了這個工作的危險性。這下好了，一個垂死的孩子急需他的幫助，而他卻受困在這個死氣沉沉的地方，幾乎無法活動或做任何有用的事。他抓起小酒瓶，大大地啜了一口烈酒。還好至少我有辦法喝酒。他多麼希望手邊有一整瓶酒，或者兩瓶也不錯。

然後，他想起傅爾坎奈利的手札。他動作僵硬地彎腰，從背包裡掏出日記，然後帶著它躺回床上。他匆匆翻閱書扉，重新開始閱讀。

一九二六年，九月三日

學徒質疑師父的事情終於發生了！在我寫下這些字的同時，達坎今日在實驗室與我對質的話猶然在耳。當時他的雙眼燃燒著怒火，雙拳緊握。

「但是師父，」他抗議道，「我們這樣不是很自私嗎？如此重要的知識可以造福許多人，我們卻秘而不宣，你怎麼能說這樣做是對的呢？難道你不懂這能帶給人的好處嗎？想想看，所有事情都會因此改變？」

「不，尼可拉斯。」我以堅定的態度說道，「我這麼做不是自私，而是謹慎。沒錯，這些秘密很重要，但是也蘊藏著很大的危險，所以不能隨隨便便告訴其他人。唯有經他人引薦的能手才得以學習這項知識。」

尼可拉斯怒火萬丈地瞪著我。「那麼我得說，這樣的堅持毫無意義。」他大吼道，「你已經老了，師父。你花了大半輩子的時間尋找答案，但是如果不實際運用，一切努力都是徒勞。拿這個知識來幫助世界吧！」

「我是老了，而你還年輕，尼可拉斯……你太年輕了，涉世未深，根本不了解你如此亟欲幫助的世界是什麼樣子。並非所有人都跟你一樣有一顆純真的心，許多人會想利用這個知識滿足自己的貪婪與欲念。他們會用以行惡，而非行善。」

我們身旁的桌上放著用皮革桶裝著的古老卷軸。我拿起桶子，在他面前搖了搖。「無數先人寫下這份智慧，而我是他們的直系傳人。我的卡塔爾祖先知道不顧一切保守這些秘密的重要性。他們知道是誰在找這份卷軸，也知道如果這些秘密落在壞人手中會有什麼後果。他們為了保護這個智慧而犧牲了性命。」

「我知道，師父，可是——」

我打斷他的話，繼續說道：「這份知識賦予我們權力，而權力是個危險的東西；它能腐化人心，招引邪惡。所以當我決定傳授這個知識給你時，我曾警告過你它所伴隨的責任。而且別忘了，你發誓保持緘默。」我哀傷地垂下頭，補上一句，「恐怕我透露太多秘密給你了……」

「這話的意思是，你不打算繼續傳授了嗎？剩下的知識呢？第二個偉大的秘密呢？」

我搖搖頭。「很抱歉，尼可拉斯。一個如此年輕魯莽的人實在無法承擔這麼龐大的知識。木已成舟之事我無法改變，但是在你證明自己變得更加成熟而有智慧之前，我將不再帶領你踏入下一步。」

我說完這番話，他飛也似地衝出實驗室。我可以看見淚水在他的眼眶打轉，而我們關係的決裂也讓我心如刀割。

班聽到有人輕輕敲響臥室房門。他從日記中抬起頭，看見蘿貝塔推開門。

「你還好嗎？」她一臉擔憂地端著托盤走進來。

班闔上手札。「沒事。」

「來吧，我幫你煮了雞湯。」她將冒著煙的湯碗放在桌上，「趁熱喝了吧。」

「我在這裡躺了多久？」

「兩天。」

「兩天！」他啜了一口威士忌，移動造成的抽痛讓他皺了皺眉頭。

「班，你正在服用抗生素，現在不應該喝酒吧？」蘿貝塔嘆了口氣，「好歹也先吃點東西，你需要補充體力。」

「我待會再吃。妳可以把我的袋子踢過來嗎？我的菸在裡面。」

「抽菸對你現在的身體狀況不好。」

「反正抽菸從來都不會對身體有好處。」

「算了，隨便你。我幫你拿就是了。」

「不用，只要——」班突然移動身體，瞬間產生的劇痛讓他閉起眼，躺回枕頭上。

她彎腰伸手翻找背包，一個小東西掉了出來。那是個裝著照片的銀製小相框。蘿貝塔拾起相片，仔細看著，心裡一邊納悶這個東西為什麼會在背包裡。照片老舊泛黃，上面有折痕，邊緣也磨損了，彷彿長年被放在皮夾中攜帶著。照片上是一名可愛的金髮小女孩，年約八歲；她慧黠的藍眼睛熠熠生輝，臉頰上雀斑點點。小女孩對著鏡頭露出幸福洋溢的微笑。

「這是誰啊，班？」蘿貝塔望向班，臉上的笑容頓時垮了下來。

班正以她從未見過的表情，冷冷地怒視著她。

「把東西放下，然後他媽的滾出去！」

畢斯卡神父看見蘿貝塔一臉憤怒而且受傷地走下樓。他撫上她的手臂說，「當一個人在痛苦之中，有時候會突然說或做一些無心的事。」

「他受傷並不代表他有權力表現得像個渾——」她即時克制自己說出不禮貌的辭彙，「我只是試著想幫忙而已。」

「我指的是別種痛苦。」畢斯卡說，「真正的痛苦存在於他的心與靈魂裡，而非在傷口上。」他露出和煦的笑容，「我來跟他談談吧。」

畢斯卡來到班的房間，在床緣坐下。班正躺在床上，直直地盯著天花板，手裡還握著小酒瓶；威士忌稍稍減輕了他的痛楚。他剛剛勉強拿出背包裡的香菸，卻發現菸盒快要見底。

「你不介意我坐在這裡吧？」畢斯卡問。

班搖搖頭。

畢斯卡沉默了一會兒，才溫柔親切地對班說道：「班乃迪克，蘿貝塔跟我提過你的工作。你對於需要幫助的人有使命感；這真的是相當崇高、令人欽佩的一件事。跟你一樣我也有我的天職，而且我盡力扮演好我的角色。我得說，我的工作不像你那樣刺激，不過那是上帝的旨意，所以依然是一項重責大任。我幫人們釋放痛苦，找到上帝；對於某些人而言，則是尋找到內心的平靜……不論透過何種方式。」

「這就是我尋求平靜的方法，神父。」班舉起手中的酒瓶，喃喃地說。

「你知道喝酒是不夠的，永遠都不會足夠。酒精幫不了你，只會將你傷得更深；借酒澆愁，愁更愁。痛苦就像毒刺，如果不拔除它，就會像爛瘡一樣化膿。而且那樣的傷可不是羊隻用的抗生素就能治癒的。」

班苦笑地說：「是啊，你或許說得對。」

「看起來你似乎已經幫助了許多人，然而你卻依賴酒精這個朋友，繼續走在自我毀滅的道路上。難道當助人的快樂消退後，痛苦不會重新浮現，甚至更加讓人難過嗎？」

班不發一語。

「我想你很清楚答案是什麼。」

「聽著，我很感激你為我所做的一切，但是我對聽講道不再感興趣；那部分的我早已經死了。所以神父，雖然我對你抱有最高的敬意，但是如果你上樓來是要對我傳教，那麼你是在浪費時間。」

他們默默地坐著。

「露絲是誰？」畢斯卡突如其來地一問。

班以銳利的眼神看著他。「蘿貝塔沒跟你說嗎？這個小女孩性命垂危，她是我委託人的孫女。我正試著救她的命——如果為時不晚的話。」

「不，班乃迪克，我指的不是這個女孩，是另一個露絲——你夢裡的露絲。」

班覺得全身的血液凍結，心跳加速，喉嚨發緊。「我不知道你在說什麼。我的夢裡沒有什麼叫露絲的女孩。」

「當一個人坐在囈語的病人身旁兩晚，他會發現一些關於這個病人的事，一些後者不願意公開談論的事。你心裡有秘密，班。露絲是誰？」

班深深地嘆了一口氣，再度舉起小酒瓶啜飲。

「你為什麼不願意讓我幫你呢？」畢斯卡溫柔地說，「來吧，讓我分擔你的愁苦。」

在長長的沉默之後，班終於靜靜地開口，語調如同機械般僵硬。他眼神空洞地看著前方，再次痛苦地回想一幕幕早已在腦海中播放過無數遍的熟悉情景。

「露絲是我妹妹。當時我十六歲，她只有九歲。我們很親，就像彼此的靈魂伴侶。她是唯一一個我全心全意深愛過的人。」班露出一絲苦笑，「她就像陽光一樣，神父，真希望你有機會認識她。她是讓我相信有造物主存在的理由。你聽到應該會嚇一跳，不過我曾經一度想當神職人員。」

畢斯卡仔細地聆聽。「然後呢，孩子？」

「我的父母帶我們到北非的摩洛哥度假。我們住在一間大旅館。有一天，我的雙親決定去參觀博物館，所以把我們留在旅館裡。他們要我好好照顧露絲，而且無論如何不可以離開旅館周邊。」

班停下來點燃香菸之後才接著說：「旅館裡有個瑞士來的家庭，他們有個長我大約一歲的女兒，名叫馬汀娜。」雖然這是多年來第一次講述這些事，但是他記憶猶新，而馬汀娜的臉清楚浮現在腦中，「她長得很漂亮，我真的很喜歡她。她約我出去逛露天市集。起先我拒絕了，因為我得留在旅館裡照顧我妹妹。但是馬汀娜隔天就要回瑞士去了，而且她說如果我陪她去露天市集，等我們回來之後，她會……總之，我心動了。我想，帶著露絲一起去其實沒關係，我父母永遠不會知道。」

「然後呢？」

「我們離開旅館，在市集裡四處閒逛。市場裡人山人海，滿是攤位、耍蛇人，還有各種奇觀異景、音樂與氣味。」

畢斯卡點點頭。「許多年前，阿爾及利亞戰亂的時候，我待過北非。那個地方對於我們這些歐洲人而言，真的是個陌生而奇異的世界。」

「我們玩得很愉快。」班說，「我喜歡和馬汀娜在一塊兒，而且逛攤位的時候她一直牽著我的手。不過我依然十分注意露絲，讓她緊跟在我身邊。然後馬汀娜看上一個銀製首飾盒，可是她的錢不夠，所以我說我買給她。我轉身背對露絲數錢……時間只有一下下。我為馬汀娜買了禮物，所以她擁抱我。」班再次頓了頓。他覺得喉嚨乾緊，很想再大口啜飲烈酒。

畢斯卡溫柔但堅決地阻止班舉起酒瓶的手臂。「讓我們先放下酒精這些欺騙人心的東西吧。」

班點點頭，重重地嚥了嚥口水。「我不知道事情怎麼會發生得這麼快。我只把眼睛移開幾秒鐘，她就……不見了。」他聳聳肩，「不見了。」

班的心裡彷彿有顆隨時準備炸開的大泡泡。他將頭埋進雙掌，緩緩左右搖著。「她就這樣沒了蹤影，我甚至沒有聽到她哭喊。我什麼也沒看到，周遭毫無異狀；好像一切只是一場夢，好像她不曾存在過一般。」

「她不是單純的走失。」

班從掌中抬起頭，坐直了身子。「對，那其實是個利潤豐厚的交易，而且抓走她的人是職業級綁匪。所有能做的事我們都做了——報警、請領事館出面——我們找了數個月，可是完全沒有她的下落。」

心中的泡泡終於啵地爆開。他忍了好久，一股想將一切噴湧而出的欲望刺痛著他的內在。但是他沒有流淚，因為自那些日子以來，他早已不再哭泣——除了在夢裡。「全是我的錯，因為我轉身背對她。是我把她弄丟的。」

「從此你不曾再愛過任何人。」畢斯卡以非疑問句的語調說道。

「我不知道怎麼愛人。」班的情緒逐漸平復，「我不記得我真真實實地感到快樂是什麼時候的事情了；我早就忘記快樂的感覺是什麼。」

「上帝愛你，班乃迪克。」

「比起上帝，威士忌跟我還比較要好。」

「你喪失了信仰。」

「不，我試著保持信念。至少我每天還是會為尋獲露絲禱告，我也祈求原諒。我知道上帝沒有在聽，但是我一直相信祂，也持續禱告。」

「你的家人呢？」

「我媽媽未曾原諒我，根本不願意看到我……這我不怪她。後來她得了重度憂鬱症。有一天她的房門緊鎖，我跟我父親在門外又敲又叫，但是她沒有回應。她服下過量的安眠藥，自殺了。當年我十八歲，才剛進神學院。」

畢斯卡哀傷地點點頭。「你父親呢？」

「露絲失蹤後，他的健康急速走下坡，媽媽的死則是雪上加霜。認為他會原諒我是我唯一的安慰。」班嘆了一口氣，「學校放假後，我回到家，走進他的書房……我甚至不記得為什麼要進去書房，好像是要找一些紙張吧。他不在家，而我看到他的日記本。」

「你讀了他的日記嗎？」

「我終於得知他真正的想法。事實是——他恨我。他認為一切都是我的錯；我讓整個家支離破碎，覺得我不應該繼續活在世界上。之後，我根本無法回學校就讀，對所有的事情都提不起興趣。沒多久，我爸爸就去世了。」

「後來呢，孩子？」

「我對頭一年沒什麼印象；多數時候，我在歐洲各地流浪，試圖迷失自己。一段時間後，我回到英國，賣了房子，帶著我們的管家溫妮移居到愛爾蘭。然後我決定從軍；我想不到還有什麼事情可做。我恨我自己，滿腔怒火，所以我將全部的憤怒投注在訓練裡。我是他們徵召過最守紀律、最積極的新兵；不過他們並不了解在後面驅動我的力量是什麼。之後我成為頂尖的軍人，我有某種姿態、某種冷酷，也很狂野。他們善加利用這樣的性格，讓我從事了許多我不想再提起的任務。」

他遲疑了一下才繼續開口，腦中短暫地充滿了回憶、影像、聲音與氣味。他搖搖頭清除這些思緒。「最終我意識到軍隊並非我想要的；我厭惡它所代表的一切。我回家，試著重振生活。不久之後有人找上我，請我尋找一名失蹤的青少年；地點在義大利南部。當一切結束，那名孩子安然回家，我發覺自己終於找到了想做的事。」他抬眼看著畢斯卡，「那是四年前的事情了。」

「你發覺幫助失蹤的人回到愛他們的人身邊，可以治癒失去露絲的傷痛。」

班點點頭。「每次我平安地將孩子送回家，就會有動力驅使我進行下一個委託。這就像上癮一般，而且至今如此。」

畢斯卡微笑地說：「你遭遇了許多痛苦。很高興你信任我而願意開口跟我說這些事，班乃迪克。信任是治癒傷痛的良藥——信任與時間都是。」

「時間並沒有治癒我。痛楚雖然變得隱晦，卻也越來越深刻。」

「你相信為這個也叫做露絲的小女孩找到救命之藥，就能幫你驅除內心如惡魔般的愧疚。」

「如果不是這樣，我就不會接下這個工作了。」

「我希望你成功，班，不單是為了那個小女孩，也是為了你自己。但是我認為真正的救贖、真正的平靜必須發自更深層的內在。你必須學會信任、敞開心房，並且找到自己內心的愛。唯有如此，你的傷才會真的癒合。」

「說得比做得容易。」

畢斯卡笑著說：「你已經開始願意向我傾吐秘密啦。埋藏心中的感受是不會得到救贖的；與心魔面對面就像吸出傷口的毒液，痛苦是免不了的，但是毒液一旦清除，你就能得到自由。」

班手握蠟燭，輕手輕腳地來到聖讓教堂。他以仍舊虛弱顫抖的雙腿踏上通道，蠟淚滴落在手上。即使是半夜兩點，教堂的門也從不上鎖。建築物裡空蕩無人而且寂靜，四周物品的影子隨著燭火搖曳。他跪在祭壇前，高掛在面前的白色基督像在燭光下閃爍著微光。

班低頭禱告。

路克．西蒙跟著線索往南前進；這條由子彈與屍體鋪成的軌跡顯而易見。

在法國中部的勒皮，一名農夫報案說聽見槍響，並且目擊兩輛車在鄉間小路上追逐。當警方抵達發生槍戰的田野後，他們發現三具男屍、兩輛被子彈打成蜂窩的汽車殘骸，以及滿地的空彈匣與武器。兩部車都沒有登記所有人，而其中的寶馬則是幾天前於里昂失竊的贓車。

更有趣的是，他們在另一輛車——掛著巴黎市車牌的銀色Peugeot——內部找到蘿貝塔·萊德的指紋。草地上的眾多空彈殼中有十八發九毫米彈殼，這些與賓士大轎車以及河岸槍戰現場所尋獲的彈殼，均由從同一支白朗寧手槍所擊發。

種種線索都明確指出班·霍普參與了這起飛車追逐；整件事猶如他在樹上刻了自己的名字、示意他曾到此一遊那般的簡單明瞭。

36

三個月前，法國南部，利穆近郊的勒岡醫學中心

「喔，該死！儒勒，他又來了！」

克勞斯．萊茵菲爾的軟壁病房裡處處鮮血。兩名精神療養院的男護士進到火柴盒般的小房間時，克勞斯正抬頭望著自己的傑作，像個當場被發現正玩著某種禁忌遊戲的孩子。他咧嘴而笑，乾瘦的臉堆起許多皺紋；護士因而看到他又敲掉了兩顆牙。他撕裂上衣，用斷齒重新劃開胸口上奇怪的傷痕。

「看來又要幫你增加藥量了。」他們將萊茵菲爾帶出病房時，帶頭的男護士低聲說，「最好叫清潔人員來整理一下裡面。」他吩咐助手道，「帶他到診所打一劑鎮定劑，然後幫他換一套乾淨的衣服；還有，他的指甲一定要剪得很短。再過幾個鐘頭，他有訪客來訪。」

「那個義大利女人又來啦？」

一聽到自己有訪客，萊茵菲爾的耳朵隨即豎了起來。「安娜！」他哼唱地喊道，「安娜……喜歡安娜。安娜是我的朋友。」他朝護士們啐了啐，「討厭你們。」

兩個小時後，變得十分聽話的克勞斯．萊茵菲爾坐在勒岡醫學中心的保全會客室裡。部分病患雖獲准偶爾與外界接觸，但是院方仍有安全顧慮而不放心讓患者與訪客單獨相處，因此將他們

安排在派有看護的房間。簡單的桌子與兩張椅子固定在地上，兩名男護士分別站在克勞斯左右，第三名看護則手持裝有鎮定劑的注射器、以防萬一地在一旁戒備。醫學中心主任勒岡醫生在牆上的單向透明玻璃後方等候著。

萊茵菲爾已經換下先前滿是血漬的衣服，穿上了乾淨的病房服與睡袍，新的缺齒也經過了治療、清理。他的情緒有所改善，一部分是由於他們為他施打了治療精神異常的藥物，一部分則是因為他的新朋友安娜．馬基尼。馬基尼固定來訪，而且為他帶來一種奇怪的安撫作用。萊茵菲爾手中緊握著他的珍寶——他的筆記本。

男護士領著安娜．馬基尼進來；她的出現以及身上的香氣令會客室嚴酷、毫無生氣的氣氛變得輕快宜人。萊茵菲爾一見到她，整張臉頓時愉悅地明亮起來。

「哈囉，克勞斯。」她微笑地在空無一物的桌子對面坐下，「你今天好嗎？」

男護士們十分驚訝這位平時難相處又情緒暴躁的病人竟然能與這名迷人而親切的義大利小姐靜靜地坐著。她很有自己的一套，對萊茵菲爾十分溫柔平和，從不對他施壓或頤指氣使。剛開始有很長一段時間他不發一語，只是放鬆地半瞇著眼、坐在椅子上輕輕前後晃動，並且將一隻修長而骨瘦如柴的手放在她的手上。護士們原先禁止他們有這樣的身體接觸，但是安娜請求院方允許，最後他們也認為這無傷大雅。

若萊茵菲爾真的開口說話，多數時候他只是不斷重複喃喃唸著同樣的東西——含糊不清的拉丁文語句以及混亂的字母與數字——並且同時著魔般地一邊抖動一邊數著手指。

有時候，安娜若溫柔地稍加鼓勵，他便能以較連貫的句子談論自己的興趣；他會用低沉的聲音說著護士們完全無法理解的東西。不過一會兒後，他的談話時常慢慢變回讓人聽不懂的咕噥，最後越發小聲到聽不見。安娜只是微笑地讓他靜靜地坐著。這些是萊茵菲爾最平靜的時候，因此護士認為這樣對他而言也是有用的治療。

安娜第十五次來訪的情況與先前無異。萊茵菲爾坐在位子上，安詳地緊握她的手與自己的筆記本，並且用低沉沙啞的聲音唸著同樣一串序號，彷彿那是他個人的奇怪語言。「N-6、E-4、I-26、A-11、E-15。」

「你想告訴我們什麼呢，克勞斯？」安娜耐心地問。

勒岡醫生蹙眉站在單向透明玻璃後方看著這一幕。他看看手錶後從連通兩個房間的門進入會客室。「安娜，妳好，真高興見到妳。」他笑容滿面地打招呼，然後轉頭看著護士，「我想今天就到此為只吧，我們不想累壞了病人。」

萊茵菲爾一看到勒岡，便尖叫地用瘦骨嶙峋的雙臂遮掩頭部，然後從椅子上跌了下來。安娜正要起身離開，他趕緊拖著消瘦的身軀爬到她腳邊，捉住她的腳踝並且大聲抗議。護士們拉開他，而安娜難過地看著他們匆匆將萊茵菲爾架出會客室的門，送回病房。

「他為什麼這麼怕你，愛德華？」他們離開房間回到走廊上時，安娜問道。

「我不知道，安娜。」勒岡微笑地說，「我們對克勞斯的過去一無所知。他對我所產生的反應可能是某種創傷造成的陰影；也許我讓他潛意識中想起某個曾經傷害過他的人——或許是家暴的父親或者其他親人。這是一種很常見的現象。」

她悲傷地搖搖頭。「我懂了。你這麼說也有道理。」

「安娜，我在想……如果妳今晚有空，我們一起吃晚餐如何？我知道海邊有一間不錯的海鮮餐廳；那裡的鱸魚好吃極了。我七點鐘去接妳，行嗎？」勒岡輕撫著她的手臂。

安娜抽回手。「對不起，愛德華，我跟你說過我還沒準備好……吃晚餐的事情以後再說吧。」

「抱歉，」他垂下手臂，「我了解，對不起。」

勒岡站在辦公室窗前看著安娜離開大樓、坐進車裡。她已經回絕了他三次，勒岡心想著，他有什麼不好嗎？其他女人對他不會有這等反應；她似乎不喜歡自己碰觸她。她一再地冷落他，卻似乎不介意讓萊茵菲爾連續幾個鐘頭握著她的手。

他離開窗戶，拿起電話。「波萊特，幫我查查德拉維涅醫生今天是否有安排一名病人做治療評估……克勞斯．萊茵菲爾……有啊？……好，麻煩你打電話告訴他我會接手這個病例……沒錯……謝謝你，波萊特。」

回到軟壁病房的萊茵菲爾正一邊滿足地唱著歌，一邊想著安娜。這時他聽見從外頭的走廊傳來一陣鑰匙的噹啷聲，接著他的房門被打開。

「讓我跟他單獨相處一下。」一個耳熟的聲音說。勒岡醫生走進病房，安靜地關上房門，萊茵菲爾畏縮起來，驚恐地瞪大了雙眼。

勒岡一步步逼近，萊茵菲爾無處可逃地退至角落。精神科醫師面帶笑容，以上臨下地用輕柔的語氣說：「哈囉，克勞斯。」

接著，勒岡舉起腿朝萊茵菲爾的腹部踢去。後者無助地蜷縮身子，痛苦地倒抽一口氣。勒岡一腳接著一腳地踢踹，克勞斯·萊茵菲爾根本無力反抗，只能啜泣地在內心求死。

37

到了第三天，班覺得體力恢復了大半，所以下床來到屋外，坐在秋日的午後陽光裡。他遠遠看見蘿貝塔正在餵雞，而且感覺得出來她刻意迴避自己。班知道自己先前傷了她的感受，對此覺得很過意不去。他坐在椅子上啜飲瑪莉克萊爾為他準備的花草茶，一邊繼續閱讀傅爾坎奈利的日記。

一九二六年，九月十九日

我開始對於自己灌輸給尼可拉斯・達坎的信念感到著實地後悔。我帶著沉重的心情寫下這些字句，並且了解到自己是多麼地愚蠢。唯一值得欣慰的是，我沒有將蘊藏在卡塔爾工藝品裡的知識全盤教授給他。

昨日，我最大的恐懼得到了應驗。我違背了一切原則——也將永遠為此感到羞愧——雇請私家偵探跟蹤尼可拉斯。名為柯洛的私家偵探是個謹慎而且值得信賴的人；我請他向我回報尼可拉斯的一舉一動。看來我的年輕徒弟已經成為巴黎某個協會的成員一段時日了。當然，我聽說過這個名叫「守望者」的小團體；他們是一群知識份子、哲學家以及秘傳知識的初學者。「守望者」致力於擺脫守口如瓶的鍊金術傳統束縛。每個月，他們聚在夏科納克書店樓上的房間裡，討論如何將鍊金術知識的成果帶進現代科學，進而造福人類。對於像尼可拉斯這樣的年輕人而言，他們一定象徵了未來、一個新時代的根基。在他們對鍊金術全新的先進遠見以及在他認為我所代表的陳舊、戒慎與多疑的態度之間，我完全理解他一定感到十分左右為難。

如此年輕的靈魂有著坦率的性格不是件壞事，但是柯洛後續向我報告的事情讓我產生極大的憂慮。尼可拉斯透過「守望者」結交了一位新朋友。我只曉得他叫魯道夫，研究神秘學；大家都稱他「亞歷山大人」，因為他出生於埃及亞歷山大港。可是除此之外，我對這名男子一無所知。

柯洛屢次發現尼可拉斯與這個叫魯道夫的男子在一起，暗中觀察他們在咖啡館裡久坐長談。昨日，柯洛跟蹤他們到一間昂貴的餐廳；他們坐在露臺用餐，他因此得以從旁竊聽到部分對話內容。

魯道夫為我的年輕徒弟倒了一杯又一杯的香檳，顯然用意是要套他的話。

魯道夫說：「但是這是事實，你知道的。」柯洛坐在附近的桌位記錄他們的對話。「如果傅爾坎奈利真的相信這份智慧所蘊含的力量，他才不會試圖阻礙它發光發熱呢。」說完隨即又將尼可拉斯的酒杯斟得滿滿的。

柯洛聽到尼可拉斯說：「我不習慣這種奢華的生活。」

「有一天你也可以過著夢寐以求的高檔生活。」

尼可拉斯皺起眉頭。「我所追求的不是名利。我只是希望利用我的知識幫助人們，如此而已。我無法理解的就是這一點——為什麼師父覺得這樣做是件壞事。」

「尼可拉斯，你的無私值得讚賞。」魯道夫說，「或許我幫得上忙。我認識一些具有影響力的人。」

尼可拉斯回答：「真的嗎？不過這樣就意味著我會違背保密誓約……你知道我常常在想這件事，但是我還是沒辦法下定決心。」

「你應該相信你的直覺。你的老師有什麼權力阻止你完成使命呢？」

「我的使命……」尼可拉斯喃喃地重述。

魯道夫微微一笑。「肩負命運使命的人並不多，而且這種人令人欽佩。如果我沒看錯你，那麼我今生就有幸遇見了兩個這樣的人。」他將剩下的香檳倒完，「我認識一個男的；他是個有遠見卓識的人，抱持著跟你同樣的理想。尼可拉斯，我跟他提過你，而我們都認為，若要為人類創造一個更美好的未來，你可以扮演相當重要的角色。有機會你應該見見他。」

尼可拉斯仰頭飲盡香檳，然後放下酒杯。他深吸一口氣後說：「好吧，我決定了。我會跟你分享我所知道的事情。我希望改變這個世界。」

魯道夫微微低頭欠了欠身。「我深感榮幸。」

尼可拉斯倚身向前。「真希望你能了解我多麼渴望跟人聊這些事情。有兩個很重要的秘密記載在一份用密碼寫成的古老文件裡。我師父從南部一處老舊城堡的遺跡裡找到這個卷軸。」

「那他有告訴你這兩個秘密的內容嗎？」魯道夫急切地問。

「他只告訴我其中一個。我親眼目睹了它的力量——真的很驚人。我已經有所了解，也曉得如何運用；我可以操作給你看。」

「那第二個秘密呢？」

尼可拉斯說：「喔，它的潛力更是令人難以置信。但是有個問題……傅爾坎奈利現在拒絕教我第二個秘密是什麼。」

魯道夫將一隻手搭在年輕人的肩上。「我相信你遲早會學到的。」他面帶微笑，「不過在此同時，你何不多跟我說說這個你所知道的驚人知識？也許我們可以到我的公寓繼續討論這個話題？」

班放下日記本。這個「亞歷山大人」是誰？達坎跟他說了些什麼？魯道夫答應介紹給他認識的那個「有遠見的男人」又是何許人也？

班想，或許是另一個像賈斯東・克萊蒙那樣的怪胎吧。他快速往下翻了幾頁，發現日記的後半部已經被老鼠嚴重齧食，而且難以判斷究竟缺損了多少頁。他竭力試著閱讀手札裡最後一篇日記，最後非常勉強地看懂當中的文字。這是傅爾坎奈利在神秘地消失前所寫下的。

一九二六年，十二月二十三日

我失去了一切。我摯愛的妻子克莉絲蒂娜被殺害了。達坎背叛了我，將我們最寶貴的知識交到亞歷山大人的手中。願上天原諒我竟然讓這種事情發生。我擔心自身的安危，但是我更害怕這些人可能會做出難以想像的邪惡之舉。

我的計畫正在進行中。我將帶著伊薇特即刻自巴黎啓程。我親愛的女兒是我現在僅有的了，而我將所有的東西交託給忠心的賈克・克萊蒙。我提醒賈克也必須防患未然。至於我，我將永遠不會回來。

就這樣。看來，達坎背叛了傅爾坎奈利的信任，因此導致不幸的發生；而整件事情似乎圍繞著這名神秘的「亞歷山大人」魯道夫。是他殺害了傅爾坎奈利的妻子嗎？更重要的是，之後這位鍊金術師去哪兒了？他這麼急著離開巴黎，匆忙間甚至忘了帶走他的日記本。

「天氣真好，你說是吧？」一個熟悉的聲音打破班的思緒。「你不介意我跟你坐一塊兒吧？」

班闔上手札。「哈囉，神父。」

畢斯卡在他身旁坐下，然後從陶罐倒了一杯水。「你今天氣色看起來不錯，朋友。」

「謝了，我感覺好多了。」

畢斯卡微笑著說：「那就好。昨天我很榮幸能得到你的信任，聽到你跟我分享內心的秘密；當然，你所說的事情絕對不會從我的口裡傳出去。」他頓了頓，「現在呢，輪到我跟你分享我的小秘密了。」

「我相信我一定沒辦法像你幫助我那樣，為你提供任何協助。」

「沒關係，不過我想你會對我的秘密感興趣的。在某種程度上，這件事與你有關。」

「怎麼說？」

「你們來找我，但是事實上你們真正的目標是要查到克勞斯・萊茵菲爾的下落，對吧？蘿貝塔已經跟我說了。」

「你知道他在哪裡嗎？」

畢斯卡點點頭。「讓我從頭說起。如果你曉得要來找我，那麼你一定已經知當初我是怎麼遇上這個可憐的人。」

「我讀過那篇舊報導。」

畢斯卡一臉悲傷。「他似乎完全失去理智。當我第一次看到他在身上割出來的可怕傷口時，我覺得他一定是被魔鬼附身了。」說到這兒，神父不禁在胸前劃了個十字，「你或許知道我照顧過這個生了病的男子，不過後來他被安置在一間療養院裡。」

「他被帶去哪裡的療養院？」

「班乃迪克，有耐心點兒——那是一大美德。我會講到那部分的，但是先讓我繼續說下去。你有所不知……事實上，除了我跟那個可憐的瘋子以外，不曾有人曉得——萊茵菲爾以前究竟用什麼樣的東西在身體上造成如此可怕的割傷。接下來就是我要說的秘密……」

畢斯卡眼神飄渺地回想著。「萊茵菲爾來到村裡的當晚是個可怕的夜晚，暴風雨來襲，風強雨大的……我跟著他跑進那邊的森林。」他指了指，「我看到他手裡拿著刀，一種非常少見的匕首。一開始我以為他打算殺了我，但是沒想到這個可憐的傢伙居然把刀鋒轉向自己，看得我心驚膽跳。到現在我還是無法想像他的精神狀態是怎麼一回事。總之，他突然倒了下來，所以我把他帶回屋子。雖然他魂不守舍，但是我們盡可能地幫他治療。一直到隔天一大早，當局派人來接他時，我才想起來那把掉在森林裡的匕首。」

神父頓了頓。「我相信，那把匕首是從中世紀傳下來的，不過保存狀況十分良好。那是個設計精良的耶穌受難像，刀子就藏在裡面；十字架上有許多奇怪的符號，刀身也刻有文字。我深深為之著迷，同時也很訝異受難像上頭的那些符號跟萊茵菲爾刻在自己身上的圖案一模一樣。」

班意識到這一定就是克萊蒙提過的那把黃金十字架——傅爾坎奈利的十字架。「匕首……你有把匕首交給警方嗎？」

畢斯卡說：「說來慚愧，沒有。警方沒有進行任何調查，也沒有人問起關於萊茵菲爾自殘的事。警察只是記錄了一些瑣碎的小事，僅此而已，所以我留下了匕首。我想我的缺點就是有個蒐集老舊宗教工藝品的嗜好，而那把刀子就是我的戰利品之一。」

「可以讓我看看嗎？」

畢斯卡微笑地說：「當然可以啊。但是先讓我繼續說完。大約五個月過後，來了個不尋常而且傑出的訪客；一個名叫烏斯勃提的梵蒂岡主教前來拜訪。他問了許多關於萊茵菲爾的問題——他的瘋癲情況、他跟我說了些什麼、他身上的傷痕等等的。但是他最想知道的是，當我發現萊茵菲爾的時候，他身邊是否帶著任何物品。雖然他沒有明講，但是從他嘴裡說出來的話聽起來，我相信他對那把短刀有興趣——願上帝原諒我——不過我什麼也沒跟他提。那把匕首真的好漂亮，而我就像個愚蠢又貪心的小孩，只想把它佔為己有。但是我依稀覺得有事情讓我感到很害怕；這名主教讓我莫名地覺得緊張不安。他掩飾得很好，可是我知道他非常急切地想尋找某個東西。同時，他也好奇地想知道這個瘋癲的男子身上是否帶有任何紙張、文件。他一直提到有份手稿；他一而再、再而三地問我這件事——手稿。」

班嚇了一跳。「對此他有多說什麼嗎？」

「主教相當含糊其詞。事實上，當我詢問他要找什麼樣的手稿時，我覺得他似乎刻意在迴避我的問題。他不願意透露想尋找文件的理由，而且他的舉止看起來很奇怪。」

「那麼萊茵菲爾身上真的有任何手稿嗎？」班極力試著掩飾逐漸高漲的不耐煩。

畢斯卡緩緩地說：「有是有，只不過……我恐怕得說……」

班緊張地等待後話。兩秒鐘的時間似乎變得好漫長。

「他們把萊茵菲爾帶走之後，我回到匕首的掉落處，發現一些濕透的紙張，看起來像舊卷軸的殘頁。這些東西一定是萊茵菲爾倒地的時候，從破爛的衣服裡掉出來，被壓在下方的泥濘裡。雨水把卷軸全毀了，沖掉了大部分的墨水字跡。我還是可以看得出來上面的一些文字跟插圖。我想說這份手稿應該很珍貴，也許我可以物歸原主。但是當我試圖把東西撿起來的時候，紙張就這樣碎在我手裡。我把所有碎片蒐集好，然後帶回來，可是已經完全救不回來，所以我只好把它們全都扔了。」

班的心為之一沉。如果萊茵菲爾身上帶著的文件就是傅爾坎奈利的手稿，那麼一切都結束了。

「但是這件事情我對主教隻字未提。」畢斯卡繼續說道，「我很害怕告訴他這件事，即便我也不清楚為什麼自己會有這種感覺。我的心裡有個聲音告訴我，跟他提卷軸的事不是個好主意。」他搖搖頭，「自那時起，我就知道這不會是我最後一次聽到萊茵菲爾的事情。我一直有預感會有人找上我，詢問他的下落。」

「萊茵菲爾現在人在哪裡呢？我還是必須跟他談談。」

畢斯卡嘆了口氣。「恐怕這是不可能的事情了。」

「為什麼？」

「因為他死了。願他安息。」

「他死了？」

「是的，不久前的事情，大約兩個月前吧。」

「你怎麼知道的？」

「你臥病養傷的時候，我打電話給勒岡醫學中心；那是一間位於利穆附近的精神病療養院，萊茵菲爾在那裡度過生前最後的日子。但是我致電的時候已經太遲了。院方告訴我，那個不幸的可憐人以非常可怕的方式結束了自己的生命。」

班喃喃低語。「所以就這樣了……」

畢斯卡拍拍他的肩膀。「班乃迪克，我跟你說了壞消息，但是我也有好消息要告訴你。我告知院方自己的身分，並且詢問是否可能可以跟任何認識萊茵菲爾的人談談，也許是在他住院期間所熟識的人。他們告訴我，勒岡醫學中心裡沒有人能突破這個瘋子的心防。他從不讓人接近他，或是跟他建立情誼。他有破壞性行為，甚至有暴力傾向。但是有個外國女人在他生前最後幾個月裡不時去探望他。不知何種緣故，她的出現總能安撫萊茵菲爾的情緒，而且她能像個正常人那樣跟他談話。醫院裡的工作人員說，他們常常談一些護士完全聽不懂的東西。班乃迪克，我在想這名女子會不會知道些什麼對你有用的資訊呢？」

「我上哪兒可以找到她？你有問到她的名字嗎？」

「我留了我的電話號碼，並且請他們轉告這位小姐說，坎布瑞爾神父想跟她談談。」

班一臉陰鬱。「我敢打賭她沒有回電。」

「班乃迪克，昨天我們才討論過另一項美德——信任。你真的需要培養對他人的信任。其實安娜·馬基尼——這是那位女士的名字——今天稍早打電話來，當時你跟蘿貝塔都還在睡覺。她是名作家，一個歷史學家……如果我沒猜錯的話。她在距離這裡數公里的地方買了一座別墅。她正在等你回電；而且如果你想去拜訪她的話，她明天下午有空。你可以借用我的車。」

這麼聽來，還是有一線希望。班的精神為之一振。「神父，你真是個聖人。」

畢斯卡笑了笑。「我還差遠了呢。聖人不會偷黃金受難像，而且對主教說謊。」

班露齒而笑。「即便是聖人，也有受魔鬼誘惑的時候。」

畢斯卡咯咯地笑著。「那倒是，不過重點是要懂得抗拒誘惑。我啊，真是個老糊塗。好啦，現在就讓你瞧瞧那把匕首吧。你覺得蘿貝塔也會想看看嗎？」他皺起眉頭，「你不會告訴她這是我偷來的吧？」

班笑了出聲。「別擔心，神父。我不會洩漏你的秘密。」

「好漂亮喔。」蘿貝塔低聲讚嘆。班為了自己昨晚嚴厲的話向她道歉後，現在她的心情好多了。她曉得那張照片裡有某種東西讓班十分痛苦，而自己卻誤觸了他的痛處。不過不知怎麼地，班與畢斯卡談過之後似乎有所改變。

班將掌中的十字形刀子翻過面。原來這就是傅爾坎奈利極為珍視的寶貴工藝品。但是他無法理解這個物件的重要性，而且日記裡也沒有提供任何相關線索。

十字架長約十八英寸。刀子收在刀鞘——也就是十字架的長柄——裡時，看起來單純是個精美華麗的黃金耶穌受難像。一條眼睛鑲著碎紅寶石的金蛇圍繞著長柄，就像墨丘利之杖的古老符號；位在十字架長軸與短臂交接處的蛇頭其實是彈簧機關。如果你像握住短刀那樣握住十字架上部，然後用拇指按下彈簧扣，白晃晃的十二吋刀身便會伸出；刀子窄而鋒利，其上有用細細的線條刻著的奇怪符號。

班掂了掂這把武器。誰都不會料到一個信教者會突然掏出暗藏的匕首。這是非常悲觀的想法……又或者其實只是就事論事罷了。不過這把匕首似乎總結了中世紀的宗教情況——佔上風的教會人士是那種可能會「暗刀傷人」的人；處居劣勢的神職人員就得時時提防自己被他人從背後中傷。根據班對教廷與鍊金術兩者關係的認識，攜帶這把十字架的人很有可能屬於後者。

畢斯卡指了指刀子，不寒而慄地說：「這就是萊茵菲爾刻在胸膛中央的符號；他的皮膚上已經出現了很大片的傷痕，看起來像反覆割劃了很多遍。」

神父所指著的符號為兩個上下相交的圓。上圓裡有一顆六芒星，六個角均觸及圓周；下圓則為五芒星。由於兩個圓相交，所以兩顆星也扣在一塊，而細膩的十字形線條精準地落在這個奇怪的幾何圖形中央。

班盯著這個圖案，思索當中是否有什麼意義。顯然它對克勞斯．萊茵菲爾而言具有特殊含意。「蘿貝塔，妳有什麼想法嗎？」

她仔細地研究著。「很難說……鍊金術符號學有時候非常隱晦，一般人簡直無法理解其中的意義；就好像他們用少量的資訊在測試、戲弄你，直到你曉得到底該往哪個方向尋找更多的線索。這麼做全是為了保護他們的秘密；他們非常熱衷於此道。」

班不滿地咕噥了一聲，心想：只希望這些「秘密」值得他們費心費時去尋找了。「也許安娜・馬基尼可以幫我們釐清更多事情。」他大聲說道，「誰曉得？說不定萊茵菲爾曾經告訴過她符號的意義。」

「前提是如果他知道意義的話……」

「妳有更好的主意嗎？」

班必須先爬上俯瞰聖讓村的山丘，才能得到手機訊號，並且打電話給菲爾福克斯回報進展。他眺望著樹木繁茂的溪谷，身體側邊的傷口正隱隱作痛。

兩隻老鷹在藍天翱翔，以優雅的英姿相互盤旋，彷彿在空中跳著雙人舞。他看著牠們一邊乘著上升氣流側滑飛行，一邊相互啼叫；剎那間，他很好奇那種自由的感覺是什麼。他按下菲爾福克斯的號碼，然後為手機遮擋呼嘯的強風。

38

傍晚時分，他們駕駛畢斯卡神父的車來到距離大約一個鐘頭車程的蒙塞古。老舊的雷諾喀嚓喀嚓地行駛在蜿蜒曲折的鄉間小路上，沿途風景時而是令人屏息的岩石山隘，時而是葡萄樹蒼翠繁茂的山谷。

即將抵達老城鎮蒙塞古前，他們駛離主要道路。長長的小路盡頭即是安娜．馬基尼坐落於山丘上、樹木圍繞的鄉村別墅。這棟赭石屋十分好看；窗戶加有百葉窗，外牆的爬牆植物茂盛地向上攀長，屋子正面則有整面的陽臺。這個地方就像荒漠中的綠洲；赤土陶盆裡開滿了花，一排觀賞樹木沿著牆面整齊地種植，一座小型噴水池涓涓湧流，閃爍著水光。

安娜從屋裡出來招呼他們。她身穿絲質洋裝，脖子上戴著的珊瑚項鍊襯托出蜂蜜色的肌膚。蘿貝塔覺得她是個典型的義大利美女，如同瓷器般細緻精美。儘管身上沾染汗水與朗格多克偏遠地區的塵土，她依然看起來像從另一個世界來的人。

班與蘿貝塔下了車，安娜熱情地問候他們；她的英語帶著如絲絨般輕柔的義大利腔調。「我是安娜。很高興見到你們兩位。霍普先生，請問這位是尊夫人嗎？」

「不是！」班與蘿貝塔異口同聲地說，並且互看了一眼。

「這位是蘿貝塔．萊德博士。她跟我一起工作。」

安娜突如其來地輕啄了一下蘿貝塔的臉頰。她身上淡雅的香氣是香奈兒五號香水。蘿貝塔赫然意識到，自己從近身聞起來可能滿是羊臭味——今天早上她才跟瑪莉克萊爾一同為艾拉貝爾擠奶。但是即使安娜有注意到什麼異味，她也禮貌地沒有皺起鼻子，並且帶著完美的微笑領他們進到屋內。

別墅內涼爽的白色空間瀰漫著花香。「妳的英語說得很好。」安娜為他們斟上冰鎮的雪莉酒時，班評論道。他一口喝盡杯裡的酒，然後注意到蘿貝塔拋來灼熱的視線。「不要這樣牛飲。」她氣呼呼地低語。

「不好意思，老毛病。」

安娜說：「謝謝你的誇獎。我一直很喜歡英文。我剛開始教書的時候，在倫敦待了三年。」她發出音樂般悅耳的笑聲，「那是好久以前的事情了。」

安娜領他們來到通風良好的客廳；透過敞開的落地窗，可以看見有著石砌露臺的花園以及遠處的山丘。窗戶旁，一對金絲雀在裝飾用的大鳥籠裡吱啾鳴囀。

蘿貝塔注意到書架上放著一些安娜的著作。「『《上帝的異教徒：探索真正的卡塔爾教派》，安娜．馬基尼教授著』……我不知道原來我們來拜訪的是個專家。」

「喔，我才不是真的專家呢。我只是對一些還沒廣泛被研究的主題有興趣罷了。」

「例如鍊金術嗎？」班問。

「沒錯。中世紀歷史、卡塔爾教派、神秘學、鍊金術……這就是為什麼我會認識可憐的克勞斯．萊茵菲爾。」

「我希望妳不會介意我們問一些問題。我們想知道關於萊茵菲爾的事。」

「容我請問你們感興趣的地方是什麼？」

班臉不紅、氣不喘地回答：「我們是記者，正在為一篇關於鍊金術之謎的報導做研究。」

安娜為他們端上用小瓷杯盛裝的義大利黑咖啡，然後告訴他們自己拜訪勒岡醫學中心的事情。「聽到克勞斯自殺的消息，我真的很難過；但是我得說，我其實沒有覺得很意外。他的精神狀況一直很不好。」

「我很訝異他們居然同意讓妳跟他接觸。」

「通常他們是不允許的。但是為了幫助我的書做研究，主任特別准許我去拜訪他。雖然可憐的克勞斯跟我在一起的時候通常都很冷靜，但是院方還是做了周全的戒護。」她搖搖頭，「可憐的傢伙，他病得不輕。你們知道他在自己身上刻的標記嗎？」

「妳有看過嗎？」

「我看過一次。當時他很焦躁，扯開了上衣。他非常執著於某個符號。勒岡醫生說他曾經用血——還有其他東西——在病房裡畫滿了這個圖案。」

「是什麼樣的符號？」

「是兩個相交的圓。裡面各有一顆星形，分別是六芒星跟五芒星，而且星星的角相接。」

「類似這樣嗎？」班伸手從包包裡拿出一個用布包裹著的物品。他將東西放在桌上，然後揭開布邊，露出閃閃發光的十字形匕首。他按下機關，彈出刀身讓安娜端詳上面的刻文——兩個圓，一如她所描述的。

安娜點點頭，睜大了雙眼。「沒錯，一模一樣。我可以拿近一點看嗎？」班將刀子遞給她。

後者小心翼翼地將刀刃收回刀鞘，從各個角度仔細觀察十字架。「這個東西的做工真是令人讚嘆，而且很不尋常。你看到刀鞘上面刻的鍊金術標記了嗎？」她抬起頭，「你們曉得這個十字架的來歷嗎？」

「很有限。我們只知道它曾經屬於鍊金術師傅爾坎奈利，而且我們認為這個東西應該是中世紀時期製作的。看來萊茵菲爾從原主人手中偷走匕首，然後從巴黎一路帶到南部來。」

安娜點點頭。「我不是古董收藏家，但是從這些符號評斷，我同意你們說的製造年代。也許是十或十一世紀……這很容易就可以查清楚。」她頓了頓，「我不懂為什麼克勞斯對這個東西如此感興趣……應該不是為了它的價值。他身無分文，大可賣了匕首，換取大筆現金，可是他一直把東西留在身邊。」她挑起單眉，「你們從哪裡找到這個東西的？」

對於這個問題，班早已有準備，同時他也答應過畢斯卡不會洩漏他的秘密。「萊茵菲爾被人發現在森林裡遊蕩而被接走時掉的。」說完，班觀察著安娜的反應，而她似乎相信接受了這樣的說詞。「那個刻在刀子上的兩個圓呢？」他轉移話題，「為什麼萊茵菲爾會對這個圖如此執著？」

安娜抓著十字架的短柄，刀身靜靜地鏘的一聲重新彈出。「我不知道，但是當中一定有理由可尋。他或許神智不清，但是他不是笨蛋。他對某些領域有很深入的了解。」她仔細地端詳刀子，「你介意我把這個符號轉印下來嗎？」她將匕首擺平在面前，然後從抽屜拿出描圖紙與軟芯鉛筆。她把描圖紙覆蓋在刀身上，輕柔地用鉛筆拓印其上的紋路。蘿貝塔注意到安娜的指甲修剪得十分漂亮。她低頭看看自己的手，隨即羞愧地將雙掌收在桌子底下。

安娜看著拓印好的圖，似乎頗為滿意。但是下一秒，她便皺起眉頭，並且更仔細地看了看。

「這裡。這裡跟筆記本裡畫的不太一樣，有一點不同。我在想……」

班眼神銳利地看著她。「筆記本？」

「對不起，我應該早點告訴你的。療養院的醫生給了克勞斯一本筆記本，希望他用來記錄自己的夢境。他們相信這樣對他的治療有幫助，並且也許有助於釐清造成他精神異常的原因。可是克勞斯沒有記錄自己的夢，而是在本子裡畫滿了各式各樣的圖和符號、寫滿詩句以及數字。醫生們完全無法理解當中的含意，不過這麼做似乎能安撫他，所以院方也就讓他繼續塗鴉、書寫。」

「本子目前在哪裡呢？」

「克勞斯過世後，療養院的主任愛德華．勒岡把東西給了我；他想我可能會有興趣。克勞斯沒有親人，所以不管怎麼樣都不會有太多遺物。我把筆記本收在樓上。」

蘿貝塔熱切地問：「可以讓我們看看嗎？」

安娜微微一笑。「當然可以。」然後離去到二樓的書房。一分鐘後，她握著一個塑膠袋回到客廳。房間再度充滿了她宜人的香水味。「東西太髒，而且味道很臭，所以我用塑膠袋裝著。」她輕輕地把袋子擱在桌上。

班從塑膠袋裡拿出筆記本。本子嚴重磨損、起皺，看起來被血與尿液浸濕了無數次，並且散發出一股刺鼻的霉味。他翻閱筆記本，除了前面三十幾頁以外，其他幾乎是空白的；而且寫了字的書頁沾滿髒汙的手印與乾涸的紅褐色陳舊血漬，使得多處字跡難以閱讀。

少數班能判讀的地方，可說是他所見過最奇怪的東西。筆記本裡頁頁滿是奇怪的詩句片段、晦澀而且顯然毫無意義的字母與數字組合，還有用拉丁文、英文以及法文潦草寫下的筆記。萊茵菲爾無疑地是個受過教育的人，同時也是名不錯的藝術家。本子裡處處有插圖；有些是簡單的素描，有些則是鉅細靡遺的插圖。班覺得這些圖與他在古書上看過的某種鍊金術圖像十分類似。筆記本中有幾頁因為時常被翻閱而汙損最為嚴重，其中一頁畫著一個大家都熟悉的符號；這個圖令萊茵菲爾深深著迷，同時也出現在黃金十字架的刀身上——雙圓內星。

班拿起匕首，與筆記本上的圖兩相比較。「妳說得沒錯，它們有一點不一樣。」萊茵菲爾所畫的圖案與刀子上所刻的幾乎一模一樣，但是多了一點小細節。雖然很難確切辨別出來那是什麼，但是看似個小紋飾——一隻長喙、展翅的鳥。而徽紋位在雙圓圖案的正中心。

「是隻烏鴉。」班說，「而且我覺得我以前見過這個圖。」他在巴黎聖母院的中央門廊上看過這個浮雕。但是為什麼萊茵菲爾要改變匕首上的圖案呢？班在內心困惑著。

他問安娜：「妳認為這個圖有什麼含意？」

安娜聳聳肩。「我也不知道。誰知道他腦袋裡在想什麼。」

「我可以看一下嗎？」蘿貝塔從班手中接過筆記本，「喔，天啊，真是噁心。」她嫌惡地翻著內頁。

安娜的話讓班的心再度一沉。他問安娜：「萊茵菲爾曾經提供妳任何相關的資訊嗎？」他希冀也許或多或少能得到一些有用的東西。

「我也希望我能回答有。當勒岡醫師第一次跟我提起這個既古怪又有趣的人時，我原以為他或許可以為我的新書帶來一些靈感。當時我遇到了創作瓶頸……現在還是。」她鬱悶地補上一句，「但是漸漸認識克勞斯以後，我為他感到難過。我去拜訪他的目的不再是為了找靈感，而變得比較像是去安撫他。我不敢說我從他身上獲得什麼：我擁有的也就只有這個筆記本了。喔，還有一個東西……」

「什麼東西？」班問。

安娜臉紅了。「我做了一件……那個詞該怎麼說呢……『很頑皮』的事情。最後一次去療養院的時候，我偷偷夾帶了平常我用來口述錄下寫作想法的小錄音機。我錄下了我跟克勞斯的對話。」

「我可以聽聽內容嗎？」

「我很樂意讓你們聽，但是我想可能沒什麼用處。」她伸手從後方的餐具櫃拿出一支小型數位錄音筆。她將錄音筆放在桌子中央，按下「播放」鍵，接著他們聽到小小的喇叭傳出萊茵菲爾低沉而含糊的說話聲。

蘿貝塔不禁覺得毛骨悚然。

班問：「他都說德文嗎？」

「只有在他一直重複這些數字的時候。」安娜回答。

班專注地傾聽。起先，萊茵菲爾低聲嘟囔著祈禱文般的東西：「N-6：E-4：I-6與20……」接著他的音調越來越高，開始聽起來相當狂亂，「A-11：E-15……N-6：E-4……」同樣的字母與數字組合重複了一遍，班趕緊將其抄寫在小便條本上。然後他們聽見安娜溫柔地說：「克勞斯，冷靜一點。」

萊茵菲爾的聲音消失了一會兒，然後再度傳出。「Igne Natura Renovatur Integra–Igne Natura

Renovatur Integra–Igne Natura Renovatur Integra……」他不斷重複吟詠著這段拉丁文，速度越來越快，音量也越來越大，最後變成了高聲叫喊。錄音在一陣其他人雜亂的說話聲裡結束。

安娜帶著悲傷的表情關閉錄音筆。她搖搖頭。「那時他們必須幫他注射鎮定劑。那天他特別地激動，似乎什麼東西都無法安撫他。沒多久他就自殺了。」

「真恐怖。」蘿貝塔說，「那句拉丁文是什麼意思呢？」

班已經在克勞斯的筆記本裡找到那句話。他看著本子上的一幅素描——不知名液體在大汽鍋裡沸騰，一名蓄著鬍子、身穿工作服的鍊金術師站在旁邊看著。拉丁文「Igne Natura Renovatur Integra」以正楷手寫在大汽鍋的鍋身上。「我的拉丁文已經生疏了。這句子提到火……自然……」

「一切自然將在火裡重生。」安娜為他翻譯出來，「這是一句古老的鍊金術格言，跟他們轉化低賤物質時的步驟有關。克勞斯一直念念不忘這個句子，而且會像這樣一邊反覆地唸，一邊數著手指。」她模仿萊茵菲爾焦躁、迫切的手勢，「我不懂為什麼他要做這個動作。」

蘿貝塔俯身觀看筆記本上的插圖；她的頭髮隨著身體的靠近而輕撫過班的手。她指著圖上的某處——鍊金術師在大汽鍋下方生起熊熊火焰，火源下方有個以正楷清楚書寫的標籤「ANBO」。「ANBO——這是哪一國的語言啊？」蘿貝塔問。

「我不知道。」安娜回答說。

班詢問安娜：「所以妳手上只有筆記本跟這個錄音？」

「是的。」她嘆了一口氣，「就這些了。」

那麼今天這趟是白跑了，他不痛快地想，連最後的希望都泡湯了。

安娜正若有所思地看著從匕首刀身上拓印下來的圖，腦中突然浮現一個想法。雖然她不是很確定，但是……

這時電話響起。「不好意思，失陪一下。」她起身去接電話。

「班，你覺得呢？」蘿貝塔靜靜地說。

「我覺得毫無斬獲。」

他們聽見安娜在另一個房間裡小聲地說話；她聽起來有一點慌張不安。「愛德華，我跟你說過不要再打電話來了……不行，今天晚上你不能過來。我有客人……不行，明天晚上也不行。」

蘿貝塔附和道：「我有同感。媽的！」她嘆著氣站起身，開始漫無目標地踱步穿越房間。接著，有東西吸引了她的注意力。

安娜掛掉電話，回到客廳。「不好意思，讓你們久等了。」

「有什麼問題嗎？」

安娜搖搖頭，笑了笑：「沒什麼，小事。」

「安娜，那是什麼？」蘿貝塔說。她正站在壁爐旁，檢視牆上一幅裱在玻璃框裡、令人嘆為觀止的中世紀地圖。發黃、脆化的羊皮紙上描繪著早期的朗格多克，古老的城鎮與城堡散佈其上；地圖四周以豐富的色彩以及精緻的裝飾字體寫著古拉丁文與中世紀法文。「如果這個卷軸是真品，應該價值不菲。」

安娜笑了出聲。「送我這個地圖的美國人原先也以為它價值連城，直到後來他發現自己花了兩萬美金所買的十三世紀卡塔爾古籍其實是個贗品。」

「贗品？」

「那張地圖的年代甚至沒比這棟房子來得久遠呢。」安娜咯咯笑著說，「它大約是一八九〇年左右的產物。我的朋友非常火大，所以把地圖送給我，一毛也不收。他應該要知道，像那樣保存得還算完整的真古董是會讓荷包大失血的。」

蘿貝塔微笑著自嘲。「我們美國北方佬對於任何擁有超過三百年歷史的東西一竅不通。」她離開裱了框的卷軸，瀏覽安娜又高又大的書架上數百本藏書。數量真的很驚人，各式各樣的書都有——歷史、考古學、建築、藝術、科學……蘿貝塔喃喃自語地說：「有些書還真有趣。哪天，等我有時間……」她想起包包裡有一個貼了許多便利貼的小本子還放在車上。「麻煩你們等我一下，好嗎？我想抄一些書名。」說完，她便小跑步離開了客廳。

安娜走向班。「來，我想讓你看個東西。」班起身後，她拉起他的手臂。班頓時感覺皮膚傳來一陣暖流。

他問：「妳要帶我去看什麼？」

安娜笑意滿盈。「跟我來。」

兩人穿過落地窗，走進狹長的花園；花園盡頭是一條通向開闊鄉野的石頭小路。他們爬了一小段坡路後，班發現壯麗的夕陽在面前展開。在各種紅藍色調交融的天空下，他可以看見數英里外的朗格多克山巒。眼前的景致宛如油畫中的大教堂那般金碧輝煌。

安娜指著山谷另一頭兩個遙遠的城堡遺跡；遺跡襯著天空，顯露參差不齊的黑色輪廓。「那是卡塔爾堡壘。」她用手遮著眼睛抵禦夕陽的光輝說，「十三世紀時毀於阿爾比十字軍之手。卡塔爾教徒和他們的先民在朗格多克各地建造城堡、教堂和修道院。這些建設全部被教宗的軍隊所摧毀。」她頓了頓，「班，我跟你說，有些專門的歷史學家相信，這些遺跡蘊藏了更深層的重要性。」

他不解地搖搖頭。「什麼樣的深層重要性？」

安娜微笑著。「沒有人有確切的答案。據說在朗格多克的某個地方藏著一個古老的秘密；而卡塔爾古蹟的相對位置提供了可以找到秘密的線索。而解開這個謎題的人將得到無限的智慧與力量。」和煦的晚風吹動安娜深色的秀髮。班暗自想著，她真漂亮。「班，」她的語氣帶著試探的意味，「你沒有告訴我全部的實情。我覺得你在尋找某個東西，某個鮮為人知的東西。我猜對了嗎？」

他猶豫了一下。「沒錯。」

安娜的杏眼頓時閃爍出光芒。「我想也是。而且那東西跟鍊金術有關，跟傅爾坎奈利的傳說有關？」

班點點頭，並且不禁對她如剃刀般銳利的觀察力露出一抹微笑。最後他終於坦承：「我在找一份手稿。我想克勞斯．萊茵菲爾知道這個東西，所以原本希望他能幫我。但是看來我錯了。」

「也許我幫得上忙啊。」她的語氣輕柔，但是態度堅定，「我們一定要再見面聊聊。我想我們可以通力合作。」

班先是無語了一會兒，然後開口說：「好啊，我很樂意。」

蘿貝塔從車上拿了東西，回到屋內後卻發現客廳空無一人。他們的交談聲乘著晚風傳到她耳裡，所以她望向落地窗外。蘿貝塔看見班與安娜走下斜坡，準備返回花園。蘿貝塔可以聽見安娜銀鈴般的笑聲，夕陽映襯著她苗條的身影；班正伸手攙扶她。這是她的錯覺嗎？他們似乎很快就變得相當親近、熟稔。

蘿貝塔心想：妳在期待什麼啊？安娜那麼漂亮，任何男人都難以抵擋她的魅力。

「妳在想什麼啊，萊德？」她自言自語著，「反正妳又不在乎。」

但是隨後她意識到，自己其實很在意。一件糟糕的事情發生在她身上——她愛上了班．霍普。

39

翌日，班帶著鬱悶的心情，漫無目標地遊走在聖讓村的街道上。他的尋索任務似乎走進了死胡同。

兩天前他打電話給菲爾福克斯的時候，暫時隱瞞了手稿可能已經毀損不在的事實。他原本希望安娜・馬基尼能為自己帶來一點正面的消息。現在想想，那時給了菲爾福克斯錯誤的認知實在是個愚蠢的決定。目前看來一切毫無希望了。時間一點一滴流逝，而他卻不知道下一步該怎麼走。

廣場上陳舊的第一次世界大戰紀念碑旁是村裡唯一的酒吧。酒吧裡沒有包廂，只有狹小的露天座位；滿臉皺紋的老人們像曬太陽的爬蟲類動物般坐在陽光下，或是在空曠的廣場玩滾球遊戲[17]。班踏進酒吧，三名在陰暗角落玩牌的客人不約而同地轉頭看著這名高挑的金髮陌生人。他沉著臉朝他們點頭示意，換來的回應卻是一聲聲嘟噥。老闆正坐在吧檯前看報紙。這個地方有股啤酒與香菸的酸臭味。

班注意到牆上貼著一張尋人海報。

[17] 起源於法國馬賽，擲球方式類似保齡球，但是球的大小小得多。遊戲分兩隊競賽，先由一方擲出木製色球作為標的，參賽隊伍則比賽誰所拋出的球最靠近色球。

你看過這個男孩嗎？馬克．杜博瓦，十五歲。

他嘆了一口氣，默默想著，幫助那種孩子才是我現在應該做的事，而不是在這裡閒晃浪費時間。

他靠在吧檯上點燃香菸，要求老闆把他的隨身酒瓶裝滿酒。這個地方只供應一種威士忌——格外地難喝，而且帶著馬尿般的顏色。但是他無所謂，所以額外點了一杯雙份的威士忌，然後坐在高腳凳上，一邊若有所思地望著前方，一邊啜飲燒灼的烈酒。

這次真的是個慘敗，也許該是放棄的時候了，班心想。這份委託從一開始就不適合他，而且他應該堅持拒絕才對。他對菲爾福克斯的第一印象沒有錯；他跟所有想救所愛之人的絕望人士一樣，深陷在一廂情願的想法裡。因此，傅爾坎奈利的手稿很有可能已經遺失，但是那又怎樣？反正這個東西說不定都只是胡說八道，根本沒有什麼偉大秘密。當然沒有囉！一切只是個幻想，而且唯有容易受騙、不切實際的人才會相信這些神話與謎題。

但是他能說安娜．馬基尼也是個不切實際的呆子嗎？

誰知道，說不定她真的是？

班將空酒杯往吧檯上一推，丟了幾個銅板在凹凸不平的檯面上，然後又點了一杯雙份烈酒。一陣乒乒乓乓的腳步聲往酒吧靠近，三名坐在角落的牌客抬頭朝聲音來源看了看。坐在吧檯的班已經喝完第二杯酒，並且正要開始啜飲第三杯。

此時，蘿貝塔突然衝進酒吧，一臉喜色而興奮。

「我就知道你會在這裡。」她上氣不接下氣，好像從畢斯卡的小屋一路跑到這兒來。「班，你聽我說，我有個主意。」

他沒有心情理會一頭熱的蘿貝塔，所以喃喃地回了一句：「改天再跟我說。我正在想事情。」他正考慮拿出電話告訴菲爾福克斯一切都結束了，他會把錢匯還回去。他想放棄這個委託，然後回家到屋子旁的海灘上。

「聽著，這很重要。」蘿貝塔十分堅持，「來，我們到外面去談。不行，別喝完那杯酒；你看起來已經喝夠了。我要你保持腦袋清醒。」

「走開，蘿貝塔，別來煩我。我正在忙。」

「喔，是啊。你正忙著用嚴重宿醉讓自己不省人事。」

班糾正她的說法。「我是在用酒讓自己不省人事；嚴重宿醉是喝了廉價酒之後會發生的狀況；而這個……」他指指面前的酒杯，強調地說，「就是廉價又難喝的酒。」

「隨便啦。」她不耐煩地抱怨道，「你看看你，這副德性……還好意思稱自己是專業人士嗎？」

班惡狠狠地看了她一眼，用力地放下酒杯，滑下高腳椅。

他用警告的語氣對她說：「這最好真的是個非常、非常好的主意。」然後他們走進傍晚的夕陽中。

「我保證會是個好主意。」她轉頭用認真的眼神看著班，並且整理思緒，「好，你聽好了。

我在想，如果克勞斯．萊茵菲爾偷的手稿並沒有被摧毀呢？」

班不解地搖搖頭。「妳在胡說什麼？畢斯卡明明看見暴風雨把文件浸濕、打爛了。」

「是沒錯，不過你還記得那個筆記本嗎，萊茵菲爾的筆記本？」

「怎麼樣？」他哼了一聲，「這就是妳把我拖出來的原因？」

「嗯，也許這個本子比我們所想的還要重要。」

班皺起眉頭。「妳在說什麼啊？」

「你聽我說嘛。我的想法是，要是筆記本跟手稿其實是同樣的東西呢？」

「妳瘋了嗎？這怎麼可能？本子是醫院的醫生給他的。」

「笨蛋，我指的不是筆記本本身，而是裡面所寫的東西。也許萊茵菲爾把秘密抄寫在本子裡。」

班語帶嘲諷地說：「喔，對啊……在他遺失原稿、被關在保安精神病院之後寫下這些東西？他怎麼做到的？用腦波接收上天的訊息嗎？我要回到裡面了。」他不耐煩地準備轉身離去。

「拜託你閉嘴，聽我講行嗎？」蘿貝塔一把抓住班的手臂怒吼道，「我在跟你講很重要的事情，你這個渾蛋！我認為萊茵菲爾把手稿上的內容記在腦袋裡，然後寫在筆記本上。」

他盯著她。「蘿貝塔，裡面有超過三十頁他媽的謎語、插圖、幾何圖形、亂七八糟的數字、一些拉丁文與法文，以及各式各樣東西。分毫不差地把這些內容記下來是不可能的事。」

蘿貝塔反駁道：「他帶著手稿四處遊走了多年。他風餐露宿、身無分文，而那是他僅有的東西，所以對此十分固戀。」

班補上一句：「我還是不認為有人能具備那樣的記憶力；尤其他是個神經錯亂的鍊金術瘋子。」

「班，我在耶魯念了一年的神經生物學。沒錯，這種記憶力不尋常，但是並非不可能。這叫做直觀記憶，也被稱為攝像式記憶。萊茵菲爾有強迫症。從我所能蒐集到的資訊看來，他符合了所有強迫症的症狀。他不斷重複某些動作和話語，而且沒有明顯的理由——或者有唯獨他一人能懂的理由。精神官能症患者通常具有各種不同異於常人的記憶力，這已經是廣為人知的事情。他們的腦袋可以存放你、我永遠不可能記住的龐大細節，例如困難的數學公式、精細複雜的圖片、大量的技術性文獻……幾乎在一個世紀前就已經有相關的科學研究紀錄了。」

班坐在一張長椅上，正試圖迅速喚醒被威士忌蒙蔽思緒的腦袋。

蘿貝塔在他身旁坐下，接續著。「班，你想想看。他們給萊茵菲爾筆記本，要他記錄夢境——這是標準的心理治療方法之一。但是他沒有寫下所作的夢，而是用本子來保存深藏內心的記憶，把他偷來卻又失去的資訊化成文字紀錄。精神科醫生不可能理解他在做什麼，以及他所寫的東西從何而來；他們甚至可能認為那是瘋狂的胡言亂語而摒棄這種治療方式。可是如果事實並非如此呢？」

「但是他瘋了啊。我們怎麼能相信一個瘋子的腦袋呢？」

「沒錯，萊茵菲爾是瘋了。」蘿貝塔表示同意，「但他的問題主要是由於過度癡迷，而他所癡迷的事情就是對末節的瘋狂執著。只要他寫下來的細節與原本的內容夠相近，那麼重點不是在於他是否神經錯亂，而是筆記本裡的內容可能與賈克・克萊蒙所擁有的文件一模一樣——或者近乎相同。克萊蒙沒有焚毀那些檔案，因為那是傅爾坎奈利傳給他的。」

班靜默了一會兒。「妳確定嗎？」

「我當然不確定啦。但是我依然認為我們應該回去仔細看看本子。這值得一試，不是嗎？」

蘿貝塔以探究的眼神看著他，「怎麼樣？你覺得呢？」

40

安娜無法專注在工作上。她仍舊無法為自己的歷史小說想出滿意的故事大綱，所以只好退而求其次，著手草擬作者簡介。這應該不是難事，她對這個主題——自身——是如此地熟悉，但是她卻一個字也寫不出來。此時，腦中逐漸浮現另一件令人分心的事情，使得困擾已久的寫作瓶頸雪上加霜。每次當她試著專注在眼前的紙張上，沒過幾分鐘思緒便開始不由自主地飄遠，然後她會發現自己正想著班・霍普。

有事情正困擾著她，某件事埋在內心深處。但究竟是什麼呢？感覺相當隱約、模糊，令安娜無法將它化成具體的想法，彷彿話語已經到了嘴邊，卻故意讓人想不起來。萊茵菲爾的筆記本就擱在她的手肘邊。她低頭看了看本子，匕首的拓印圖還夾在書頁中。也許這個筆記本背後蘊藏了更多她未曾想到的東西。那些標誌……

安娜靠在旋轉椅椅背上，望著窗外。墨藍色天空越發昏暗，星星逐漸顯露，開始在漆黑的山岳輪廓上方閃爍。她的目光沿著連成一線的獵戶三星⑱移動至昴宿七；昴宿七是一個遙遠的恆星，距離地球約九百光年。她一向認為群星能讓歷史復活。現在她所看的星光在將近一千年前便踏上了穿越太空的旅程；光是抬頭看著星星就能回到過去，與活生生的疇昔溝通。中世紀時，群

⑱ 星座獵戶座中，三顆由東向西連成一線的星群被稱為獵戶三星或獵戶腰帶。後文中的昴宿七則為獵戶座中最明亮的星。

星在朗格多克上空見證了什麼樣黑暗、恐怖又美麗的秘密呢？

安娜嘆了口氣，試著繼續埋頭工作。

一二四四年，三月；蒙塞古山頂上的城堡。八千名收取天主教廷黃金為酬勞的十字軍包圍了三百名毫無還擊能力的卡塔爾異教徒。歷經八個月的圍城與砲擊，卡塔爾教徒們的糧食已絕。十字軍最後一次對堡壘做出猛烈攻擊後，所有教徒被審判官活活燒死，只有四個人除外。在大屠殺發生前，四名教士逃離被圍困的城堡，帶著一批不為人知的物品消失無蹤。關於他們的故事依然是個謎。他們的任務為何？他們是否帶著傳說中的卡塔爾寶藏，企圖隱藏其中的秘密而不讓迫害者知道？這個寶藏是否真的存在？如果是，它又是什麼？這些問題至今依然無解。

她放下鉛筆。時間才剛過九點，但是她決定今天要早早就寢。每當她放鬆地躺在床上，往往會出現最好的靈感。她想泡個熱水澡，小酌一杯，然後與萬般思緒一同捲進被窩。也許當明日的朝陽升起時，她的腦袋會變得更加清晰，然後她便可以致電給班・霍普，安排兩人再度會面。

安娜很好奇班想追查的線索是什麼？黃金十字架與這份傅爾坎奈利的手稿可能具有什麼樣的重要性呢？這些是否與她對卡塔爾寶藏的研究有關？人們對寶藏的了解甚微，多數歷史學家最終都放棄了研究這個古老的傳說。

安娜自嘲地微微一笑。她已經很久沒有這種好奇的感覺了。她對後續的發展感到興奮之情，不過不單純出於求知欲的滿足。她真的十分期待與霍普的下一次見面。

安娜關上書房的門，沿著走廊來到臥室。她踏進設置在臥室深處的獨立衛浴間，打開浴缸的水龍頭，接著換上浴袍，並且將頭髮綁起來。她看著鏡子裡的倒影；但是噴濺的熱水已經讓鏡面蒙上了一層霧氣。

她赫然一愣。樓下是不是有什麼聲響？她關上水龍頭，側耳仔細傾聽。也許只是水管的聲音吧，她想。所以她重新轉開水龍頭，為了自己的神經質而惱怒地咂了咂舌頭。

但是當安娜正準備脫下浴袍、踏進浴缸時，她又聽到了一些動靜。

她一邊匆忙走出房間，一邊綁好浴袍的腰帶，然後站在樓梯平臺上歪著頭、蹙眉細聽。沒事……但是她剛剛絕對有聽到什麼聲音。安娜靜靜地拿起身旁放在木製墊座上的埃及阿努比斯⑲的銅像。她掂了掂當成棍棒的胡狼頭神像，然後赤腳輕輕地一步步走下樓梯。她的呼吸加速，雙手緊抓著雕像，指節都發白了。她躡手躡腳地逐漸走向一樓黑暗的大廳。如果她能順利走到電燈開關旁……

又來了！就是那個聲音！

「是誰在那裡？」安娜想讓聲音聽起來強硬而有自信，只是一開口後卻變成顫抖的高音。

震耳的敲門聲嚇了她一跳。她倒抽一口氣，心臟怦怦地跳。「是誰？」

「安娜？」門外傳來男子的聲音，「是我，愛德華。」

⑲ 古埃及神話中的冥界之神，形象為狼頭人身；負責用名為「瑪特」的羽毛稱量死者的心臟，再決定死者是否可以去見掌管死亡與重生的歐西里斯，或是應該被怪物吃掉。

她鬆了一口氣，放下肩膀，手臂軟綿綿地垂在身側，手中依然握著阿努比斯像。她跑上前為他開門。

安娜已經在電話中斷然拒絕愛德華．勒岡許多次，所以他沒有料到對方竟會如此熱烈地歡迎自己。她直接領他進到前廳，令他感到又驚又喜。

愛德華朝她手中的雕像揚揚下巴，微笑著說：「妳拿那個東西要幹嘛啊？」

她低頭看看手中的銅像，煞時覺得相當愚蠢。她將阿努比斯像放在桌上。「我剛剛快把自己嚇得半死。」她閉起眼，撫著胸口，心臟依然跳得厲害，「我聽到一些聲音。」

勒岡的臉上堆滿笑容。「喔，這些老房子都會發出奇怪的聲音。我的房子也一樣啊。一間小屋子竟然能製造出這麼多聲音的確是滿驚人的。」

「不，我聽到的是你的聲音。我看起來很慌張，真不好意思。」

勒岡注意到安娜穿著浴袍，因此補上一句：「安娜，我不是故意要驚動妳。我沒把妳吵醒吧？」

此刻她的心情放鬆下來，微笑地說：「其實我正準備要泡澡。如果不介意，你可以自己倒杯喝的，我五分鐘就下來。」

「好的，妳去吧。千萬別因為我而趕著泡完澡。」

媽的，安娜一邊走進水氣瀰漫的浴室，一邊想著。自己急忙領勒岡進門的樣子似乎對他而言是種鼓勵；而且她竟然還對對方傳遞出曖昧的訊息！

不是說她不喜歡愛德華．勒岡。安娜不否認他是個有魅力的人，而他的外表也壓根算不上醜。很明顯勒岡喜歡她，但是她永遠不可能對這個人回以同樣的好感。他給人一種不舒服的感覺，安娜說不上來是什麼，但是她覺得待在勒岡身邊很不自在。她必須盡可能溫和地擺脫他，但是態度要堅決，而且動作要快，免得他開始想歪。安娜不禁感到一絲愧疚的痛楚。可憐的愛德華啊……

愛德華在樓下的客廳裡來回踱步，反覆練習先前準備好的說詞。然後他想起香檳跟鮮花還在車上；因為他不想太過冒失地出現在安娜家門口，像個唱著小夜曲、希望滿盈的求婚者。但是她二話不說地讓自己進門，而且看起來十分渴望有他的陪伴……是時候該把東西拿出來了。廚房在哪裡呢？也許趁她泡澡的時候，他還來得及把香檳放進冰箱冰鎮一會兒。他們一定會有個非常美好的夜晚。誰曉得接下來會發生什麼事？他既興奮又緊張地離開屋子，回到車上拿取東西。

安娜從浴缸中起身，擦乾身體，穿上運動褲與無袖襯衫。臥室的音響播放著莫札特的交響曲，現在正要進入明亮的第二樂章。她跟著哼唱旋律，並且走下樓，但是心中依然尚未想到該如何處理這名不速之客。也許她應該讓勒岡待一會兒，試著冷靜以對。

前門是敞開的，她不禁嘖了一聲。他上哪兒去了？在黑暗中到花園散步嗎？「愛德華？」安娜在門口呼喚道。

然後她看見勒岡的身影；他探進開啟的車窗，頭與肩膀都在車內，好像要伸手拿東西。

安娜帶著淺淺的微笑。「你在做什麼啊？」然後快步走下別墅的門階，呼吸著夜裡溫暖的花香。

勒岡的雙腿彎曲，身體似乎垂靠著車身。他一動也不動。「愛德華，你還好嗎？」他喝醉了嗎？

她伸手搖搖他的肩膀。

愛德華的膝蓋一攤，整個人向後倒落，仰躺在鵝卵石地上，無神的雙眼向上直直盯著她。他的喉嚨被大大地劃開，傷口深及頸椎，鮮血流滿他全身。

安娜高聲尖叫，轉身跑回屋內，用力關上大門，然後顫抖地拿起走廊上的電話……線路斷了。

這時，她再度聽到那個聲響——那個先前她所聽到的聲音。這次更加清晰、大聲。是金屬相互摩擦的聲音，而且就在房子裡，在客廳……是刀子刻意緩緩劃過鳥籠柵條的聲音。

安娜衝向樓梯。她的腳踩到某個柔軟、溫暖而濕滑的東西。她低頭一看，是她所養的金絲雀。小鳥支離破碎、血肉模糊地攤在樓梯上。她驚恐地用雙手摀住嘴，聽見房門半掩的客廳傳來笑聲。某個男人顯然很享受這場小遊戲，正因此發出刺耳的咯咯笑聲。

樓梯底層旁的桌上，阿努比斯像還在她先前所放置的地方。安娜用顫抖的手再度抓起雕像。她可以聽見腳步聲朝自己走來，急忙退至樓梯。她的手機在臥室，如果能拿到手機，並且反鎖房門……

但是這時，她的頭被人猛然向後一拉，她隨即發出痛苦的哀嚎。從身後出現的陌生男子身材高大、肌肉發達，鋼絲般的頭髮剪得極短，一臉冷酷無情。他再度扯住安娜的頭髮，將她扳過身，然後用戴著手套的手重重地朝她的臉揮了一拳。安娜倒在地上，胡亂踢著雙腿。男子朝她彎下腰，她趁機猛然一揮阿努比斯像，砰地打中對方的頰骨。

法蘭柯．波薩的頭因為安娜的攻擊力道而朝側邊一撇。他用戴著手套的手指摸了摸臉，漠然地看了看手上的鮮血，然後露出微笑。好了，遊戲結束；現在該辦正事了。他抓住安娜的手腕，用力扳轉。她再次放聲尖叫，雕像從手中掉落，在地上滾了滾。波薩看著她爬上樓梯。當她快要爬到頂端時，他再次抓起安娜的頭，砰地砸向欄杆扶手。她頓時眼冒金星，癱躺在地，嘴裡嚐到血味。

波薩不疾不徐地跪在她身旁，雙眼閃爍著嗜血的光芒。他將手伸進外套口袋，從合成纖維製的刀鞘中嘶地一聲抽出刀子，然後戲弄地用刀尖輕輕從她的喉嚨劃至下腹。安娜驚恐地瞪大了眼，呼吸越發急促。他用單手揪住她的頭髮，把她的頭固定在地上。

「把那個英國男人要找的東西給我，」他低語道，「我就考慮留妳活口。」他冷靜地用刀子抵著安娜的臉。

她設法擠出一絲微弱聲音。「什麼英國男人？」

安娜的話才說完，波薩便將刀刃壓進她的肉裡。她先是感覺到金屬的冰冷，隨後發出痛苦的慘叫。他移開刀子，看著女子臉上三英寸長的切口；鮮血從她的臉頰流出。她左右搖晃著頭，想擺脫男子的箝制。他將刀子架上她的喉嚨。「告訴我他想從妳這裡得到什麼訊息。」他用刺耳、低沉的聲音重申，「否則我會把妳碎屍萬段。」

安娜一邊拚命思考，一邊堅稱道：「我什麼都沒給他。」她的雙唇間流淌著血。

波薩露出猙獰的微笑。「告訴我實話。」

「我沒有騙你。他想找一份文件，一份古老的手稿。」

波薩點點頭。他所得知的消息正是如此。「東西現在在哪裡？」

安娜頓了頓，絞盡腦汁。他將刀鋒對著她的一隻眼睛，用探詢的眼神看著她。「在壁爐旁邊，」她小聲地說，「掛……掛在畫框裡。」

波薩以冰冷的眼神盯著她的雙眼，彷彿在判斷她所說的是否屬實。一會兒後，他從容地把刀子往地毯上抹乾淨，擱在安娜的頭旁邊。接著他將握成拳的手向後一收，使勁揍向她的臉。安娜的頭無力地朝側邊撇落。

波薩丟下昏厥在樓梯上的安娜，一邊走向客廳，一邊將刀子收回刀鞘。他從牆上扯下木框，用壁爐臺敲碎玻璃，然後抖落玻璃碎片。他從畫框裡抽出手稿，緊緊地捲成筒狀，收進外套口袋深處。

所以馬基尼什麼也沒提供給英國男子。烏斯勃提一定會對他的表現感到滿意。他有效率地迅速找到這個女人，而且拿到老闆要他帶回去的東西。

現在呢，他要把那個女人拖來這兒，好好享受一下。他愛死了當他們意識到自己終究難逃一死時的表情。那是最美妙的時刻……看著他們眼裡的恐懼，還有這些人在自己的掌控之下變得如此無力。這些甚至比緩慢的折磨，以及接踵而至的精采慘叫聲都更能令他玩味。

波薩重新踏進走廊，不禁瞇起雙眼。那女人不見了。

安娜步履蹣跚地來到書房。她聽見樓下傳來木框被搗毀、玻璃碎裂的聲音。臉上的傷口流淌出的鮮血自喉嚨滴落在衣服前襟；濕黏的布料沾滿了溫暖的紅色液體。她頭昏腦脹，但是設法把視線聚焦在書桌上。安娜伸出手，在研究筆記上留下斑斑血滴。她的手指勾住包著筆記本的塑膠袋，然後將它緊緊抓在手裡。痛楚與暈眩讓她視線模糊。她搖搖晃晃地穿過走廊，來到臥室。

站在樓梯底層的波薩看見臥室的門關起。他用隨意的步伐，不疾不徐地爬上樓梯。他逐漸來到臥室門前，並且伸手拿取腰帶上的小囊袋。

女人的寢室裡空無一人。房間另一頭還有扇門。波薩試探地扭轉門把……門從裡面上了鎖。

安娜把自己關在浴室裡，驚慌失措地按著手機鍵盤，弄得塑膠機殼上都是血指印。在一陣作嘔的踉蹌中，她突然想起電話的儲值金額已經用盡。她丟下手機，滿心恐懼而且頭暈眼花。她將要慘死在這個人手中。她能在被抓到前先自我了斷嗎？窗戶不夠高；跳窗只會讓自己跌傷腿，然後男人將很快地再次抓到她。

浴室的門砰地一聲飛敞開來，木屑四濺。波薩大步跨進浴室，將安娜一巴掌打癱在地。她的頭撞到磁磚，昏了過去。

她癱在身側的手抓著某樣東西。他扳開女人滿是血汙的手指，把東西拿走，然後仔細看了看。

波薩對著一動也不動的身軀低語：「妳想把這東西藏起來，對吧？真是個勇敢的女孩啊。」

他將裹著塑膠袋的筆記本塞進口袋，然後脫下外套，謹慎地掛在浴室椅的椅背上。外套下，他穿配了收有一把半自動手槍的雙肩掛式槍套，左腋下放的是備用彈匣，右邊則是收在鞘裡的刀子。首先，他抽出刀子放在洗臉槽邊緣，並且拉開腰間小囊袋的拉鍊，拿出緊緊收疊起的連身工作服。他將窸窣作響的塑膠防護罩從頭套上，像往常一樣仔細地順了順。

接著，他拿起放在水槽上的刀子，金屬噹啷地擦過陶瓷表面。他慢慢走到安娜．馬基尼身邊，用腳輕輕頂了頂她的身軀。她發出呻吟，痛苦地抽搐。當她看見波薩居高臨下地逼近時，原先半開半闔的雙眼突然瞪大。

他露出微笑。刀子冷光皓皓，他的眼睛也閃爍著光芒。

「現在，妳的痛苦才要開始。」他用沙啞的聲音說道。

41

班駕駛雷諾，轉上安娜的車道，嚴重磨損的輪胎嘎扎嘎扎地輾過碎石路，大燈燈光掃過別墅正面。

蘿貝塔說：「你看，她有訪客。」她注意到一輛閃閃發亮的黑色凌志GS轎車停在屋子前面。「我就跟你說我們應該先打電話來的吧。像這樣突然跑來真的很沒有禮貌，你知道嗎？」

班充耳不聞地下了車。他察覺地上有東西從凌志轎車的陰影下凸出來。他隨即震驚地意識到那是一隻手臂——一個死亡男子的手臂，滿是鮮血的手掌緊握。

他快步繞到車子側邊，各種可能性在腦中浮現。他蹲在屍體旁，看了一眼男子頸間的大傷口。他看過許多被劃開的喉嚨，因此認出這是高手所為。他摸摸屍體——皮膚仍留有一絲溫度。

「怎麼了，班？」蘿貝塔從背後出現。

他趕緊站起來，扶住她的肩膀，把她扳過身去。「妳最好別看。」但是為時已晚，蘿貝塔已經看到了屍體。她用雙手摀著嘴，試圖遏止噁心的感覺。

「跟在我身後。」班小聲地說。他跑向別墅，躍上門前的階梯，蘿貝塔緊跟在後。前門上了鎖，所以他又跑到房子側邊，發現落地窗是開著的。他拔出白朗寧手槍，悄悄進入屋內。面如槁木的蘿貝塔跟上班的腳步來到屋子裡，他示意她別動而且別出聲。

他跨過支離破碎、在臨終的痛苦中抽搐的金絲雀；鳥兒的黃色羽毛沾滿血汙。一尊雕像躺在樓梯底層的地板上。他可以看見樓上房間透出燈光，樂聲飄揚。他板起臉，拉開手槍保險，把樓梯三階併成一階地跑上樓。

安娜的寢室裡沒有人，但是浴室門微敞。他衝上前，舉槍準備瞄準，不曉得自己會在裡面發現什麼。

法蘭柯．波薩一直沉浸在自己的世界裡。在過去的五分鐘裡，他慢條斯理地一顆顆劃開馬基尼的襯衫釦子。當她掙扎時，他就賞對方一個耳光，讓她重新倒在自己的血泊裡。她的雙峰間流淌著一條燦爛的緋紅，猶如河谷中的小溪。他將刀面滑至她顫抖的腹部，用鋒利的刀尖挑起下一顆釦子。然而當他正準備動手繼續割開衣服時，急急的奔跑聲突然讓他為之一震而回過神來。

波薩旋即轉身，下巴還掛著口水。他雖然是個身材高大的男人，但是他的反應並不遲鈍。他揪住女人的頭髮，一躍起身，把高聲叫喊的安娜從地上拉起來，然後扳過她的身體，擋在自己前方，浴室的門則晃動地砰然被撞開。

由於害怕入內後會見到的景象，所以班的動作遲疑了半秒鐘。但是半秒鐘的時間實在太長了。安娜與他四目相接，瞪大的雙眼在滿是鮮血的臉上，眼白變得格外明顯。孔武有力的灰髮男子用手臂架著她的喉嚨，把她當作掩護。

班的手指勾著扳機。不能開槍，他心想。他的視線晃動，目標不明確，因此微微鬆開扳機。

波薩揮臂一擲，刀子化成一道模糊的白光唰地劃過房間。班低頭閃躲，尖銳的武器以一英寸之差從他的臉旁飛過，咚一聲插在他身後的門板上。波薩的手匆匆自塑膠工作服的套頭處伸進胸前，拔出點三八口徑的貝瑞塔小手槍。班趁機開了一槍，可是因為擔心誤擊安娜而射偏了。幾乎在同一時間，波薩的手槍也砰地擊發，班隨即感覺子彈擦過口袋裡的隨身酒瓶而偏了方向。他蹣跚地往後退了一步，陷入片刻的震驚，但是迅速恢復鎮定，並且重新舉槍瞄準；他怒火中燒，視線直直落在波薩的前額。逮到你了。

但是在班能開槍前，波薩已將猶如癱軟布偶的安娜朝他使勁一推。為了不讓她一頭摔在血跡斑斑的磁磚上，班伸手接住安娜，也因此失去準頭。

壯碩的男子像名跳水者一般往後跳出窗外。他七手八腳地爬下脆弱的植物棚架時，屋外傳來一陣猛烈的撕扯聲。波薩狼狽地跌落在地，衣服被勾破，渾身又濕又髒。班開了一槍，子彈擦過他的耳際，在旁邊的樹幹上留下一道彈痕。

班探出窗外，對著一片黑暗再度開槍。攻擊者已經逃跑；起先他想追出去，但是旋即壓抑下這個念頭。當他回到安娜身邊時，蘿貝塔已經在浴室裡俯身看著一動也不動的安娜。「喔，我的天啊。」

班摸摸安娜的脈搏。「她還活著。」

「感謝老天。誰會……」蘿貝塔的臉霎時沒了血色，「班，這不是巧合，對不對？這跟我們有關。天啊，是我們害她遇上這種事的嗎？」

他沒有答腔，只是跪下來檢查安娜的傷勢。除了臉上那道醜陋的傷口——邊緣正逐漸乾涸，結成褐色的血漬——她身上沒有其他刀傷。

班從口袋掏出手機，丟給蘿貝塔。「打電話叫救護車，但是不要報警。只要跟他們說發生了意外。還有，不要碰任何東西。」

蘿貝塔點點頭，然後跑到另一個房間。

他伸手從浴室牆上的毛巾架抽下鬆軟的白毛巾，輕輕抬起安娜的頭，將毛巾墊在下方，然後為她蓋上浴袍以及另一條毛巾，讓她保暖，並且關上窗戶。然後他再度跪在安娜身旁，輕撫著她的頭髮；沾了血的頭髮變得又硬又黏。

「安娜，妳會沒事的。」班低聲說，「救護車快來了。」

她微微動了動，睜開雙眼，視線慢慢聚焦在班身上，並且喃喃說了一些話。

「噓，別說話。」他擠出一絲微笑，但是雙手因盛怒而顫抖。他在心中暗暗發誓，他要殺了做出這件事的人。

攻擊者在跳窗時遺落了手槍；班關上保險，將武器收進腰帶。地上有幾顆空彈殼，他一一拾起，並且收在口袋裡。他可以聽見蘿貝塔語氣急切地在臥房打電話叫救護車。

就在這時，班注意到掛在椅背上的黑色外套。

42

從馬路上可以透過樹林看見城堡旅館；打著泛光燈的旅館在黑暗中顯得十分誘人。班所駕駛的雷諾小車突然轉向，偏離大馬路，開上又長又曲折的車道，往樹木繁茂的城堡庭院前進。他們抵達旅館大門，旁邊已有其他車輛與一部遊覽車。

「把包包帶著。我們今晚在這裡過夜。」

「班，我們為什麼要住旅館？」

「因為兩個外國人下榻旅館是很正常的事。但是兩個外國人借宿在村子的神父家裡會招人口舌。今晚過後，我們不能再回畢斯卡那邊了。」

兩人推門進入旅館，班走向櫃檯，搖響服務鈴。一會兒，服務人員從辦公室走了出來。

班詢問：「還有空房嗎？」

「很抱歉，先生，我們已經客滿了。」

「完全沒有房間了嗎？現在還不是旅遊旺季呢？」

「來了一群參加『卡塔爾之旅』的英國觀光客，幾乎把所有房間都包了。」

「幾乎？」

「唯一剩下的空房是我們最頂級的套房。但是那通常……也就是說……是保留給——」

班毫不猶豫地打斷對方的話。「我們要了。需要先付款嗎？」他伸手從口袋拿出錢包以及持有人名為保羅．哈利斯的假護照。他將護照放在櫃檯上，並且作勢掏出錢包裡的鈔票——裡頭的錢多得足以租下整間旅館一個月。服務人員瞠目結舌，結結巴巴地說：「不……不需要現在付款。」

她搖了搖櫃檯鈴。「約瑟夫！」她大聲吆喝，然後一名穿著大廳服務生制服的乾癟老人旋即出現在她身旁。「帶阿利斯夫婦到蜜月套房。」她的法語腔調將哈利斯的「哈」發音成了「阿」。

約瑟夫領他們上樓，打開一扇門，然後揹著他們的行李，搖搖晃晃地進到房間。「把東西放在床上就行了。」班吩咐他，並且給了老人一張大鈔作為小費，而這個面額算是他身上的「零錢」了。

蘿貝塔環顧套房。前廳裡有沙發、扶手椅與咖啡桌，並且直接連接到方正的大房間。有四根帷柱的床佔據了臥房大部分的空間，床上甚至擺有一顆紅色大愛心抱枕作為裝飾。大胡桃木桌上放著花、綁了緞帶的巧克力，以及新人小雕像——身披白紗的新娘與穿著燕尾服的新郎。

班坐在床邊，隨意將鞋子踢落在繡著愛神圖案的小地毯上。真是個愚蠢的房間，他想。要不是為了蘿貝塔，他才不會入住旅館，而是躲在某處隱蔽的森林，然後在車上過夜。他將脫下的夾克與外套丟在床上，接著躺下伸展疲憊的肌肉，然後突然想起什麼而又倏地坐起身。班從口袋拿出隨身酒瓶，被子彈擦過的地方凹陷變形。如果那顆點三八口徑的子彈不偏不倚地射進來，瓶子一定會被貫穿。

他盯著手中的東西兩秒。又少了一條命，他想，並且灌下一大口酒後才收起瓶子。

蘿貝塔以微弱的聲音問：「安娜會沒事的吧？」

班咬咬下唇。「嗯，我想是的。她可能需要縫幾針，還有一些驚嚇後的治療。明天早上我會打電話問問她被送往哪家醫院。」曉得她沒有人身危險至少可以讓他大為寬心。救護車抵達後會立即通報警方，而她住院時便會受到保護。

「他們是怎麼找到安娜的，班？他們找她做什麼？」

「我也在納悶同樣的問題。」班喃喃地說。

「還有，她屋外的那個男屍……他是誰呢？」

他聳聳肩。「我不知道。也許是她的朋友，在錯誤的時間出現在錯誤的地方。」

蘿貝塔大大地嘆了口氣。「我受不了！我不能一直去想這件事了。我要去沖個澡。」

班坐在床上思忖，茫然地聽著嘩啦嘩啦的水流聲。他們及時救出安娜純粹是走運。他這生已經看過難以計數的死亡與痛苦，但是他甚至不願設想如果他們晚五分鐘抵達安娜家，她的死狀會如何。

許久以前，他曾承諾自己絕不會再讓無辜之人因為自己的錯誤而受到傷害；但是這種事不知怎麼地正在發生。這些人再度逼近，風險遽增。

他決定了。明天他要帶蘿貝塔到蒙彼利埃鄰近的城鎮，然後讓她搭機回美國，而且他會在機場一直待到看見她所搭乘的班機起飛。他幾天前就該這麼做了。

班將頭埋入雙掌，試圖阻絕折磨人的愧疚。有時候似乎無論他多麼努力投身在對的事情裡，他的過往——一舉一動與每個決定——不知怎麼總是銳不可擋地像磁鐵般一再回頭纏擾著他。一個人究竟能承受多少懊悔與自責呢？

敲門聲打斷了班的思緒。他一邊走進前廳應門，一邊將手槍塞進下背部的腰帶，然後拉出襯衫，蓋住武器。「是誰？」他懷疑地問。

「你們叫的餐點送來了，阿利斯先生。」門外傳來約瑟夫悶窒的聲音，「還有你們的香檳。」

「我們沒有點香檳。」他扳開門鎖，一隻手徘徊在緊貼肌膚的冰冷槍枝附近。當他看見乾瘦的老人帶著餐車獨自站在門外後，才放心地拉開門。

「先生，香檳是附贈的。」約瑟夫將餐車推進房裡，「入住蜜月套房就會送。」

「謝謝，放在那裡就可以了。」

老人先前得到的豐厚小費還放在口袋裡；一想到有機會獲得更多賞錢，他推動餐車時的步伐似乎也變得更加輕快。餐車上有熟食拼盤、綜合乳酪、新鮮的法國麵包與冰鎮的香檳。班又給了約瑟夫一些錢之後將他送出門，然後鎖起房門。

香檳和緩了班與蘿貝塔緊繃的情緒。在收音機播放的爵士樂聲中，他們默默無語地進食；當他們酒足飯飽時，時間已幾近午夜。班從帷幕大床上抓起枕頭丟在房間另一端、靠近窗戶的皮革沙發上，然後從衣櫥拿出幾條毯子為自己鋪了簡單的床。

此時收音機正播著伊迪絲．琵雅芙[20]的老歌。蘿貝塔走到他身邊，「班，你願意跟我跳支舞嗎？」

「跳舞？」他不解地看著她，「妳想跳舞？」

「拜託。我很喜歡這首歌。」蘿貝塔帶著一絲膽怯的微笑執起班的雙手，並且感覺到對方的神經隨即繃緊。

「我不會跳舞。」

「喔，少來了，大家都這麼說。」

「不，我說真的。我不知道怎麼跳。我從來沒跳過舞。」

「從來沒跳過？」

「我這輩子活到現在連一次也沒有。」

蘿貝塔從他笨拙、彆扭的肢體動作看得出來他說的是實話。她抬眼看著班。「沒關係，我帶你跳。握著我的手，放輕鬆就好。」她輕輕地靠上前，一手搭在他的肩上，一手牽起他。

「把另一隻手放在我的腰這裡。」蘿貝塔提示班，但是他的手十分僵硬。她帶領他緩緩移動。班不靈活地試著跟上蘿貝塔的動作與舞步。

「你瞧？感覺到韻律了嗎？」

「嗯。」他猶豫地應了一聲。

歌曲終了，緊接著播放下一首，〈玫瑰人生〉。

「喔，這首也很棒。好，我們再跳一次……沒錯，很好……你還喜歡嗎？」

「我不知道……也許吧。」

「你可以再放鬆一點。說不定你很會跳舞呢。噢喔，我的腳！」

⑳ 生於一九一五年十二月十九日，卒於一九六三年十月十一日。法國香頌歌曲之后，演唱過〈玫瑰人生〉、〈愛的禮讚〉、〈我無怨無悔〉等膾炙人口的歌曲。

「對不起。妳看吧，我警告過妳。」

「你想太多了。憑感覺跳就行了。」

單純的跳舞卻勾起班無數矛盾的情緒。這是他所體會過最奇怪的感受，而且他不清楚自己是否為此感到愉快。一個溫暖、誘人的世界似乎正在向他招手。孤獨地待在寒冷之中這麼多年，他想再度擁抱這份溫暖，讓它進入心房。然而，當他感覺自己開始屈服的那一刻，他突然全身緊繃，內心某處的一道藩籬似乎倒塌了。

「看來你開始樂在其中囉。」

班抽開身。他感到難以招架；這就猶如獨來獨往數年後，突然有人入侵他的空間，突破他的舒適區。他朝旁邊的小酒吧瞥了一眼。

蘿貝塔看見班的視線。「不要，班，拜託。」她用溫暖的手撫上他的手背。

他看看手錶，緊張地笑了笑。「哈，時候不早了。明天我們還要早起呢。」

「別停下來，現在的感覺還不錯。」蘿貝塔喃喃地說，「繼續跳吧。今天糟透了；我們都需要放鬆一下。」

他們繼續跳了一下舞。班感覺蘿貝塔的身體與自己如此貼近。他沿著她的手臂輕撫至肩頭。他的心跳加速。兩人的頭開始互相靠近。

樂聲結束，電臺節目主持人的聲音破壞了這一刻。他們頓時覺得頗難為情，紛紛向後退開。他們彼此沉默了一會兒。兩人心裡都有數方才差點發生什麼事情，也各自感到一陣哀愁。

班走到用沙發湊合成的臨時睡鋪旁，累得沒有更衣就鑽進被窩。蘿貝塔也躺進巨大的新婚用床，直愣愣地盯著上方的帷幕。過了一會兒，她說：「我從來沒睡過這種床。」

接著又是長長的靜默，他們無聲地各自躺在幽暗房間的兩頭。

「沙發躺起來如何？」蘿貝塔問。

「很好。」

「舒服嗎？」

「我睡過更糟糕的地方。」

「這張床還可以躺六個人。」

「所以呢？」

「我只是在想……」

班從枕頭上抬起脖子，望向黑暗中她所躺臥之處。「妳是在問我要不要跟妳一起睡？」

「就……就是躺在床上睡。」她結結巴巴地說，感到很不好意思，「別想歪，我不是在勾引你。我只是好心問問。而且我有點緊張，真的很需要有人陪。」

班猶豫了一會兒，然後他起身從沙發上抽起毛毯，在不熟悉的空間裡摸黑地來到床的另一側，躺在蘿貝塔身旁，並且蓋上毛毯。

兩人隔著一個大空間躺在黑暗中。蘿貝塔轉頭看著班；雖然內心想朝他伸出手，卻又感到尷尬。她可以聽見班的呼吸聲就在旁邊。

「班？」她小聲地呼喚。

「什麼事？」

她遲疑了一下才開口說：「照片裡頭的小女孩是誰？」

他撐起手肘看著蘿貝塔。她的面容在月光下顯得蒼白而模糊。

她多麼渴望能觸碰、緊緊擁抱他。

「好好睡覺吧。」班靜靜地說，然後重新躺下。

約莫凌晨兩點，班醒來發現蘿貝塔纖細的手臂搭在自己的胸口；她正熟睡。他一度躺著凝視照射在帷幕上的朦朧月光，感覺她溫暖的身體在沉睡時和緩地上下律動。

蘿貝塔手臂的碰觸是種奇特的感覺，讓班覺得不尋常地既興奮又緊張，但同時也感到十分安心。他讓自己放鬆地沉浸在這樣的觸感中，然後闔上雙眼、漸漸入睡，嘴角勾起淺淺的微笑。

43

班重新入睡不到一個鐘頭，便在半夢半醒間猛然踢了踢腿，滿心內疚地驚醒。蘿貝塔依然熟睡著。他小心地自胸膛抬起她的手臂，翻身下床。

他一把拿起桌上的手槍以及擺在旁邊的背包，躡手躡腳地就著月光來到前廳。他輕輕闔起門，然後打開一盞燈。

遊戲規則已經改變。一切頓時開始撥雲見日。這些人——不論他們是何方神聖——同樣在追索手稿。而他得開始幹活兒了。

班從安娜的住處所帶走的那件普通黑色夾克還收在背包裡。他將外套取出，再次逐一檢查口袋，但是除了萊茵菲爾的筆記本以及施暴者從木框扯下的假卷軸之外，並沒有其他東西，也沒有絲毫能透露衣服擁有人身分的線索。他是誰？也許是名受雇殺手。班以前曾遇過受雇殺手，但是從沒看過像他那種折磨婦女的變態瘋子。

班也納悶著假卷軸的事情。陌生男子為什麼要把東西從安娜的牆上取下呢？他一定被精心偽造的仿古風格與外觀所騙，就如同把卷軸送給安娜的那名前任主人。這只可能意味了一件事：同樣在尋找手稿的另一群人並不清楚文件究竟是什麼樣子。但可以確信的是，這東西對他們而言很重要——重要到可以為此而殺人。

他從塑膠袋中拿出萊茵菲爾的筆記本，帶著本子坐在檯燈旁的沙發上。一直到現在他才有機會好好研究它。蘿貝塔對筆記本內容的猜測是對的嗎？萊茵菲爾是否有可能憑記憶謄寫了從賈斯東．克萊蒙那兒偷得的秘密呢？他希望真是如此，畢竟已經沒有其他線索可以追查了。

班慢慢翻著汙穢的筆記本，細閱內容與插畫；當中有好多看似毫無意義的東西。部分頁面上潦草地寫有字母與數字的排列組合，而且顯然是隨意地寫在角落與頁邊空白處。排列組合有長有短；他來回翻閱，數出九組。這些讓他想到安娜用口述錄音機錄下的克勞斯．萊茵菲爾的胡言亂語。

N18、N26O12I17R15 22R、20R15

U11R、9E11E、22V18A22V18A

13A18E23A、22R15O

該怎麼解讀這些東西呢？就他看來，這像某種密碼。也許是一組鍊金術配方。不管這些排列組合出現在哪一頁，似乎與其他東西毫無關聯。而且無論當中有何重要性，都叫人實在摸不著頭緒。

班決定先跳過這些組合，繼續往下瀏覽。他看到一幅像是噴泉的墨水素描；噴泉底座上的奇怪符號與黃金耶穌像上所刻的十分相似。素描下方用拉丁文寫了一段話。

班求學時，必須檢閱許多用拉丁文寫成的宗教文獻。但那是許久以前的事情了。他花了一點時間查找單字，才終於得出譯文。那段拉丁文的意思是：當鮮血自基督神聖的傷口流淌而下，而聖母壓撫著處女般純潔的胸脯之時，奶水與血水噴湧，交融成生命之泉以及安康之泉。

生命之泉、安康之泉……這聽起來跟某種長生不老藥有關，不過還是太不明確了。他鍥而不捨地往下閱讀，然後翻到只寫了一行字的某頁；文字下畫有圓形符號。內文以法語寫成，但是處處是陳舊的血跡與萊茵菲爾的指痕，使得歪七扭八的字跡幾乎難以看清。不過他盡可能地判讀，並且再次翻譯出來。

讓我們端詳渡鴉的符號，因為它隱藏了這門技術中的一個重點。

班立即覺得下方的圖十分眼熟，所以往前翻了幾頁。沒錯，是同一個渡鴉標誌；這個圖案似乎一再地出現。那麼，筆記本的內容告訴他這個標誌蘊藏著「一個重點」。不過是什麼呢？

一滴血漬遮蓋了渡鴉圖案下方所寫的東西。班用指甲小心地刮除乾涸的血，讓字跡浮現。被掩蓋的字為拉丁文DOMUS，「屋子、家」的意思。這該做何解釋呢？渡鴉之家嗎？

他能找到唯一與渡鴉相關的文字內容是同樣令人困惑的詩節；而這段詩則是以英文書寫而成：

聖殿諸牆不可傾圮
撒旦眾軍過而不覺
渡鴉護守莫言之秘

班甚至不打算花心思思考這些詩句的含意了。他繼續往後翻到筆記本的最後三頁；當中的內容完全一樣，唯獨各有一組七零八落的字母——而且顯然毫無意義。他反覆再三地閱讀。每一頁的開頭都寫了一句隱晦難懂的話：「尋找者必定尋見。」這句話讀在班心裡像個嘲諷。「我看『尋找者必定迷失』還比較恰當吧。」他咕噥抱怨。

字母群的下方用拉丁文寫著：光明帶來救贖。接下來，每頁均出現一組更令人匪夷所思的內容。第一頁寫的是：

FIN

A   TI

L L DS

M·L·R

第二頁為：

’E U   E

FIN

AC   A

M·L·R

最後一頁則是：

FIN
L　　RO
E　　’　　NG
M·L·R

每段文字組合最後所寫的三個字母M·L·R看起來像姓名縮寫。R是否代表了萊茵菲爾的姓氏呢？但如果是這樣，M、L指的又是什麼？他的名字是克勞斯，縮寫應該是K才對。這樣似乎沒有道理。

還有，M·L·R之前的殘字究竟是什麼？班靠在沙發上。他一向討厭猜謎。他茫然地看著前方；一隻蛾自他的鼻頭前方掠過，他看著小昆蟲朝身旁的檯燈輕快地飛去。牠一會兒飛到左，一會兒飛到右，最後飛進燈罩裡。襯著燈泡的光線，班可以看見小蟲在薄布的內側爬行。

這時，他突然靈光一閃。光明帶來救贖！

他將最後三頁筆記紙抓在一塊兒，再把筆記本其他部分翻折到另一側，然後將本子舉在燈光下。光線穿透薄薄的紙張，雜亂無章的字母頓時結合成可辨別的字。三組文字合在一起變成了：

FIN
L’EAU ROTIE

LE LAC D'SANG
M·L·R

翻譯出來是：

終了
炙灼之水
血之湖
M·L·R

班心想，也許現在終於有一些進展了。

不過話說回來，也或許根本不是如此。

好吧，把這段文字拆開來、逐字逐句分析吧。「終了」——什麼意思啊，是在說這本筆記到此結束嗎？這是他唯一能想得到的解釋；而且這至少比「炙灼之水」與「血之湖」更容易理解。

他揉揉雙眼，苦惱地咬著嘴唇。內心的挫折感一度演變成憤怒，他甚至因而必須壓抑想將筆記本撕爛的衝動。他大吸一口氣，試著冷靜下來，然後繃起臉盯著這些詞組許久，彷彿想用意志力讓它們揭露文字背後的意涵。

FIN

L'EAU ROTIE
LE LAC D'SANG
M·L·R

如果這真的沒有任何意思，萊茵菲爾又為什麼要大費周章將這段文字像這樣巧妙地寫在三張連續的筆記紙上呢？

如同多數自學而精通數種外語的人，班的法語口說能力遠比對書寫語文的理解力來得好。然而就他的認知而言，「血之湖」一詞的法語應該寫作「LE LAC DE SANG」，但是紙上寫的卻是「LE LAC D'SANG」——少了一個重要的字母。只是筆誤嗎？似乎不然。看起來是故意拼成這樣的。但是為什麼呢？

他努力地想釐清思緒。似乎……似乎筆者在玩文字遊戲，巧妙地操弄詞形與字母……缺字填空嗎？如果是，萊茵菲爾這麼做的目的是什麼？

還是字詞迴文？

班從桌上取過一張旅館信紙，開始塗塗寫寫。他輪流剔除字母，試圖從奇怪的詞組裡創造新的字。他不斷嘗試，一直到拼湊出「L'UILE ROTIE N'A MAL……」——「炙灼的油沒有錯」——便意識到自己走進了死胡同，並且對此失去了耐性。

他將信紙揉成一團，生氣地丟到房間的另一角，然後盯著新的一頁。

他繼續嘗試了五次，開始覺得自己最後一定會被紙團活埋。不過現在看來某種連貫的東西即將出現。

十五分鐘後，他終於得到解答。他低頭看著手中的紙張。新的句子不是法文，而是筆記本內容真正作者的母語——義大利文。

IL GRANDE MASTRO FULCANELLI

大師傅爾坎奈利……這是傅爾坎奈利的署名。班大呼一口氣。這似乎就是他一直在尋找的東西。

只不過有個小問題。即使現在班手中的東西就是珍稀的傅爾坎奈利手稿謄本——而且一字不差——他也無法為菲爾福克斯帶回任何有意義的東西。因為如果那名老人以為手稿可以提供某種醫療藥方，或是附有製作步驟圖示的救命藥水簡單自製配方，那麼他就大錯特錯了。一堆隱晦難解的謎語和廢話一點也幫不了小露絲。尋索任務尚未結束；而且這只是開始而已。

時間剛過清晨六點半。疲憊令班感到頭暈目眩。他靠在沙發椅背上休息，並且闔起灼熱的雙眼。

44

晚風吹過波薩頭上的樹枝。他席地而坐，一動也不動地隱身在樹叢中。他無聲地耐心觀看、等待，就如同生活在四周黑暗森林裡的野生肉食性動物。他對傷口與瘀青所造成的痛楚不以為意。被子彈擦傷的顴骨以及滑下花棚而紅腫刺痛的雙掌，這些他都沒有放在心上。他幾乎再也感覺不到任何東西，但是他的盛怒猶如熔化的金屬，在喉嚨沸騰冒泡。

法蘭柯．波薩最厭惡的事情莫過於失敗與受阻，尤其當他已經成功在望的時候。他的獎勵遭剝奪，而他無力挽救局面。他輸了。

不過這只是暫時的。

他繼續守候，怒火隨著呼吸轉而越趨平緩。他歪著頭，聽見遠處傳來警笛聲；救護車的尖嘯在空蕩的鄉間小路上漸漸變得響亮，然後從波薩的藏身處附近疾駛而過，不斷閃爍的警示燈短暫地將樹林與矮樹叢映照成藍色。

他看著救護車往前行駛一段路之後減速並且轉彎，朝別墅大門靠近。這時，對向亮起一組車頭燈；幾秒鐘後，破舊的雷諾在窄小的馬路上與救護車交會而過。當救護車轉上別墅的車道時，雷諾小車的車速似乎有點緩慢，但隨即加速。波薩可以聽見喀嚓喀嚓的引擎聲朝自己的藏身處方向靠近。當車子經過時，他早已穿過樹林，來到隱藏在暗處的保時捷旁。

波薩輕而易舉地迅速追上了他們，並且等到路上出現一條轉彎岔路才驅車靠近。他在道路交會處關閉車燈；如果雷諾的駕駛留心，會以為後方車輛轉向而行。

現在，他全神貫注地坐在沒有燈光、隱沒於黑夜中的保時捷裡，只靠著雷諾微弱的尾燈領路，行駛在蜿蜒的小徑上。行駛了約莫兩英里後，他的獵物減速然後轉向，開上一間鄉村小旅館的車道。他將保時捷停在對街，下車後悄悄溜進庭院。

霍普與那名美國女人走進旅館時沒有注意到他，但是他躲在僅僅五十公尺外的陰暗處。他站在樹下抬頭觀察整棟建築，看見二樓中段的一扇窗戶亮起燈光。

時間流逝。大約午夜時，他看見窗戶後方出現兩個人影——他們在跳舞。跳舞。然後人影消失，窗子也暗了下來。

波薩持續等待，有條不紊地估測旅館的格局。然後他繞行建築物，找到沒有上鎖的廚房後門。他悄悄地走在安靜的走廊上，來到所要找的房門前，然後將備用小刀塞進腰帶。

當波薩將開鎖用的鐵絲插進蜜月套房的鎖孔時，下方門縫突然露出黃色燈光。他暗自咒罵了一聲，收起鐵絲，退避到黑暗的走廊。霍普太具威脅性，因此若無法出其不意，便不適合與他正面交鋒。波薩將必須再次等待時機來臨。

但是機會總會來的，總會來的……

45

班突然驚醒。他可以聽見樓上房客的腳步聲與活動聲響，以及房外走廊上的交談聲。

他看了看手錶，咒罵了一聲。現在已經快九點了。他身旁散落著昨晚的筆記與塗塗寫寫的東西。他突然想起他解出了編成密碼的傅爾坎奈利署名，並且想告訴蘿貝塔這個大發現。

班走進臥室，發現帷幕大床上空無一人。他在浴室門前呼喚，但無人回應。他推門一看，蘿貝塔也不在裡面。她到底跑哪兒去了？

他不喜歡這樣。班一把抓起手槍，藏在看不到的地方，然後離開套房，下樓去。英國旅遊團正在一樓的餐廳用早餐，所有人高聲交談著。蘿貝塔不在這兒。他來到空蕩的大廳。他看見工作人員聚在一扇門後焦急地你一言、我一語。

他推門來到戶外。也許她出來散步了；她應該要跟他說一聲才是。為什麼她不叫醒自己呢？

班出了大門，穿越停車場。豔陽已經高掛天空，他伸手遮蔽白色碎石路的刺眼反光。人們漫無目的地四處閒晃；一輛坐滿旅客的雷諾廂型車剛剛抵達旅館，正忙著從後車廂卸下行李。依然沒有蘿貝塔的蹤影。

當班走回旅館時，突然響起的警笛聲打斷了他迫切的思緒。班旋即轉身，看見兩輛警車嘎扎嘎扎地匆匆穿過碎石地，揚起一陣塵土。警車在班的左右兩側停下；車上各有一名駕駛與兩名員警。車門開啟，四名警察各自下車，開始步行。而且他們正看著他。

班回過身子，快步離去。

「先生，請等一下？」四個人正跟在他後方，警車上的無線電劈啪作響。

他對員警的呼喚充耳不聞，逕自加快腳步。

警官提高音量再次喊道：「先生，請留步！」

班停下腳步，一動也不動地背對著他們。警員們走上前，將他圍住。其中一人配有警佐的警銜徽章；他的身材結實健壯，肩膀方正，胸膛寬厚，年約五十五歲。他看起來很有自信，彷彿他認為可以自己一個人應付眼前的事。四人中最年輕的是個二十來歲的小夥子；他的眼神流露出緊張的情緒，眉毛邊上掛著一滴閃亮的汗水，一隻手放在槍托上。

班知道這些警察一旦做出任何對他不利的舉動，他們在有機會扣下扳機前，他便可以瞬間卸除他們的武裝，將四人全部打倒在地。肌肉發達的警佐會是第一個要扳倒的人，接著是神經緊張的小夥子——因為他會過於害怕而開槍。第三、第四人將不是問題。但是留在警車裡的那兩名警察不在他的可及範圍；他們將有時間準備好武器。這才是比較嚴重的問題。班不希望情況演變成必須奪取任何人的性命。

警佐率先開口詢問班。「是你報警的嗎？」

「警察先生！是我報的警！」一名客人從旅館走出來；是個又矮又胖的灰髮男子。

「不好意思，先生，打擾了。」警佐向班致歉，然後轉身面對胖子，「發生了什麼事？」

胖子來到他們旁邊，一臉焦慮而且上氣不接下氣。「是我報的警。」他重申，「我看到一個女的被人綁架。」然後他開始訴說當時的情況。

班後退一步，一邊聽著，心中也越發擔憂。「就在那邊……」胖子指指旁邊，話不停歇地說，「他的個頭很大。我想他手持武器……帶著她走到車子旁……黑色的保時捷……外國車牌，可能是義大利的……她一直努力掙扎；是個紅頭髮的年輕女子。」

警察問：「你有看到車子朝哪個方向離去嗎？」

「他們出了車道之後左轉……不，右轉……不對，是左邊，是左邊沒錯。」

「這是多久前的事情？」

胖子嘆了一口氣，低頭看看手錶。「二十、二十五分鐘前吧。」

警佐用無線電通報總部後，三名警察留下為目擊者做筆錄，並且向工作人員問話。另一位則回到車上，然後驅車離開。

「昨晚我看見她跟她先生一起進旅館。」胖子說，「等等，我想起來了！她先生剛剛就站在這裡。」

「那個金髮男子嗎？」

「對！就是他，我很確定。」

「他人呢？」

「他沒多久前離開了。」

「有人看到他往哪裡去嗎？」

這時，有人大喊。「警佐！」是那名菜鳥警察；他正揮舞著一張紙。警佐一把奪過他手中的東西，頓時瞪大了雙眼。照片大約是十年前拍的，照片上的男子理著平頭，一副軍人的模樣。但是真正引起警官注意的是下方用法文所寫的內容：

緝尋

持槍、危險！

46

十六分鐘後，警方的戰術應變小組聚集在皇家旅館外面。身穿黑衣的武裝警察兵分多路，帶著重型武器——衝鋒槍、短管霰彈槍與催淚瓦斯榴彈發射器——包圍整棟建築。一頭霧水的客人與工作人員被成群帶出旅館，並且與建築物隔著一段安全距離，集合在庭院裡。沒多久，消息傳開了；很快地所有人都曉得警方正在尋找一名危險的持槍歹徒。他是恐怖份子嗎？還是精神異常者？對於究竟發生什麼事，大家眾說紛紜。

警方隨後在旅館後方發現男子的蹤跡。工作人員專用停車場後方是一片未刈整的荒草，可以直接通往隔壁的農田。一名眼尖的警官在此發現一道長草被壓彎的小徑，顯示出最近有人穿越這片草地，而警犬也立刻嗅到氣味。狂亂吠叫的德國牧羊犬拉著訓練員穿過草叢，武裝警察則跟隨在後。足跡貫穿草地，延伸至一處矮林地。嫌犯不可能跑太遠。

但是這條足跡卻消失在樹林邊緣。警察抬頭看看樹上，並沒有嫌犯的身影。彷彿他憑空消失了一般。

過了幾分鐘，警方才意識到他們被所要追緝的人耍了。他穿過草叢，然後沿著原路回去，留下誤導他們的蹤跡。

戴著口套的德國牧羊犬在地上東嗅西聞地領著他們回到旅館。他們循著嫌犯的氣跡來到建築物後方，通過廚房後門。警員們拔出手槍，攜帶霰彈槍的同仁也加入行列。

這時，警犬突然停止前進，失去了方向感，不斷打噴嚏並且用爪子扒著鼻頭。有人將外燴用的大罐裝胡椒粉撒得一地都是。

隊長的信號一出，頭戴鋼盔、身穿黑衣的戰略小組旋即橫掃旅館所有房間。他們不斷交換手勢、掩護彼此，俐落地從走廊移動至樓梯，然後逐層、逐間地檢查嫌犯可能躲藏的每個角落。

最終，他們在蜜月套房內找到一名男子，但不是他們預期中所要找的目標。在房內的是一名四十二歲的法國人，身上僅穿著內衣褲，被自己的手銬銬在帷幕大床的一根床柱上。當警方持槍衝進來，將所有槍口對準他時，他漲紅了臉，瞠目而視；但是他說不出話來，因為有人在他嘴裡塞了一條旅館的擦手毛巾。他的名字是艾米爾．杜邦警佐。

戰略應變小組的警官制服對班而言稍嫌寬鬆，而且褲子也短了幾吋。不過當他充滿自信地邁步走出旅館，對一些低階警官高聲下達嚴厲指令時，並沒有人察覺有異。沒有人留意到他提著一只微不足道的綠色軍用背包。

也沒有人注意到他穿過交頭接耳的群眾，偷偷坐上停在門口的其中一輛警車，然後悄悄驅車離去。

目擊者說那輛黑色保時捷向左轉，但是他有所遲疑，所以班最終決定右轉。一離開旅館大門，他便加足了馬力，同時從後照鏡查看沒有人發現而追上來。無線電傳來警務訊息；他知道自己不能繼續駕駛這輛車太久。

蘿貝塔只是想下樓到旅館大廳旁的精品服飾小店逛逛。班在前廳裡熟睡，身旁的筆記與紙張堆得跟小山一樣。她不想攪擾他。反正自己五分鐘就會回來，而且終於有些乾淨的衣物可穿了。精品店要到八點四十五分才開門。她望著櫥窗，考慮後決定要買那件看起來不錯的套頭毛衣，還有一條黑色牛仔褲。她需要再等幾分鐘的時間，而早晨的空氣涼爽清新，因此她走出大廳，欣賞戶外的植物，並且依舊試著不去回想昨天所發生的事。

蘿貝塔沒有留意到身後出現的男子。他無聲而迅速地接近。當蘿貝塔有所警覺時，一隻戴了黑色手套的手已經摀住了她的嘴，而冰冷的刀尖抵著她的喉嚨，刺痛了她。「我們走，臭女人。」一個粗啞的聲音在她耳邊低語；說話者帶有濃厚的外國腔調。

在停車場的另一頭，一輛車門沒有上鎖的黑色保時捷半現半掩地停在景觀灌木叢後方。男子孔武有力；她的手臂被緊捉著而且完全無法掙脫，她的嘴也被強大的手勁摀住而不能放聲叫喊。他匆匆將蘿貝塔塞進車內，然後用力朝她臉上揮了一拳。她在失去意識前，嚐到了一絲血味。

當蘿貝塔恢復神智時，她無從判斷他們已經上路多久了。體內的腎上腺素狂飆，迅速清晰了思緒。綁架她的人面無表情地坐在跑車狹窄的座艙裡，猶如冰冷的大理石。男子用單手開車，另一隻手則拿刀抵著她的腹部。保時捷的速表顯示車輛正以一百五十公里的時速奔馳在鄉間小路上；寬闊的田野偶有樹木飛逝而過。

蘿貝塔心想，現在做出任何舉動實在謂之瘋狂，會害我們兩個都送命，不然他也會拿刀捅我。

不過她還是做了。

車子正行經連續數個緊湊的羊腸彎，車速因此降至時速八十五公里。男子一瞬間分了神，蘿貝塔趁機使盡全力出拳擊中他的耳朵，刀子喀啦掉落。他怒吼一聲，保時捷也突然偏離方向。蘿貝塔趕緊坐起身並且一把抓住方向盤，朝自己猛地一拉。車子瘋狂地向右打滑，壓上路邊的岩石路堤，然後車身撞上一棵樹。撞擊力道將蘿貝塔重重甩向乘客座的車門，挾持她的人也隨之壓在她身上，令她頓時喘不過氣來。

保時捷停在一陣飄揚塵土中。在車內，男子用沉重的身體壓制著她，然後撿起刀子抵在她的脖子上。波薩可以想像只要再稍加用力，精心磨利的刀刃將劃破層層皮膚組織，緩慢而從容地切進肉體，鮮血則隨著刀刃越發深入而開始流淌。一開始，血流速度緩慢，然後當他按住這女人，感覺她的身體扭動著想掙脫自己的箝制時，血液會隨著脈搏一陣陣噴湧。

但是在紅色的慾念中，波薩頓時想起前晚與大主教通話的情形。他告訴烏斯勃提：「手稿在英國人手上。」不過沒有透露東西是怎麼從指間溜走的。

「法蘭柯，我要活捉他們。」烏斯勃提透過話筒命令他，「如果你無法取回手稿，我們將需要想辦法脅迫霍普把東西交出來。」

雖然波薩熱愛為「上帝之劍」所做的工作，但是他對權術與陰謀不感興趣。不停扭動的蘿貝塔朝他的臉啐了口口水，他低頭怒視著身下掙扎的形體，緊緊地將她按在座椅上。他心想，無法享受殺這女人的樂趣實在令人沮喪。不過波薩仍然放下刀子，再次揍了她一拳，然後重新開車上路。

班在空蕩的道路上催逼油門，偷來的警車揚起滾滾煙塵。行至羊腸彎時，他開始出現鴕鳥心態，懷疑自己是否應該朝另一個方向行駛才對——因為他實在不敢假想這裡發生了什麼事。他看見地上不久前才留下的黑色煞車痕。車痕向右偏離道路，延伸至岩石路堤；路旁的樹被撞傷，樹幹上的樹皮裂開，一根樹枝像斷臂一般垂落。

班停下警車，蹲在路旁，在地面上以及受損的樹幹表面找到些許黑色車漆。路邊某種閃亮的深色物質引起他的注意。他用手指輕輕沾了沾——是一灘摸起來仍有些溫度的機油。從煞車痕的寬度研判，留下這道痕跡的應該是抓地力強、左右輪胎間距寬大的跑車。一輛匆忙趕往某處、性能優良的黑色跑車……一定是那臺保時捷！

再往前走一點，班發現更多機油規律地沿著他的行進方向滴落。黑色跑車的駕駛一定撞壞了機油箱。不過，車子為什麼會出意外呢？毀損有多嚴重？如果車子持續大量漏油，班可能有機會在更前方發現拋錨的跑車。但是即便警車的馬力強大、速度夠快，仍不免太過醒目，讓警方易於追蹤他。

他跟著漏油痕跡繼續行駛了兩公里，一路上密切注意警用無線電喀嚓喀嚓傳出的訊息。一如他所料，沒多久警方便發現遺失了一輛警車，並且派了更多員警外出搜索。他必須換車，而且勢必會錯失追趕上受損保時捷的機會。

在一處寂靜的農村外圍有間設了加油幫浦的小型汽車修理廠。修車廠的招牌在微風中咯吱晃動，更遠處有一條壓出車轍的黃土路通向建築物側邊。班沮喪地嘆了口氣，轉向開上小路。他行駛了約莫半公里來到路的盡頭；四周的岩石荒野上長滿有刺灌木叢。他脫下警察制服，換回自身的衣物，擦去車內所碰過之處的指紋，然後將鑰匙棄置在附近的渠道裡，最後回頭朝修車廠奔跑而去。

技師頭抬看見高挑的金髮男子從鐵捲門的開口處走進修理廠。他用粗糙、汙黑的手指搔搔下巴的鬍碴，離開正在修理的毀損廂型車，然後點起一根菸。是啊，他有看到一輛黑色保時捷經過，不到一個鐘頭前的事情。很棒的車啊，可惜受損了。看起來撞到東西，後輪翼板整個凹進去。

「義大利的車牌，對吧？」班說，「那個瘋狂的渾蛋在後面好一段距離的地方狠狠地撞了我一下，把我撞到路旁。害我得走好幾哩路。」

「你需要拖車嗎？」技師朝前庭的方向揚揚下巴；一輛破舊的拖吊車停放在外面。

班搖搖頭。「不了。我的保險會提供特別服務。我打個電話給他們就可以了。不過還是謝謝你的好意。」

在他們交談的同時，班的視線環顧四周。修車廠旁邊連接著一小間陳列室，主要販售二手小車以及小卡車。他看到某樣東西，眼睛為之一亮。「不過我請問一下。『那』是銷售品嗎？」

班已經十多年沒騎過摩托車了。他最後一次騎的車是輛極為老舊的軍用摩托車。那輛老車發動後會像風鑽一般振動，而且不斷漏出機油與汽油，與現在他所騎乘的時髦重型機車根本無法相提並論。這輛重型機車可謂兇狠有力，而且比多數四輪汽車來得快。他沿著路騎行，並且留心地上的油跡。幸運的話，這些小圓點將能一路帶領他到保時捷的所到之處。

然而幾公里後，他的心一沉，因為油跡突然漸漸消失。他繼續騎了約一英里，然後減速並且低頭謹慎地察看；機車以步行般的緩慢速度隆隆地前進。什麼也沒有。他不禁低咒一聲。若不是漏油的情況奇蹟似地自行修復，那麼便是駕駛將車子拖往他處。呼叫道路救援而車上還載著綁架受害者？這似乎不太可能。他一定是聯絡當地的人脈幫他拖吊。而現在他已經不知去向。

班將摩托車熄火，坐在車上望著前方空蕩的道路。

他跟丟了她。

47

在聖讓村邊緣的樹林間，班用腳降下排檔，緩緩停下重型摩托車，並且豎起側腳架，然後將全罩式安全帽掛在手把上。村裡的街道一如往常地安靜而空蕩，而他發現畢斯卡神父在家。

「班乃迪克，我好擔心你們。」畢斯卡緊握班的雙肩，「不過……蘿貝塔呢？」

班解釋了目前的情況，而神父的表情越發沉重，絕望地跌坐在凳子上，頓時間看起來蒼老了許多。

「我不能久留。警方會立刻從留在旅館的雷諾追查到你身上。他們會上門詢問你關於我的事情。」

畢斯卡站起身，眼睛露出班不曾看過的兇殘精光。他握住班的手臂。「跟我來。有個我們比較方便說話的地方。」

教堂內，班跪在告解室裡；隔著網眼窗，畢斯卡的臉變得若隱若現。

畢斯卡說：「你不用擔心警察，班乃迪克；我什麼也不會告訴他們。但是你打算怎麼辦？我非常擔心蘿貝塔。」

班一臉嚴肅。「我不知道怎麼做才是最好的？」他無法放著一個垂死的孩子不管；他所延誤的任何一分一秒，對小露絲而言都是時間的流失。他可以就此抽身然後完成委託工作，但是這樣等於判了蘿貝塔死刑。他可以選擇繼續尋找她，但是如果她已死，或是自己最終無法找到她，那麼這麼做便會冒險白白犧牲小女孩性命。

畢斯卡靜靜地沉思了一、兩分鐘。「班，你所面對的是個艱難的抉擇，但是你必須做決定。而且一旦做出了決定，你絕不能後悔。你的生命中已經有太多悔恨了。即使這樣的決定必然會為你帶來煎熬，也千萬不要回頭望。上帝知道你的心是純潔的。」

「神父，你知道『Gladius Domini』是什麼嗎？」

畢斯卡聽起來吃了一驚。「這是拉丁文『上帝之劍』的意思；是個很奇怪的措辭。你為什麼要問我這個呢？」

「你沒聽說過任何以這個為名的團體或組織？」

「從來沒聽過。」

「你可記得你跟我提過一名主教——」

「噓……」畢斯卡面露焦急之色地打斷班，「有人來了。」他低聲說。

神父走下中央走道，來到拱門前招呼警察。

「你是畢斯卡．坎布瑞爾神父嗎？」

「正是。」

「我是路克．西蒙探長。」

畢斯卡說：「我們到外頭說話。」然後領他離開教堂，並且關上身後的門。

西蒙疲憊不堪；他才從勒皮搭直升機到這兒來。那邊的線索已經走進了死胡同，但是他知道班．霍普很快地將於他處再度現身。不過他無法理解為什麼霍普的足跡會帶領他來到這個鳥不生蛋的黃土小村落。他頭痛欲裂，而且十分希望手中有杯咖啡。

西蒙對畢斯卡說：「我相信你遺失了一輛車，一臺雷諾14？」

「真的嗎？」畢斯卡露出驚訝的模樣，「你說『遺失』是什麼意思？我已經好幾個禮拜沒有開車了，但是就我所知，我的車還……」

「我們在靠近蒙塞古的皇家旅館找到你的車。」

「它怎麼會跑到那裡去呢？」畢斯卡難以置信地問。

西蒙語露懷疑。「我正想你或許可以為我們解答這個問題呢。神父，我們正在追捕一名極度危險的罪犯，而你的車與追查行動有所牽連。」

畢斯卡茫然地搖搖頭。「這個消息真是令人震驚啊。」

西蒙指指教堂內部質問道：「你剛才在裡面跟誰說話？」說完便動手推開沉重的拱形門扉。

畢斯卡擋住他的去路。神父的眼神冷酷，體型似乎突然比平時壯大了一倍。「我正在聽教區信徒告解。」他咆哮道，「告解是神聖的，而且我的教徒們不是罪犯。我絕不容許你褻瀆上帝的家。」

「我他媽的才不管這是誰的家呢。」

「那麼你得對我動武才行。否則在你帶著搜索令回來之前，我是不會讓你進去的。」

西蒙狠狠地瞪著畢斯卡幾秒鐘。「我們會再見的。」他邊說邊轉身離去。

西蒙火冒三丈地回到車上。他對駕駛員警說：「那個老渾蛋一定知道些什麼。我們走！」

當他們行經村子的廣場時，探長下令停車，然後快步走向酒吧。

他點了一杯咖啡。酒吧後方的三名老牌客轉頭看了看他。西蒙將警察證放在吧檯上，酒保冷冷地看了一眼。「最近這裡有人在村裡看到任何陌生人嗎？」西蒙朝整間酒吧詢問，「我們正在找一對外國男女？」

警方比畢斯卡預計的更快再度找上了門。過了不到五分鐘，西蒙大步走下中央走道，急急的腳步聲迴盪在空蕩的教堂內。

「你忘記了什麼東西嗎，探長？」

西蒙冷笑地說：「就神職人員而言，你真是個厲害的騙子。現在呢，你要自己開口說實話，還是希望我以妨礙司法之名逮捕你？我們在調查謀殺案，這可不是鬧著玩的。」

「我——」

「少給我胡扯淡！我知道班．霍普來過這兒，他借住在你家。你為什麼要包庇他？」

畢斯卡嘆了口氣，坐在長椅上歇息無力的腿。

「如果最後我們發現你藏匿嫌犯，」西蒙繼續說道，「我會把你關進大牢，讓你永遠不見天日。霍普人呢？還有，他把萊德博士帶到哪裡去了？我知道你曉得他們的下落，所以你最好乖乖開口說話。」他掏出槍，一一猛然推開告解室的門。

畢斯卡憤怒地看著警探手中的武器。「他不在這裡。我必須請你把槍收起來，警官。請記得你在什麼地方，這裡是教會。」

西蒙駁斥：「我只知道我眼前站了個可能是犯罪從犯的騙子。」他用力甩上最後一間告解室的門；砰然聲響在教堂建築裡迴盪。「我建議你最好從實招來。」

畢斯卡怒視著他。「我一個字也不會告訴你。班乃迪克．霍普說過什麼，這是他跟我，以及神之間的事。」

西蒙輕蔑地哼了一聲。「我們等著看法官對此會有什麼意見吧。」

「你要逮捕我，請便。」畢斯卡平靜地說，「在阿爾及利亞戰亂的時候，我待過更糟糕的囚牢。我不會洩漏任何事。不過我只能告訴你，你所追捕的這個男人是無辜的。他不是罪犯，他所做的一切都是好事。我鮮少認識像他如此英勇而正直的人。」

西蒙大笑出聲。「喔，是嗎，真的嗎？所以或許，神父……你可以進一步跟我談談這名聖人，還有他做了哪些慈悲為懷的事。」

48

班俯身在油箱上，疾風隔著安全帽在耳邊呼嘯，而道路在他的腳下飛逝。重型機車劃過崎嶇的地景，載著他迅速遠離了聖讓村。班一臉嚴肅地騎著車，思忖下一步該如何行動。在內心深處，他知道自己能做的只有一件事——找到蘿貝塔。但是她可能在任何地方，也可能早已命喪黃泉。

道路的一側是砂岩山壁，另一邊則為陡峭的山崖；山崖下方是蔭綠的森林。他降檔準備切入前方彎道。摩托車以極小的角度斜傾，駛進曲折的路徑，班突出的膝蓋幾乎摩擦到地面；來到彎道頂端後，他升檔並且扶正車身。機車有力地加速，引擎隨之在他的雙膝間狂嗥。

陽光照得遠處的金屬閃閃發亮，他不禁在墨色護目鏡後方低咒。警方在三百公尺長的直行路段終點設了路障進行攔檢。此時朗格多克的大批警力應該已經動員。他們認為班是涉及馬基尼別墅謀殺與綁架案的在逃嫌犯，因此已將他的照片發布給區域內的所有警察。

班放慢車速。檢查哨停有四輛警車，警察亦將自動手槍低掛在腰間，準備好應對任何狀況。他們已經攔下一輛富豪休旅車；駕駛被請出車外，而警察正在查看他的文件。班沒有任何文書證明，而且一旦他們要求他脫下安全帽，自己便會被捕。

被捕不是個大問題。真正頭痛的是如果他拒捕——他知道自己勢必將被迫這麼做——所會為自己招來的麻煩。他不希望事態演變成他必須傷害他們。而且在他需要善用每一分鐘尋找蘿貝塔，並且完成已經起頭的任務之時，他絕不能讓數以萬計的軍警人員翻遍法國南部每個角落尋找他。

班在距離路障一百公尺處停下摩托車。他扣住油門，在轟隆震動的車子上坐了一會兒。如果他闖越路障，警方可能會開槍，這麼做太危險了。他扭動手把，迅速掉頭，然後用力放開油門；他感覺雙臂向前伸展，強而有力的引擎讓旋轉中的後輪左右擺動。

摩托車拉升至高速，蜿蜒的山路瞬間重新出現在班的眼前。就在此時，他從後照鏡瞥見警方已經看見他，並且展開追逐——車頭燈光以及閃爍的藍色警示燈伴隨著警笛聲。他催下油門，毫不畏懼地讓摩托車釋放更多力量。高山隘口以連綿的彎道陡峭地下傾；當他俯衝進樹木繁茂的河谷後，多岩的景色隨之不復見。警車落後在遠處，迅速變成鏡子上的一個小汙點。

筆直的道路在班眼前延伸。他騎上一道長坡，左右均是黃綠參雜的濃密森林。當他穿過森林，地形再度險峻爬升，通往下一個山隘，而警車已不見蹤影。

班在下個交叉路口離開了大馬路，心裡很清楚將會有更多警車出動追捕他。他沿著迂迴的小徑往山上騎行，直到整條奧德河谷像小模型般在下方綿亙延展。曲折的小路最終變成無法繼續行駛的車痕。他在斷崖邊停了車，立起腳架，下車並且解開安全帽，腳步微微僵硬地走離車座。

班可以看見映襯著樹林與天空的各處古老堡壘、城堡遺跡以及灰色的磐岩。他走到斷崖邊，足尖懸在半空中。他低頭看看，數千英尺的高度令人頭暈目眩。

他該怎麼辦？

班在那兒站了彷彿像永恆一樣久的時間，刺骨的山風在他耳邊咻咻地吹掠。黑暗似乎逐漸籠罩著他。他掏出小酒瓶——還有一半。他閉起眼，將瓶子拿至嘴邊。

然而正要啜飲之際，班的手機突然響起，他因此停下動作。

一個如金屬撞擊般刺耳的聲音傳至耳朵。「你是班乃迪克．霍普嗎？」

「你是誰？」

「萊德在我們手上。」電話那一頭等待班的回應，但是後者並沒有接話。

男子接續說：「如果你想看到她活著，最好仔細聽我講的話，而且乖乖遵照我的指示。」

「你要什麼？」

「我們要你，霍普先生……你，還有手稿。」

「你為什麼覺得東西在我手上？」

「我們知道你從馬基尼那女人那兒拿到些什麼。我們要你親自把東西送來。今晚在蒙彼利埃的佩魯廣場跟我們碰頭……路易十四國王的雕像旁，十一點。獨自前來。我們會監視著你；如果我們看到任何警察的蹤影，你就等著把萊德『一塊一塊』帶回去。」男子威脅地說。

「我要她還活著的證明。」班提出要求。他先聽見電話轉手給他人的窸窣聲，然後蘿貝塔的聲音突然傳至耳裡。她聽起來相當惶恐。「……是你嗎，班？我……」對方奪走電話，而她的話頓時遭切斷。

班迅速思考。她還活著，而且他們在拿到東西前不會殺害她。也就是說，他可以為自己爭取一點時間。

「我需要四十八小時。」

電話另一頭的聲音停頓了一會兒，然後才質問：「為什麼？」

「因為手稿不在我身上。」班佯言道，「我把東西藏在旅館裡。」

「你回去把東西拿來。你有二十四小時，否則這女的就沒命了。」

班思量了一會兒。二十四小時……不管他能想出什麼辦法解救蘿貝塔，他都需要比一天更多的時間來準備與執行。他有多次與綁架者商議的經驗，他曉得這些人在想什麼。有時候他們十分執著於所提出的要求而不願改變，而且會毫不遲疑地處決受害者，但多數是在他們知道已經沒有什麼可謀得、協商破局，或是看起來沒有人會付贖金的時候。如果這夥人如此渴望得到手稿，而且認為班會將東西乖乖交到他們手裡，那麼這將是一張他能竭盡利用的王牌。他已經讓電話裡的那個傢伙做出退讓；他可以試著再多要求一點。

「等等。」班冷靜地說，「講點道理吧！我們有個棘手的問題。多虧你的人，旅館現在裡裡外外都是武裝警察。我有信心能取回手稿，但是我需要多一點時間。」

又是一陣長長的停頓，背景傳來模糊的對話聲。然後男子再度回到電話上。「你有三十六小時，直到明晚十一點。」

「我會赴約的。」

「你最好會，霍普先生。」

49

蒙彼利埃，警察總部

販賣機吃下路克·西蒙的硬幣，然後在塑膠杯中噴注一道細細的褐色液體。杯子很薄，所以若想拿起這個該死的東西，幾乎無可避免地會捏皺杯子而將大部分的咖啡濺灑出來。他在走回賽里爾辦公室的途中啜了一口咖啡，但隨即皺起了臉。

走廊的牆上貼著一張協尋失蹤人士的海報；佈告上的青少年幾天前失蹤了。這個海報隨處可見，甚至在那個老神父居住的村莊裡那間骯髒的酒吧也釘了一張。

西蒙看看手錶。賽里爾已經遲到超過十分鐘了。他需要跟他討論關於班·霍普的案情，並且將才從國際刑警組織那兒取得的新資料拿給他看。為什麼每個人的動作都這麼他媽的慢吞吞呢？西蒙來回踱步，但眼睛一直看著那張尋人啟事。

西蒙又從塑膠杯窣地喝了一口咖啡，然後決定他實在無法將這杯東西吞下肚。他從賽里爾辦公室的毛玻璃探出頭來，正在打字的秘書抬起頭。

西蒙問：「這裡哪裡有比較像樣的咖啡？有人在你們的販賣機裡加了瀉藥。」

秘書咧嘴而笑。「街上有個還不錯的地方，長官。我都去那邊買咖啡。」

「謝了。妳老闆進辦公室的時候——如果他有進來的話——跟他說我一會兒就回來，行嗎？

喔，對了。這杯鬼東西我該倒在哪裡？」

秘書笑著說：「給我就行了，長官。」西蒙倚身越過櫃檯將杯子遞給她。秘書桌上放著一份攤開的檔案，裡面有一張失蹤男孩馬克．杜博瓦的照片；檔案最上方擺著一只裝有幾樣東西的透明小塑膠袋。

「好，待會見。喝咖啡的地方是往那邊還是往這邊走？」他左右指指窗外的街道。

「往那邊走。」

西蒙伸手推門正要步出室外時，突然停下腳步。他回頭走向櫃檯，彎腰再次看著桌上的檔案。「這是打哪兒來的？」

「你說什麼，長官？」

「袋子裡面的這個東西。」他用手指戳戳塑膠袋裡某個引起他注意的物件，「他們在哪裡找到的？」

「裡面全是杜博瓦失蹤案的證物。」秘書說，「就只是男孩的筆記本和其他東西。」

他指著袋子裡的東西。「那這個呢？」

秘書蹙眉看了看。「我想他們是在男孩的臥室裡找到的；不過他們不覺得那東西很重要。我只負責打案件筆記而已。為什麼這麼問？」

急著回到總部的西蒙放棄走路，跳上警局配給的便衣警車，開車前往三個街區外的咖啡館。三分鐘後，他拿著奶油捲以及一杯有香氣、看起來也像樣多了的東西走出來。他回到車上後先啜了一口咖啡。喔，太好了，這樣好多了。咖啡能幫助他理清思路。

西蒙太過沉浸在自己的思緒中，因而沒有留意到一個身影逐漸靠近，然後班・霍普打開車門，手握武器，坐在他身旁。

「交出那把點三八手槍。」班說，「慢慢來。」

西蒙遲疑了一下，然後嘆了口氣，緩緩從槍套拔出左輪手槍，然後所有手指遠離扳機、槍托朝前地交出武器。「霍普，你的膽子挺大的。」

「開車。」

他們不發一語地開車出城，朝西北方的瓦倫森林前進，然後沿著莫松河畔的綠蔭小路行駛。幾公里後，班指著樹林間的空隙說：「在這邊停車。」警車顛簸地開下泥土路，來到陰暗的林間空地。西蒙在班的槍口下走到河邊的樹林間。藍色的河水波光瀲灩，汩汩潑濺在岩石上。

「你打算殺了我嗎，霍普上校？」

班露出微笑。「你已經查過我的背景了啊？放心，我不會做那種事。你跟我要在這個風景宜人的地方好好聊一聊。」

西蒙想知道班是否會靠近得讓他有機會奪槍。看來不太可能。

他們走下到溪谷。班用槍示意西蒙坐在一塊平坦的岩石上，然後自己在距離警探幾公尺之處坐下。

西蒙問：「你想要談什麼？」

「首先，我們可以先聊聊你要怎麼叫你的手下停止追捕我。」

西蒙笑了出聲。「我又為什麼要這麼做呢？」

「因為我不是你要找的兇手。」

「不是嗎？可是似乎你所到之處都有人喪命呢。而且無辜的人不會持槍綁架警察。」

「我不會為這件事自首的。」

「你知道這條罪行會算在你頭上吧？」

「我知道。但是我還有工作要做，而你的人如果一直緊跟在我屁股後面，我就沒辦法完成這件事。」

「這是我們的職責所在，霍普。蘿貝塔．萊德在哪裡？」

「她被綁架了，你早就知道的。」

「她又被綁架了？我總是沒能即時掌握她每次被綁架的訊息。」西蒙語帶諷刺地說。

「這是第一次。我沒有綁架她；我們是合作夥伴。」

「合作？做什麼？」

「抱歉，無可奉告。」

「我以為你大費周章帶我到這兒來是要告訴我一些事？」

「沒錯。『上帝之劍』這名字你聽過嗎？」

西蒙頓了頓。「說真的，有啊，我知道這詞兒。其中一名被你殺害的人身上有這個刺青。」

「他不是我殺的；是他們自己人開的槍。那一槍本來是對準了蘿貝塔．萊德……或者是我。」

「你到底蹚了什麼渾水啊，霍普？」

「我認為他們是某種跟基督教有關的激進教派。也許規模比一般的教派更大。他們的組織周嚴，財力雄厚，而且他們玩真的。蘿貝塔在他們手上。」

「他們為什麼要抓她？」

「過去一週，他們一直企圖殺害我們兩個。我不確定原因為何，但是我可以把她救出來。」

西蒙抗議：「那是警方的工作。」

「不，這是我的專業領域。我很清楚當警方介入綁架案後會發生什麼事。這種事我看多了。受害者的下場通常就是被裝在屍袋裡。你們得退下，讓我來處理這件事。我會給你一些東西作為回報。」

「你沒有立場跟我談判。」

班微微一笑。「手裡拿著槍的人是我。」

「你憑什麼覺得我會就此放過你，霍普上校？」

「而你又憑什麼覺得我會放過你呢，西蒙探長？先前我大可殺了你；而且如果我想，我隨時都可以這麼做。」

「嗚，暗殺。他們是訓練你專門做這種事，對吧？」

「我不是在威脅你。我希望我們能攜手合作，幫助彼此。」

西蒙挑起眉毛。「這對我有什麼好處？」

「我會抓到你的殺警兇手——那些殺害米歇爾．薩狄，而且企圖追殺蘿貝塔．萊德的人……你當時還認為她發瘋了呢。」

西蒙垂眼看著腳尖；想起自己先前所犯的錯誤令他感到不甚自在。

「這還只是開胃小菜。」班繼續說，「我想後續牽連出來的事情應該會讓你很驚訝。」

「好吧，你想幹嘛？」

「我需要你做一件事。」班丟給對方一張卡片，上面寫著幾天前他自橋下的光頭男子口中所問出的電話號碼。

西蒙不解地看了看卡片。「這是什麼？」

「聽好了。叫你在巴黎最頂尖的部下打電話給這個人；他自稱為『索爾』。你的人要佯裝為米歇爾・薩狄。」

「但是薩狄已經死啦。」

班點點頭。「對，但是索爾以為他還活著。而且他可能認為薩狄跟我有所合作。你不用擔心細節。跟索爾說班・霍普跑回巴黎，而你們出賣了他；現在他在你們手裡。告訴他，付了錢你才會把霍普交出來。價碼開高一點，而且安排面交。」

西蒙咬著下唇，試著在腦中拼湊事情的來龍去脈。

「吩咐你的手下拘留索爾。」班接續說，「大力逼迫他開口。告訴他警方知道『上帝之劍』的事，而光頭男子在死前把他供出來了，所以他最好全盤托出。」

西蒙皺著眉頭，喃喃地說：「你把我搞糊塗了。」

「如果你照我的話去做，你就會懂了。但是你的手腳要快。」

西蒙沉默了幾分鐘，仔細考慮班所說的話。班放鬆了一點，持槍的手落在腿上；他拾起一顆小石子投進河裡，激起一陣水花。

「嗯，跟我多說點你與蘿貝塔・萊德之間的事。」西蒙說，「你們是情侶嗎？」

班頓了頓。「……不是。」

「像我們這種男人對女人而言是噩耗。」西蒙心事重重地說，一邊有樣學樣地拋投鵝卵石。他們看著石頭在陽光下劃出拋物線，然後落進水裡，陣陣漣漪向外激盪。「我們是孤獨的狼。我們想愛她們，但是最終只會傷了她們的心。所以她們離我們而去……」

「這是你的經驗之談？」

西蒙帶著一抹哀傷的笑容看著他。「我老婆說跟我生活在一起與死亡無異。我的一切所思、所言盡是死亡。可是這是我的工作，是我唯一知道的事情。」

「你調適得很好。」

「是不錯。」西蒙勉強承認地說，「但是還不夠好。我的警戒心還是受到影響。誠如你一開始就點明的，拿槍的人是你。」

班將西蒙的點三八手槍丟還給他。「還你，以表信任。」

西蒙驚訝地把槍收回槍套中。班遞給他一根菸，然後兩人靜靜地吞雲吐霧，凝視流水，聆聽鳥鳴。過了一會兒，西蒙轉頭看著班。「好吧，假設我同意你這麼做，可是有件事情我要請你幫忙。」

「什麼事？」

「我要你協尋一名失蹤青少年。找人這是你的工作，對吧？」

「你真的有做功課呢。」

「是你的神父朋友告訴我的。起先我不信，所以我向國際刑警組織查證。你該不會剛好知道任何與朱利安．桑切斯綁架案有關的事情吧？西班牙警方到現在還搞不清楚那名行事如此縝密的神秘救援者究竟是誰？」

班聳聳肩。「私底下告訴你，那個案子我可能略微知情。但是我沒辦法幫你尋找你剛剛說的那個失蹤少年。時間緊迫，我得先救出蘿貝塔。」

「要是我跟你說，我認為這起失蹤案跟你所遇上的事情有所關聯呢？」

班以銳利的目光看著他。「你該死的是什麼意思？」

西蒙微微一笑。「我們在男孩的臥室裡發現一枚金牌。我相信你一定會認得上面的圖案——一把劍和一條寫著『Gladius Domini』的橫幅。」

50

蒙彼利埃

「你們還有問題啊？為什麼你們這些人不去尋找我兒子，卻三番兩頭地往這裡跑呢？」

娜塔莉．杜博瓦帶領班進入簡約的屋子，來到客廳。金髮的杜博瓦年約三十歲，個頭矮小，臉色蒼白而且神情緊張，兩眼下方掛著濃濃的黑眼圈。「我不會佔用妳太多時間。」班向婦人保證，「我只是需要一些細節資料。」

「我之前已經把所知道的事情都告訴另一名警官了，而且那是好幾天前的事情了。你還需要知道什麼？」

「夫人，我是專家。如果妳能配合一點，我相信我們更有機會能盡快尋回馬克。我可以坐會兒嗎？」他拿出紙筆。

「我只知道他發生了很糟糕的事；我可以感覺得到。我想我再也見不到他了。」杜博瓦太太面容憔悴。她用手帕摀著嘴，低聲啜泣。

「嗯，妳最後一次看到馬克，他正要騎輕型機車出門。他沒有說要去哪裡嗎？」

她不耐煩地回答：「當然沒有。要是我知道，我早就跟你們說了。」

「可以麻煩妳幫我寫下他的自行車車牌號碼嗎？他曾經發生過這樣的狀況嗎——幾天不見人

影，不知道出門去哪裡？」

「沒有。他有幾次晚歸，但是從來不會不回家。」

「他的朋友呢？是否有任何人可能跟他一起出門，或者一同參加像是演唱會、派對之類的？」

她抽搭著搖搖頭。「馬克不是那種小孩。他很害羞、內向；他喜歡閱讀和寫故事。他有朋友，但是他不會跟他們出去玩。」

「他還在就學嗎？」

「不，他今年初離開學校，跟著我的小叔李察學習電工。」

「馬克的父親跟你們住在一起嗎？」班注意到杜博瓦並沒有戴婚戒。

「馬克的父親四年前拋下我們離開了。」她冷冷地說，「從那之後，我們就沒再見過他。」

班在便條本上寫下：父親涉嫌綁架？

她輕虐地笑著。「如果你在想是不是他父親把他帶走的，那你就錯了。那個男人眼裡只有自己，根本不在乎其他人。」

「我很抱歉聽到這種事。馬克篤信宗教嗎？他是否提過自己加入任何基督教組織之類的團體？」

「沒有。你問這個問題是因為他們在他房裡找到的那個東西嗎？」

「對，一枚金牌。」

「我不曉得那東西是打哪兒來的；我從來沒看過。警方——我是指其他警察——認為是他偷來的。但是我的馬克不是小偷，他絕對不會做這種事。」杜博瓦太太惱怒地從椅子上站起來。

「不，我也不認為他是小偷。聽著，妳覺得我是否有可能跟馬克的叔叔李察談談呢？」

「他家離這邊不遠，沿著路往回走就到了。但是他能告訴你的東西跟我所說的大同小異。」

「我還是想去拜訪一下。現在他在家嗎？」

當班準備起身離去時，杜博瓦抓住他的手腕，直直地望著他的雙眼。「先生，你能找回我的孩子嗎？」

他拍拍婦人的手。「我盡力。」

「拜託，那小子才不是被人綁架的呢。他不知道跑到哪裡去了啦，大概是在女朋友家吧，或者是男朋友那兒……媽的，誰曉得啊，這年頭什麼事都有。」李察遞給班一瓶啤酒。「執勤時喝酒的警察……你還是我遇到的第一個呢。」班啪地打開瓶蓋時，李察笑著說道，然後拉出餐桌椅坐下。

「嗯，我不是警察。我想你可以稱我是外部顧問。你為什麼這麼確定他只是單純地離家未歸？」

「聽著，我偷偷跟你說喔，有其父必有其子；他跟我哥哥提艾里一樣是個十足的廢物。那傢伙這輩子沒做過任何長久的工作，不斷因為各種小罪進出監獄。我認為那孩子遲早會步上他老爸的後塵，但是他母親卻一點也看不出來，認為他前途一片光亮。我呢……我後悔死了當初竟然讓她說服我雇用這個小渾蛋。他根本是在浪費我的金錢跟時間。如果我不盡快炒他魷魚，哪天他也許會誤觸通了電的電線，把自己電死，然後我還得被人責怪呢……」

「我了解了。不過在我們得到更多進展之前，我還是必須抱持一些懷疑的態度。你是馬克的叔叔，而他沒有父親。他是否曾跟你吐露過秘密，說一些不尋常的事？」

「開什麼玩笑？關於馬克的所有事情都不尋常。他成天在作白日夢，講些漫無邊際的話。」

「比如說？」

李察惱火地揮了揮手。「舉凡你能想得到的。那小子活在虛幻的世界裡。如果你相信一半他所說的東西，你會覺得……我不知道……你的鄰居是吸血鬼，外星人掌控整個世界，諸如此類的啦。」他嘖地啜飲一口啤酒；拿開酒罐後，嘴唇上緣留有一圈泡沫。他用袖子揩了揩嘴。「還有例如他蹺家之前我們做的那份工程……」

「或者說是失蹤之前。」

「對啦，隨便。」李察告訴班關於地窖的事情。「然後他執意要跑下去，深信裡面有奇怪的東西。」

班在椅子裡向前倚身，放下啤酒罐並且拿出便條本。「那是私人住宅嗎？」

「不，那是個適合傳教士、牧師一類的人去的地方。」李察露齒而笑，「你知道的，那種基督徒中心，像個學校。裡頭的人都很親切、和善，而且用現金付酬勞。」

「你有那邊的地址嗎？」

「喔，當然有。」李察從走廊拿著一本厚厚的記事本回到客廳。他翻閱了一下，「找到了。基督教教育中心，大約距離這邊十五公里，在偏僻的鄉間。但是如果你認為那個不信神的討厭小鬼會跑去那邊的話，你是在浪費時間。」李察嘆了一口氣，「聽著，或許我聽起來對這個孩子很粗暴。如果他有個三長兩短，我很抱歉，而且我會承認我說錯了。不過我不相信他被綁架。過個三、四天，當他花完從娜塔莉的皮包裡偷來的錢之後，他就會帶著宿醉、夾著尾巴回家了。而你們不去抓壞蛋，盡是把人民的納稅錢花在這種事情上。」

蘿貝塔不清楚自己在又硬又小的床鋪上躺了多久。她眨眨眼，慢慢恢復神智，並且試著回想自己身在何處。令人恐懼的記憶逐漸浮現。一名高大、強壯的男子將她從車上拖出來，壓制著她，而她不斷尖叫；男子朝她施打了某種東西，她隨即昏了過去。

她的頭隱隱作痛，嘴裡苦澀。她的所在之處是個昏暗、寒冷的無窗地窖。雖然地窖又寬又長，但是囚禁她的牢房十分狹小。牢房三面為鐵柵欄，她的身後則是冰冷的石牆，牢房中央有條電線垂掛著一顆沒有燈罩的燈泡。淺黃色的微弱燈光隱約照出一根根粗壯的石柱。

在幾公尺外的另一間牢房裡，一名少年昏睡在水泥地上。他似乎被施打了高劑量的鎮定劑，或者其實已經死亡。蘿貝塔試著大聲呼叫他，但是男孩一動也不動。

負責看守蘿貝塔的警衛是個年約三十歲、臉部消瘦的男子；他留著蓬亂的黃鬍子，凸出的眼睛。他的脖子上掛著一把衝鋒槍，並且緊張地不斷來回踱步。蘿貝塔盯著守衛，以他的步伐數推估地牢的大小；而他則不時看蘿貝塔一眼，用突出的眼睛將她從頭到腳審視一番。

過了一會兒，瘦骨嶙峋的警衛換成一名矮小結實、理了個平頭，年紀較長也較有自信的男子。他為蘿貝塔端來一杯淡咖啡以及一只裝有豆子與米飯的錫盤。男子留下食物後便不再搭理她。

隔壁牢房裡的少年逐漸甦醒。他挪動雙手雙膝，昏昏沉沉地爬起來，轉頭以滿佈血絲的眼睛看著蘿貝塔。

「我叫蘿貝塔。」她隔空低語，「你叫什麼名字？」

神智不清的男孩沒有回應，只是愣愣地看著她。但是粗壯的守衛顯然不想讓他們交談，所以他從拉鍊包中拿出注射器，從柵欄間隙抓住男孩的手臂為他施打藥物。不多久男孩再次癱躺在地。

蘿貝塔低聲怒吼。「你該死的給他打了什麼東西？」

「閉嘴，臭女人，否則我也給妳打一針。」說完，守衛再度對蘿貝塔不予理會。

感覺經過了無數個鐘頭後，矮小結實的警衛終於再次與骨瘦如柴、蓄著鬍子的男子交班。重新接手看管蘿貝塔不久後，男子對她露出靦腆的微笑，而她也回以笑容。「嘿，你可以給我一杯水嗎？」她向守衛呼喚道。他猶豫了一下，然後走向放有為守衛準備的水壺與杯子的桌子旁；由於久未經人使用，杯子灰塵滿佈。

蘿貝塔喝了水之後，男子似乎想更靠近她的牢房，與她有多一點接觸。蘿貝塔微笑著說：「你叫什麼名字？」

他緊張地回答：「安、安德烈。」

「安德烈，你過來一下，我需要你幫忙。」

消瘦的警衛回頭望了一眼，雖然旁邊並無他人。「妳想幹嘛？」他狐疑地低聲問道。

「我掉了一只耳環。」這是事實；一定是掉在這裡跟旅館間的某處。她指著地上的陰暗處。「就在那裡，你旁邊。隔著欄杆，我搆不到。」

「去你的，妳自己想辦法。」他臭著一張臉轉過身。

「拜託你幫個忙啦。那耳環是古董，是純金的，值很多錢。」

這番話引起了守衛的興趣。他遲疑了一下，然後將衝鋒槍撥至肩後，朝她走去。他蹲下來在地上的灰塵中尋探。「在哪裡？」

蘿貝塔隔著牢欄蹲在他面前，「我想應該就在這附近……也許再過去一點……對，在那邊……」

「我沒看到啊。」警衛用手指四處摸找，專注的表情中帶著貪婪。他逐漸靠近蘿貝塔。她嗅到汗臭混雜著廉價止汗劑的氣味；止汗劑的味道聞起來像冷掉的豆湯。等到守衛的頭快要碰觸到欄杆時，蘿貝塔將雙手伸出柵欄。她一想到自己將要做的事便開始心跳加速。守衛的注意力仍然在地面上。她深呼吸一下，然後動手。

蘿貝塔驀地用雙手抓住男子的鬍鬚，他低吼著將頭向後仰，但是蘿貝塔動作迅速；她用膝蓋抵著欄杆作為支撐，使盡全力猛然一拉，守衛瘦削的額頭隨之撞上鐵柵。他痛苦地叫了出聲，並且抓住她的手腕。蘿貝塔收緊握著鬍子的雙手，粗暴地用力一扯，將他的頭二次撞向欄杆。警衛癱在地上，一臉震驚但依然反抗著。她的手插入男子油膩的頭髮中，十指緊緊扣住他的頭，然後帶著因迫切而生的殘忍，不加思索地反覆將對方的頭砸在水泥地上，直到他停止叫喊與掙扎。最後守衛軟綿綿地倒在撞斷的鼻梁所流出來的鮮血中。

蘿貝塔放開男子，癱坐在牢房裡，並且氣喘吁吁地擦去眼睛上的汗水。她看見守衛腰間的一串鑰匙，趕緊爬向前。她伸長了手，指尖勉強逐得著，然後一邊擔心被人撞見，一邊笨手笨腳地卸下鑰匙串。得手後，她逐一嘗試不同的鑰匙，並且不時緊張地望向樓梯上方的鐵門。

蘿貝塔試到第四把鑰匙時，終於打開了柵門。她使勁推開被昏迷的警衛擋住的房門，拾起掉落在地的衝鋒槍，掛在脖子上。

「嘿，醒醒。」她砰砰拍著少年的牢房，但是後者絲毫沒有反應。她曾想過打開牢門，將少年帶出來，但是她不可能揹得動他。如果她能獨自逃離這裡，她會帶著警方回來救他。

她奔跑穿過地窖，登上石階；然而就在她踏上第三個階梯時，上方的鐵門唰地開啟。蘿貝塔嚇呆在原地。

身穿黑衣的高大男子出現在上方的門前。他們四目相接。

蘿貝塔認得這個人——她的綁匪。她毫不猶豫地舉起衝鋒槍瞄準他的頭，並且扣下扳機。

但是男子繼續步下樓梯，對蘿貝塔咧嘴而笑。她更加用力地扣按扳機，但是槍枝像卡住了或不知怎麼的，根本無法擊發。三名警衛相繼衝到門口，全都以同樣的武器指著她——而且他們都記得將保險打開。

波薩從蘿貝塔手中一把將槍奪下，擋下她揮來的拳頭，並且用力扳轉她的手臂。蘿貝塔感覺手臂傳來如刀刺般的劇痛；只差四分之一英寸，他便會扭斷她的手臂。波薩將她押返、丟回牢房。柵門在她身後鏗鏘關起。

波薩滿腹衝動，想將這女人緩慢而從容地大卸八塊。他拿出刀子，喀啦喀啦地滑過欄杆。

「等妳的朋友霍普把自己交出來之後，」他用那嘶啞、緊繃的聲音喃喃地說，「我們再好好地玩一玩。」

蘿貝塔朝他臉上啐了口口水，而他抹抹臉，發出刺耳的笑聲。

然後她看著波薩用刀劃開乾瘦守衛的喉嚨，讓他躺在地窖中像豬一般唧唧嘶叫，流血至死。

51

法國漫長又炎熱的夏日、悠閒的生活步調以及佳餚美酒，吸引了無數退休英國人拋開衰敗的海島帝國，定居到歐洲本土。不過並非所有移居此地的人都是泛泛的退休律師、大學教授或企業人士。班在軍中的老友傑克離開陰雨綿綿的布萊克浦，為自己在馬賽附近找了一棟海濱別墅。傑克從事電子監聽……也兼做部分相關的工作。他現在算是半退休狀態，不過還是有少數幾名客人。

重型機車如飛彈般奔馳在法國的沿海公路上。原定兩個鐘頭的車程，班打算在一個鐘頭內抵達。

五個小時後，機車朝反方向騎行，後座綁著一只黑色大旅行袋。

寬大的石板車道貫穿蒼翠的草皮，通向在樹林間若隱若現的現代化建築。建築物正面為白色岩石所砌成，玻璃全都熠熠生輝。入口處的其中一根高石柱上掛著一塊刻有十字架的閃亮黃銅飾板，上面寫著「基督教教育中心」。一排排的車輛停在大樓外。班站在入口處；從他的所在位置可以看到讓人不易察覺的監視錄影器在樹葉間轉動、掃視庭院。鍛鐵大門緊閉；牆上有另一架設了訪客對講機的監視器。

失蹤的男孩可能是爬牆進去的，也就是說他的電動自行車應該停在院子外的某個地方。班將重型機車停在道路前方數公尺處，然後來回走動察看，低頭在草叢與樹木下方尋找。在對街雜草叢生的土埂與柏油路面交接處，他發現泥土上有一道淺淺的輪胎痕跡。土埂後方是一叢荊棘，更遠處有幾棵樹。班沿著被壓彎的草往深處走，然後在泥地上找到一個不完整的腳印。在一片綠葉中，他看到某個亮黃色的東西。他揭開綠葉繁茂的樹枝，終於發現突出於樹叢的五十CC Yamaha機車車尾。拴在後擋泥板上的車牌，號碼與娜塔莉．杜博瓦所告知的相同。

班快步走回自己的摩托車旁。他早已擬定計畫。他從後座拿起黑色旅行袋，輕輕放在草地上，然後打開車子的側邊箱，從裡面拿出一件藍色連身工作服以及電工用具。

櫃檯小姐正準備離座休息的時候，電工技師走進基督教教育中心豪華的大廳，來到櫃檯前。他身穿連身工作服，頭戴鴨舌帽，手上提著一只旅行袋以及小工具箱。

「我以為重新佈線的工程已經完工了，不是嗎？」她注意到這名技師有雙迷人的藍眼睛。

「我只是來做整體勘查，小姐。」電工技師回答道，「不會太久。我只需要檢查幾樣東西，做些記錄。健康與安全、繁文縟節、建築規章……那些東西，妳知道的。」他朝櫃檯小姐亮出一張薄卡；雖然他沒讓她看仔細，但是她想應該沒有什麼問題。

櫃檯小姐朝旅行袋揚揚下巴。「裡面是什麼？」

「喔，只是幾捲電線和一些東西，電表啊、零件啊……就是一些吃飯的傢伙。妳要看一下嗎？」他將沉重的袋子擱在櫃檯上，拉開部分拉鍊，露出袋內的彩色線圈。

她微微一笑。「不，沒關係，我信任你。待會見。」

52

蒙彼利埃，佩魯廣場

沒有標誌的廂型車於十點五十九分出現在廣場。班按照先前約定的，在路易十四的雕像旁等候。廂型車後門突然打開，四名彪形大漢跳下車，將班包圍；他投降般地舉起雙手。其中一名用槍抵著他的背，另一人進行搜身，不過他沒有攜帶武器。他們粗魯地將班推上車；他坐在堅硬的長椅上，左右各有一名挾持者。後車窗刷了油漆；木頭隔板隔開駕駛艙與車廂，也阻隔了對外的視野。車子突然傾斜駛離，柴油引擎的喀噠運轉聲在金屬車殼下迴盪。

班用雙腳頂著面前的車輪罩，以避免在椅子上滑動，並且明知故問地說：「我想或許沒有人願意告訴我，我們要上哪兒去吧？」他不期待任何人會給予答覆。當他們安靜地坐在車內時，四雙冷酷的眼睛、一把九毫米克拉克手槍、一支使用點四十子彈的 Kel-Tec 卡賓槍以及兩支德製蠍牌自動手槍，全都穩穩地對準他。

廂型車喀嚓喀嚓地行駛，顛簸的路途持續了約莫半個鐘頭。依車子顛來顛去的情況研判，他們一定離開了主要道路，來到郊外。這正是班所預料的。過了一會兒，廂型車終於減速緩行，並且突然右轉，嘎吱嘎吱地開上碎石路，然後是水泥地；接著車子一陣搖晃，駛下陡坡，最後停了下來，後車門隨之開啟。

車外出現更多武裝男子；一道手電筒光線直直照著班的臉。有人厲聲發號施令，而他被拖下車，雙腳重重地踏在地上。他們來到一處地下停車場。

數支槍管戳著班的背，催促他登上一小段石階。他們走進沒有燈光的建築內，穿過幽暗的走廊。手電筒燈光從他身後照射出來。窄小的走廊盡頭是扇矮門；其中一名守衛——蓄著鬍子，手持蠍牌自動手槍——用鑰匙噹啷噹啷地打開掛鎖，開啟厚重的門。在閃爍的光線中，他看見那是一扇裝有鋼板的裝甲門。

門後是向下通向地牢的石階。警衛說話時所產生的回音讓班知道這是個大空間。手電筒的光線照出一根根石柱，以及閃爍微光的鐵柵。班認為他在地窖深處看見了一張臉朝著刺眼的光線眨著眼睛——是蘿貝塔！

班還沒能來得及開口呼喚她，便被推往另一扇門。守衛嘎嘎拉開門閂，咯吱地推開門，將他推進牢房。然後房門砰然關起，門閂被鎖回原位。

班在黑暗中摸索四周環境。這個空間裡只有他一人；堅固的牆壁也許是雙層磚壁；沒有窗戶。他坐在堅硬的床上等待。手錶所發出的微弱綠色光芒是唯一的光源。

過了大約二十分鐘，幾近午夜的時候，終於有人來接他了。警衛用槍對著他，按原路穿越洞穴般的地窖。

「班，是你嗎？」遠處傳來蘿貝塔因恐懼而變得尖銳的呼喚聲。站在她牢房附近的警衛嚴聲制止了她。

他們穿過陰暗的走廊，爬上階梯，逐漸來到建築物的二樓，而光線也越發明亮。警衛帶他穿過一扇門後，突然出現眩目的白色牆面與霓虹燈光，令班不禁眨了眨眼。然後他們再次步上階梯，穿過走廊與另一扇門，進入辦公室。

在辦公室的另一頭，一名穿著西裝、表情嚴肅的男子從玻璃桌面的書桌後方站起身。守衛用機關槍槍管輕推了一下班的背，脅迫他來到房間中央。

「很高興見到你，烏斯勃提主教。」

烏斯勃提小麥色而且寬大的臉綻出大大的微笑。他帶著濃濃的義大利腔調開口說：「我很驚訝你居然知道我是誰。不過我現在是大主教了。」他示意班坐在書桌旁的皮椅上，然後打開櫥櫃，拿出兩只水晶雕刻白蘭地酒杯以及人頭馬牌XO。「要喝一杯嗎？」

「你還真懂禮數呢，大主教？」

「我不希望你認為我們不懂待客之道。」烏斯勃提和藹地回答道。他一邊毫不吝嗇地為兩人斟酒，同時揮揮另一隻手命令守衛退下。他看見班望著警衛離開房間時的眼神。「我希望我們兩人私下談話的時候，我能相信你不會胡來。」他把酒遞給班，「請不要忘記這時候，還是有槍口對準萊德博士的。」

對於烏斯勃提的威脅，班絲毫不為所動。他反倒說：「恭喜你升官。看來你把主教服飾留在家了。」

「我才應該恭喜你。」烏斯勃提回答說，「你拿到了傅爾坎奈利的手稿，對吧？」

「是啊，我拿到了。」班轉了轉杯中的干邑，「所以你何不把萊德博士放了呢？」

烏斯勃提用低沉的聲音笑了笑。「放了她？我原本的打算是，一旦拿到手稿，當下就殺了她。」

「你要是敢殺她，我就殺了你。」班靜靜地說。

「我說我『原本的』打算要殺她。」烏斯勃提回應道，「關於那部分，我已經改變心意了。」他輕輕轉動放在桌上的酒杯，好奇地看著班，「我同時也決定不殺你了，霍普先生……我應該補上一句──取決於特定條件之下。」

「你真的非常寬宏大量啊。」

「過獎了。像你這樣的人對我是很有幫助的。」烏斯勃提露出一絲冷笑，「不過我得承認，我花了好一段時間才意識到這點。起先我大為光火，看到你一一擺脫我的手下，屢次破壞我想把你跟萊德處理掉的企圖。事實證明，你是個令人感到棘手的人，棘手得讓我不禁開始思考，這樣的人如果不吸收成為自己的優勢，那實在太可惜了。我要你為我效力。」

「你的意思是，為『上帝之劍』效力？」

烏斯勃提點點頭。「我對『上帝之劍』有個偉大的計畫。你可以成為計畫的一份子，我會讓你致富。跟我來，霍普先生，我們去走走。」

班跟著烏斯勃提踏出辦公室來到走廊。守在門兩側的武裝警衛在他們後方移動了幾步，武器瞄準著班。他們在電梯前佇足，烏斯勃提按下電梯鈕，接著腳下方傳來液壓機械飛快移動的聲音。

「告訴我，烏斯勃提。這一切跟傅爾坎奈利的手稿到底有什麼關係？你為什麼對它如此感興趣？」電梯門呼呼開啟，他們踏入電梯廂，而守衛依然跟著。

「喔，我對鍊金術感興趣已經很多、很多年了。」烏斯勃提伸出圓圓的指頭，按下通往一樓的按鈕。

「為什麼？是為了打壓、禁止鍊金術嗎？因為那是異端邪說？」

烏斯勃提咯咯笑了出聲。「你以為是那樣啊？不，剛好相反。我對鍊金術有興趣，是因為我希望能加以利用。」

電梯平穩地停止，一行人走了出來。班環顧四周。這裡是一間燈光明亮的科技實驗室，裡面大約有十五名技術人員。有的人忙著操作實驗器具，有的低頭在表格上做記錄，有的則坐在電腦終端機前。他們全都身穿白袍，一臉嚴肅。

「歡迎來到『上帝之劍』的鍊金術研究中心。」烏斯勃提攤開手臂，展示著說，「你可以看得出來，這裡比萊德博士的實驗室更精緻、更完善一點。我的研究團隊全天候輪班。」他拉起班的手肘，帶著他沿著實驗室周邊參觀；機關槍的槍口仍舊謹慎地在後方對準了他。

「讓我告訴你一些關於鍊金術的事情，霍普先生。」烏斯勃提繼續說道，「我想你應該不曾聽過一個叫做『守望者』的組織吧？」

「事實上，我聽過。」

烏斯勃提揚起雙眉。「你的消息還真不是普通的靈通呢，霍普先生。那麼你一定曉得『守望者』是第一次世界大戰後在巴黎成立的一個精英團體；其中一名會員是某個叫做尼可拉斯．達坎的人。」

「他是傅爾坎奈利的弟子。」

「沒錯。誠如你所知的，這名優秀的年輕人得知他的老師發現了某種極為重要的東西。」烏斯勃提頓了頓，「『守望者』中有另一個人對傅爾坎奈利的發現深感興趣……那個人就是魯道夫・海斯[21]。」

[21] 德國納粹黨副元首，第二次世界大戰後，被判終生監禁；一九八七年上吊身亡。

53

索爾將他的Mazda雙門敞篷車停在巴黎市邊陲一間荒廢的舊倉庫外；到目前為止，僅有特定人士知曉他的身分。夜涼如水，繁星在萬家燈火的城市上空閃爍。他確認了一下現在的時間，跺跺腳，然後等待著。

他手中的公事包裝滿了總計為美金二十五萬元的鈔票。他將以此換得所要的東西——那個被人俘擄、五花大綁而且封住口的英國人班．霍普。烏斯勃提看到索爾為他帶來的東西時，一定會龍心大悅。

當然，這些錢是偽鈔；索爾從「上帝之劍」的一位低階幹部那裡得到的。反正付錢只是個幌子；雖然這是偽鈔，但是索爾無意將這些錢交給任何人。他的夾克下藏著一把Compct點四五自動手槍。他打算人一到手——或者如果霍普其實根本不在對方手上——便好好利用他的武器。

索爾仍然想不透跟米歇爾．薩狄所做的這樁交易。他們似乎低估了這傢伙。他先是逃過了暗殺，接著不知用何種方式設計殺死索爾幾名手下強將，然後現在他竟然宣稱英國人班．霍普在他手上？索爾從來沒想過像薩狄這樣的小笨蛋會有這等膽量與能力。

不過如果這次交易只是場騙局，那麼薩狄這次也逃不掉了；而且為了防範薩狄帶同夥出現，索爾早就做好安排。在薩狄來電後，他隨即派了狙擊手帶著有夜視瞄準器的帕克－黑爾七點六二毫米來福槍躲在倉庫的屋頂上。

過了一、兩分鐘，索爾聽見遠處傳來引擎聲。他看著車頭大燈繞過工業廠房，朝倉庫逐漸靠近，然後一輛老舊的Nissan廂型車在他的敞篷車旁停下。駕駛廂型車的人不是米歇爾・薩狄，而是個戴著鴨舌帽、留著落腮鬍的矮胖男子。索爾心想，也許他是薩狄的好友之一。

「你是索爾嗎？」男子下了車問道。

「霍普在哪裡？」

男子咕噥了一聲。「你把錢帶來了嗎？」

索爾點點頭，男子這才示意他到車子後方。索爾暗自竊笑，想像他的槍手正透過瞄準器看著這名圓呼呼的傻子。

男子打開廂型車後門，索爾湊上前察看。粗糙的木頭車廂內躺著一具被捆綁、嘴巴被塞住的形體……而且正以熟識的眼神驚恐地盯著他。這不是班・霍普，是他的狙擊手！

索爾還沒來得及做出任何反應，里戈小隊長已經用槍抵著他的太陽穴，武裝警察從倉庫內蜂擁而上。索爾的後腦與外套上滿是浮動的雷射瞄準器紅點，警方的神槍手們訓練精良地將手指扣在微力扳機上。

里戈將索爾壓倒在「上帝之劍」的狙擊手旁，然後一邊宣讀他的權利，一邊用手銬反扣他的雙手。當警員把索爾帶往在一旁等候的警用廂型車時，里戈撥通西蒙的手機。「魚兒已經上鉤了。」

54

電梯平穩地上升。烏斯勃提領著班走回辦公室，一路上守衛的槍口依舊直直地對準他的腦袋。他跟著大主教入內，警衛則回到門外的崗位。烏斯勃提示意他坐下，然後為彼此又倒了酒。

「我只聽過一個叫魯道夫・海斯的人。」班說，「他是個納粹主義份子。」

烏斯勃提微笑著點點頭。「他是阿道夫・希特勒長年的助手兼副元首。海斯終其一生對祕傳知識有強烈的興趣。這也許跟他從小生長在埃及的亞歷山大港有關。海斯十幾歲的時候跟著父母回到歐洲。他持續追求這項興趣，並且在一九二〇年左右，從傅爾坎奈利的徒弟尼可拉斯・達坎口中得知重要的鍊金術祕密；那時候的他已經將大量時間、精力投入興起中的納粹黨。海斯深知當中的重要性，所以立刻把這個消息轉告給他的領導人兼導師阿道夫・希特勒。」

班覺得頭昏腦脹。亞歷山大人，達坎的神祕友人魯道夫——真的可能會是大納粹海斯嗎？

班的反應令烏斯勃提感到十分滿意。「早在大戰爆發前，納粹黨便對鍊金術非常感興趣，認為鍊金術可能有助於他們建立第三帝國。一六四軍團是納粹的秘密研究機構，成立的目的是在探究藉由改變物質的震動頻率來轉化物質。」

「但是鍊金術為什麼能協助第三帝國的建立呢？」

烏斯勃提咧嘴而笑。他拉開抽屜，用雙手捧出一個沉甸甸而且微微發光的東西，放在班面前的桌上。「霍普先生，這就是傅爾坎奈利向他的徒弟尼可拉斯．達坎所揭露的偉大秘密。」

金條在桌燈下閃爍著隱晦的光芒；金條側邊打上了白肩鵰棲歇在納粹黨卐字黨徽上的戳印。

「你在開玩笑吧？」

「我是認真的，霍普先生。一六四軍團的首要目標就是用鍊金術創造並且生產黃金。」

「用賤金屬作為原料嗎？」

「主要是用鐵氧化物和石英，並且嚴格遵循達坎向海斯透露的製作方法，經過多重加工而成。你瞧，納粹人士之所以能得到這個令人難以置信的知識，全都要感謝傅爾坎奈利的無心插柳。」

「而且他們成功了？」班懷疑地瞇起雙眼。

「證據就在你眼前。」烏斯勃提露出一抹微笑，「根據未被公開的納粹文件記載，一九二八年時，黨員們在一六四軍團位於柏林市外的工廠親眼見證黃金的鍊成。不過第二次世界大戰即將結束前，知道大勢已去的希特勒大肆炸毀工業設施，也藉機摧毀了鍊金工廠。那些年來，納粹究竟得以製作出多少的黃金，沒有人知道。但是我相信數量絕對相當可觀。」

「你在暗指納粹黨以鍊金術所製造出的黃金作為資金？」

「不，霍普先生，我不是暗指，而是在陳述事實。」烏斯勃提的手撫上金條，「大戰結束後，同盟國找到數以萬計這樣的黃金，而且還有很多尚未被發現。歷史課本教我們說，這些黃金是從集中營猶太人身上的金牙和小飾品熔鑄而成。但是即使是六百萬名猶太俘虜，也不可能提供這麼多的金子。這個說法全是同盟國政府編造出來的謊言，藉以掩飾希特勒真的用鍊金術製造出黃金的真相。他們擔心要是人們知道了事實，全球經濟將會動盪不安。」

班笑了出聲。「我活到現在聽過不少瘋狂的陰謀論，但是這絕對是最誇張的。」

「儘管笑吧，霍普先生。再過不久，我們將成功鍊出黃金。想想看，無盡的財富啊……」

「維持組織運作一定花了你不少錢，可是你看起來不像資金困乏的樣子。」

「你要是知道我們有哪些資助者，一定會相當驚訝。」烏斯勃提解釋道，「他們來自全世界各個不同的教派。當中包括數名世界上最有權力的重要企業家。不過我的計畫需要更龐大的資金。」

「就像希特勒那樣嗎？」

烏斯勃提聳聳肩。「希特勒有他的偉大目標，我自有我的。」

班仔細思考烏斯勃提所說的事情。他指的規模究竟有多麼龐大呢？兩人因此沉默了一分鐘。

「所以現在你了解我為什麼需要傳爾坎奈利的手稿了吧？」大主教徘徊在漆黑的窗戶前，「多謝納粹黨摧毀了鍊金工廠，使我們缺少了一些完成製作所需要的細節。我相信手稿握有關鍵，而且傳爾坎奈利知道的鍊金術秘密絕對不只這一項。」他頓了頓，眼神冷酷地看著班，然後繼續說道，「但是當那個老糊塗發現鍊金術的秘密落在海斯跟他的同事手裡時，他慌了。所以他帶著第二個偉大秘密消失無蹤。雖然他不曾將第二個秘密傳授給徒弟達坎，但是我相信答案就在手稿裡。」

「然後呢？」

「霍普先生，建立『上帝之劍』最需要的兩個條件就是金錢與時間。我已經五十九歲了，而我不可能永遠活著。但是我並不樂見自己所有的心血傳到繼承者手中之後便功敗垂成。我期盼能親眼看到自己的計畫實現，所以我希望繼續擁有至少五十年——甚至更久——的掌控權。」

班端起酒杯讓烏斯勃提再次為他倒滿白蘭地。「所以你想製作長生不老藥？」

烏斯勃提點點頭。「對，不過除了作為己用之外，同時我也想守住當中的秘密，不讓他人知道。所以當我的探子回報說，萊德博士差一點就研發出萬靈藥的時候，我決定要殺了她。」

「你這麼做，實在有一點太極端了。她還沒找到完整的答案，她的研究也才剛起步而已。」

「話是沒錯。但是只要誰願意打開耳朵聽她說話，她就嘰哩咕嚕地說著這事。」

「為什麼一定要殺了她？難道你就不能雇請她到你旗下工作嗎？」

大主教再度露出冷笑。「這裡所有的科學家都是『上帝之劍』的成員；他們篤信我們的理想。萊德博士我行我素，是個個人主義者——她的行為清楚地證實了這一點。她很有野心，而且對其他科學家同事們感到相當不滿。她希望研究能有所突破，也想藉此證明他們錯了。我是不可能請像她這樣的人來為我工作的。」

「那現在為什麼要留她活口？」

「『目前』，她還活著。但是她是否能繼續活下去就全看你了，霍普先生。」

「我？」

「沒錯。」烏斯勃提嚴肅地點點頭，「誠如我先前所提過的，我要你為我效命。你考慮過我的提議了嗎？」

「你沒說你要我為你做什麼。」

「我要建立一支軍隊；軍隊需要軍人——像你這樣的軍人。我的消息來源跟我講述過你那令人佩服的背景。」烏斯勃提頓了頓，「我要你當『上帝之劍』的軍隊指揮官。」

班仰頭大笑。

「你將擁有財富、權力、女人、奢華的生活……你可以得到一切的所求所想。」烏斯勃提一本認真。

「我以為你只徵召相信者，而不會聘用個人主義者。」

「遇到像你這樣非同尋常的能者，我願意破例。」

「嗯，我受寵若驚。不過，要是我拒絕你的提議呢？」

烏斯勃提聳聳肩。「蘿貝塔．萊德將看不到明天的太陽，當然你也一樣。」

「聽來這個提議還真是划算呢。」班微笑著說，「但是請告訴我，為什麼一個天主教大主教會想建立私人軍隊呢？你已經在極具影響力的組織擔綱高層。為什麼你不循傳統的路子？你這麼有野心，總有一天可以成為教宗。到時候你將擁有一切權力，可以從教會內部做改革。」

這回換烏斯勃提大笑出聲。「改革？」他輕蔑地啐聲說道，「你以為我對教廷有興趣？教宗算什麼？他只不過是個坐著輪椅、被推出來取悅大眾的玩偶罷了，跟你們的英國女皇一樣是個逐漸腐爛的傀儡領袖。不，那不適合我；我想要遠比那更大的權勢。」

「洗腦、謀殺、綁架……全是奉上帝之名？在我看來，你的組織似乎不是很虔誠呢，先生。」

烏斯勃提咯咯發笑。「你對教會歷史還真是不了解啊。教廷長久以來都在做這種事。事實上，問題就出在教會不再做這些事了。在羅馬的那幫殘燭老人讓所有事情都變得軟弱不振。西方世界的信仰正在凋零，上帝已經遺棄了人們。他們就像缺乏將領的軍人，像沒有母親的孩子。」

「所以你想當他們的母親，是嗎？」

烏斯勃提直視著班。「人們絕對需要一名堅強的領袖，一雙能引領他們的手。否則他們還有什麼寄託呢？科學嗎？還是科技呢？前者是個既汙穢又不道德的東西，只對獲益、複製人有興趣；而且拚命想開拓星球為殖民地，只因為人們正在摧毀目前居住的這塊土地。後者則盡是研發誘惑人心的新奇玩具、電腦遊戲，還有讓媒體可以操控人們心智的電視機。人們需要的是領袖，而且捨我其誰。我會帶給人們值得相信、值得爭取的東西。」

班皺起眉頭。「爭取？跟誰爭取？」

「我們活在一個動盪不安的時代。當基督教世界的信仰中心逐漸瓦解，一股新力量——來自中東的黑暗勢力——已經崛起。」大主教的拳頭砰地捶在桌上，雙眼冒著熊熊火光，「教會數個世紀前曾擊潰的敵人正在聚集力量。敵強我弱；他們充滿信念，而我們卻滿懷恐懼。這一次，他們勢在必得。爭戰已經開始，但是西方人渾然不知自己即將面臨什麼樣的危機。為什麼？因為我們早已經忘記擁有信仰是什麼意思。唯有『上帝之劍』能阻止這些鼠輩摧毀我們西方世界的整個結構。」

「而你認為一個像『上帝之劍』這樣無足輕重的基本教義派恐怖組織可以改變世界？」

烏斯勃提漲紅了臉。「這個你口中無足輕重的組織是一支成長中的軍隊。『上帝之劍』不僅限於在巴黎的幾名特務而已。你所看到的人力是滄海一粟。我們是個跨國組織，成員來自全歐洲、亞洲以及美國，政界與軍界的最高層也都有我們的支持者。在全世界經濟成長最快速的中國，每年有兩百萬名新血加入這個基督教基本教義運動。你根本不曉得發生什麼事，霍普先生。再過幾年，我們將有裝備齊全的軍隊；這個由虔誠信徒組成的部隊會讓希特勒的第三帝國相形見絀，像個小兒科。」

「然後呢？對伊斯蘭國家發動獨立攻擊嗎？」

烏斯勃提微微一笑。「如果我們無法對美國的外交決策者、本國的情報單位以及軍方裡的熟人施加足夠的影響力，促使他們採取行動，那麼沒錯，我們會自行展開攻擊行動。一如當初教廷派遣十字軍制伏薩拉丁[22]以及其他伊斯蘭國王的邪惡軍隊，我們將開啟一個新的聖戰時代。」

班思考了一會兒。「如果我理解無誤的話，」他緩緩開口說道，「你指的是發動第三次世界大戰。不過，煽動新基督教王國與伊斯蘭世界聯合力量之間的護教戰爭，只會招致所有人的毀滅，烏斯勃提。」

大主教不以為意揮了揮手。「如果這是上帝的旨意，那麼就血濺四方吧。」然後以拉丁文引用西妥修道院院長阿馬希克的話，「『盡屠之，上帝自會分辨祂的子民。』[23]」

「大主教，你聽起來像個不折不扣的嗜血暴君呢。」

「閒聊夠了！」烏斯勃提氣呼呼地說，「把手稿交出來。」

「東西不在我身上。」班冷靜以對，「你真的以為我會乖乖地把手稿帶來嗎？拜託，烏斯勃提，你應該沒這麼笨。」

烏斯勃提氣得臉紅脖子粗。「東西在哪裡？」他質問道，「我警告你，別跟我玩花樣！」

班看看手錶。「目前手稿在我的同伴手上。我跟他說我一點半左右會打電話給他。如果他沒接到我的消息，便會認為我出了什麼事，然後把文件燒了。」

烏斯勃提瞥了一眼書桌上的時鐘。

「時間快到了，大主教。如果手稿被焚毀，你就什麼都沒有囉。」

「那麼你也別想活著出去。」

「我知道。但是對你而言，讓你自己長生不老應該比取我的性命來得重要。」

烏斯勃提一把拿起桌上的手機。「用這支電話聯絡你的同夥。」他命令道，「否則我會讓你在死前先聽到萊德的慘叫聲……判官波薩十分曉得如何折磨人。」

---

[22] 生於西元一一三七年，卒於一一九三年，為埃及歷史上的民族英雄，阿尤布王朝的第一位蘇丹。

[23] 參註釋❹。

班也是。他一動也不動地坐在椅子上好一會兒，讓烏斯勃提焦急得像熱鍋上的螞蟻。

「快啊。」大主教伸手遞出電話，黝黑的臉開始變得蒼白。

班終於聳聳肩，接過手機。「好吧。至於你的提議，我待會就給你答覆。」

他按了按銀色的小數字鍵，手機螢幕顯示出號碼，並且跳出「撥號？」的提示。

班的手指停留在確認鍵上。烏斯勃提露出狐疑的表情。

「這就是我的答案。」

烏斯勃提頓時驚恐地瞪著班。他意識到大事不妙，非常、非常不妙。

55

班的眼神不曾自烏斯勃提身上移開。他按下確認鍵，然後聽見手機快速撥號時的刺耳聲響。在「上帝之劍」大樓裡的六個角落，連接著即發式電子雷管的遙控接收器立即對電話信號做出反應。六個拳頭大小的塑膠炸彈依序被啟動。

不出半秒鐘的時間，大規模的爆炸使整棟大樓劇烈晃動。磚石碎裂，牆壁被炸開；熊熊大火橫掃地下停車場，所有車輛變成助長火勢的燃燒彈。一顆巨大的火球吞噬奢華的大廳接待區，然後猶如大量熾烈的液體灌進走廊。有人身上著了火，東倒西歪地逃竄，並且不停叫喊。爆炸使二樓所有的窗戶頓時變成致命的碎片四處飛射，同時也摧毀了實驗室，將科學儀器與電腦炸得粉碎。

在樓上的辦公室裡，震耳欲聾的爆炸使他們腳下的地板一陣搖晃，烏斯勃提也驚愕地動彈不得，而衝擊波更是震得人喘不過氣來。班跳起身，奔向驚慌的大主教，但是這時守衛從煙霧瀰漫的走廊衝進辦公室，揮舞著手中的機關槍。班抓起鋼管椅用力揮擊，先制伏最靠近自己的那名警衛；椅腳從警衛柔軟的上顎刺進腦袋，他的武器隨之喀啦掉落在地。第二名守衛突然開槍掃射，擊碎了烏斯勃提的玻璃桌面。班翻了個身，伸手撿起地上的機關槍還擊；九毫米子彈在牆上打出一道彈痕，也射中了警衛。男子臉部扭曲，倒地斃命。

烏斯勃提已經不見人影。窗簾後方的玻璃防火安全門被開啟，並且微微擺動。外面的金屬太平梯傳來噠噠的沉重腳步聲。

班放棄追趕；救出蘿貝塔才是首要之務。他衝進走廊，朝電梯方向跑去，同時在手機上按下另一串號碼。電梯往地下室下降時，他跳起來抓住電梯天花板中央活門的鐵框。他掛在空中一會兒，然後掀開活門，將預藏在電梯上方的背包拉出來，丟置在地。他跳下來，打開袋子，這時電梯搖搖晃晃地停住。他踏出電梯，按下手機上的通話鍵；大樓另一頭，一顆小型塑膠炸彈炸毀主要保險絲，整棟建築隨即陷入黑暗。

班從袋子裡取出白朗寧手槍，扳起扳機，並且開啟安裝在槍管上的LED手電筒。他在漆黑的走廊上左右揮掃燈光，朝地窖前進。

一切都如班．霍普所說的那樣。爆炸轉眼間就結束了，然後他們突然聽見規模較小的爆破聲響——充其量只是悶悶地砰的一聲——接著整棟建築物暗了下來；從他們的所在位置，唯有搖曳的橘色火焰仍清晰可見。

西蒙一個手勢令下，警方的戰略小組從樹木林立的庭院現身，朝大樓進攻。穿戴黑色防彈背心、面罩與護目鏡的武裝小組成群穿梭在混亂之中。幾名潰散的男子在倉皇中朝警察胡亂射擊，但是警方的槍手動作更敏捷，反應更冷靜，槍法也更準確。他們只對構成立即威脅的人開槍。其他試圖逃跑或棄械投降的人，手腳被銬在一起；武裝警察將他們壓制在地，並且用衝鋒槍對準了他們的後腦勺。在樓下的實驗室裡，灰頭土臉、流著血的科學家們茫然地爬行在煙霧瀰漫的殘骸中；戰略小組揮舞槍桿，催促他們起身離開。不到五分鐘，警方完全佔領了這個地方。

烏斯勃提覺得自己的心跳快要停了。他繞過大樓側牆時，爆炸令建築物嘎嘎作響，而且他能聽見自內部傳出的呼喊聲以及槍響。他步履蹣跚地跑進庭院，然後靠在一棵樹上，氣喘如牛地彎下腰，胸口劇烈地起伏；錯愕與憤怒令他渾身發抖。

班・霍普的態度突然一百八十度大轉變，令他措手不及。他如此欣賞這個男人的能力，而且他本身也算是個詭計多端的人，但是他竟然低估了霍普，並且為自己帶來這等大災難。他到現在還搞不清楚剛剛究竟發生了什麼事。

「終於找到你了。」一個聲音說道，「把雙手舉在頭上。」烏斯勃提抬眼看見在幾公尺外的陰暗處，兩名身穿黑色制服的警察拿槍指著他；他們身上的無線電發出吱吱聲。他慢慢離開樹幹，舉起雙臂。像這樣被捕，實在……

其中一名男子伸手自腰後方拿取手銬。

但這時兩名警察像稻草人一樣被舉起來，他們的頭咚的一聲砸在一塊兒，然後雙雙無聲地癱在地上。

烏斯勃提認出站在倒下屍體旁的高大人影後鬆了一口氣，並且露出大大的笑容。「法蘭柯！感謝老天！」

波薩抽出刀子，毫不遲疑地劃開兩名男子的喉嚨，然後撿起其中一人的無線電與掉在地上的衝鋒槍。他回頭瞥了一眼後，冷靜地牽起大主教的手臂，領他走進黑暗的樹林。

他們走了約莫半公里，穿過森林，來到大馬路。波薩攙扶烏斯勃提跨過滿是樹葉的路緣，來到柏油路面，並且正巧看見遠處有車子的燈光逐漸靠近。隨著車輛的駛近，他放開烏斯勃提的手臂，站到路中央，沐浴在車頭燈的光線中，然後他朝擋風玻璃舉起衝鋒槍。車輛緊急煞車，輪胎摩擦發出刺耳的聲響，斜斜地停在馬路上。

車上是一對年輕情侶。波薩狠狠地拉開駕駛座車門，揪著男子的頭髮將他拋出車外，後者呈大字形地摔躺在路旁。接著波薩若無其事地朝他的胸口扣下扳機。男子渾身是血地倒在落葉中。車內的女孩歇斯底里地尖叫著。波薩將她從搖下的車窗拉出來，冷酷地看著她的臉，然後一把扭斷她的脖子。判官波薩把兩具屍體拖進一旁的水溝，並且用灌木枝葉掩蓋起來。

「幹得好。」烏斯勃提誇讚道，「趕快帶我離開這裡。」

波薩扶他坐進後座，然後駕車離開，朝機場前進。

班今天稍早裝進袋子裡的最後一樣東西是錐形裝藥穿甲小炸彈。他將兩團相連的塑膠炸彈黏在地牢的金屬門上，塞進兩端電極，並且快步從走廊退開後才按下手機按鍵，炸彈便轟然引爆。煙灰散去後，地窖的門看起來就像被巨大的嘴咬了圓圓的一口，而洞口邊緣微微泛紅。班舉起槍，從洞口踏進灰濛濛的地窖。

炸彈爆炸時，地牢裡那名唯一的守衛一定站在門附近。班用手電筒照了照警衛；後者躺在地上，耳朵與鼻孔都流出鮮血，胸前插了一塊八英寸長的三角形碎片。班從他的腰間取下鑰匙串，跑下樓梯，來到煙塵飛揚的大地窖，然後呼喚蘿貝塔的名字。

「班！」蘿貝塔高聲呼救；雖然刺耳的爆炸聲震得她耳鳴，但是她認出了班的聲音。「有個男孩在那邊。」她指著旁邊的囚房。班用手電筒一照，看見被打了麻藥而昏厥的馬克。他打開兩間牢房的門。「來吧，我們走。」他靜靜地說，並且巧妙地避開蘿貝塔的擁抱，然後彎腰將這名男孩扛上肩頭；男孩的家人一定會十分高興他安然無恙。

十分鐘後，一頭霧水的警察在警車後座上發現馬克．杜博瓦。「他該死的從哪裡冒出來的？」一名警官問，「你考倒我了。」他的同伴回答道。過了一會兒，他們才想起這就是失蹤人口海報上的那個男孩。

西蒙十分滿意地看著手下將三十多名咳嗽、嗆噎、被濃煙燻黑的員工帶出嚴重毀損的大樓。目前他們已經尋獲六具屍體以及許多武器、彈藥；這些足以用嚴重犯罪以及恐怖行為起訴整個組織。

速度、侵略性、出其不意。他聽說這是一些英國陸軍軍團非正式的座右銘。他露齒而笑，並且搖了搖頭。

56

黑暗中，班帶著蘿貝塔離開。她的身體雖然因為筋疲力竭而發抖，但是內心感到極度興高采烈。他用一隻手臂環繞在她的腰間，帶領她穿過幽暗的森林，回到警方封鎖線外的小巷子；他稍早將租車藏在這裡。一路上班相當沉默而且含糊其詞，不斷迴避蘿貝塔連珠炮似的提問。

他們來到車子旁。身後突然傳來樹葉的簌簌之聲，班倏地轉頭察看。原來只是一隻被他們的出現所驚擾的貓頭鷹。

他避開大馬路，持續沿著僻徑而行。兩人就這樣沉默不語了好一會兒。蘿貝塔闔上雙眼；被關押的種種細節似乎已經開始變得遙遠而模糊。

他們在顛簸的小徑上行駛了兩公里，穿越鄉野後來到一條窄小的馬路。

「我們要去哪兒？」蘿貝塔問。

「我租了一個地方。」

他們行經兩個小村莊，繼續往前開了二十分鐘後，抵達一棟鄉村小屋。屋子隱身在樹叢後方，擁有私人的對外聯絡道路。班帶蘿貝塔踏上小徑，打開門，開啟燈光。小屋內部沒有什麼裝潢擺設，但是實用而且安全。

蘿貝塔頹坐在舊扶手椅上，仰起頭，緊閉雙眼。班走近並為她遞上一杯紅酒。她一仰而盡，而且立即感受到酒精的舒緩效果。她看著班蹲在石砌壁爐邊堆起柴薪，然後生起劈啪作響的爐火。他異常地安靜與疏離。

「你還好嗎，班？怎麼了？」

他默不作聲，只是背對著她，蹲在壁爐前用火鉗挑著火焰。

「你為什麼都不說話？」

班噹啷一聲放下鐵鉗，站起來，轉身看著蘿貝塔。「妳他媽的在搞什麼？」他狂怒地盤問道。

「我不懂你在說什麼？」

「妳曉得我有多擔心嗎？我以為妳死了。妳哪根筋燒壞了，竟然那樣到處亂跑？」

「我——」

「再怎麼笨蛋、白癡的人……」

她站起身，嘴唇與雙手都微微顫抖。

當班看見蘿貝塔的臉時，語調和緩下來。「拜託別哭。聽著，對不——」

話還沒來得及說完，她的拳頭便打中班的下巴。他覺得眼前一陣發白，搖搖晃晃地退了兩步。

「不准你這樣跟我說話，班．霍普！」

他們站在原地，四目相接。班揉揉下巴，然後蘿貝塔舉起雙臂抱住他，並且將臉深深埋在他的肩頭。但是蘿貝塔感覺到班全身突然緊張起來，所以退開，以猶豫不決的眼神看著他，臉上掛著兩行熱淚。

但是這時班緊繃的情緒瓦解，心裡強而有力地湧起某種感覺。現在，他渴望那份他拒絕已久的溫暖；他希望跳入其中，像潛水者一樣潛入溫暖的潟湖，永遠不再浮出來。當他站在那兒，看著蘿貝塔悲傷、濕潤、閃爍又充滿探尋的雙眼時，他意識到自己比想像中的還愛這個女人。

班伸手抓住蘿貝塔的雙臂，將她拉進自己懷裡。他們緊緊相擁，喘息著彼此愛撫，並且用手指輕拂對方的頭髮。

「我好害怕。」班喃喃地說道，「我以為我失去妳了。」他的手撫上蘿貝塔的臉，從她微笑的臉龐上擦去淚痕。他們的嘴唇逐漸靠近，然後他給了她深深的一吻，彷彿他未曾親吻過任何人似的。

隔天早晨，遠處傳來的雞啼聲吵醒了蘿貝塔。她眨啊眨地睜開眼，過了幾秒鐘後才想起自己身在何處。陽光自臥室的窗戶照射進來。她想起昨晚的事，臉上不禁露出一絲微笑。這一切不是夢。當她告訴班自己有多麼愛他時，班說他心有同感。班對她十分溫柔；隨著激情的攀升，她對班敞開了自己嶄新的一面。

蘿貝塔翻過身，在被窩裡伸展四肢，盡情享受棉織被單清爽的觸感。她撥開眼前蓬亂的頭髮，伸出手臂想觸摸班，但只摸到空蕩蕩的枕頭。他大概在樓下吧。

她在半睡半醒的迷濛意識間徜徉了好一會兒。被綁架與囚禁的恐懼似乎已成了遙遠的記憶，彷彿那是上輩子的事，或是一個快被遺忘的久遠夢魘。她好奇居住在愛爾蘭的海邊會是什麼感覺。她不曾住在海邊……

現在她較為清醒了，開始好奇班正在做什麼。她沒聞到咖啡香；除了小鳥在外頭的樹上鳴囀外，她也沒聽到任何聲響。她將雙腿一擺，下了床，赤裸地穿過臥室，一路撿起從樓梯口散落到床邊的衣物。更多猶新的記憶浮現，令她再次泛出微笑。

班不在樓下做早餐。蘿貝塔呼喚著他的名字，在小屋裡四處尋找他的蹤影。他在哪裡？直到看見車子以及班的物品都不見了，蘿貝塔開始擔心起來。她在餐桌上找到他留下的字條。甚至在還沒打開閱讀之前，她已經知道裡面會寫了些什麼。

淚水在蘿貝塔的眼眶裡聚集，然後滑下雙頰。她坐在餐桌前，頭埋在雙臂間，哭泣良久。

57

三天後，法國南部，帕拉瓦萊佛羅

秋天已經來臨。海濱度假勝地的繁忙旺季即將進入尾聲，而唯一還泡在海水裡的遊客不是英國人就是德國人。班坐在海灘上，眺望藍色的海平線，心裡想著蘿貝塔。此刻，她應該已經在安然回家的路上。

昨晚激情之後，他便早早離去。班想著，你不應該讓這種事情發生的，這對她不公平。他感覺很糟糕；他一直打算在天剛亮、趁蘿貝塔還熟睡之際悄悄離開，卻依然承認了自己對她的感情。

黎明時，他坐在餐桌前寫信給蘿貝塔。其實那算不上是封信；他希望能多寫些什麼，但是那樣只會徒增兩人的痛苦。除了字條，班還留下一筆錢，足夠讓她安全地盡快回到美國。

當他已經抓起東西，正準備直直走出門，卻無法瀟灑地離開。他想看蘿貝塔最後一眼。所以他躡手躡腳地重新踏上軋軋作響的樓梯，小心避免吵醒她。班在床邊站了好一段時間，看著熟睡中的蘿貝塔。她的身體在被褥下緩緩地起伏，頭髮散在枕頭上。他極其輕柔地撥開落在她眼睛上的一根捲髮，深情地注視著她的睡容；她的表情全然放鬆得像個孩子。班多麼想將她擁進懷裡、親吻她、逗得她大驚小怪、為她將早餐送到床邊……兩人在一起，過著幸福快樂的日子。

但是這一切都不可能發生，就像一個遙不可及的夢。他的命運另有不同的規劃。班想起路克・西蒙曾說：「我們是孤獨的狼。我們想愛她們，但是最終只會傷了她們的心。」

他給了蘿貝塔最後一個飛吻，然後強迫自己轉身離去。

現在他必須將思緒重新集中到他的尋索任務上。菲爾福克斯在等著他，露絲在等著他。

班走回位在海灘旁的民宿。他坐在床上，拿起手機撥號。

「所以說，我正式洗清嫌疑囉？」

西蒙呵呵一笑。「班。你從來沒有正式被列為嫌犯。當時我只是想找你來問訊而已。」

「那你的做法還真奇怪，路克。」

「不過正式的答案是，沒錯，你可以走了。你已經履約，而我也會遵守我們的協議。馬克・杜博瓦安全回家；『上帝之劍』正在接受調查，而且半數成員以涉嫌謀殺、綁架和一大堆其他罪名遭到羈押。所以呢，我很樂意忘記一些關於你的事情。你懂我的意思吧？」

「我懂。謝了，路克。」

「別謝我，只要你別再給我惹什麼麻煩就好。拜託請告訴我你今天就會離開法國。」西蒙語帶懇求地說。

「快了，快了。」班向他保證道。

「我說真的，班，好好享受剩下的好天氣，去看個電影、參觀風景名勝……改變一下，當個觀光客吧。如果我聽到你又搞了什麼名堂，老兄，我絕對會讓你吃不完兜著走。」

西蒙掛掉電話，暗自微笑。儘管發生這些事情，但是他不得不承認自己對班・霍普這傢伙滿有好感。

這時突然有人推開了辦公室的門，他轉身看見一名薑黃色頭髮、開始禿頭的警探走進辦公室。「你好啊，莫倫巡佐。」

「早安，長官。很抱歉，我不知道你還在這兒。」

「我正要準備走了。」西蒙看看手錶說道，「你需要什麼嗎，巡佐？」

「我只是想找份檔案，長官。」莫倫繞到檔案櫃前，拉出一格抽屜，快速翻閱檔案分類紙板。

「嗯，好啦，我要閃人了。」西蒙拿起公事包，友善地拍拍莫倫的肩膀，朝大廳走去。

莫倫看著西蒙的身影消失在走廊上後關起檔案櫃，安靜地闔上門，然後拿起電話。他按了個按鍵，話筒傳來女總機的聲音。

「妳可以幫我查一下最後撥進這支電話的號碼嗎？」他抄下一組數字後結束通話，然後撥打剛才寫下的號碼。

電話那一頭傳來不同女人的聲音。莫倫頓了頓，然後說：「抱歉，我打錯電話了。」

他切掉電話，再撥通另一個號碼。這次接起電話的是個刺耳粗糙的聲音。

「我是莫倫。我有消息要告訴你。目標在帕拉瓦萊佛羅的碼頭客棧。」

民宿裡，班坐在書桌前。他啜了一口咖啡，揉揉眼睛，然後開始爬梳所有的筆記資料。「好了，霍普，」他喃喃自語道，「我們繼續。目前我們找到些什麼呢？」

答案無可避免的是——他找出的東西並不多。全是一些沒有關聯的零星資料以及一大堆無解的問題，而且他毫無頭緒。他知道的依然不夠。缺乏睡眠、沒日沒夜的逃命、計畫以及試圖在腦中拼解這些元素，一連串的事情讓他身心俱疲。而現在，每當他試著專心做事，蘿貝塔的臉便浮現眼前。她的秀髮、眼眸，她的舉手投足、一顰一笑……班無法將她自思緒中剔除，也無法填補心裡因為她再也不在身邊而感到的空缺。

他的菸又快抽完了。他拿出隨身酒瓶搖了搖；裡頭還剩一點酒。他準備旋開瓶蓋，但是想了想，不。於是他把酒瓶放在桌上，然後推得遠遠的。

筆記本中有九頁寫著這些一組組看似隨機而無意義、數字與字母交雜的東西。這些排列組合依然困擾著班。他疲倦地拿起筆，仔細翻閱筆記本，然後依照出現順序寫下這些奇怪的數字與字母。

i．N18
ii．U11R
iii．9E11E
iv．22V18A22V18A
v．22R15O
vi．22R

vii・13A18E23A

viii・20R15

ix・N26O12I17R15

以工整的字跡重新書寫後，這些東西比在筆記本上看起來更像密碼。到底是什麼意思呢？班對密碼學有相當的認識，所以曉得若要解開像這樣的密碼，他需要解碼金鑰，而間諜或情報人員經常隨機地引用書籍中的某句話作為重要線索。這句話的頭二十六個字母可能可以對應到他所寫下的字母或數字——甚或兩者均有。而且可能是順著文句，或是迴文；這會產生密碼變位上的不同，連帶地造成截然迥異的解讀。如果你知道關鍵文句是出自哪本書的哪一頁、哪一句話，破解密碼便不是難事。

但是如果你不知道，解碼便可說比登天還難——而班根本無從得知關鍵文句為何。傅爾坎奈利可能從任何一本書或一段文字中選出一句話作為解開這些序列的鑰匙；他可能採用任何他所會的語言——法語、義大利語、英語、拉丁語，甚至任何翻譯成或翻譯自上述語言的東西。

班在桌子前坐了一會兒，絞盡腦汁地思考各種可能性。相形之下，俗語說的大海撈針似乎還比較容易些。他回想所有資料，突然想起安娜對克勞斯・萊茵菲爾做的訪談錄音；萊茵菲爾在錄音帶中唸著類似的一連串數字與字母相間的東西，而且班當時有記下來。

他摸摸口袋，找到他的小便條本。萊茵菲爾一再反覆唸誦同樣的一串東西——N-6、E-4、A-11、E-15。——但是這並沒有出現在他的筆記本上。難道密碼是萊茵菲爾自己想出來的嗎？班想起安娜描述萊茵菲爾一邊喃喃有詞，一邊著魔般數著手指。他做這個動作的時候，也反覆唸著其他東西……不過是什麼呢？某句跟鍊金術有關的拉丁文。班緊閉酸澀的眼睛，試著喚起記憶。

那句話寫在萊茵菲爾筆記本裡的某個地方。他翻閱髒汙的書頁，找到那幅鍊金術師站在沸騰的大汽鍋旁調製金屬的墨水插畫。鍋身上寫著 Igne natura renovatur integra——一切自然將在火裡重生。

如果萊茵菲爾吟詠這句話的時候不斷數著手指，這是否意味著……班算了算——這句拉丁文共有二十六個字母。這可能會是解碼的關鍵金鑰嗎？

他將全句抄在紙上，然後上下各依序寫上二十六個羅馬字母以及數字一至二十六。看起來太簡單了，但是他還是決定試試看。班很快便發現密碼中的數字只會對應到最上排字母列中的同一個字，而密碼裡羅馬字的部分則因為文句裡重複的字母，例如N，而引導出不同的結果。他以那句拉丁文作為關鍵線索，解出頭兩組字串N18與U11R所代表的字母：

CR HKI
E R K
M S
U Y

利用縱列，水平的字母應該可以組成某種讀得懂的字；但是結果毫無意義。再試一次，反正剛剛的解法太容易猜到了，班心想。他將數字倒序排列，然後再次對應出頭兩組字串：

C I H P I
E R K
M S
U Y

根本湊不出任何合裡的字！這回看起來他完全搞錯了。關鍵文句可能根本不是這句話。

「天啊，我討厭猜謎。」班喃喃自語道。他咬著筆桿，重新看著筆記本尋找靈感。他的目光落在鍊金術與大汽鍋的插圖上；鍋子下方是火焰，火下方則寫個四個字母ANBO。

這時他靈光一閃。對啊，我真笨呀，他暗自罵道。ANBO是IGNE——拉丁文「火」的意思——編成密碼後的形式。如果ANBO等於IGNE，那麼字母就是間隔地與關鍵文句排列成行；當字母「M」排至句尾時，「N」便從頭填進空位。再將數字一到二十六遞減列出後，他就得出一個完全不同的解碼金鑰。

2 6 2 5 2 4 2 3 2 2 2 1 2 0 1 9 1 8 1 7 1 6 1 5 1 4 1 3 1 2 1 1 1 0
I G N E N A T U R A R E N O V A T
A N B O C P D Q E R F S G T H U I
9 8 7 6 5 4 3 2 1
U R I N T E G R A

V J W K X L Y M Z

「好，再試一次。」根據新的金鑰，密碼N18當中羅馬字母N對應出B、C、G與K；數字18只代表E。第二組字串U11R，字母U可能為Q或V；11只代表U；而R可能為E、F、J或M。

班盯著紙上的塗塗寫寫，開始覺得有一點眼花。但此時他突然嚇了一跳。等等，他好像看出端倪了。在剛才查找出來的字母中，他能拼出兩個明顯的字「CE QUE」。他趕緊將矩陣更整齊地重寫了一次

A：I／26	G：N／14	M：R／2	S：E／15	Y：G／3
B：N／24	H：V／12	N：G／25	T：O／13	Z：A／1
C：N／22	I：T／10	O：E／23	U：A／11	
D：T／20	J：R／8	P：A／21	V：U／9	
E：R／18	K：N／8	Q：U／19	W：I／7	
F：R／16	L：E／4	R：A／17	X：T／5	

班用新的解碼金鑰開始快速挑出字母，並且揭露隱藏其中的訊息。

i．	N18	CE
ii．	U11R	QUE
iii．	9E11E	VOUS
iv．	22V18A22V18A	CHERCHEZ
v．	22R15O	CEST
vi．	22R	LE
vii．	13A18E23A	TRESOR
viii．	20R15	DES
ix．	N26O12I17R15	CATHARES

是句法文，意思為「你所尋找的東西乃為卡塔爾的寶藏」。

有所斬獲的興奮之情給了班一股新的力量。他翻閱筆記本，尋找更多訊息，協助他進一步了解所發現的東西。在寫著譯為「TRESOR」密碼的頁面下方，他找到另外三組字串。

22E　18T　22　E　181、26、T15　U20　A18

現在這些東西看來並不陌生了；但是當他試圖用矩陣破解訊息後，他的心為之一沉。

C L E D C L E A　A　D H Q D P E
O　I　O　W　　I　V　R

S X S S U
Z

COEICSEW A IHVDRE？這根本不可能蘊含了什麼意思在當中。

班不服氣地想，好啊，你這個渾蛋老頭，我才不會這麼容易被你考倒的。傅爾坎奈利似乎喜歡捉弄人，不過班漸漸開始理解他的把戲。他將數字改為遞增數列，並且顛倒交錯字母的順序，如此一來產生截然迥異的解讀。

CHECCHED A CHEDAE
O R L Z R J F
S W O W I
K

他看了一眼橫行，然後剔除直列中奇怪的字母，頓時間他拼出了可以看得懂的法文字。

CHERCHZ A……

翻譯出來是「在……尋找」的意思。唯有最後一個字把他給難住了。最後一個字的可能性有RHEDIE、WHEDIE、WHEDAE、RHEDIE，或者一些更奇怪而且明顯沒有意義的組合，例如CHJKE。

班搔搔頭。在……尋找……就文義看來，神秘的第三個字一定是個地名——在「某處」尋找。他查了所有可能的排列組合，但沒能在地圖上找到相符的地名。他突然想起民宿在樓下的走廊上販賣當地的旅遊手冊，所以趕緊跑下樓，向民宿老闆買了一本涵蓋朗格多克全區介紹的指南，然後邊跑邊翻閱索引地回到房間。但是書中依然沒有任何他所排出來的地名。

「幹！」班把書用力一扔，書頁在空中劈啪地散開。旅遊指南砸在牆上，回彈到壁爐臺，撞翻了其上插了花的花瓶；花瓶應聲掉落、碎裂。「幹！」他更加大聲地吼道。

此時，班突然想起一件事，滿腔怒火隨即消退並且被即刻遺忘。錄音帶裡，萊茵菲爾一直重複喃喃唸著的那組密碼呢？那會提供他任何解答嗎？班再次翻開便條本，開始替那五個字解碼。當他看到結果時，幾乎笑了出來——KLAUS，克勞斯。

所以萊茵菲爾那個可憐的傢伙解開了傅爾坎奈利的密碼。班納悶這名德國人是否由於無法得知剩下東西，感到過度挫折而陷入瘋狂。他開始真真切切地體會到這個男人的感受了。

當班低咒著用拖把將翻覆的水拖乾淨。在他彎身撿起垂軟的花朵與瓷器碎片時，驀然閃過另一個念頭。我真是個笨蛋，當然啦。他拋下手中的東西，跑到背包前仔細翻找。他在包包裡找到那幅原本掛在安娜家牆上、描繪舊時朗格多克的中世紀地圖贗品，然後把畫工精美的卷軸攤在桌上。

當班找到所要找的地名後，對照現代地圖上的同一位置。絕對錯不了。離聖讓村不到二十英里的雷恩城堡，那個村子在中世紀叫做Rhédae，雷德。班砰地捶了一下桌子。CHERCHZ A RHEDIE頓時有了嶄新而確切的意義——「在雷恩城堡尋找」。

而且，根據他的旅遊指南，雷恩城堡是與失落的卡塔爾寶藏傳說最為相關的地方。

58

當班沿著D118公路穿越高低起伏的原野，朝雷恩城堡前進。一路上，他回想著自新買的旅遊指南上所讀到、關於這個地方的介紹。他依稀曾在某個電視紀錄片上聽過這個地方，但是他不知道這個過去相當冷清的中世紀小村落，如今已成為法國南部最轟動的旅遊聖地。他的旅遊手冊上寫道：「此處是尋找神聖寶藏以及魔幻現象的重要核心。無論你是否相信超自然、卡巴拉教[24]式的概念、幽浮或麥田圈，雷恩城堡的奇怪神秘事物都是令人無可否認的。」

雷恩城堡之謎起源於貝朗熱．索尼耶的故事。索尼耶原是名卑微的村莊教士；傳說在一八九一年天主教改革期間，他找到四張封緘在木管中的羊皮紙。這些文件的年代從一二四四年跨越至一七八〇年代，並且據聞這些東西引領索尼耶神父尋得一個偉大的秘密。

沒有人知道索尼耶究竟發現了什麼，但是看起來這名教士隨即一夕致富，從一介貧民變成百萬富翁。他的錢財從何而來至今仍是個謎。有些人說他找到了傳說中的卡塔爾寶藏——十三世紀時，異教徒為了不讓壓迫者發現而藏匿的一大筆黃金。其他人則宣稱這個寶藏並非金錢或黃金，而是一個大秘密、某種古老的智慧，而教廷收買索尼耶，用錢封住他的嘴。

可想而知的是，當這個故事在一九八〇年代初期登上媒體後，寶藏的傳言結合撲朔迷離的真相，激起人們一陣狂熱的興趣，對一切與雷恩山城之謎有關的事物趨之若鶩。每年夏季，神秘主義者、嬉皮與尋寶人成群湧進雷恩城堡；自此之後，朗格多克的觀光產業因為卡塔爾而瘋狂。

班在庫伊札離開主要幹道，開上迂迴曲折的山路。在行經四公里越發荒涼的景色後，他終於抵達雷恩山城這個小村落。

教堂坐落在距離街道兩公尺的鐵柵門後方，旁邊是與古老、傾頹的中世紀村莊形成奇怪對比的遊客中心。目前正有導遊帶領一群拿著相機不斷拍照的旅客參觀此處。班混入其中，並且從吱喳喳的交談聲中發現他們是英國人。

「好啦，各位先生、女士……」無精打采的導遊用單調的語氣開始做冗長的介紹，「請大家往這邊走，我們要進去神秘的教堂了。嗯，就像所有的中世紀教堂，這棟建築面向東西方，平面圖呈十字形。祭壇是……」

班隨著旅遊團魚貫進入窄小的門。遊客在教堂內部亂轉，華麗的裝飾讓他們目不暇給。踏進門口立即可以看見一尊兩眼瞠視、長了角的惡魔雕像；四位天使站在惡魔上方，視線越過整座教堂，望向祭壇。

導遊指指惡魔像，他的聲音迴盪在教堂裡。「這個嚇人的傢伙據信是惡魔阿斯蒙帝斯；他負責守護秘密以及……隱藏的寶藏。」這似乎逗樂了這群人，但是班已經可以預期自己不會從中得到任何指點。他離開隊伍，回到陽光下，挫折地將一顆石子踢越塵土覆蓋的街道。

雷恩城堡坐落在岩石山腰上，能將壯麗的景觀盡收眼底。村子的西緣是陡峭的懸崖。班站在崖邊眺望遠處的山丘、河谷，並且用手為打火機遮風，點燃一根菸。他嘆了口氣，心裡納悶蘿貝

24 猶太教中的神秘主義，主要在探討人的本質、生命的目的以及宇宙本質等議題。

塔現在人在哪裡。他已經好多年沒有如此痛苦地感到孤獨了。

班看見各處有不少破舊的高塔與建築遺跡，以及兩個古老的赭土石砌村落。地圖顯示，在他所站之處下方的乾涸溪谷中有個村子叫做艾斯佩拉札——「希望」的意思；這個名字讓他不禁笑了笑[25]。沿著地平線，他看到遠處某個名為庫斯托薩的遺跡。

霎時間，班想起自己曾看過類似的風景。他曾與安娜站在別墅附近的山腰上遠眺河谷。他回憶起她所說的話。在某個地方，這些古老遺址的相對位置會成為解開秘密的線索；而解開那個謎團的人將得到偉大的智慧與力量。

「妳想跟我說的是什麼，安娜？」班望著地平線，低聲自語道。傅爾坎奈利、卡塔爾教派、失落的寶藏……這些一定有所關聯。傅爾坎奈利在這附近發現了古老卷軸和十字架匕首嗎？這是烏斯勃提選擇法國這塊區域作為「上帝之劍」總部的原因嗎？

他拖著腳在村裡閒逛了一會兒，然後在距離教堂不遠處找到一間專做觀光客生意的咖啡館；除了飲品，他們也販賣明信片與紀念品。店裡幾乎空無一人，而且咖啡聞起來還不錯。班坐在店裡偏遠的角落，一邊啜飲咖啡，一邊試圖理出頭緒。這到底是幹什麼啊？他從塑膠袋中抽出萊茵菲爾的筆記本，目光再次落在那段奇怪的詩節上。

聖殿諸牆不可傾圮
撒旦眾軍過而不覺
渡鴉護守莫言之秘

唯忠直尋索者知悉

這或許只是睡眠不足、精神衰弱的腦袋所產生的胡思亂想，也或許是一道劃破所有鍊金術謎題的曙光。不過一個突如其來的想法像雷一般打中班。

他在筆記本裡翻找到那幅描繪匕首刀身紋飾的雙圓圖案。就他所記得的，筆記本上所畫的圖與刀身上的刻紋不同之處在於，前者的中央多了渡鴉的符號。如果萊茵菲爾完全臨摹原圖，這意味傅爾坎奈利刻意地在當中加進了新的特徵；而且這項特徵一定別有意涵——但是怎麼個有意涵法？

渡鴉護守莫言之秘。

班再看了看另一頁所畫的渡鴉符號，圖案旁邊寫有「DOMUS」——渡鴉之屋。

他坐在椅子上沉思。假設，如果渡鴉之屋——先不管它確切是什麼東西——位在兩個幾何圓形的中央，雙圓是否有可能代表了某個實際的地點呢？一個利用古蹟作為參考點，並且在實質地景上連線後所標示出的地點，就像安娜曾經暗示過的那樣……

聽起來很瘋狂，但是當中自有其道理。

班回頭思考那段韻文。聖殿諸牆不可傾圮。

什麼樣的殿堂圍牆不會被摧毀？從這附近的舊廢墟數量看來，文中所指的聖殿絕對不可能是

25 希望的英文與班的姓氏霍普（Hope）同義。

石砌的。而且教廷軍隊無情地徹底摧毀了異教徒的堡壘與教堂。

不過他又蹦出另一個想法。要是聖殿圍牆從來就不是——也根本無意——用石頭砌成的呢？如果城牆指的是地理平面圖上跨越土地、肉眼看不見的線條，而且只有參與這項秘密的忠直之人才知情呢？四處劫掠的軍隊甚至不會曉得這種殿堂的存在，因為圍牆是看不見的。那是一座虛擬聖殿。

事實上，那是張地圖。不論渡鴉之屋是什麼，它位在整體的中心，而且似乎是某個東西的標記——也許是會讓人惹上大麻煩的東西。鍊金術的秘密寶藏嗎？烏斯勃提瘋狂地想找到它，納粹黨覬覦它；說不定那些對卡塔爾教派發動大屠殺的人也在尋找這個東西。

班的思緒拚命轉動。他從背包裡抽出摺得方方正正的路線圖，啪嗒地攤在塑膠桌上。他的指頭落在雷恩城堡上。傅爾坎奈利領他來到此地，這裡是卡塔爾教派發源地的核心，也是失落的卡塔爾寶藏之謎的樞紐。他將以這個地方作為尋找的起點。

他將上了護貝的菜單當作尺，開始用鉛筆嘗試性地在地圖上畫出一條條直線。他很快地注意到當中出現了某種模式。

聖塞寧—昂圖尼亞克—拉皮克—比加哈什

庫伊扎—勒貝居

艾斯佩拉札—雷恩萊班

至少還有十幾條完美串連起附近教堂、村落與古堡遺址的直線；所有線條全都穿過他現在所坐的位置——雷恩城堡——的中心。這個異乎尋常的發現似乎證實了他的尋找方向是正確的。班繼續畫出更多直線，然後建立起一個涵括整個區域、令人眼花撩亂的大網格。

咖啡館裡的客人來來去去，但是班絲毫不在意，而擱在手肘旁的咖啡也已經變涼。複雜的地理相對位置在筆下逐漸展開，他不禁呆坐在桌前。一個鐘頭過後，他找出了一個正圓，而圓周連結了區域內的四座古老教堂——雷索濟勒教堂、聖費里歐教堂、格拉內斯教堂與庫斯托薩教堂。讓他驚訝的是，延伸出來的線構成了六芒星，而星形的六個角都在圓內，而且其中兩處恰巧就是前兩座教堂。第一個圓的圓心正是位在雷恩城堡下方河谷的村子艾斯佩拉札。

又過了一個鐘頭，咖啡館的服務生開始納悶這名奇怪的客人還要坐在那兒對著地圖亂畫多久，不過班不以為意。現在第二個圓出現了。他穩穩地在地圖上描出圓周；中心點是一個叫拉伐狄爾——神之谷——的地方。兩個圓的大小相近，以西北向東南的方向斜斜地呈現在地圖上。班畫出更多線，隨著複雜的鍊金術符號慢慢成形，他不禁驚訝地搖搖頭。

以艾斯佩拉札為中心的六角星中，靠南方的兩個角分別為雷索濟勒教堂與聖費里歐教堂。圍繞拉伐狄爾所形成的五芒星中，兩個西側的尖點為格拉內斯教堂和庫斯托薩教堂。從貝荷雷、布朗舍佛到拉伐狄爾畫一條直線，可以構成五角星南端、落在圓周上的角。最後，另一條直線連接拉伐狄爾以及較遠的阿爾克城堡，形成五芒星最東邊的角。

班靠在椅背上，凝視著滿是線條的地圖。他不敢相信眼前所看到的東西。兩個圓內星，完美的幾何圖形——那座看不見的聖殿——就這樣出現在廉價的加油站路線圖上。

早在傅爾坎奈利無意中發現這個現象就是創造出這等奇觀的人——不管他們究竟屬於什麼樣的文明——一定極為擅長土地測量、幾何學以及數學。光是在險峻、多山的地景上計算出如此複雜的網絡就已經夠令人難以置信了，更別提他們竭盡所能地在準確的位置上建造教堂與所有村落；而那些地點全是由看不見的圓形或是兩條虛擬的直線交叉所標示出來的。這麼做只是為了幫某種神秘知識設立藏匿之處嗎？什麼樣的知識值得如此大費周章呢？

也許他即將查出真相。他正循著傅爾坎奈利的歷史足跡而行。現在他只需要找出整個幾何圖的中心點，那裡應該就是傅爾坎奈利發現東西——無論是什麼——的確切地點。班在基本圖案上額外畫出對角線以及對稱線；兩條線交叉成瘦長的X形，標出圖的正中心。

「就是這裡。」班喃喃自語道。正中心所在地離雷恩城堡不遠，大約在西北方頂多兩公里的地方。

但是那兒會有什麼等著他呢？只有一個方法可以知道答案。他離真相越來越近了。

59

班從村子的西緣出發，動身穿越鄉野。他發現一條從山腰蜿蜒而下的小路，所以踏著碎石與鬆軟的泥土爬下山；極為乾燥的土壤有時甚至讓他滑落數公尺，而他還得同時努力維持平衡。來到懸崖下方一百公尺的樹林線後，地面變得較為堅實，最後一段斜坡亦有樹枝可供抓扶。隨著地形趨於平坦，原先稀疏的樹林變成了濃密的森林。

班選擇一條樹木茂盛的小徑行走；四周緊密生長著針葉植物、橡樹與山毛櫸。小鳥在樹梢啾鳴，乳白色的暮秋陽光自或綠或黃的樹葉間灑落。數天來的第一次，班幾乎能將惱人的思緒拋諸腦後。儘管他十分想念蘿貝塔，但是曉得她終於安然脫身，令他鬆了一口氣。不管發生什麼事，她都將安好。

林蔭森森的河谷另一邊地勢再度開始拉抬。班橫跨岩石高原一公里後，一處絕壁突然聳立成高高的山脊。他明白，若要依照預定中的路線行走，自己勢必得從上越過，所以他毫不在意腳踝邊刺人的灌木，繼續用穩健的步伐穿梭在岩石間。嶙峋的山脊逐漸逼近。

遠處的法蘭柯．波薩正用高倍數望遠鏡看著獵物小小的身影。他一路從帕拉瓦萊佛羅跟蹤班．霍普到這裡，並且謹慎地不讓對方發現自己的行蹤。他看見霍普從雷恩城堡的山腰爬下山谷，以直線路徑穿越原野。這名英國人顯然曉得該往何處去；而且不論他在尋找什麼，他也必定會找著。不過這一次，波薩不會讓霍普從手中逃走。

波薩以弧形路線悄悄地跟在班的側後方；牧羊小道上的雜樹林提供了良好的掩護。他低身穿越逐漸攀高的地勢，並且不時停下來確認遠方渺小身影的行進，然後順利繞道至班的上方、接近峭壁頂端之處。波薩身後的地面傾斜變成深深的綠色河谷，而遠處坐落著一棟房子。

屹立的岩壁攀高成平坦的岩架，像個小小的平臺，然後再度拉升至山脊頂端。右手邊的山腰驟降約三百公尺，下方是樹木濃密的山谷。班開始漫長的攀爬。大約過了半個鐘頭，他爬越十公尺左右的高度，抵達第一段岩架。峭壁面上突出一塊灰色岩石，與岩架構成的淺淺山洞。他停下來稍做休息，並且瞇起眼抬頭看著還得繼續攀爬的斜坡。

躲在上方的波薩從大石頭後方探出一點頭。從這個有利位置，他可以用望遠鏡清楚看到英國人霍普。寬大、平坦的岩塊懸掛在陡峭的斜坡外；波薩以為它應該可以承受自己的重量，而且穩固得繼續在原處文風不動一千年。但是他是個壯碩的男人，所以當他逐漸往懸崖邊緣時，岩塊的平衡也隨之改變。

當他發現石頭開始滑動之時，已經為時已晚。

波薩先是趴著與岩塊一同移動了數公尺，隨後岩石滑落崖壁，撞到一堆較小的圓石後翻覆。波薩被拋了出來，滾落三十公尺。他慌張地想伸手攀抓，但是所有東西都跟他一同下墜。山崩的衝力越來越大，山腰的部分土石也跟著崩落。

班正抬頭看著剩下的需要攀爬的山路，但是頓時感到膽破心寒；數百顆岩石朝他滾落。土石從山洞前墜落時，他即時低頭躲進突出的岩塊下。山崩轟隆隆地帶走大部分的岩架。班在嗆人的煙幕中摀著臉，但此時腳下的地面突然坍塌，他趕緊伸手攀住上方突出的岩塊。他掛在空中，祈禱岩石不會鬆動而使他摔落。一塊凹凸不平的石頭彈出峭壁，砸中他的肩膀，令他鬆開了手。班又滾又滑地摔落一大段斜坡，大圓石與泥土在四周嘩啦作響。當他猛然撞上一段突出的樹根時，痛得眼前一陣發白。他不知如何地抓住了樹根，落石則繼續重重地打在他身上。幸運的是，樹根沒有受影響，而山崩的威力逐漸減弱，最後終於結束了。

空氣裡飄著濃濃的煙塵。班滿口鼻都是塵土，不禁一陣嗆噎。他設法找到安全的立腳處，測試脆弱的斜坡地面後才慢慢將重心移至雙腳。他感激地拍了拍樹根，然後手腳並用地小心重新開始攀爬懸崖，往堅實的地面前進。

波薩終於在石塊間停止滑落；他驚魂未定而且一身血汙。他的指頭由於墜落時試圖攀抓東西而磨破了皮。他搖搖晃晃地站起身，看看四周山崩後所造成的殘石碎礫。他摔落了好一段距離；只差兩公尺，他便會從凸出的岩面直接跌出斷崖，摔進下方長滿樹木的山谷。

他聽見背後傳來聲響，轉過身看見班．霍普站在十公尺外的地方。

波薩來不及掏槍。班不慌不忙地垂下目光，直直地盯著對手的胸膛，然後迅速地連續擊發兩次白朗寧手槍。

槍聲迴盪在寂靜的山岳中。波薩像個搖頭娃娃般搖搖晃晃地猛然向後退，在斷崖邊舞動雙臂，試圖保持平衡。班冷酷地看著他，然後再次開槍。波薩抓著胸口，帶著瘋狂的憤恨之情消失在懸崖後方。

又過了一個鐘頭，班才找到路通往小山另一邊、樹木散佈的河谷。他坐在生苔的傾倒樹幹上稍事喘息。他真想換上好穿的軍靴；目前腳上的這雙輕量運動鞋已經快要壞了，惱人地磨著他的腳。

不可能是這裡，他眺望山谷，在心裡想著；但是根據地圖以及指南針，是這個地方沒錯。放眼望去，這裡除了荒涼的風景，什麼也沒有。

他看著兩百公尺外、山谷另一邊的白色房子；屋子在高山山腳下的樹林間若隱若現。班嘆了口氣。雖然他不知道自己會找到什麼——也許是處廢墟，甚至巨石圈或其他東西——但是他沒想過會在「渡鴉之屋」的位置上偶然發現這間整齊的白色現代化別墅。

別墅四四方方而且平頂的設計與朗格多克鄉村常見的石造房屋截然不同，而且看起來是幾年前興建的。不過整棟建築卻以魔幻般的恬逸氛圍融入周圍的自然景色中，彷彿它已經存在那兒數個世紀。

班一邊注視著白色房子，一邊逐漸走近圍牆大門。這時，一個聲音呼喚道：「哈囉？有人在那邊嗎？」一名婦人穿過照顧得宜的美麗花園朝他走來。她的身材高瘦筆挺，年約五十五至六十歲。但是引起班注意的是她戴著墨鏡，並且用白手杖點探前方的路。她一步步小心地從小徑走至大門。她微笑地望向班的身後。

「我只是在欣賞妳的房子。是個很漂亮的屋子。」班對盲婦說道。

她笑得更加開懷。「喔，所以你對建築有興趣啊？」

「是的。不過不知道是否能跟妳討杯水喝？我剛從山的那頭過來，真的很渴……可以麻煩妳嗎？」

「當然沒問題。進來吧。」婦人轉身面對房子，「跟我來。喔，小心大門的門閂，不是很好拉開。」

班跟著盲婦沿石板小徑來到別墅。她領著他穿過寬大的玄關，來到現代化的廚房。她用手杖敲敲點點地走到冰箱前，拿出一瓶礦泉水。「櫥櫃裡有杯子。你請自便。」他們一同坐在餐桌前。婦人臉上帶著親切的表情，聽班咕嚕咕嚕地灌下兩大杯水。

「謝謝妳。妳人真好。」班說，「我從雷恩城堡一路走過來。我想找渡鴉之屋。」

「你找到啦。」她聳聳肩，簡明地說，「這裡就是渡鴉之屋。」

「這裡就是？」不可能啊。這是個近代建築，怎麼可能會出現在八十年前的鍊金術手稿上呢？「也許我找錯地方了。我要找的是一棟老房子。」此時班突然想到一件事。「這個房子是蓋在原先建築物的遺址上嗎？」

婦人笑了笑。「不，這就是原本的房子。它的屋齡比看起來的要老得多。這間房子是一九二五年蓋的，因它的建築師而得名。」

「建築師是誰？」

「他的真名叫做夏爾．尚內黑，不過他比較為人所知的稱呼是柯比意❷❻，暱稱是柯比。」

❷❻ 二十世紀建築大師，出生於瑞士，後歸化法國。柯比意不但是建築師，同時也是作家、畫家、雕刻家與傢俱設計師。

「渡鴉之屋……」班點點頭。法文中，「渡鴉」的發音近似「柯比」。撇開超現代、甚至可說是未來主義風格的外觀，這棟房子的建造時間與傅爾坎奈利的手稿寫成時期差不多。

「你為什麼要找這間房子呢？」婦人好奇地問。

他立即拿出屢試不爽的伎倆解圍。「我正在做一些歷史研究。有些文獻裡提到過這間房子，而我剛好到了這附近，所以想說過來看看。」

「你想參觀一下嗎？我的眼睛很多年前就已經不行了，可是屋子的一切我還是記得很清楚。」

她打著手杖帶班參觀每個房間，並且指出各處的特色。客廳裡最引人注意的是一座精心雕刻的橡木高壁爐；華麗的風格與屋子其他部分極簡、線條簡單、幾乎像是禁慾般的設計大相逕庭。班盯著壁爐；儘管其上的雕工與整體的美麗十分讓人驚嘆，但是吸引他目光的並不是這些。他所看著的是爐臺上方、佔據整座壁爐大部分空間的雕紋。

那是一隻渡鴉的圓形徽章，與傅爾坎奈利手稿上所畫的圖以及聖母院大教堂裡的石雕相同。班仔細端詳著渡鴉。飛禽有著像劍一般的羽毛、彎勾的爪子、兇狠的嘴喙，鑲嵌玻璃的眼睛閃爍著深紅色的光芒，彷彿正回盯著他。

「這是舊有的裝飾嗎？我是說，這個壁爐。」他想起婦人眼盲，趕緊補上一句。

「喔，是的。那是柯比意親手刻製的。他在成為建築師之前從事的是雕刻和珠寶金工。」

渡鴉下方用金色的哥德式字體刻著拉丁文Hic DOMUS。「Hic……在這裡。」班低聲翻譯著，「屋子在這裡……這裡是屋子……這裡是渡鴉之屋！」

但是這究竟會引導出什麼呢？為什麼傅爾坎奈利將這棟屋子標記在地圖上？他這麼做一定有原因。這裡一定存在著某樣東西。可是是什麼呢？

班環顧客廳，在腦中試圖尋找關聯。對面牆上所掛的一幅畫讓他眼睛為之一亮。畫中老人的穿著看起來是中世紀的打扮。他一手握著大鑰匙，另一手舉著圓盾——也或許是圓盤；奇怪的是，圓形物全然空白，彷彿畫家尚未完成這幅畫似的。畫中的老人露出神秘的微笑。

「你還沒告訴我該如何稱呼你，先生。」盲婦說。

班告知婦人自己的名字。

「你是英國人吧？很高興認識你，班。我叫安東妮亞。」她頓了頓，「恐怕我得請你離開了。我要去尼斯幾天，看看我兒子。計程車快來了。」

「謝謝妳帶我參觀房子。」班咬著下唇，試著隱藏聲音裡的挫敗感。

安東妮亞對他露出笑顏。「我很高興你找到這個地方。我希望你能找到所尋求的東西，班。」

60

班坐在樹林間俯瞰下方的河谷以及柯比意的房子，並且試著整理出頭緒。夜幕迅速低垂，風也越發強勁，空氣悶熱而潮濕。他可以看見烏雲飄過遠處的樹梢。暴風雨將至。

安東妮亞最後所說的話令他感到有點奇怪而且不甚自在。「我希望你能找到所尋求的東西……」他告訴婦人自己在找那棟房子，僅此而已。就她而言，班來此的目的應該已經達成。而且對於一個只是來瞧瞧地圖上找到的舊房子之人，「尋找」這個字眼不免稍嫌強烈而意有所指。

也許他過度解讀了。但也或者盲婦知道些什麼，只是沒有說出口？那棟房子是否有什麼尚待他去發掘的東西？如果沒有，那麼一切到此為止；這將是另一個死胡同。

遠處傳來隆隆雷聲。班伸出手，一顆大雨滴落在掌心，然後一滴接一滴。當計程車的車大燈沿著私人車道緩緩開向別墅時，天空已經下起傾盆大雨。窗戶暗了下來，安東妮亞離開屋子，司機為她撐傘並且扶她上車。班站在滴著雨水的老橡樹下看著計程車駛離。

當尾燈燈光變成針頭般的小紅點，然後消失在越發幽暗的夜色裡，他立起領子，開始越過河谷。

班謹慎而安靜地在房子外圍移動。雨水像瀑布般從屋頂的排水系統流洩在花圃上，泥土因此變得泥濘不堪。刺眼的閃電劃破天空，一秒鐘後憤怒的雷聲轟隆響起。他揩了揩眼睛前的水。

黑壓壓的雷雨雲大量湧至後，天色迅速暗了下來。班打開手電筒，繞道至後門。脆弱的門鎖十分容易撬開，所以不到一分鐘，他便成功潛進屋內。在手電筒微弱的白色光束下，他逐一經過每個房間，身後拖曳出一道長長的影子。暴風雨此時就在這個區域上方，而且威力逐漸增強。天空再度打下忽明忽暗、長達兩秒的閃電，緊接著雷聲轟然，整座房子為之撼動。

班對路徑記憶猶新，很快地找到華麗壁爐所在的房間。他把手電筒燈光照向壁爐上的雕刻；陰影中的渡鴉看起來比白天更活靈活現，它的紅眼珠在手電筒燈光下閃閃發亮。

班退後端詳，並且思忖。他真的不知道自己要找什麼。渡鴉符號領他走到這一步，而直覺告訴他，他應該循著這條線索繼續查下去。他注視著壁爐，絞盡腦汁。

風雨正唰唰地吹打著窗戶。這時，一個念頭突然浮現。他回到滂沱大雨的屋外，證實了自己所想無誤。

在室內，壁爐看似嵌在外牆上；但是當他站在花園裡，抹去臉上的雨水並且用手電筒光線掃過屋頂的輪廓線，他看見矮胖的煙囪從三角牆邊緣內縮三公尺處的屋頂凸起。他注意到毗鄰壁爐的窗戶距離牆角約一公尺，但是從屋外看來卻與建築邊緣相距約莫四公尺。

班旋即回到屋內，全身滴著水而且冷得發抖。他意識到，如果這不是某種超現代風格的特異設計，那麼就意味著壁爐後方有個隱秘的凹龕。隔絕空間嗎？無疑的太大了；凹龕至少有三公尺深。也許那是個可以從其他房間進入的走道，甚或是個壁櫥。

但是入口在哪裡？他試了所有的門，可是方向都不對。那個空間的上方是鋪有實心地板的臥室，沒有往下的通道。房子也沒有地下室，所以不會有通往密室的階梯或地板門。班回到客廳，再次仔細檢查壁爐。通往凹龕的入口一定在附近。

他打開燈，開始輕敲牆壁，聽著牆面所發出的聲響。壁爐四周的牆是實心的，但是往左側移動後，他聽到不同的聲響；距離壁爐左邊一公尺的地方，聲音聽起來相當空洞。不過他找不到任何隙縫或接合處，沒有任何像是暗門的東西。他嘗試撬開牆上的木鑲板，希望能因此發現到什麼，但是徒勞無功。

他伸手從壁爐內部四周一直摸索到滿是煤灰的煙囪，猜想也許裡面會有搖桿或某種機械裝置能開啟通道。結果也沒有。他拍去手上的黑色煤灰，自言自語道：「一定有個開關……」他用手沿著壁爐裡裡外外檢查，指尖撫摩過精細的雕刻，尋找感覺能按壓、彎曲或轉動的東西。但是結果實在令人失望。雨水打在窗戶上，如火焰般劈啪作響。

班自壁爐前退開，絕望地思考著。什麼也沒有。他鐵了心要穿過那道牆，而且如果真的沒有現成的通道，他就自己弄一個！媽的。

他在屋外的工具倉庫裡找到一把劈柴斧頭；斧頭立在墩子上，旁邊擺著一堆劈好的柴。他握住長柄，從墩子上抽起斧頭。回到屋內，他將斧頭揮過肩頭，瞄準牆面空洞的部分。如果他猜得沒錯，他可以砸出一個通向牆另一端的洞。

如果他猜錯了呢？班放下斧頭，突然猶豫起來。他心虛地瞥了渡鴉一眼，而後者閃爍的眼睛似乎心照不宣地看著他。

班若有所思地盯著面無表情的渡鴉。這隻鳥如此栩栩如生，猶如要朝他飛來似的。他放下斧頭，撫摸滑順的雕刻線條，從羽翅到頸子，一直到光亮的紅眼睛。這時，一個瘋狂的念頭閃過班的腦海——他用力按下渡鴉的眼珠。

什麼動靜也沒有。班想，這樣未免太簡單了。所以他拿出LED手電筒，沿著雕刻的輪廓照射，並且仔細檢視。手電筒燈光掃過渡鴉的眼睛時，一道強力的反射光芒令他眼花。鳥的眼球內部似乎有個複雜的鏡面設計，能聚集手電筒的光線並且猛烈投射回來。

他又想到另一件事。他關掉電燈，讓屋內重新陷入黑暗，然後將手電筒直接照射渡鴉的眼睛，而且不忘站得稍微側邊一點，避免被反光刺得目眩。

從渡鴉眼睛折射出來的光芒打在客廳另一頭、他先前留意到的畫作上，形成一個大約直徑三英寸的紅色圓點，而且紅點不偏不倚地落在畫中老人所舉著的奇怪空白圓盾上。

班持續用光照著鳥的眼睛，同時稍微走近畫作。他驚愕地看見紅點上竟有與匕首以及筆記本上相同的雙圓內星圖案。

他記得安東妮亞曾說這間屋子的建築師生前曾是珠寶金工師。你這個聰明的渾蛋，班在心裡暗罵。這是神乎其技的精細之作——將雙圓幾何圖一模一樣地以六十分之一的比例刻在反射鏡面上。但是這有什麼含意呢？

班挪開牆上的畫，心裡頓時感到雀躍。畫後方藏著一座保險箱。他重新打開客廳的燈，趕忙更仔細的端詳保險箱。裡面可能有什麼呢？

保險箱與房子同屬一個年代；不鏽鋼的門上裝飾著新藝術風格的搪瓷圖案。門中央是刻度轉盤密碼鎖，而且有兩組不尋常的同軸轉盤——數字盤以及羅馬字母盤。

「喔，老天啊，拜託別又來密碼這一套。」班咕噥抱怨道。他從背包裡拿出筆記本，夾在書頁間的是寫有解碼金鑰的紙張。保險櫃的密碼應該在筆記本裡。他翻閱本子。但是會是什麼呢？密碼可能是裡面的任何一句話。

他坐下來，筆記本擱在腿上。他大膽地猜測幾個可能，然後馬上編成數字與羅馬字母組合而成的密碼。他最先嘗試了「渡鴉之屋」；雖然機會不大，但是也別無他法了。

他左右轉動刻度盤，輸入複雜的字串：E/4、I/26；R/2、I/26……他花了一、兩分鐘才輸入完整串密碼，然後靜觀其變。

沒有動靜。班不耐煩地嘆了口氣，然後嘗試另一句組合——「卡塔爾的寶藏」。

一樣未果。這樣下去沒完沒了，他不禁望向擺在地上的斧頭。不管三七二十一，把該死的保險箱從牆上敲下來，然後從背面開槍打穿保險箱……這個念頭在心裡浮現。班想起一名頭髮斑白、來自格拉斯哥的士官長曾告訴他：「如果有所猶豫，就訴諸暴力。」他笑了笑，心想在某些適當的情況下，也許這句座右銘並不壞。

接著，他的目光落在剛才從牆上拿下的畫作上。他彎下腰，更仔細地看著。

我怎麼這麼笨啊。鑰匙！

老人手中握著的銀色大鑰匙，握柄上寫著一行小字。他蹲下身看清楚。上面用法文寫著「尋找就必尋見」。

班捉起鉛筆，急忙寫下這句話的編碼。

E/4、R/18；N/22、V/12、R/18、A/17、N/22、V/12、R/18、A/11、A/17；O/13、A/17、E/23、A/11、U/9、R/18、A/17、I/26

當班輸入最後一列字串時，他的心跳加速。他聽見保險箱的機械裝置從深處發出咚的金屬敲擊聲，然後又歸於寂靜。他握住保險箱的門把，用力一拉——文風不動。班低咒一聲。密碼一定錯了，或者保險箱老舊的機械裝置出了什麼問題。保險箱的門緊鎖著，怎麼樣也打不開。

後方傳來聲響，嚇了班一跳。他轉過身，並且準備掏槍。

原來是壁爐開啟了。積滿煤灰的鑲板緩緩移動，一陣細灰自煙囪落下，打開一個剛好足夠一個人穿越的空間。

班深呼吸一口氣，踏進黑暗的壁爐。他揮舞手電筒，眨眼看著四周。

現在他置身於一個窄小的密室，深約六公尺，寬約三公尺。房間的一頭擺著老舊的大橡木桌；桌上積著薄薄的一層灰。桌上有只沉重的金屬聖餐杯，猶如周圍飾滿鉚釘的巨大高腳杯；而放在酒杯裡的是一顆瞪著空洞眼窩的人類頭骨。在這個陰森的裝飾品左右各有一支兩呎高的鐵燭臺；燭臺的圓形底座寬大，其上插有粗大的教堂蠟燭。

手電筒的燈光逐漸暗淡，所以班從口袋中掏出打火機，點亮蠟燭。他舉起其中一支笨重的燭臺，搖曳的燭光在房間裡投射出陰影，沒有牙齒的骷髏頭正睥睨著他。眾多書籍排列在四周的牆上。他拿起一本書，吹去上面的灰塵與蜘蛛網，然後挪近燭光，閱讀皮革封面上的燙金字體——Necronomicon；《亡者之書》。他將手中的書歸位，拿起另一本皮面書籍——De Occulta Philosophia；《神秘哲學的秘密》。

看起來他正置身於某人荒廢已久的私人書房。他小心地把書放回灰塵滿佈的書架，然後舉起沉甸甸的燭臺照亮左右。密室的牆上畫有描繪鍊金術步驟的壁畫。他走上前研究一幅圖——一隻手從雲中伸出。上帝之手嗎？圖中，有水從手滴進一只由數隻長了翅膀的仙女托著的奇怪器皿；器皿下方的洞流瀉出雲霧般的靈妙物質，上面散佈著鍊金術符號以及一個標幟，上面寫著「Elixir Vitae」——長生不老藥。

班轉身舉起燭光照亮房間的其他角落。入口處上方有張臉居高臨下地看著他；那是一幅裱著金色粗框的油畫肖像。臉孔的主人身材壯碩，鬍子花白，並且有一頭濃密的銀髮。灰色濃眉下的雙眼似乎閃爍著幽默的眼神，讓他嚴峻的表情破了功。肖像畫下方的金色飾板以清楚的哥德式字體寫著：傅爾坎奈利。

「喔，我們終於見面啦。」班喃喃地說。他離開肖像，低頭看著地上，並且沿著房間邊緣走動。一張滿是灰塵的舊地毯遮蓋了部分石地磚，但是地毯邊沿露出地上局部的馬賽克花案。他跪下來，把燭臺噹地一聲放在地上。塵埃在搖曳的光線中飄揚。他掀起地毯，一隻大蜘蛛竄了出來，消失在一旁的陰影裡。他將地毯捲成一長條，然後推至牆邊。他吹開灰塵，露出石板上所鑲嵌的彩色石頭馬賽克。又吹又撥地清理了一、兩分鐘後，他起身退後幾步，觀看地上的圖案。約十五英尺長的圖佔據了整間書房的寬度。雙圓內星再度出現。圖案正中央是片圓形石板，上面內嵌著一個鐵環。班用雙手勾住鐵環，用力一拉，一陣冷風灌了上來。

班用手電筒照了照洞內。逐漸微弱的燈光照出鑿柄在磐石裡的螺旋階梯，向下通往黑暗。

61

班步下長長的螺旋石階；當他一圈圈深入樓梯井，屋外的風雨聲便逐漸消逝。

過了一會兒，他抵達石階底層，蜿蜒沒入黑暗的通道出現眼前。這裡只有一條路可走，而他迴盪的腳步聲與滴答水聲是唯一的聲響。地道的圓形壁面相當光滑，高度足夠讓他打直身子通過，而無須彎腰低頭。在山脈岩層裡鑿出這樣的隧道一定耗費了數個世紀的時間；粗略的開鑿其實就可以了，但是建造這個隧道的人顯然有實用性以外的著眼處。他們追求完美，為什麼？隧道又通往何處？他繼續走下去。

地道無預警地出現大轉彎，讓班一度以為自己來到了死路；不過他隨即發現有涼涼的微風從上而來，吹拂著他的頭髮，然後他注意到左手邊有座通往上方的階梯。他努力一步步登爬；這段階梯感覺比先前的來得更長。這只可能意味著一件事——他正朝比地面高的地方前進。他想起房屋旁邊的懸崖，意識到自己一定是在山的「內部」——在山的深處，被數百萬噸的磐石所圍繞。

班的手電筒電力漸漸耗盡，燈光先是變得昏黃，最後熄滅。他將手電筒塞進口袋，拿出打火機作為光源。空氣越來越冷，而且即使樓梯井周圍的牆面密不透風，蕭颯的風聲依然清晰可聞。打火機的金屬按片溫度逐漸升高，灼痛班的指頭，他不禁擔心內部的可燃液體會因為打火機嚴重過熱而起火燃燒。這時他突然在昏暗中一個踩空，腳滑了一下而差點摔倒。他在原地站了一會兒，心臟怦怦地跳。他讓燙手的打火機冷卻一下後再重新點燃，然後繼續往上爬。

不多久，樓梯到了盡頭；班發現自己來到一個房間。他手腳並用地爬出來，舉起打火機，驚訝地直眨眼睛。房間似乎向四面八方延展。他走到一根石柱前；柱子猶如從地面長出般拔地而起，直達六呎高的拱形天花板。石柱煞費苦心地拋光並且雕滿複雜細膩、描繪宗教故事與聖人的圖案。幾呎外矗立著另一根柱子，接著又一根。

班用打火機的火光照了照四周。一排排金色耶穌受難像在晃動的燭光中閃爍微光。一座由岩塊雕刻而成並且飾滿金箔的巨大祭壇矗立在他面前。

班意識到這是座教堂，一座建在「山裡」的哥德式教堂。

他點亮祭壇上的蠟燭——共有二十支，粗大的燭臺全由黃金所造。隨著蠟燭一根根點燃，教堂逐漸充滿琥珀色的光。從岩層中所鑿出的偌大空間，令班倒抽一口氣。這裡寬敞得驚人。

接著他看見沿著牆排列成行的石箱子；為數頗多，高度及膝，長寬約一公尺。他靠近一看，箱裡滿是黃金。他仔細檢查其中一只石箱，翻掏裡面貨真價實的金幣、金塊、金戒指與金牌。教堂裡的黃金多得可以讓發現此處的人成為世界首富。

班舉著沉重的燭臺來到高聳的祭壇前。光滑的白色岩石上刻著兩隻頭部合而為一的獅子；獅子支撐著一個直徑約八英尺的圓石盆，而盛於其中的黑色液體在燭光下閃爍微光。光滑的石盆周邊以草寫字體刻著一句拉丁文：若信，飲此水之人將得救贖。

班在一尊天使雕像的黃金臺座上發現一只皮革長筒，裡面裝著卷軸。他小心翼翼地將破裂的古老文件攤在地，然後跪下來研讀。這顯然是中世紀的紙卷，不過保存得非常良好。內容以他看不懂的奇怪拉丁文書寫而成，並且混雜著像是埃及象形文字一類的東西。

他眨眨眼，恍然大悟。難道這就是所有人爭相尋找、傳說中的手稿嗎？現在一切終於撥雲見日——萊茵菲爾從克萊蒙手中竊得的文件以及他謄寫在筆記本中的內容，其實都只不過是傅爾坎奈利的鍊金筆記。那是鍊金術師對找尋手稿所需的種種線索而做的記錄；同樣的線索也將繼續引導追隨他腳步的下一名探尋者。

此刻終於與這份神秘文件面對面的班，開始理解它的力量以及它對這麼多人造成的恐怖影響。數個世代以來，人們為了這個東西——不管是基於保護或是掠奪——流了多少鮮血，不得而知。可以肯定的是，手稿能召喚邪惡。但是它是否也有為善的能力呢？

皮革長筒掉出別的東西，是張摺起的紙。班打開來發現紙張是封信，而字跡他似曾相識。

致探尋者：

親愛的朋友，

你若竟能在此閱讀這封信，我要為你大聲喝采。這項自文明之初無數偉人、智者未能如願擁有的秘密，如今已在你勇敢而堅毅的手中。

最後我要傳遞以下的警語：當智者歷經千辛終於獲得成功的冠冕後，切勿被浮華世界所迷惑。他必須秉持信念、保持謙遜，並且將受邪惡力量誘惑之人的命運永遠銘記在心。

無論之於科學上或仁德，能手務必永遠緘默。

傅爾坎奈利　筆

班抬眼望向祭壇底層的石盆。長生不老藥就在他眼前，他的尋索工作終於結束了，而後續的事情刻不容緩。

他一躍起身，看看四周，尋找可以盛裝靈藥帶回去給露絲的容器。他想起身上的小酒瓶，然後毫不猶豫地旋開瓶蓋，倒空裡面的威士忌，烈酒灑濺了一地。他將瓶子浸入盆中裝滿，心臟緊張得狂跳。他相信嗎？這個特別的物質真的有治癒能力嗎？

他從石盆裡拿起酒瓶，幾滴珍貴的液體自瓶口滿溢出來。在強大的好奇心驅使下，他把酒瓶舉至嘴邊。

噁心的味道差點讓他反胃。他作嘔地啐了啐，厭惡地抹抹嘴巴，然後舉著燭火，將更多液體倒回石盆。憑藉著光線，他看見盆裡滿是淺綠色的浮渣。

班垂頭喪氣地癱坐在地上。完了，他已經窮途末路；他失敗了。

教堂內突然響起巨大爆炸聲，猶如刀刃刺破他的耳膜。其中一頭白色石獅應聲迸裂頹傾，石盆也碎成兩半，而盆內發臭的液體從祭壇流洩而下，黏滑的綠色油汙流得滿地。

班慌張地爬起身，但是還沒來得及從槍套中抽出白朗寧，一支威力強大的柯特自動手槍槍管從暗處伸出來對準了他，並且逐漸逼近。

「驚訝看到我嗎，英國佬？」法蘭柯．波薩以粗啞、低沉的嗓音說道，一邊踏進搖曳的燭光中。他的表情狂暴、嗜血，並且帶著滿滿的恨意。「把槍放下。」

波薩穿著防彈衣的上身仍然由於三發九毫米子彈的猛烈力道而疼得厲害。中槍後，他滾落懸崖一段長長的距離，所幸被一棵樹攔住；不過樹枝撕開他的肉，甚至差點刺穿他。無數的口子滲出血來，他的右臉頰從嘴到耳被劃破。但是他幾乎沒有感到任何痛楚；他在狂風暴雨中狼狽地爬回崖頂，並且設法穿過山腰。他心裡只想著一件事——等他再次追趕上班．霍普後，他打算做什麼。他要用連他手中最淒慘的受害者都沒有體會過的痛苦加諸在霍普身上。

而現在他抓到這個渾蛋了。

班盯著波薩一會兒，然後伸手掏出槍枝放在地上，再踢至一旁；他的眼神不曾離開對方。

「還有我的那把貝瑞塔。」

班原本期待波薩忘記這件事呢。他緩緩從腰間拿出藏匿的點三八手槍，拋給對方。

波薩慘白的薄唇露出扭曲的咧嘴笑容。「很好。」他低聲說，「現在我們終於單獨面對面了。」

「我很高興有這個機會。」

「我敢跟你保證，最後我才是最高興的。」波薩用沙啞的聲音說道，「而且在你死後，我會找到你的朋友萊德，然後再跟她好好玩一玩。」

班搖搖頭。「你永遠找不到她。」

「喔，是嗎？」波薩的話裡幾乎帶著笑意。他用戴著黑手套的大手從口袋拿出蘿貝塔的紅色通訊本，朝班揮了揮。「等這些事情結束後，我打算休個假……」他笑著說，「去美國。」

班看到通訊錄時，一陣令人作嘔的恐懼席捲而至。他交代過蘿貝塔要銷毀本子。波薩一定是在綁架她之後從背包裡找到的。

「她是壓軸。我會讓她最後一個死。」波薩齜牙咧嘴地接續說道。班看得出他正玩味著每字每句。「萊德博士會先目睹家人在自己面前慢慢地被碎屍萬段；然後在我殺了她之前，我會拿出專程帶給她看的戰利品——你的首級。最後我才會把注意力全部放在她身上。『因為審判他的主神大有能力。[27]』」波薩露出殘虐的笑容，放低槍口，瞄準班的左膝。他扣著扳機的指頭緊收。他將逐一轟掉霍普的雙膝與雙臂；然後當他手中的待宰羔羊無助地在地上蠕動時，就換刀子登場了。

班受過多年解除近距離持槍敵人武裝的訓練。關鍵在於距離；但是即使在最好的情況下，這仍是最逼不得已的策略。如果對手的距離夠近，試圖奪槍相對比較不是個瘋狂的想法。不過如果與敵人的距離即使只多一步之遙，便幾乎不可能在有限時間內即時移動而成功奪槍。彈指之間，你就會送命。

在波薩說話的同時，班一直估量著兩人之間的距離。極度冒險與瘋狂自殺只有一線之隔。他知道自己僅有一絲優勢，那就是多年訓練後的反射動作上，而他至多只有半秒鐘的時間。這個打算很瘋狂，但是他就這一條命，所以他得為了保命而全力以赴。

班在十分之一秒內下了決定。正當他準備撲向波薩時，槍聲劃破空氣。

錯愕的表情凍結在波薩扭曲的臉上。他無聲地張大了嘴，手槍喀啦地掉在地上，然後絕望地抓著喉嚨上的洞孔。

站在暗處的人影再度舉起武器擊發第二槍，震耳欲聾的聲響迴盪在殿堂內。波薩的頭頂開

[27] 引用《聖經》〈啟示錄〉十八章八節的經文。

花，鮮血與腦組織四濺。他像個懸在空中的木偶，用疑惑的眼神盯著班，直到雙眼逐漸失去生命的光彩。然後他倏地癱軟在地，身體在垂死前抽搐了一陣，最後一動也不動地躺平。

班難以置信地望向黑暗的人影；後者猶如幽魂顯現似地緩緩步出石柱間的陰影。是個女人，但是在昏暗的光線中，他看不清楚對方的臉。

「蘿貝塔，是妳嗎？」

但是當女人越發靠近光亮處，班發現來者不是蘿貝塔。年久的C96 Mauser手槍依然指著波薩的屍體，長而漸細的槍管捲起一絲薄煙。這個防範動作其實沒有必要；法藍柯．波薩這次不會再爬起來了。

女人逐漸走近，她的臉沐浴在暈黃的燭光中。班驚訝地認出她來——是那位盲婦。

而且她並非眼不能視。她已將墨鏡摘除，並且正以老鷹般銳利的眼神直直地看著班。她的嘴角揚起謎樣的微笑。

「妳究竟是誰？」呆若木雞的班問道。

婦人沒有回話。他低頭看了看被她用Mauser自動手槍直指著的胸口。

62

「把雙手舉到頭上，然後跪下。」婦人命令道。班從她的眼神以及穩穩瞄準自己的槍口知道她是認真的。婦人站的位置太遠，他甚至無法冒險採取任何舉動，因此只能乖乖照做。婦人拿出光線明亮的手電筒照著他的臉；班束手無策地屈膝跪下，刺眼的白光照得他直眨眼睛。

「你跟我說你只是對老房子有興趣，但是看來你對其他東西也有意思。」

「我不是來搶劫的。」班堅決地說。

「你闖進我家、身懷武器、溜進我的私人禮拜堂……你居然還說你不是來搶劫的？」她朝波薩的屍體揮了揮手電筒燈光。「這是誰？你的朋友嗎？」

「他看起來像這麼回事嗎？」

婦人聳聳肩。「誰曉得？小偷也會鬧不和啊。那裡頭是什麼？」她用燈光指指班放在祭壇上的袋子。「把東西全部倒在地上。慢慢來，讓我可以清楚看到你的手。」

班小心地清空袋子，婦人則藉著手電筒光線仔細看了看散落在岩石地面上的物品。白色光線落在萊茵菲爾的筆記本以及傅爾坎奈利的日記上。「把那兩樣東西丟給我。」她命令地說，然後將手電筒夾在腋下。班拿起東西拋給婦人。她一手拿槍對著他，一手翻閱筆記本與日記，並且若有所思地點著頭。她停頓一會兒後，將東西輕輕放在地上，然後垂下持槍的手。「很抱歉。」她的語氣和緩許多，「但是我得十分確定才行。」

「妳是誰？」他反覆問著同樣的問題。

「我叫安東妮亞・布蘭贊堤；我是傅爾坎奈利的外孫女。」她做了個手勢打斷想開口說話的班，指指波薩的屍體。「我們待會再聊。我們得先處理掉這個髒東西。」血泊已經與從破損的祭壇流出的綠色黏滑臭水混合在一起。

安東妮亞拿著手電筒走在前頭，帶領班穿過石柱來到走廊；一塊像石磨般的六呎巨大圓形石塊立靠在牆上。「這個出口通往山腰。打開它。」

班沿著石質地面鑿出的軌道使勁推動石塊；石門咯吱地自行向後滾動，夜晚稀冷的空氣湧進殿堂。石門後方是一小段隧道，約五公尺深；他可以從洞口看見一片邊緣參差的半圓形夜空。暴風雨已經平息，滿月在崎嶇的地形上灑落銀光；下方則是令人目眩的斷崖深谷。

「把他丟在下面，永遠不會有人發現。」安東妮亞指著深谷說道。班回到波薩陳屍之處，然後從腋下架起沉重的屍體並且拖至洞口，在石地上留下一道血痕。他把屍體丟進颳著風的隧道，然後用腳推滾至崖邊。他看著屍體滑下邊緣，滾落陡峭的崖壁；在月光照耀的岩石上，如車輪般旋轉的黑影消失在下方數百公尺、樹木濃密的黑暗深谷中。

「好了，我們走吧。」安東妮亞說。

班跟著她重新穿過通往別墅的地道；挫敗感沉重地壓在他的肩頭。所以最終靈藥毫無用處，只是個傳說罷了。現在他得兩手空空地回去見菲爾福克斯，看著老人的臉跟他說，小女孩難逃一死。

他們回到屋內。安東妮亞闔上壁爐，領著班來到廚房，並且讓他稍微清理手上與臉上的血汙。「我馬上就離開。」班放下毛巾，嚴肅地說。

「你不想問我些什麼嗎？」

他嘆了口氣。「問了也沒什麼意義。一切都結束了。」

「你就是我外公說有一天會來到這裡的探尋者。你沿著隱藏的路徑找到了寶藏。」

「我不是來找黃金的。」淚水灼痛了班的雙眼，「不是那樣的。」

「黃金不是唯一的寶藏。」安東妮亞帶著一抹奇怪的笑容歪著頭說。她起身走到櫥櫃前；櫃子裡的隔板上擺著一罐罐橄欖油、醋、乾燥香草、醬菜、乾胡椒與香料。她挪開瓶罐，從後方拿出一個無花紋的小陶器，然後小心翼翼地放在餐桌上。她掀起蓋子；陶罐裡面放的是一只小玻璃瓶。她輕輕搖了搖玻璃瓶，裡面清澈的液體在燈光下閃閃發亮。安東妮亞看著班問：「你要找的是這個東西嗎？」

班伸手接過瓶子。「這是……？」

「小心點。我的外公只準備了這一份樣本。」

他頹坐在椅子上，頓時感到精疲力竭，同時也鬆了一口氣。安東妮亞在班對面坐下，雙掌平放在桌上，熱切地看著他。「現在，你願意多待一會兒，聽聽我的故事嗎？」

他們聊了許久。班告訴安東妮亞他的任務，以及一連串引領他找到渡鴉之屋的事件。現在輪到他聽婦人接續講述傅爾坎奈利在日記中沒有說完的故事。

「達坎背叛了我外公對他的信任之後，很快地事情接連發生。納粹突擊屋子，在實驗室翻箱倒櫃尋找秘密，但是被外婆撞見，所以他們射殺了她。」

「達坎呢？後來他怎麼了？」

「那個男孩為其他人帶來好多傷害。」安東妮亞悲傷地搖搖頭，「我想他應該以為自己是出於一片好意，所以把我外公所教的東西透露給那些人。但是當達坎開始看清楚他們的真面目，他無法心安理得地活下去。最後他跟出賣耶穌的猶大一樣，在自己的脖子上套了繩子，上吊死了。」

「傅爾坎奈利與這房子的建築師又是什麼關係？為什麼他要為妳外公蓋渡鴉之屋？」

「柯比與我的外公有著特殊的情誼。他們同為卡塔爾教徒的直系後裔。當傅爾坎奈利發現卡塔爾失落已久的工藝品後，按著線索找到了存放寶藏的秘密殿堂。一年後，他們在教堂所在地上方蓋了這棟房子——除了表示敬意，同時也為了守護裡面的寶藏。誰會猜想得到像這樣的房子會是聖殿的入口呢？」

「傅爾坎奈利跟妳母親一同住在這裡？」

「我母親被送去瑞士求學。我外公繼續留在這兒，直到一九三〇年我母親帶著新婚丈夫回到此地。那時我外公曉得他的敵人已經不清楚自己的下落，所以由我母親接手成為守護者，繼續保護這棟房子以及其中的秘密，而傅爾坎奈利離開此地，從此消失。」安東妮亞惆悵地笑了笑，「因此我從來沒見過他。他有個不安分的靈魂，深信世界上還有更多可以學習的知識。我想他可能去了埃及，去探索鍊金術的發源地。」

「那時他年紀應該很大了吧？」

「大概八十五歲左右，但是人們以為他才六十幾歲。你看到的那幅肖像是在他離開前畫的；過了沒多久，一九四〇年的時候我出生了。」

班挑起眉毛。安東妮亞看起來比實際年齡年輕很多。

安東妮亞注意到他難以置信的眼神，然後露出謎樣的笑容。「我長大後成為渡鴉之屋的守護者，我母親則搬家到尼斯。她現在已經快一百歲了，身體還是非常硬朗。」她頓了頓，「至於我的外公……我們再也沒有他的消息。我想他總是害怕敵人會再次找到他吧，所以他從不跟我們聯絡，或向任何人透露自己的真實身分。」

「所以妳不知道他何時過世的？」

安東妮亞的嘴角再次神秘地微微揚起。「你怎麼這麼肯定他已經死了？說不定他在某個地方活得好好的。」

「妳相信是長生不老藥讓他如此長壽？」

「班，有很多問題是現代科學無法提出答案的；科學家至今只了解宇宙最微小的一部分。」安東妮亞銳利的凝視盯得班無法動彈，「為了尋找靈藥，你涉了這麼多險。你竟然不相信它的力量？」

班語帶猶豫。「我也不知道。我想要相信它的力量……也許我需要這樣的信念。」他從包包拿出傅爾坎奈利的日記、萊茵菲爾的筆記本以及匕首刀身的拓印圖，然後將東西擺在桌上。「總之，這些是妳的了。這裡才是它們該有的歸屬。」他嘆了口氣。「好了，接下來呢？」

安東妮亞不解地皺起眉頭。「什麼意思？」

「我可以把靈藥帶走嗎？守護者會願意將靈藥交給探尋者嗎？還是說妳的槍裡為我預留了一顆子彈？」

她的雙眼閃爍著愉悅的光芒；班可以從傅爾坎奈利的畫像上看出他們同為一家人的相似之處。她的手撫上面前雅緻的舊手槍。「這是我外公的槍。他留給我母親，以防敵人找到我們。但是這武器不是為你所準備的，班。我外公相信某天會有一名真正的新血解開他所留下的種種線索，並且來此尋找秘密……某個擁有純潔的心、尊敬偉大秘密的力量，而且絕不會濫用或四處張揚的人。」

「聽起來你們押了很大的賭注在我身上。妳怎麼知道我是心地純潔的人呢？」

安東妮亞溫柔地看著班。「我從你的眼神裡看得出來，你一心只想著那個孩子。」

羅馬

一列便衣警車左彎右拐地地穿越文藝復興風格別墅鋪張的庭院，然後在宏偉的白色廊柱前以弧形排列逐一停下。

在至高的雄偉穹頂下，馬西米里亞諾．烏斯勃提大主教站在窗前看著一行人下車、與他的僕人們擦肩而過，登上階梯朝主屋而來；他們的表情嚴肅陰鬱。他已等待他們多時了。

多虧班乃迪克．霍普，「上帝之劍」遭受嚴重打擊。儘管烏斯勃提對這個人恨之入骨，也不得不佩服他。烏斯勃提一向不認為自己會輕易被擊垮，但是霍普竟然辦到了。他永遠不會忘記那個英國人將了他一軍。

警方的攻擊行動迅速而果決。先是蒙彼利埃大失利的同時，他在法國的頂尖幹部索爾遭逮捕；接著國際刑警組織突襲了他在歐洲各地的部屬。許多幹部接受盤問；有些躲藏起來，例如他的私人助理法布里奇歐．塞維里尼。其他人則在警方的審問下和盤托出。調查行動像傾倒的骨牌，以迅雷不及掩耳的速度一路將警方引導至位在組織最高層的他。

烏斯勃提可以聽見穹頂的樓梯傳來陣陣說話聲。他們快到了；他們或許以為逮捕他是勝券在握的事。

真是一群笨蛋；他們不知道自己面對的是何許人也。像馬西米里亞諾．烏斯勃提這樣的人，擁有他們根本無法想像的人脈與影響力。他才不會這麼容易被捕入獄呢。他會在這場亂局中找到脫身之法，然後他會捲土重來，展開復仇。

房間另一頭的門猛然開啟，烏斯勃提冷靜地從窗戶前轉身迎接他們。

63

班已經打電話告知菲爾福克斯任務完成，並且準備好要將東西交給他。離私人飛機抵達臨近蒙彼利埃的機場接他還有數個鐘頭的空檔。

畢斯卡神父正在照顧他的小葡萄園。他聽見有人嘎吱地推開大門，抬頭看見班帶著大大的笑容朝他走來。神父熱情地擁抱他。「班乃迪克，我就知道你會回來看我。」

「我的時間不多，神父。我只是想再次謝謝你為我所做的一切。」

畢斯卡憂心地睜圓了眼。「蘿貝塔呢？她是否……」

「她安全回到美國了。」

神父放心地嘆了口氣。「感謝上帝，她沒事。那麼，你在這裡的工作完成了？」

「是的。我今天下午啟程回去。」

「嗯，所以我們要道別了，親愛的朋友。好好保重，班乃迪克。願上帝與你同在，並且守護你。我會想念你……喔，我怎麼這麼笨，差點忘了。我有你的口信。」

護士推門讓班進入單人病房時，他感到有點不自在。稍早他與路克·西蒙打了電話後，警方的駐守人員已經離去。

安娜正坐在床上讀書。陽光自她身後的窗戶照射進來，四周擺著無數黃、白、紅等三色玫瑰，讓房間充滿了花香。班走進房裡時，她抬起頭，臉上揚起微笑。她的右臉頰貼著一大塊紗布。

「很高興能再見到妳。」班希望安娜不會察覺他聲音裡的緊張情緒。

「我今天一早起來就看見這些漂亮的花。謝謝你。」

「這是我最起碼能做的。」他不舒服地看著安娜眼睛與額頭上的瘀傷。「安娜，我真的很抱歉，讓妳發生這種事。還有妳的朋友……」

她的手撫上班的前臂，而他垂下了頭。「那不是你的錯，班。」她輕聲說道，「要是你沒出現，我絕對會沒命的。你救了我一命。」

「如果這麼說能安慰妳的話……那個男的已經死了。」

安娜沒有接話。

「妳有什麼打算嗎，安娜？」

她嘆了口氣。「我想我在法國待得夠久了，是該回去佛羅倫斯了。也許我可以繼續回大學任教。」她咯咯笑著，「而且說不定有一天我會完成我的書。誰曉得？」

「我會留意書店的。」班看看手錶，「我必須走了，得去搭飛機。」

「你要回家了？你找到所要找的東西了嗎？」

「我也不曉得我究竟找到的是什麼。」

安娜抓住他的手。「那張圖……其實是張地圖，對不對？」她低聲說道，「我躺在病床上的時候才想通的。我好笨，先前居然沒想到……」

班坐在床邊，捏捏她的手。「沒錯，那是張地圖。但是聽我的勸，忘記妳對這個東西所知道的一切。這些會引來不肖之人。」

安娜微笑著說：「我曉得。」

在擺滿鮮花的房間裡，他們無聲地對坐了好一會兒，然後安娜抬起杏眼，用探究的眼神看著他。「你去過義大利嗎，班？」

「去過。偶爾會去走走。」

她溫柔而堅持地拉過班的手，他隨之倚身向前。安娜直起身子，在班的臉上留下深深的一吻；她的雙唇溫暖而柔軟，並且在他的臉頰上停留了兩秒。「如果你到佛羅倫斯，」她在他耳邊輕聲說道，「記得打電話給我。」

64

三個鐘頭後，班二度坐在私人飛機的後座，飛往菲爾福克斯的住處。黃昏時分，他們從滿是落葉的小徑疾駛而過，路的兩旁是一排排金黃色的山毛櫸與大槭樹。賓利長禮車通過大門，進入菲爾福克斯的資產範圍，然後經過數棟整齊的紅磚小屋。班還記得這些他第一次來訪時所見的景色。

沿著私人道路繼續行駛一小段距離後，班感覺到前輪出現輕微顛簸，隨後車子開始向右偏。司機暗暗咒罵了一聲，停車檢查發生什麼事。他從開啟的前車門探頭對後座的班說：「不好意思，先生。輪胎破了。」

司機從後車廂拿取工具並且卸下備胎。班下車問道：「你需要幫忙嗎？」

「不用，先生。這只需要幾分鐘就好了。」

司機開始拆下輪胎的螺絲帽時，附近一間村舍的門開啟，一名戴著圓軟帽的老人露齒而笑地走近。「一定是壓到釘子之類的東西了。」他從嘴裡抽出菸斗，望向班，「吉姆換輪胎的時候，你要到屋裡坐一會兒嗎？入夜之後，寒氣會越來越重。」

「謝了，不過我想抽根菸、看看馬就好。」

老人伴隨他走到小馬場。「你喜歡馬啊，先生？」他伸出手，「我叫賀彼・格林伍德，菲爾福克斯先生的馬廄負責人。」

兩人握了握手。「很高興認識你，賀彼。」然後班靠在圍籬上，點燃香菸，賀彼也啵啵抽著菸斗。

兩匹分別為栗色與暗紅色的馬穿過凹凸不平的馬場，馬蹄聲宛如雷鳴。牠們並行地沿著圍籬繞了個弧，然後放慢步伐，搖尾擺頭、噴著鼻息走向老人，並且深情地用鼻子磨蹭賀彼。老人輕輕拍了拍牠們，指著深紅色的馬匹說：「這隻……叫黑王子，是三屆德比賽馬比賽冠軍。跟我一樣快要退休了。對吧，小子？」黑王子在他的肩上咻咻抽氣，老人摸摸牠的頸子。

「牠很漂亮。」班看了看馬匹起伏的肌肉線條說道。他攤開手掌，黑王子將柔軟、光滑的鼻子壓在他的掌心。

「二十七歲了，跑起來仍像隻年輕的馬駒。」賀彼咯咯笑著說，「我還記得牠出生的那天。大家原本不認為牠會健康成長，但是這個老小子做到了。」

班看見旁邊的小馬場裡有隻灰色小馬正滿足地吃著牧草。這讓他想到小露絲；菲爾福克斯曾拿小女孩的照片給他看。「不知道露絲有沒有機會再騎馬。」他自言自語地說道。

幾分鐘後，長禮車抵達宅第，在碎石路上嘎吱嘎吱地停下，助理在階梯上迎接班。「半個鐘頭後，菲爾福克斯先生會在書房接見你，先生。我先帶你到房間。」他們穿越大理石廳堂，腳步聲在甚高的天花板下迴盪。助理領他登上樓梯，來到西廂的二樓。班稍做梳理，半個鐘頭後回到大廳，然後被帶往有迴廊的大書房。

菲爾福克斯急忙走進房間。「霍普先生，你回來了。這真是太好了。」

「露絲還好嗎？」

「你來的時間再好不過了。自從我們上次見面後，她的病情每況愈下。你找到手稿了嗎？」

菲爾福克斯滿心期待地伸出手。

「傅爾坎奈利的手稿對你而言並沒有用處。」

菲爾福克斯逐漸漲紅的臉上掠過一絲慍怒。「你說什麼？」

班笑著將手伸進外套。「不過我帶了這個給你。」他拿出東西交給菲爾福克斯。

老人盯著手中凹了洞的隨身酒瓶。

「我把東西放在裡面，以策安全。」班向他解釋道。

菲爾福克斯露出恍然大悟的表情。「這是靈藥？」

「沒錯，是由傅爾坎奈利親手準備的，菲爾福克斯先生。我想這才是你想找的東西吧？」

菲爾福克斯緊緊握住這個珍貴的東西，眼裡泛著淚光。「我真不知道該怎麼感謝你才好。我馬上就把藥拿給露絲。我的女兒卡洛琳沒日沒夜地在照顧她。」他哀傷地頓了頓，「在此之後，霍普先生，我想你我就共進晚餐吧？」

「所以整個尋找過程並不容易。」說話的是菲爾福克斯。

他與班兩人在餐廳光亮的胡桃木長桌前用餐。菲爾福克斯所坐的桌邊主位，後方壁爐裡的木柴正劈啪燃燒。壁爐旁立著一副高大的武士盔甲，武士手中握有白晃晃的腰刀。

「我知道這是項艱鉅的任務。」菲爾福克斯繼續說道，「但是你的成果遠超乎我的期待。我要敬你一杯，霍普先生。」老人喜不自勝，「你『不知道』你所為我做的事情有多麼重要。」他別有所指地說，但是班似乎不察。

「敬露絲。」班舉杯。

「敬露絲。」

班看著菲爾福克斯。「你從來沒跟我說，你從哪裡聽來關於傅爾坎奈利的事情。」

「我全心尋找靈藥已久。我研究秘傳知識許多年了；我讀了所有相關的書籍，試圖循著所有線索查找，但是都沒有結果。在我幾乎要放棄希望的時候，因緣際會地在布拉格認識一名舊書商，因此得知傅爾坎奈利這號人物。那時候我意識到這名行蹤飄忽的鍊金術大師是少數發現長生不老藥秘密的人之一。」

班啜著酒，靜靜聆聽。

「我原先以為傅爾坎奈利的秘密不難找，但是事實證明難度遠高乎我的預期。我雇來的人如果不是捲款潛逃，就是丟了性命。我開始了解到，有數個危險的勢力決心要阻止我的探尋。我曉得一般的私家偵探或研究人員對我而言並沒有用；我需要一個技巧更高超的人。所以經過一番調查後，我找到了你，霍普先生。而我知道能勝任這個任務的人非你莫屬。」

班笑了笑。「你太抬舉我了。」

僕人收走前菜空盤，端上一套古董銀盤。管家掀起主菜的蓋子，托盤上盛的是閃亮的烤牛肉。他用長長的切肉刀切下厚薄適中的肉片，僕人則繼續為主客送上更多美酒。

「你太謙虛了，班乃迪克……我可以叫你班乃迪克嗎？」菲爾福克斯頓了頓，咀嚼著鮮嫩的牛肉。「回到我剛剛說的。我鉅細靡遺地調查過你的生平。我對你的事情了解越多，就越加認為你是為我達成目標的理想人選。你在中東的軍事行動以及阿富汗的特殊反恐任務……你做事冷酷、有效率；對多數人而言太過艱鉅的任務，你卻能毫無畏懼，而且專注其中。退伍之後，你全然投身於救援失蹤或被綁架的兒童，而且你懲罰傷害無辜的邪惡之人絕不心軟。你是個清廉而且擁有獨立財富的人，所以你不會企圖打劫我。你也不會因為任務中遇上的重重危險而打退堂鼓。你絕對是我要找的人。不過我也很清楚，即使你拒絕了我，我也很難改變你的決定。」

「你知道我為什麼接這份工作的理由。我答應你，全是看在你外孫女露絲的份上。」班頓了頓，「但是我希望你能事前告知我當中的風險；這樣或許能為我省去很多麻煩。」

「我對你的能力有信心。」菲爾福克斯笑著說道，「而且我有預感，如果我將真相全盤托出，你也許會拒絕接下這個工作。設法說服你對我而言很重要。」

「全盤的真相？說服我？你講這話是什麼意思，菲爾福克斯？」

「讓我解釋一下。」菲爾福克斯靠在椅背上，「擁有像我這樣地位的人，在職涯過程中很早就學會，人是可以——這樣說吧——被影響的。每個人都有弱點，班乃迪克。在我們的生命或過往中，多少會有些不可外揚的醜事與秘密。一旦你曉得這些秘密之後，就能善加利用。人若擁有可恥的過去或不為人知的惡習，便容易向他者屈服；犯罪之人甚至更容易被左右。但是你，班乃迪克……你不一樣。」菲爾福克斯再為自己倒了酒，「如果你一開始回絕了我的提議，我根本無法在你的背景資料中找到任何可以用來說服你的事情。對此，我很不高興。」老人冷酷地笑著，「但是我的探子查出你生命中一件很有趣的瑣事，而我立刻意識到它的重要性。」

「然後呢？」

「你是個非常有動力的人，班乃迪克，而我曉得箇中原因。我發現是什麼事情驅策你在工作上如此努力……而且那也是你酗酒的原因。你深為愧疚所苦。我知道如果你認為自己是為了救露絲的命，就絕不會拒絕協助我。因為『露絲』深得你心，對吧？」

「如果我『認為』自己是為了救她？」

菲爾福克斯一臉興味地飲盡杯中的酒，然後再為自己斟上一杯。「班乃迪克，」他若有所思地說道，「『露絲』個非常具有宗教意涵的名字。我猜你們家是虔誠的基督徒吧？」

班沉默不語。

「我只是在想……對於將兩個孩子命名為班乃迪克與露絲的父母而言，『露絲』相較之下一聽就知道是個取自《聖經》的名字，你說對吧？露絲．霍普……真是個悲傷萬般的諷刺；她根本毫無希望[28]可言，是吧，班乃迪克？」

「你查到些什麼關於我妹妹的事？那可不在我的個人履歷上。」

「喔，只要你有錢，什麼都可以查得到，親愛的朋友。我覺得你所選擇的工作十分有趣，班乃迪克。你不當警探，也不當情資或被竊財物搜尋者，而選擇專門尋找失蹤人口，尤其是失蹤孩童。顯而易見的，你真正想尋找的是救贖，以彌補失去妹妹的罪惡感。你永遠無法釋懷，由於自己的疏忽導致她的死亡……甚或生不如死的折磨。人口販子可不是以仁慈出名的；強暴、虐待……誰曉得他們對她做了什麼事？」

「你一直沒閒著，是吧，菲爾福克斯？」

老人笑了笑。「我可是個大忙人呢。我意識到，你絕不會拒絕救助生病的可憐小女孩——尤其她跟你妹妹同名、同齡。而且我猜對了；我所說的故事成功說服你接下任務。」

「『故事』？這是個很有趣的措辭，菲爾福克斯。」

菲爾福克斯咯咯發笑。「你想怎麼說都行，虛構的事件、詭計……如果你要我完全老實說的話，呵，從頭到尾根本沒有露絲這個人，也沒有垂死的小女孩。而且，恐怕你最後也不會得到救贖，班乃迪克。」

菲爾福克斯起身走到一旁的餐具櫃前，掀起大首飾盒的蓋子，拿出一只高腳杯。「不，沒有垂死的小女孩。」他重複地說道，「只有渴望某件事勝過一切的老人。」他宛如作夢般陶醉地凝視著酒杯。「一步步邁向生命的終點……你不了解那種感受，班乃迪克。我有這麼多偉大的成就，創造了這等財富與權力。我無法眼睜睜看著我的帝國落在小人手裡；那些人會揮霍、糟蹋了

㉘ 參見註釋㉕。

這一切。當我走進自己的墳墓時，我會是全世界最不快樂、最失意的人。」他像是敬酒般舉起酒杯，「但是多虧了你，現在我的憂愁已不再。我將成為史上最富有、最有權力的人，並且擁有無盡的時間可以完成我的抱負。」

亞歷山大．維利耶開門進入餐廳，朝兩人走來；菲爾福克斯心照不宣地看了助理一眼。維利耶咧嘴而笑，從口袋抽出扁槍管的 Taurus 點三五七左輪手槍，並且對準了班。

菲爾福克斯笑了笑，將酒杯舉至嘴邊。「我希望我能舉杯祝你身體健康，但是恐怕你已經玩完了。維利耶，斃了他。」

65

維利耶把槍對準了班的頭。菲爾福克斯閉起雙眼，貪婪地飲下黃金酒杯裡的液體。

「在你開槍之前，有件事你應該知道。」班說，「你剛剛喝下去的東西不是長生不老藥，而是從你家浴室裝的自來水。」

菲爾福克斯放下酒杯，一滴水珠滑落他的下巴。他臉上狂喜的表情頓時消失。「你說什麼？」老人一字字緩緩地問道。

「你聽到我說的了。我得承認，你真的把我騙倒了。你猜得沒錯，我被你的謊言矇騙了。這個騙局很高明，菲爾福克斯，而且幾乎成功了。要不是因為車子爆胎讓我遇到你的馬廄負責人，你絕對會拿著真的靈藥站在這兒。」

「你在說什麼？」菲爾福克斯用緊繃的嗓音質問道。

維利耶放下槍，皺起眉頭思索著。

「賀彼．格林伍德在你的莊園裡工作了三十五年，但是他從沒聽過任何叫露絲的人。你沒有孩子，菲爾福克斯，更別說孫子了。你過世的妻子沒有留下任何子嗣。這裡從來沒有任何小女孩。」

「你做了什麼？真的靈藥在哪裡？」菲爾福克斯咆哮道。他憤怒地丟下金酒杯，杯子噹啷地滾落地板。

班從口袋拿出安東妮亞・布蘭贊提給他的小玻璃瓶。「靈藥在這裡。」然後在他們來得及出手制止之前，班的手一甩，將瓶子拋進壁爐裡。玻璃瓶在鐵柵上砸得粉碎，瓶內混合物裡的酒精保存劑讓爐火頓時竄高了片刻。

「怎麼樣，菲爾福克斯？」班直視他的雙眼問道。

面如死灰的老人轉頭命令維利耶。「把他關起來。」冰冷的語氣掩不住熊熊怒火，「我向老天保證，霍普，你會將一切從實招來。」

維利耶躊躇不前。

「維利耶，你沒聽到我說的嗎？」菲爾福克斯大聲斥喝，臉一陣白、一陣紅。

然後維利耶再度舉槍，轉身將槍口對著自己的雇主。

「你在幹什麼，維利耶？你瘋了嗎？」菲爾福克斯怯懦地向後退。

「他沒瘋，菲爾福克斯。」班說，「他是間諜。他為『上帝之劍』工作，對吧，維利耶？你是內鬼；你將我的一舉一動回報給你真正的老闆烏斯勃提。」

菲爾福克斯退至壁爐，熊熊火焰在他身後劈啪作響。他流露出懇求的眼神，而且尿濕了褲子。「我可以給你任何東西作為報償，」他以顫抖、可憐的聲音說道，「任何東西……拜託，維利耶，我們可以一起工作。別開槍。」

「我不再為你做事了，菲爾福克斯。」維利耶輕蔑地哼了一聲，「我為上帝工作。」然後他扣下扳機。點三五七左輪手槍的高分貝槍響蓋過了老人的尖叫。菲爾福克斯扯著衣服，深紅色的汙漬迅速在白襯衫上擴散開來。老人腳步虛浮，扯下一旁的窗簾。

維利耶補上一槍。菲爾福克斯的頭向後一仰，兩眼間多了個彈孔，鮮血噴濺在牆上；他雙腿一癱，了無生氣地滑落在地，手裡仍緊抓著窗簾。與屍體一同墜地的布料一角落在壁爐裡，貪婪的火舌隨即爬上窗簾。

班沒來得及躍身跳過餐桌，站在房間另一頭的維利耶便轉身將武器瞄準了他。「不准動。」班繞過桌子，緩緩走向維利耶，同時觀察他的反應。班看得出來對方很緊張——冒汗，而且呼吸比平常來得更重、更急。或許他不曾開槍殺過人，而且他必須隻身一人面對這種艱難的處境。他沒料到事態會出現這樣的轉變，而他的組織已經潰散，無法為自己提供任何支援。但是緊張的人可能與自信之人一樣致命——致命性甚至更高。

維利耶緊握武器，對準了班的臉。「站住。」他嘶聲說道，「不然我就開槍。」

「來啊，你儘管殺了我。」班冷靜地說，同時繼續前進，「但是之後你最好趕快開始逃命。因為你的老闆出獄之後，他會設法找到你，並且用你難以想像的方式折磨你，因為你害他失去了最渴求的東西。開槍啊，你可能也會因此喪命。」

火焰已經從窗簾延燒到地毯，菲爾福克斯的長褲也開始起火，噁心的焦屍味瀰漫房間。吞捲的火舌慢慢爬上沙發側邊，很快地將布面與軟墊燒出洞來。維利耶已經退至逐漸擴散的火焰邊緣，握著槍的手不停顫抖。

「現在只有一個問題。」班繼續說道。他可以感覺憤怒在內心蓄積成一道冰冷的白光。他怒視著維利耶，並且逐步靠近。「單靠你一個人無法活捉我。你得扣下扳機，因為如果你不這麼做，我會現在就親手殺了你。不管怎麼樣，你都死定了。」

維利耶收緊握著槍枝的手，他的臉汗水涔涔。左輪手槍的擊槌向後拉動。班可以想像彈膛內的被甲空尖彈旋轉到位，準備與後膛排成直線，然後擊槌落下，撞擊底火並且發射子彈，在他的頭顱上打出洞來。

不過此時維利耶不偏不倚地站在班所希望的位置上──距離夠近而且無路可退。班突然使出一記手刀，打中對方的手腕；維利耶發出痛苦的哀嚎，點三五七手槍隨即掉進火焰中。班乘勝追擊，往維利耶的腹部踢踹；後者手腳攤張地撞上武士盔甲。一片片金屬散落滿地，腰刀鏗鏘掉落。維利耶手忙腳亂地摸找，抄起彎刀，猛然朝班撲去。班低頭閃避，沉重的刀子唰地砍中古董櫥櫃，打破裝著白蘭地與威士忌的水晶玻璃瓶。灑濺的醇酒讓地面隨之變成一片火海。

維利耶左右揮刀，再度對班展開攻擊。班向後退避，但是卻踩到先前菲爾福克斯丟在地上的金酒杯，因此滑了一跤，頭部撞到餐桌桌腳。

刀子嘶地朝他落下。突然跌倒而吃了一驚的班即時往旁邊閃躲，腰刀擊中身旁的桌子，盤子與餐具散落四周。這時他的眼角瞥見某個閃閃發光的東西，趕緊伸手摸索。

火舌在房裡蔓延，黑煙越發濃嗆；一發不可收拾的火勢吞沒所到之處的一切。菲爾福克斯從頭到腳起火燃燒，衣物已經變成蜷曲、燒焦的襤褸，而屍體也灼燒著。

維利耶的身影在火海中逼近；他舉起沉重的彎刀準備做出最後的一擊。刀刃映照出火光，他的雙眼充滿動物般的勝利歡欣。

班扭轉並抬起上半身，手臂劃了個弧；某樣東西飛越兩人之間的重重煙霧。

維利耶停在原地，握著腰刀的手緩緩鬆開，笨重的刀噹啷一聲掉在地上。他蹣跚地退後一步，接著又一步。他的眼睛向上一翻，倒在後方的火焰中，額頭中央則插著切肉刀三英寸長的刀刃與黑檀木刀柄。

班搖搖晃晃地站起身。整個房間已經陷入火海；他可以感覺到皮膚因為高溫而皺縮。他抓起餐桌椅，拋向挑高的窗戶，八吋的窗玻璃應聲碎裂。空氣湧進室內，助長了火勢，使房間宛如煉獄。他看見火焰間的空隙，拚命衝過去，然後從破窗縱身一跳；碎裂的玻璃割破了他的前臂。他跌在草地上，翻滾了幾圈後重新站起身。

濃煙模糊了班的視線。他摀著流血的手臂，步履蹣跚地離開房子，穿過花園來到佔地數英畝的公共綠地。他靠在樹幹上，又咳又嗆。

火焰從菲爾福克斯宅第的窗戶竄出；濃煙直探雲霄，宛如一座黑色巨塔。勢不可擋的惡火吞噬整棟房子。他在樹下看了一會兒。當遠處的警笛聲逐漸靠近時，他轉身消失在樹林裡。

66

二〇〇七年，十二月；渥太華，加拿大

飛機降落在渥太華的小機場裡，輪胎發出刺耳的摩擦聲。班步出機艙，走進冷冽的空氣中。他坐上計程車時，這時突然颳起一陣風雪；車上廣播正播著法蘭克．辛納屈[29]唱的〈我將回家共慶耶誕〉，後照鏡上垂掛著一條銀色的耶誕裝飾金屬絲。

「請到卡爾頓大學校區。」

車子平穩地行駛在寬闊的環城公路上，路邊積滿了雪。「來這邊過耶誕節嗎？」司機問道。

「只是路過而已。」

班抵達卡爾頓大學理工大樓的演藝廳時，裡面已經座無虛席。他在斜坡聽眾席後排靠近中央出口的地方找到位子。他與三百多名學生來此是為要聽生物學家D．萊特博士與R．卡明斯基博士的演講；演講題目是〈微弱電磁場對細胞呼吸的影響〉。

演藝廳裡窸窣的交談聲此起彼落；學生全都拿出紙筆，準備做筆記。聽眾席下方的小舞臺上擺著講臺、兩張椅子、兩架麥克風、投影機以及投影幕。

班對演講題目一點興趣也沒有；不過他倒是很想看看R．卡明斯基。

這時聽眾安靜下來，臺下響起稀落的掌聲，兩名演講者——一男一女——走上舞臺，分別在講臺兩側坐下。他們的聲音從擴音系統傳出來，對聽眾稍做自我介紹後開始演講。

現在的蘿貝塔留著一頭金髮，並且向後梳成馬尾。她看起來是個不折不扣的嚴肅科學家，一如班最初見到她的時候那樣。班很高興蘿貝塔聽取他的建議改了名。他花了點時間才查到她的下落——這是件好事。

班身旁的學生們正埋頭記筆記。他稍稍在座位上挪低身子，試著盡量讓自己不引人注意。他聽不懂蘿貝塔所說的任何話。但是透過麥克風，她的語調與溫暖、輕柔的呼吸聲感覺是如此地靠近；他幾乎可以感覺到她的觸碰。

直到這時，班才全然意識到自己多麼渴望與蘿貝塔再見一面，還有他多麼思念她。

在出發前往加拿大時，班就已經知道這將會是自己最後一次見到蘿貝塔。他不打算在此久留；他只想確認她一切安好，並且暗自與她道別。進入演藝廳前，他在櫃檯留了一只信封給她；裡面裝有她的紅色通訊錄，以及一個告知她自己已平安離開法國的短箋。

班觀察了一下蘿貝塔的共同演講者丹．萊特。萊特在臺上似乎想維持與她親近的距離；他會微笑著點頭聽她說話；他的眼神隨著她在講臺以及投影幕前移動。從這個男人的肢體語言中，班

29 美國二十世紀傳奇男歌手，得過十次葛萊美獎；他曾跨足電影演藝，得過三座奧斯卡獎項。

看得出來他喜歡蘿貝塔——也許是很喜歡她。他看起來是個很正派的傢伙，班想，蘿貝塔應該與這樣的人在一起——穩定、可靠、跟她一樣是科學家，而且是個居家型的男人，有天會成為好丈夫與好父親。

班嘆了口氣。他已經達成來此的目的，現在他在等待離開的時機。當蘿貝塔轉身幾秒鐘，他將立刻悄悄溜走。

這並不容易。過去幾天來，班在腦中預想過這一刻無數次。但是此時看著蘿貝塔的身影、聽見她的聲音從擴音系統傳出來，他幾乎不敢相信自己將走出演藝廳，搭下一班飛機回家，並且再也見不到她。

可是事情一定得走到這一步嗎？他想，要是他不離開呢？要是他留下來呢？他們可能一起生活、順利發展關係嗎？事情真的得這樣結束嗎？

是的，這是最好的方式。為她想想。如果你愛她，就必須離去。

「……而我們可從這個圖表上看出電磁波形對生物的影響。」蘿貝塔對萊特博士微微一笑，拿起講臺上的雷射光筆，然後轉身用紅色光束指了指後方的大投影幕。

她背對臺下幾秒鐘。就是現在，班想。他深呼吸，下定決心，從椅子上起身，快步走向中央出口。

正當班出現在走道上，後排一名薑黃色頭髮的女學生舉手發問。「卡明斯基博士？」

蘿貝塔自投影幕前回過身。「請說。」她掃視聽眾席，尋找舉起的手。

「能否請妳解釋腦內啡增加與T型淋巴細胞週期變化的關聯？」

班消失在演藝廳的門後，朝大門走去。當他踏至室外，寒意襲捲而來。

「卡明斯基博士……？」薑黃色頭髮的女孩疑惑地重複道。

但是問題沒有傳進卡明斯基博士的耳裡。她直盯著剛才有人離開的出口。

「我……抱歉。」她心不在焉地朝麥克風喃喃說道，然後用拇指蓋住麥克風；擴音系統隨即傳出一陣雜音。「丹，麻煩你接手。」她急忙對錯愕的萊特博士小聲地說。

然後在演藝廳一陣不解的哄然交頭接耳聲中，蘿貝塔跳下臺，奔上中央走道。學生紛紛從椅子上轉頭看著她飛也似地跑過，而丹・萊特在臺上張口結舌。

班帶著沉重的心情快步走下玻璃帷幕的理工大樓階梯，然後穿越白雪覆蓋的大學校區。片片雪花自鐵灰色的天空飄下，他拉起領子抵禦寒氣。校園周邊的寬矮建築圍出一座寬闊的廣場，他從建築間的縫隙看見遠處的街道、大學停車場以及計程車招呼站；兩輛計程車正在排班，車頂與窗戶都佈滿了雪。

他深深嘆了口氣。一架從附近機場起飛的飛機從頭上呼嘯而過，聲音震耳欲聾。抵達機場只需要十分鐘；在班機起飛前，他還得消磨一些時間。

蘿貝塔從雙開門衝到下著雪的戶外，站在階梯頂層環視校園。她的視線落在遠處的一個人影上，並且立即知道那就是班。他快走到計程車招呼站了；司機已經下車為他開門。她曉得一旦班上了車，自己便再也見不到他。

蘿貝塔高聲呼喚他的名字，但是標著紅色楓葉符號的加拿大航空波音七四七飛機突然低空飛過卡爾頓，轟隆聲響掩蓋了她的聲音。

他沒有聽見。

蘿貝塔拔腿狂奔，腳上的室內鞋讓她在雪地裡滑了一跤。她感覺刺骨寒風吹涼了臉上的熱淚。她再度呼喊，遙遠的微小身影定在原處，一動也不動。

「班！別走！」班聽見身後迢遙之處傳來蘿貝塔的呼叫聲，隨後閉起雙眼。她的聲音裡帶著一絲絕望，變成近乎痛苦的哭喊；他的喉嚨為之緊縮。班緩緩轉頭，看見蘿貝塔張開雙臂，穿越空蕩蕩的廣場朝他跑來，在身後的雪地上留下彎彎曲曲的足跡。

「你要走了嗎，先生？」計程車司機問道。

班的手搭在車門邊，沒有回答司機的問題。他嘆了口氣，手一推地關上門。「看來我得多待一會兒了。」

計程車司機露齒而笑，順著班的眼神望向朝他們直奔而來的女子。「看來是如此囉，先生。」

百感交集的班轉身走向逐漸靠近的人影。他的步伐加快成小跑步，然後變成快跑。他雙眼泛淚地喊出她的名字。

他們在廣場邊緣相會。蘿貝塔飛撲進班的懷抱。

他抱著她在原地轉了又轉。

雪花落在她的秀髮上。

作者後記

本書中的鍊金術文獻以及鍊金術相關科學與歷史，均根據事實而寫成。神秘的傅爾坎奈利真有其人；據信他是有史以來最偉大的鍊金術師之一，也是重要知識的守護者。數十年來，各種不同的學說對於他的真實身分做了諸多猜測，但是真相至今一如往昔地是個謎。各個領域的藝術家對謎樣的傅爾坎奈利深深著迷。一九八〇年，義大利恐怖電影大師達里奧·阿基多在電影《地獄》中，以傅爾坎奈利為藍圖塑造了一個鍊金術師的角色；美國歌手兼音樂創作人法蘭克·札帕創作過一首歌〈但是誰是傅爾坎奈利？〉最近，在英國國家廣播公司製作的電視影集《靈魂之海》中，出現一個可能是、也可能不是傅爾坎奈利的角色。

過去三個世紀以來，科學界拒絕認真看待任何鍊金術學說，但是這種情況即將有所改變。二〇〇四年，古典力學之父牛頓的鍊金術研究集在失落八十年後重新被人發現。倫敦帝國理工學院的科學家們相信，牛頓的鍊金術研究可能啟發了他日後在物理學以及宇宙論上一些開創性的發現。隨著現代科學不斷擴大人類知識領域的範圍，我們越來越清楚古老的鍊金術師可能真的是——套用蘿貝塔·萊德博士的說法——最早的量子物理學家。

關於天主教教廷與宗教法廷的屠殺行為，所有書中輕描淡寫提及的歷史細節均有所本。十三世紀的阿爾比十字聖戰無疑地是天主教教會史中最黑暗的一章。在那段期間裡，法國南部血流成河、屍橫遍野。教宗英諾森三世的急令，表面上是要十字軍滅絕平和而逐漸普遍的基督教運動——卡塔爾教派。不過當然，教宗真正的動機並非由於宗教狂熱，而是意在掠奪領土以及傳說中卡塔爾失落的寶藏。正如歷史學家安娜·馬基尼在《鍊金術師之秘》中所寫到的，至今沒有人知道卡塔爾教徒守護的寶藏是什麼，或者可能發生了什麼事。

夏爾·愛德華·尚內黑——更廣為人知的稱呼是柯比意，或簡稱柯比——是二十世紀最具創造力與前瞻性的建築師之一。「渡鴉之屋」以及當中的隱密寶藏雖為本書所杜撰，但是柯比意的確被認為是最後的卡塔爾後裔之一。他終其一生為秘傳哲學所著迷，並且將歷史上著名的幾何現象「黃金比例」——數學家也稱之為「Phi」——積極運用在建築設計中。有些科學家相信，這個神奇的自然準則主宰了萬物的結構；古時的鍊金術師也十分看重這個比例。柯比意在一九六三年溺斃，而他的死亡至今仍帶有神秘的色彩。

法國南方雷恩山城附近的地景確實有著令人難以置信的幾何圖案，而且從地圖上真的可以畫出本書所寫的奇怪雙圓內星。沒有人知道是誰在何時創造了這樣的景觀。本書大膽採用真實生活中驚人的現象作為素材，希望藉此表達這可能是個可以確切標出藏寶地點的秘密記號。直至今日，雷恩山城依然是尋寶者的重地！

阿道夫·希特勒惡名昭著的納粹副元首魯道夫·海斯真的是研究神秘學秘密協會「守望者」的一員。守望者在一九二〇年代成立於巴黎，而據說當時鍊金術師傅爾坎奈利也住在花都。海斯出生在埃及亞歷山大港，對超自然事物以及鍊金術十分著迷；或許是如此，希特勒也對鍊金術感興趣，而納粹黨研究鍊金之法以作為戰時以及建立第三帝國千秋大業資金的歷史可能性也因此提升。

「上帝之劍」組織是虛構的。然而近十五年來，全球的基本教義派軍事組織如雨後春筍般出現，當中多為基督教；他們四處傳講褊狹、強硬的教義。世界舞臺已經邁入新的聖戰紀元，中世紀十字軍東征的恐怖情況將相形見絀。

希望你喜歡這個故事，一如我享受研究與撰寫的過程。班・霍普會再次與讀者見面。

史考特・馬利安尼

Storytella 79

鍊金術士之秘

The Alchemist's Secret

鍊金術士之秘 / 史考特．馬利安尼著；王茵茵譯.
——初版.——臺北市：春天出版國際,2014.05
面； 公分.——（Storytella；79）
譯自：The Alchemist's Secret
ISBN 978-957-9609-85-2（平裝）

874.57　　107014828

ISBN 978-957-9609-85-2
Printed in Taiwan

Complex Chinese language edition published in arrangement with
Amer-Asia Books,Inc.(Globalbookrights.com) and
Lukeman Literary Management(www.lukeman.com)

作　者　史考特．馬利安尼
譯　者　王茵茵
總編輯　莊宜勳
主　編　鍾靈
責任編輯　牛士峻

出版者　春天出版國際文化有限公司
地　址　台北市信義路四段458號3樓
電　話　02-7718-0898
傳　眞　02-7718-2388
E－mail　frank.spring@msa.hinet.net
網　址　http://www.bookspring.com.tw
部落格　http://blog.pixnet.net/bookspring
郵政帳號　19705538
戶　名　春天出版國際文化有限公司
法律顧問　蕭顯忠律師事務所
出版日期　二〇一四年五月

定　價　399元

總經銷　楨德圖書事業有限公司
地　址　新北市新店區寶興路45巷6弄6號5樓
電　話　02-8919-3186
傳　眞　02-8914-5524
香港總代理　一代匯集
地　址　九龍旺角塘尾道64號 龍駒企業大廈10 B&D室
電　話　852-2783-8102
傳　眞　852-2396-0050